跳舞 ◎ 著

选天录

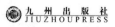
九州出版社
JIUZHOUPRESS

图书在版编目（CIP）数据

选天录·望古神话 / 跳舞著. -- 北京：九州出版
社，2017.6
　ISBN 978-7-5108-5481-1

　Ⅰ．①选… Ⅱ．①跳… Ⅲ．①长篇历史小说－中国－
当代 Ⅳ．① I247.5

中国版本图书馆 CIP 数据核字 (2017) 第 148638 号

选天录·望古神话

作　　者	跳舞　著
出版发行	九州出版社
地　　址	北京市西城区阜外大街甲 35 号 (100037)
发行电话	(010)68992190/3/5/6
网　　址	www.jiuzhoupress.com
电子信箱	jiuzhou@jiuzhoupress.com
印　　刷	三河市华润印刷有限公司
开　　本	710 毫米 ×1000 毫米　16 开
印　　张	20.5
字　　数	260 千字
版　　次	2017 年 9 月第 1 版
印　　次	2017 年 9 月第 1 次印刷
书　　号	ISBN 978-7-5108-5481-1
定　　价	39.80 元

目录

CONTENTS

第一章　神子降世

汉哀帝建平元年，济阳。

一道赤光冲天，赤光涌动，变幻莫测，形似凤凰，透露着一股神秘浩荡的气息，盘旋于济阳县衙上空，似是在等待什么。

甲子时分，一阵新生婴孩的啼哭声，惊破了县衙的宁静。

伴随着婴孩的诞生，须臾之间，凤凰便落入县衙之中。

刹那间，整个县衙赤光闪烁，室内尽明。

是岁，济阳县，所有的稻禾均一茎九穗，名曰"秀"！

同年，济阳有歌谣流传："赤光冲天，凤凰毕集，嘉禾九穗，王者降临！"

汉哀帝元寿元年，新都。

隆冬的深夜，无风。夜空中，浓密的雪花如白羽般纷纷洒落，将大地染成一片银白。

四十三岁的王莽，独自一人坐在高楼之巅的小窗旁，满目萧索地望着窗外的大雪。

即便新都县是他的封地，但相对于他的身份来说，这座宅院还是有些太小了。

而宅中最高的建筑，也不过是一座三层小楼而已。

这是他的府邸，也是他的囚笼。

自五年前，成帝驾崩后，新天子登基，丁氏外戚得势。而王莽，只得回到了自己的封地新都，孤守在宅邸之中。

如今，他的天地，只剩下了这小小的一个新都。

小楼的顶层，只有一个小小的阁楼，方圆不过一丈。没有雕梁画栋，没有珍宝玉器。阁楼里，只有一桌一席，临窗摆放着。

桌上，摆着简单的三两盘小菜，以及一樽一爵。

菜几乎没有动过几口，满满的一樽酒却已将要见底。

樽底的炭火早已熄灭，酒液已冷。尽管无风，但寒气早已自大开的窗户渗进来，浸透了这高楼之上的小房间。

但王莽却始终未曾关上窗户。

自从回到了新都之后，每一天从早至晚，王莽都只是枯坐在这里，自高楼上向窗外望着。日复一日，从未更改。

就连府中的下人，往往也会偶尔在私下里议论，老爷是不是已经得了癔症，发了傻了。

但知道王莽为什么这么做的，却只有他自己一个人。

他在等。

等一柄钥匙。

等一柄打开这牢笼的钥匙。

王莽用勺舀起了最后一点点酒液，倒满了最后一爵。

看起来，今天又是虚度的一天了。

那么喝完了这爵，就去就寝吧。

王莽轻叹一声，端起了酒爵，正要一饮而尽时，手却突然停在了半空中。

除了一个年迈老仆，还在楼下等着伺候以外，府内的人早已睡去。原本的天地一片安静，甚至能听到雪花落在地面的轻轻窸窣声。

然而此刻，遥远的黑暗之中，却传来了几乎微不可闻的马蹄疾响声。

而且，自远而近，渐渐大了起来。

王莽可以清楚地感觉到，自己的心脏开始了怦怦狂跳。

他顾不得再饮酒，将酒爵重重顿在几上，站起身来走向了窗口。

窗外是茫茫黑夜，乌云密布的天空中，就连一道月光也无法透下。尽管皑皑白雪已经覆盖了整片大地，但自窗口望去，却依旧只能看见望不尽的黑暗。

只是，那马蹄声，却已经随着时间的流逝而变得越发的清晰，越发的接近。

王莽一手扶着窗棂，另一只手已经握紧了拳头。指甲深深刺入肉里，却丝毫感觉不到疼痛。

深夜踏雪疾行的奔马，不可能再有第二个原因。

马蹄声自远而近，听那声音传来的方位，马上人已然到了府门口。

就在王莽心中汹涌澎湃的时候，天空中的乌云却骤然散开。

仿佛被一双巨手自中间向着两侧分开一般，乌云出现了一道狭长的缝隙，堪堪正露出天空中的一轮满月。

月光自乌云的缝隙中洒下，落在地上，恰好在府门与小楼之间映出了一道长长的光带，仿佛一条道路。

府中的下人早已熟睡，无人来得及开门，来人却已经自马背上纵身一跃，轻巧地翻过了高大的府门，落在庭院之中。

那是个一身黑色劲装短打的瘦小身影，头上戴着一顶大大的斗笠。长途跋涉似乎并没有丝毫损及他的精力一般，刚一落地，便向着小楼的方向拔足狂奔。

正是沿着——那一条被月光投影出来的道路。

此刻，王莽心中已再无犹疑。

他所等的那柄钥匙，终于已经到了。

那身影瞬息之间已经穿过了庭院，奔进了小楼之中。老仆的一声惊呼还未发完，那身影便已登上楼顶，摘下斗笠，跪在了王莽的面前。

那是一个面目清秀的少年，眉宇间还能看得出未脱的稚气。身上的雪花虽在狂奔中抖落不少，但衣衫仍被打湿了不少。

"主上，天子已经决定，召主上回朝。诏书已经起草，不日便将行文。"

黑衣少年低着头，沉声开口。

王莽伸出手，端起了一旁几上的酒爵。但要极度用力，才能控制住手不再颤抖。

"起来吧，韩卓。我已说过很多遍了，你不必这样。"

"是，主上。"

黑衣少年这才站起身来，不过却只是俯首站在一旁，双手垂在两侧，恭敬而小心翼翼。

王莽将爵中酒一饮而尽。冰凉的酒液自咽喉中滑下，但胸中一股热意却丝毫没有被浇熄，反倒如同火上浇油一般，激得更加炽烈。

放下酒爵，王莽再度走到了窗口前，望着窗外。

天空中的那一道狭长的裂隙，正在渐渐扩大。照下来的月光，已从一条小径变作越来越宽广的大道。

夜空中，渐渐响起了呼啸声。微风吹进窗内，灌满了这小小的一方斗室，将王莽的袍角吹起，猎猎飘扬作响。

"韩卓，你听，起风了。"

良久，王莽转过身，望着那黑衣少年，原本平静的脸上，已经燃满了豪情。

"是。属下请为主上关窗。"名唤韩卓的少年轻声道。

"关窗？吹动时代的风已经来临，为什么要将它挡在窗外？"王莽大笑着摇头，"君不闻，前人有诗云：好风凭借力，送我上青云？"

"属下不曾读书，并不懂诗，也从未听过这两句。"韩卓平静地摇了摇头。

"你自然不懂。"王莽走到韩卓的身前，重重拍了拍少年瘦弱的肩膀，"但……不仅是你，这两句诗，普天之下，又有谁能听过？"

伴随着王莽的大笑，天空中的乌云已彻底散去，一片晴朗，微风也渐渐变作了烈风。

空中的雪虽已停，但在烈风的卷动之下，地面的积雪却被狂乱地吹起，在风中漫天地四散飘扬，看起来，竟似比方才还要更大了不少。

"时代的烈风已吹起……在停下之前，每一片雪花都无法避免狂舞至死的命运么……"

王莽弯起嘴角，笑了笑。

猛烈地吹动吧，那为我而降临的天命之风！

元始三年，南顿县。深夜。

县衙的后室，屋子里的陈设已经很陈旧了。斑驳的书桌缺了一条腿，用半块碎砖垫起。桌上一个破笔筒内插着的几根毛笔，也已经秃了大半。

角落里摆着一张长榻，榻上正躺着一个形容枯槁的中年男子。

长年的病痛已经折磨了他太久。深深凹陷的眼窝与两腮，稀疏得可以数清的胡须，昏黄浑浊的双目半开半闭，努力想要看清身前的两个身影。

一个，是高大健壮的英俊青年，面目如刀砍斧凿般轮廓分明。他的一头长发没有绾成发髻，而是扎了一条凌厉的冲天辫子，竖起半尺之后，再如瀑布般在身后洒下，一直垂到腰间。原本应该是宽松的长袍，穿在他的身上，却丝毫不显飘逸，而是被充满了爆炸力的肌肉撑起，紧紧绷在身上。

只是原本不羁的神色，此刻却在脸上半点也找不着，而只剩下了深深的哀愁。

另一个，则是不满十岁的幼童，瞪着一双大大的眼睛，被身旁的青年紧紧握着左手。

他紧紧咬着下唇，泪水不停地在眼眶里打转，却始终努力着不让它落下来。

"快……快到时候了……"

刘钦剧烈地喘息了两声，艰难而吃力地伸出手，想要触碰榻旁青年的脸。

那是他的长子刘縯。在身旁被牵着的，是刘钦的次子，也是刘縯的弟弟刘秀。

刘縯默然蹲下身，将脸凑近，伸出手握紧了父亲那只如枯竹一般的手，紧紧贴在自己的脸上。

"对不起……没能给你们兄弟俩留下些什么东西……"刘钦双目黯然，嘴唇轻轻翕动，"爹……无能……不能照顾好你长大了……"

"我死以后……回……回春陵，去找你们的二叔吧……他……他能……照顾好你们兄弟俩的……"刘钦鼓动了好几次胸膛，才勉强将这段话讲完整。

"二叔？"刘縯皱着眉头，轻轻哼了一声，"爹，我已经十八岁了。"

南阳春陵，虽然算是一家的祖籍，但早年便背井离乡的刘钦，和那里尚有往来的，也只有亲弟弟刘良一人了。在刘钦心里，那应该算作一个可以托付的对象。

"可……你弟弟才……八岁！"刘钦用力睁大眼睛，挤出身体里最后的一丝力气，握着刘縯的手紧了一紧，"就算……就算你能照顾好自己……那他呢……他怎么办！"

"阿秀那么乖，我一个人就能带好他！"刘縯话刚出口，就看见了父亲紧紧咬着牙关，脸上的肌肉也因焦急而扭曲。

但父亲已经再说不出话来，只能在口中发出嗬嗬的呼叫声。刚才的激动，已经彻底耗尽了他最后的一丝生命力。

"是……孩儿知道了……孩儿会带着阿秀，去春陵，找二叔！"刘縯连忙用力握紧了父亲的手，而另一边的右手，也将弟弟刘秀的手紧紧握在了手心之中。

母亲已经在三年前病故。那之后，这个家里就只剩下父子三人了。

而现在，父亲也即将离开他们两人。在他生命的最后一刻，刘縯绝不想让他抱着遗憾离去。

三个人手拉着手，连成了一体。刘钦看着刘縯坚毅的脸，以及仍旧茫然不知发生了何事的刘秀，勉力挤出一丝微笑。

然后，呼出了最后一口气。

刘縯感受到，自己握着的那只手，瞬间一轻，失去了最后的一丝力量。

这个世界上，终于，只剩下自己和弟弟了。

刘縯握着父亲的手，在自己的脸上又摩挲了两下，随后轻轻地放回他的胸前，站起身来。

身边的弟弟依旧紧咬着下唇，然而泪水却终于再也忍耐不住地滑落下来。

刘縯强忍着泪水，对着弟弟挤出一丝微笑，将他抱在了怀里，向着门外走去。

纵然在南顿当了三年的县令，但刘钦却实在没有留下什么余财。父子三人，向来过的是最清贫的日子。

何况，如今的世道，谁活得不艰难？

而出殡与下葬，尽管已经用了最简朴的方式，却仍然将父亲留下的最后一点积蓄掏空了。

当刘縯带着弟弟，踏上前往南阳春陵故里的道路时，甚至已经连一辆牛车都雇不起。

夕阳下，一大一小两个身影，手牵着手出了县城的大门。刘縯背后的小小包袱，便是两兄弟最后的财产。

黄土铺就的道路，向西一路延伸，直直伸到已经西沉的落日之下，仿佛远得看不见尽头。

"走吧，阿秀。"

刘縯拍了拍弟弟的脑袋，迈开了脚步。

"哥，还要走多远啊？"

刚刚出城没多久，刘秀便开始嘟着嘴，抬起头可怜兮兮地望着哥哥："外面都不好玩……天快黑了，我们回家吧……"

"回家？"想到离家前家中突然出现的大火，刘縯心觉有些古怪。

那大火烧尽家中所有，若不是阿秀一时腹急，让自己陪同，他俩应该命丧大火里了吧。

"我们，已经没有家了啊……阿秀。"

两个人沿着道路，一路向西走着。直到太阳落山时，刘秀幼嫩的双腿终于坚持不住长途跋涉了。

看着弟弟虽然咬牙坚持，但脚步却一点点放缓的模样，刘縯轻轻拍了拍他的脑袋，默默站到他身前蹲了下去。

刘秀欢呼一声，跳上了哥哥的背，紧紧抱住。

哥哥的背就像爹爹一样……不，那是比爹爹更加强壮，更加有安全感的地方。

哥哥走得很快，却很稳，甚至感觉不到一点点颠簸。身下的哥哥一步步向前走着，刘秀望着天边的夕阳一点点落山，眼皮也渐渐沉了下来。

睁开眼的时候，应该就到那个很远很远的地方了吧……

带着这样的心情，刘秀渐渐进入了梦乡。

而当他再度醒来时，却发现已是清晨。

一棵大树下，哥哥正躺在自己身旁，睡得沉沉的。哥哥的袍子披在了自己的身上，他身上却只余下一件内衫。

阳光透过树叶，映出一道道光斑，照在哥哥轮廓分明的脸上。他披散着的漆黑长发在地上洒成了一片，仿佛落地的瀑布。

虽然已是初夏，早上却还是有点冷。刘秀打了个哆嗦，蹒跚着爬起身，将袍子披在了哥哥的身上，再掀开一角，重新钻了进去。

果然，还是哥哥的身边，更温暖啊……

就像太阳一样……

抱着哥哥的胳膊，刘秀闭上眼睛，再度昏昏沉沉地睡着了。

刘縯醒来时，看见像是小兔子一般，蜷曲在自己身旁的弟弟。

那紧紧抱着自己的样子，就好像，自己是他的全世界一般。

刘縯伸出另一只手，轻轻抚摸着弟弟的额头，看见他微微扭动了一下，嘴里不知嘟哝了两句什么，换了个舒服一点的姿势继续睡着。

刘縯想了想，没有叫醒刘秀，而是干脆披上外袍，将弟弟抱在了臂弯之中，沿着道路向着春陵的方向继续走去。

这条路……应该还得再走上三天吧。

"哥哥，阿秀饿了……"

背上的刘秀伸出小手，拽住刘縯束成长瀑的头发，轻轻地拉了拉。

这已经是旅程的第五天中午了。刘縯错估了带着弟弟赶路的速度，原本计算中三天的路程，却直到现在也未曾抵达。

其实往往，刘秀也并没有那么累。只是相比于牵着哥哥的手走路，他更喜欢趴在哥哥背上的感觉而已。

不需要自己费力，也不需要思考前进的方向。哥哥坚实的脊背仿佛大地一般，支撑着他小小的身体。他要做的，就只是安心地抱着哥哥的脖颈，被哥哥带着前往那个目的地就好了。

"再忍耐一下吧。应该已经不远了。"刘縯伸出手，反手拍了拍背后的弟弟，"到了舂陵，哥哥就让二叔给阿秀做好吃的。"

真正上路后，刘縯才发现实际行走的速度要比出门时估算的慢得多了。即便是他已经尽量省下了口粮留给弟弟，但带的干粮，还是终于在今天早晨尽数吃完了。

"嗯……"

刘秀轻轻哼了一声，又把脑袋靠在了哥哥的肩膀上。

只可惜，一直走到了日色偏西，刘縯依旧还没有望见半点舂陵的影子。

而背后弟弟的肚子，已经咕咕响了一遍又一遍。

虽然他始终乖巧地没有发出抱怨，只是静静趴在背上，但那腹鸣声听在刘縯的耳朵里，却让他的心一阵阵地被揪紧。

而一路上的跋涉，加上一天粒米未进，也让刘縯的双腿像灌了铅一样沉重。

远远看见前方一片小树林立在道旁，刘縯叹了口气，赶紧加快了脚步。

那是一片不大的树林，在夕阳的余晖照耀下，能看见小鸟在树梢飞舞的身影。

看来，今晚又得在道旁露宿了。

"哥哥，今天……还是到不了了么？"

在树下，被刘縯放下地的刘秀，垂头丧气地问道。

"嗯……不过没关系，明天一定能走到的。"

刘縯擦了擦头上的汗，对着弟弟挤出一个温柔的微笑。

"好吧……"刘秀叹了口气，眨巴了两下眼睛，咽了一口口水，"那……是不是要到明天才能有东西吃？"

"当然不是啊！"刘縯笑着揉了揉弟弟的脑袋，"哥哥怎么会让阿秀挨饿呢？"

"真的么？"刘秀的眼睛突然亮了起来。

"当然是真的！"

刘缜夸张地用力捏了捏拳头，在弟弟的面前比画了一下："要相信哥哥！"

"好！"

刘秀点了点头，急切地咬着下唇，一脸期待地看着哥哥，不知道他会从哪里变出食物来。

"现在没有啦！不过阿秀稍微等一会儿，哥哥这就去弄。"刘缜脱下自己的长袍，盖在了刘秀的身上。

"记住了，千万不要乱跑，就在这里乖乖等哥哥回来。"刘缜活动了一下胳膊，再三叮咛了几次弟弟，才向着小树林里走去。

方才，刘缜已经小心地看了一下四周。这样的小树林，不会有什么豺狼虎豹之类的猛兽，道路上的行人也很稀少。仅仅是离开片刻的话，弟弟应该不会有什么危险。

反正，阿秀一直都是很乖的。

刘秀听话地按照哥哥的吩咐，老老实实坐在大树底下，望着哥哥那高大的背影渐渐远去。

太阳已经渐渐要落下山头。

心中，突然一阵失落感。

自从离开家之后，这还是他第一次与哥哥分开。

虽然心里明明知道哥哥很快就会回来，但……还是有一些无来由的害怕。

刘缜拨开齐腰的长草，在树木的缝隙间缓缓穿行。

既然有林子，尽管不大，那就一定能找到鸟窝。

本来就已是日落时分，林子里的光线自然更加昏暗。刘缜一边缓步前行，尽量让自己不发出声音，一边小心翼翼地侧耳倾听着。

扑棱棱的翅膀扇动声自前方传来。刘缜耳朵一动，压抑着心中的兴奋，向着前方蹑手蹑脚地走去。

从小到大，掏鸟蛋的把戏刘缜已经不知道玩过了多少次，早已轻车熟路。即便只凭着一两声轻轻的扑翼，也能够判断出方位与距离。

等着吧，阿秀，很快就有东西吃了。

刘秀眼巴巴地望着天边。

落日几乎已经快要全部落入地平线之下，静谧的树林里悄无声息。在小小的刘秀眼里，哥哥仿佛被这片巨大到无边无际的密林吞噬了一般。

为什么那么久都不回来？

刘秀只能低下头，玩起自己的手指来。

因为哥哥说过了，必须老老实实地待在这里等他回来。

太阳终于还是落了下去，黑暗降临，笼罩了这片树林。

渐渐的，一丝恐惧开始在刘秀的心里出现，并且一点点蔓延开来。

哥哥……该不会不要阿秀了吧……

他会不会……嫌阿秀太麻烦，于是就把我丢在这里，自己走掉了？

刘縯屏息凝神地一点点向树顶爬去。

离他头顶数尺的距离，便是一个鸟窝。就在方才日落时分，刘縯清楚地看见一对鸟儿落进了窝里。

而此刻，天色已黑。他将自己隐藏在树叶之中，一点点向上爬去。

他的手脚动作很慢，很慢，尽量不让自己发出任何声音，惊扰到树顶的飞鸟。

他上身剩下的最后一件短衫也已经被解了下来，紧紧握在手中。

三尺……两尺……一尺……

鸟窝里依旧没有任何骚动。

扑!

在最后一尺的距离上，刘縯猛地飞身扑了过去，而右手中捏紧的短衫，也像是一张大网般飞快地向着鸟窝罩下去。

暴起的刘縯瞬间惊动了窝内的鸟儿。然而正当它们振翅欲飞时，短衫却已经笼罩在了整个窝顶，再被刘縯紧紧包裹住四周。柔软的短衫上不停地被鸟儿撞出一个个凸起，但它们却再也无力冲出牢笼，只能在窝内惊叫个不停。

刘缤掂了掂手中的鸟窝。听起来，除了两只鸟以外，还有着四五枚鸟蛋。

收获还算不错。

刘缤满意地笑了笑，单手抱着树干，向着地面滑落下去。

落到地面之后，他马上便从罩着鸟窝的短衫边缘上拉开一个小口，将手伸进窝内，捏住了两只小鸟的脖子。

伴随着清脆的响声，两只小鸟的脖子已被拗断。

刘缤满意地掀开了短衫，借着穿过树叶投下的稀疏月光，看见窝内除了两只死去的小鸟，还有五枚圆润光洁的鸟蛋。

不过，数量还是有点少。就算是填饱弟弟一个人的肚子，只怕都不太够。

刘缤正在犹豫，是现在先带回去让弟弟吃，还是再去找上几个鸟窝时，脚边的树丛里却突然冒出了一阵响声。

还未来得及反应，刘缤便看见一只野兔自长草中飞速蹿出，然后——一头撞在树干上，耳朵动了两下，便昏倒在地上一动不动。

愣了片刻之后，刘缤才心花怒放地一脚踩在了野兔身上，确认它没法逃离之后，拎着耳朵提起了兔子。

刘缤一手抱着鸟窝，一手提着野兔，向着来时的方向走去。

这野兔肥肥大大，至少有十几斤重。即便没有那个鸟窝，两个人的晚饭这一下都解决了。今晚的运气，简直好得有些出奇。

堪堪走到树林的边缘时，刘缤突然听见前方传来了一声充满惊恐的尖叫。

而那声音，赫然便是弟弟刘秀！

刘缤的心顿时咯噔一下，疯了一般飞快地向着前方跑去。

刘秀开始数数。

他还只能数到一百，超过一百以后，他就数不清了。

但是，在小小的刘秀心里，一百就是一个很大很大的数字了。

所以……等数到一百的时候，哥哥就一定能回来了吧！

满怀着这样的希望，刘秀伸出手捂住双眼，用稚嫩的童声数了起来。

一，二，三……

四十五，四十六……

九十九，一百！

终于，数到一百了！

刘秀兴奋地放下手，睁开眼，向着身前望去。

可期待中的哥哥并没有带着食物，从树林里出来。他的眼前依旧空空荡荡，悄无一人。

刘秀扁了扁嘴，心里已被巨大的孤独感与失落感所充满。

为什么……哥哥还不回来？

正在小刘秀快要哭出来的时候，他却突然发现，眼角中的远方，有什么东西正在蠕动着。

而且，好像还正一点点地向着自己靠近。

只是在昏暗的月光下，刘秀看不清那究竟是什么。

刘秀紧张地捏紧了哥哥的长袍，团在自己的怀里。长袍上哥哥的气味，能稍稍为他增添一点安全感。

那蠕动着的东西越来越近。直到靠近了刘秀的身前，他才看清楚，在细长的身体上那一枚三角形的尖锐脑袋。

那是一条蛇！

一条正丝丝吐着红信，向着刘秀一点点蜿蜒游来的毒蛇！

刘秀瞪大了眼睛，看着那条蛇缓缓靠近，一片寒意已经从脚底升到头顶，身上也密密麻麻起满了鸡皮疙瘩。

他本能地想要站起身，向远处逃开。可刚刚站起，却想起了哥哥离开前的叮嘱。

"记住了，千万不要乱跑，就在这里乖乖等哥哥回来。"

哥哥离去的时候，可是带着笑意跟自己约定的！

于是，刘秀那刚刚迈出的小脚，又停了下来。

如果跑开的话，哥哥就找不到我了……

刘秀深深地吸了一口气，捏紧拳头，定定地站在树底下。

"看不见阿秀看不见阿秀看不见阿秀……"

刘秀在心里不停默念着，紧紧盯着那条仍然在不断靠近的蛇，而他的脑门上已经满是汗珠。

而他的祈祷，似乎并没有什么用。

随着蛇的靠近，月光下，那条不断被吐出收回的红信越来越清晰，甚至可以看见那双眼睛里细长竖立的瞳孔，正不断闪动着冷酷的寒光。

接近……接近……

当蛇游走到刘秀的脚边时，他已经连拔腿跑开的力气都没有了，只能眼睁睁看着蛇爬上自己的脚背，再到膝盖，再到胸膛……

蛇头终于蹭上了刘秀的脖子，就连那腥臭都直直地向着鼻孔钻入。

两道混杂着恐惧与绝望的泪水，自刘秀的双眼里滑落。

而那胸膛中的尖叫，也再也压抑不住，划破了寂静的长空。

突然爆发的尖叫，似乎也惊吓到了毒蛇。

当刘缜自树林中冲出时，正看见那两枚闪亮的毒牙，向着刘秀的脖颈狠狠咬下去。

"阿秀！"

刘缜纵身一跃，丢下手中的鸟窝和野兔，向着弟弟纵身飞扑过去，身在空中的同时，也自腰间拔出一柄短刀。

寒光一闪，刀锋堪堪擦着刘秀的肌肤划过。鲜血溅出，蛇头已经落地。

一刀斩过之后，刘缜的左手也紧跟着抓住了毒蛇的尾巴，向着远方远远甩去。

可当他的目光落在弟弟的脖子上时，心却重重一沉。

那幼嫩的皮肤上，赫然已经被留下了两个齿印。

刘缜的心仿佛落入了无尽的深渊之中。

刚才斩杀的那条蛇的样子，他借着月光看得清楚，分明是一条剧毒的过山风。

关于这种蛇，自幼在外面野大的刘缜自然熟悉得很。

而此刻，他的脑海中天旋地转，只剩下了四个字在不停地轰响。

——无！药！可！救！

"哥哥，你回来了！刚才有条大蛇，好吓人好吓人的！不过阿秀没有害怕，也没有跑，阿秀在这里等哥哥回来！"刘秀定下神来，看见哥哥终于出现在自己面前，才自方才的恐惧里回过神来，挤出一丝微笑，伸出手便要拉哥哥的衣角。

毒液的瞬间麻痹，让他甚至没有感觉到疼痛。

刘縯来不及回话，两手分别飞速按住了弟弟的脑袋和胸膛，然后将嘴凑近脖子上的伤口。

吮吸，吐掉。

伤口内，流出的是黑色的血。

再吮吸，再吐掉。

依旧是黑色的。

刘縯心急如焚地不停吮吸着。十几口之后，伤口内流出的血才转为了红色。

但他也知道这样是没有用的。若是被咬中的地方不在脖颈，他甚至可以毫不犹豫地砍断弟弟的手脚。这样，至少还能活下来，哪怕成为一个残废也好。

但……现在他这么做，却只能略微地延长一点点时间而已。

"为什么！为什么不跑掉！"刘縯紧紧捏着拳头，嘶哑着问弟弟。

"因为……哥哥让我在这里等呀……"仅仅过去了片刻，刘秀的脸上已经泛起了黑气。纵使方才自伤口中吸出毒血，但毒气却依旧攻入了体内。可刘秀的表情却依旧挂着天真的笑意。

"真是……笨蛋！"

刘縯转过头去，用手背擦了擦眼角，不让弟弟看见自己即将滑落的泪水。

"哥哥……你找到吃的东西了么？我饿得很……我来帮你捡柴火好不好！"

刘秀怯生生地轻声问道。

"嗯……"

刘缤偷偷擦去泪水，点了点头，却没有挪动脚步回头去捡鸟窝和野兔，而是依旧紧紧将弟弟抱在怀里。

弟弟的生命，随时都会终结。他不忍放过哪怕一丁点的时间，最后抱着弟弟。

"哥哥，胸口闷……"

刘秀的呼吸急促起来，瞳孔也开始放大，茫然地用小手揉着胸口，呢喃道："阿秀想吃烤肉……"

"有！有烤肉！哥哥抓到了兔子，等阿秀胸口不闷了，马上就烤给阿秀吃！"刘缤重重地点头，伸出手在弟弟的胸口轻轻按着，眼睛一刻不离弟弟的脸。

"阿秀有点困了……阿秀睡一会儿……醒来是不是有烤肉吃了？"

刘秀点点头，眼皮开始打架，呼吸的频率越来越高。

"不要睡，阿秀！不要睡！"刘缤紧咬着牙关，摇晃着怀中弟弟的身体，"睁开眼，看着哥哥！"

"可是阿秀好难受……想睡觉……睡觉……冷……哥哥我冷……"

伴随着急促的呼吸声，刘秀的小小身体也开始颤抖，甚至变作了抽搐，两眼尽管在努力抑制着不要合上，眼皮却依旧沉重地下垂。

过山风的剧毒，发作得实在太快。

"阿秀！阿秀！阿秀！"

刘缤声嘶力竭地大吼着，将弟弟紧紧搂在怀里，却依旧无法阻止生命自小小的躯体内一点点流失。

几天前，刘缤刚刚失去了父亲，几天后，他却又要马上面对失去弟弟的命运。

而且，仅仅是因为他的轻率，将弟弟一个人丢在了树林边。

怀中，阿秀的抽搐越来越厉害，甚至已经说不出话来。双眼中，已经看不见瞳孔，只剩下泛白的眼白翻个不停，嘴角里，也已经开始吐出了白沫。

明明……明明在父亲临终之前，自己还信誓旦旦地夸口过，一定能把弟弟照顾好……

而现在，他却只能眼睁睁看着弟弟死在自己面前。

那时自己口中吐出的话语，现在却像尖刀一般，在刘缤的心里疯狂地搅动着，让他的心千疮百孔。

"对不起……对不起……"

只能喃喃自语着说出这样的话，刘缤像是堕入了冰窟之中一般。

如果……能够让弟弟活下来的话……不管是付出什么代价都可以！

天空中，一道闷雷划过。不知何时，月光已经被乌云遮掩住。

夏日的暴雨，来得毫无预兆。方才还是晴空万里的夜空，现在却瞬息开始降下豆大的雨点。

而刘缤却像是丝毫察觉不到一般，只呆呆地待在原地，抱紧了怀中将要失去生命的弟弟，任雨点打遍全身，衣衫湿透。

直到怀中，弟弟的抽搐停止。

良久，刘缤才站起身，依旧抱着怀中的弟弟，机械地一步步迈开脚步。

他的双眼无神，没有焦距，也不知道前方在哪里，他只是要走，不停地走。

他必须动起来。若不如此的话，他便会马上被心中那份巨大的自责与悲痛，撕成片片寸碎。

然后，就在刘缤刚刚迈出几步时，一道粗有数人的闪电划破了长空，重重劈了下来。

正劈落在刘缤的身上。

剧烈的电流在刘缤的身体里穿过，像是真正的撕裂一般。甚至还来不及思考，刘缤便瞬间陷入了昏迷。

然后，眼前便是长久的黑暗。

眼前的黑暗逐渐褪去，意识缓缓回归，刘缤在模糊中，痛苦地自喉中发出了一声呻吟。

仅仅只是本能地挪动一下身体，都带来一阵剧烈的撕裂疼痛。

睁开眼时，刘缤才发现天已经亮了，清晨的日光透过树冠，照在自己的脸上。

为什么自己会倒在地上？为什么全身会那么疼？

脑海中的记忆还很模糊，刘缜昏昏沉沉地用力吸了两口气，开始回忆起昨天的情形。

他只记得昨天……本以为能走到春陵，但两个人的脚步却实在太慢，只能在这树林里露宿一晚。

然后，自己好像是去树林里找食物，让阿秀在这里乖乖等着。

找到了什么？好像有两只鸟……一窝鸟蛋……还有……一只兔子？

没错，就是这些东西。找到了食物之后，自己就回头去找阿秀……然后……

刘缜的心猛地剧烈跳动起来。

模糊中，他回忆起昨晚不愿回忆的那一幕。

阿秀！

他连忙一口气翻起身，慌乱地向着身旁望去。

方才这一下动作，又让刘缜的全身一阵几乎难以忍耐的剧痛。

触入眼帘的，是身旁刘秀躺在地上的小小身体，双目紧闭，脸上一片平静。

"阿秀！阿秀？"

刘缜顾不上疼痛，连滚带爬地扑过去，大叫着紧紧抱起刘秀的身体。

"哥哥……"

刘秀缓缓睁开眼，茫然地望着几乎凑到了脸前的哥哥。

刘缜瞪大眼睛，呆在了原地，随后发狂般用力拨开弟弟的脑袋，望向脖颈处。

那里，赫然——

三道横条显现在上面。

这横条仿若从皮肤里面显露出来，细看之下似是有古老的符文在其中流转，似胎印又不似胎印，刘缜甚至感觉一股崇高之意袭来。

他伸手摸上去，却是光洁无物，连半个伤痕都看不到。

而昨晚毒蛇留下的牙印，此刻竟然已经消失无踪。

他记得弟弟从小到大并无胎印啊！

刘缤晃了晃脑袋，又用力眨了眨眼，但眼前的画面却依旧未变。弟弟正圆睁着漆黑的双眼，奇怪地望着自己。

"阿秀……你……你没死？"

刘缤收回探出的身体，坐在地上茫然发问，却只收到了弟弟一个疑惑不解的眼神。

"啊？"刘秀不知所以地摇摇头，又伸出小胳膊挥了两下，"没有啊……哥哥，阿秀还是好饿……"

刘缤看了看四周，数十步外，昨晚自己找到的鸟窝和野兔还在原地。

"嗯……哥哥这就给阿秀烤肉吃！"

刘秀用力掐了自己两下大腿，确认自己并不是在做梦之后，才站起身，去收集树枝点火，洗剥兔肉。

或许……昨晚最后的记忆，关于蛇的那些……只是做梦，或者幻觉吧。

且不说被过山风咬中，是绝对无药可医的。就是那两枚牙印，也不可能仅仅过了一夜之后，便消失无踪。

可是那三道印记，还有被落雷劈中……

刘缤转动了半圈火堆上的野兔与野鸟，一边小心地把鸟蛋挪动得稍微远一些，低下头仔细望着自己的身体。

没有半点灼伤的痕迹，除了身上还残留着的疼痛之外，竟然完全看不出自己曾结结实实地遭到过一记落雷。

更不用说，正把脑袋放在膝盖上，满眼期待地望着兔肉的弟弟，口水都自嘴角流了下来，也顾不上擦一下。看起来，他简直就像只是好好睡了一夜一般。

"阿秀，身上疼么？"

两只野鸟已经到了火候，正往下滴着油脂，冒起迷人的香气。刘缤连着树枝一起递到弟弟手里，关切地问。

"不疼！"刘秀一边摇着脑袋，一边忙不迭将一只烤鸟向嘴边凑去。尽管连盐都没有，却依旧吃得满嘴流油。

"慢慢吃，小心烫。"刘缤伸手摸了摸弟弟的脑袋，看着他狼吞虎咽的模样，心里逐渐放松下来。

看来，昨夜……真的只是一场噩梦而已吧，那凭空出现的三道印记算什么，弟弟没事才是最重要的。

待到野兔也烤好，两个人分着吃得干干净净，刘秀仰躺在地面上，大大地欢叫了一声。

"走啦，阿秀，今天要走到舂陵呢。"

刘縯伸出手，拉着弟弟的手，努力地把他拖起来。

"再躺一下，一下下……"

刘秀晃着脑袋，撒娇地嚷嚷着，眼睛已经又逐渐要合上。

叹了口气，刘縯干脆无奈地俯下身，再度抱起了弟弟，背到了自己背上，向着林子外面走去。

昨晚的梦，虽然不是真的，但还是让他对弟弟更心疼了几分。

背起弟弟刚走了没两步，刘縯的脚便被一块石头硌了一下。

原本应是平常的事情，他的心中却突然一动，转过头向着身后脚下望去。

草丛间，自己的脚下，赫然是一颗被斩下的蛇头。

造型特异，自颅骨向下，骤然膨大却扁平。

那是一颗……过山风的头。

刘縯愣愣地站在了原地，目光再也离不开那颗蛇头。

背上，顿时又冒起一阵战栗与寒意。

第 二 章

山雨欲来

元始三年，夏，七月。

俗话说，春雨贵如油。而元始三年的春雨，要比往常更是贵了不知多少。直到入夏，也没有能降下几滴雨来。

事实上，从去年起，天下便开始了大旱。不仅关中，就连河北与中原也都田地生烟，烈日如焚。

大旱过后，又是蝗灾。尤其是青州一带，赤地千里，灾民无数。

而去年冬日的一场大雪之后，直到今年春天，关中也没下上几滴雨。

全国的黎民黔首，都在翘首盼着，等待着。

若是再不下雨……或许便真的要颗粒无收了。

已是深夜，王莽的书房中却依旧亮着灯。

这是长安，不是新都。

元寿元年，王莽虽被召回京中，但也只是侍奉他的姑母，太皇太后王政君而已。权力的中央对他来说，似乎依旧很遥远。

但很快随之而来的，便是先帝哀帝的驾崩。

驾崩当日，太皇太后王政君便起驾到未央宫，收回了传国玉玺。随后，王莽被拜为了大司马，录尚书事，兼管军事令及禁军。

再之后，王莽拥立时年仅有九岁的当今天子继位，并于次年改元元始，至今已有三年。

在这三年里，他弹劾何武与公孙禄，将他们免去官职。后又以各种罪名陆续罢免了中太仆史立、南郡太守毋将隆、泰山太守丁玄、河内太守赵昌等二千石以上的高官，剥夺了高昌侯董武、关内侯张由等的爵位。

而到了王莽受封安汉公的爵位时，他已经俨然拥有了一人之下、万人之上的地位。纵使还有人对他心怀不满，但朝堂之上，却无人再敢与之当面争斗。

而天子年幼，当朝太皇太后又是他的姑母。一应奏章，自然也是先由王莽批阅，再呈报太皇太后。这朝中大事，几乎已由他一言可决。

只是他的生活，却依旧简朴。在长安中的宅邸，相较于他的爵位与权势，实在小得有点过分了。

此刻，在他不大的书房之内，只有两人相对而坐。

王莽皱着眉头，仔细翻阅着面前的一捧竹简，然后重重摔在面前的案上。

"一派胡言！"

在他的对面，跪坐着一个少年，看起来不过十五六岁的模样，却已经穿上了儒生的衣服，戴着冠。一双灵动的大眼睛紧紧盯着面前的王莽，似乎丝毫没有因他的动怒而受到惊吓。

"老师何事发怒？"

少年发问，声音虽然稚嫩，但语气却很沉稳。

"愚蠢。"

王莽淡淡吐出两个字，随后以手背将竹简推向面前的少年："你自己看吧。"

少年捧起竹简，一目十行地上下扫动着，不过片刻，便看完了竹简上的内容，放回了桌面上。

这是一份奏章。

奏章来自当朝太师孔光，除了整理禀报各地灾情之外，还在文末附上了自己的建议。

——大灾乃苍天震怒所致，当由天子前往泰山，率领百官，祭天祈雨，以感上苍。

少年看完之后，也同样冷笑一声，将竹简丢在案上。

"孔太师，也真是老糊涂了。"

"老糊涂？"王莽摇了摇头，轻叹一声，"睦儿，你毕竟还是太年轻了。"

"那，老师以为如何？"被唤作睦儿的少年蹙眉问道。

王莽以手指轻轻扣着几案，脸上露出了讥讽的笑："当朝太师的家世，你总不会不清楚吧？"

"啊……"睦儿点了点头，恍然大悟，"孔圣人十四世孙。老师的意思是……"

"孔光只是愚蠢，但并不是糊涂。天人感应，五德始终……若要维护他们孔家的地位，自然便要先维护这一套早该腐烂的东西。"王莽目光炯炯地望着睦儿，沉声道，"这一套……终将被我们打烂的东西！"

"是！弟子明白了！"睦儿点头道。

"而且，要打烂的，还不仅仅是这一样而已。豪强地主、重农抑商、贵金属流通等等……一切这些，统统要化作历史的尘埃，甚至是……"王莽越说越是激动，忍不住重重一挥手，仿佛像是将那些东西，都以一柄巨大的扫帚扫开一般。

他激动地站起身，推开窗户，向着窗外的夜空望去。

王莽深深呼吸，初春的凉气沁入肺腑，让他忍不住打了个激灵。但心中的豪情却始终燃烧高涨。

"甚至是……帝制，对么，老师？"睦儿也起身，跟着站在了王莽的身后。

"是的。"王莽猛地回头，用力捏住了睦儿的肩膀，"甚至是帝制。终有一天，我要让这片土地上，再也没有什么皇帝！"

"我……自然希望在有生之年，看见那一天。但我清楚，我要为之奋斗的事业，绝不是一朝一夕能够完成的。所以，那也只能是希望而已。"王莽望着眼前的少年，眼中浮现出年轻时的自己。

"我明白的，老师。"睦儿单膝跪在了王莽面前，仰头望着自己的老师，双目中是与王莽一样的热血雄心，"我……将会是您意志的继承者！"

"很好。"王莽伸出手，拍了拍睦儿的脑袋，随后眉头突然微微一皱。

不知自哪里响起了狐狸的叫声，尖锐而凄厉。

叫声被夜风送入书房，送入王莽的耳中，仔细倾听，还能依稀分辨出那狐狸叫声，竟然仿如人语。

"帝失母……苍天怒……"

"帝失母……苍天怒……"

王莽缓缓走到窗前，细细听着那叫声，随后冷笑了一下，转过脸去，望向睦儿："这好端端的长安城里，居然会有狐狸，真是有趣。"

睦儿侧耳听了一会儿，也笑起来："卫氏……看来还没死心啊。"

"韩卓。"

伴随着王莽的轻声呼唤，一个黑色的身影便自阴暗中无声无息地骤然浮现，出现在书房中。

四年过去，当时的那个少年，已经长成了青年。

不需要王莽再吩咐，韩卓已经纵身穿过窗户，如幽灵一般消失在夜色之中。

外面的狐狸叫声戛然而止，随后传来短促的一声惊呼，很快又消失在了，长夜又恢复了静谧。

脚步声自楼下响起，是拖着重物踏步的声音。

"没想到，那么晚了，居然还会有客人。"

王莽不动声色地笑了笑，自一旁的架子上取下一壶酒，两只酒爵，坐回了案前，对着睦儿招了招手："来吧，坐下。一起来迎接我们的狐狸客人。"

门被推开，韩卓面无表情地一躬身，拖着一个人走进书房。

被他拖在身后的，是个三十出头的男人，两条手臂都以奇怪的方式扭曲着，自喉中发出痛苦的呜咽声，却始终说不出一个字来。他的衣着华丽，颌下蓄着短须，腰间挂着一块成色不错的玉佩。看起来，平日里的地位很是不错。

但此刻被拖入房中，看见王莽，他的身体猛然一缩，像是被针刺中一般。他的双目中充满了恐惧，口中嘀嘀作响，不住地蹬着双腿，想要向后退却。

但他却无法退却。韩卓抓着他的头发，按在了王莽的身前，一双毫无表情的眸子居高临下地紧紧盯着他。

"吕宽啊，吕宽……"

王莽上下打量了一眼被韩卓如死狗一般拖进书房的男人，笑了笑，端起酒壶，慢慢地在面前的两只酒爵里倒满酒："论起来，你是我儿媳的哥哥，也算是我的子侄辈。为什么不在白天来访，反倒是这半夜里鬼鬼祟祟地跑到家里来？韩卓。"

王莽最后一句话，是对着韩卓说的。

韩卓闻言，伸出手在吕宽的下巴上一推，合上了被卸掉的关节。而同样脱臼的双手，却没有动手接上。

王莽将一杯酒推到了睦儿面前，自己端起另一杯，啜了一口："说吧，做什么来了？"

吕宽面如死灰，尽管卸掉的下巴已经被合上，却依旧一言不发，只低着头死死盯着地面，然而身体却不由自主地颤抖着。

王莽冷笑一声，抬起头望向韩卓，示意他禀报。

"大门上，被他泼了血。"韩卓依旧面无表情地回答道，随后想了想，补充了一句，"我尝过了，是狗血。"

睦儿望着韩卓，眼神中露出了惊异之色，却只是坐在原地，一言不发。

"泼狗血？"王莽将上身前倾，凑到了吕宽面前，面带微笑，"怎么，我是什么邪物么？"

吕宽紧紧咬着牙关，低着头不敢出声。

"半夜在我的府门口学狐狸叫，往我的大门上泼狗血……吕宽，你倒真是越来越出息了啊。"

王莽望着吕宽，脸上虽挂着微笑，眼神却是冷到了极致。

当今天子，并非先哀帝之后嗣，而是中山王刘兴之子。哀帝驾崩后，因无嗣，最终在近支皇族中选择了刚刚继承中山王的刘衎作为新的天子。

但相对的，就产生了一个新的问题。

应该如何对待刘衎的生母卫姬，以及卫姬身后的卫氏家族？

王莽刚刚清除完傅氏与丁氏两支庞大如怪物一般的外戚家族，绝不可能再容许一支新的外戚兴起，踏上政治舞台来阻挠他向着理想前行的道路。

于是，虽然中山王成为了天子，但天子的生母却并没有被允许跟随着自己的儿子来到长安，成为太后，而是留在中山国，仅仅被册封为中山孝王后而已。

对此，卫姬与她身后的卫氏家族，自然绝不会甘心。对权力的渴望，以及为此而付出的努力，一刻也未曾停歇过。

"帝失母，苍天怒？"王莽反复在嘴里玩味着这两句话，脸上的微笑依旧不变，"恐怕怒的不是苍天，而是卫氏吧……以你的才能，怕是想不出这一手来。说吧，是谁教你的？"

回应他的依旧是吕宽的沉默。

"不说话？"王莽挑了挑眉毛，轻轻叹了口气，脸上丝毫没有任何急躁怒火，依旧笑吟吟的，"没关系，从你的嘴里问不出来，我也可以问别人。"

"睦儿，出去吩咐下去，让王宇、吕焉二人过来。"王莽轻轻敲了敲几案，对着面前的睦儿道，"二人，现在，立刻，马上。"

"是，老师。"睦儿点了点头，没有多问一句，站起身走出书房，不多时，又走了回来，附耳在王莽身旁轻声道，"已经吩咐下去了。"

"坐着等吧。"王莽将杯中酒一饮而尽，脸上露出古怪的笑容，"真是没想到，我的儿子，也还会有这么有出息的一面。"

"和……和他们无关！王太傅！此事与我妹妹无关啊！"

当听见王莽提及二人的名字时，吕宽闪烁的目光便一僵。而到了睦儿再度回到书房之时，吕宽终于再也无法按捺住自己，用力抬起头，惶恐地望着王莽大声道。

"有没有关系，得等他们来了才知道。你又何必急于一时？"王莽笑笑，伸出手在身前虚虚一按，"你知道么？表情和语气有时候也能透露出很多事情。"

说完，他又意犹未尽地强调了一句："真的，很多。"

吕宽紧咬着下唇，几乎要咬出血来。

早在之前响起怪声时，府中的灯火便已经亮了起来，自窗外透入书房。不过父亲深夜召唤孩儿入书房，是很常见的事情，倒是没听见什么惊慌嘈杂声。

屋内，一时陷入了奇妙的寂静，只剩下王莽轻声啜饮杯中酒的声音。而王睦面前的那杯酒，却自始至终没有动过。

脚步声渐渐由远而近地响起，细碎而急促。

"父亲大人，何事召唤孩儿？"

门口响起了轻轻敲门声，一个青年男子恭敬的声音在门外响起。

"进来吧。"

王莽略微抬高了一点音量，脸上露出一丝捉摸不定的笑意。

门被小心翼翼地推开，门口站着年轻的一男一女。

男子看起来不过二十余岁，脸上挂着尊敬之色。尽管睦儿的传话过去并不久，但他深夜匆匆而来，竟然已经换掉睡衣，穿上了日常的服色。只是恐怕时间上还是略微来不及，没有戴上冠。

站在他身旁的，是一个看起来比他还要年轻些的女子。虽然已经是妇人打扮，但看面相，却只不过刚刚走过少女的年纪而已。她的脸上未施粉黛，看上去清秀可人，还带着几分天真稚嫩的气息，而小腹却微微隆起，显然已经有了身孕。

这正是王莽的长子王宇，与王宇的妻子吕嫣。

在推开门的一瞬间，看见被韩卓抓着头发按在地上的吕宽，王宇的脸便瞬间变色，双手也忍不住地颤抖了一下。

即便只有短短的一瞬，但王莽看得很清楚，他的双眼里，流露出了恐惧。

"果然……"

王莽苦涩地叹了口气，微微摇了摇头。

自己儿子，果然是知情的。

而儿媳吕嫣，看见自己的哥哥时，却忍不住地低呼了一声，表情里除了震惊之外，只有迷惑。

"坐。"

王莽伸出手，指着身前的两个空位，看着自己的儿子儿媳坐在了面前。

王宇落座后，便不再抬头，双眼只注视着桌上的酒具，全身都紧张地绷起。而吕焉却远没有他那么镇静，紧紧捏着一双拳头，眼睛一会儿低低地自下方偷望王莽，一会儿又小心翼翼地瞟向依旧被按在地上的哥哥吕宽。

自两人到书房起，吕宽便已经面如死灰，紧紧地闭上双眼。

"宇儿，你今年多大了？"沉默了片刻，王莽问道。

"孩儿……下个月便满二十八了。"

"二十八……二十八周岁之后，可就连青年都不算了……"王莽古怪地来了这么句没有来由的话，然后苦笑了一下，用力晃了晃脑袋，像是要把刚才的念头自脑海中甩出去一般。

他伸出手，指了指王宇身旁的睦儿："你堂弟今年才十四岁，论年纪，不过才是你的一半而已，可你与他的才能……却实在差得太远。"

王宇抬起头，看了看身旁的王睦，又迅速低下头。

"是为了卫氏的事吧？"王莽端起酒杯，抿了一口，"你上个月便劝我，不应阻挠天子与太后卫氏相见，还要我还政于卫氏。"

王宇不动，不开口。

王莽继续道："在你眼中，这应该就是所谓的忠了。天子，天子……为了对天子尽忠，便不得对父亲尽孝。所谓自古忠孝不能两全，在你心中，想来必定是觉得，自己的所想所说，所作所为，都是出自大义，对不对？"

"孩儿……孩儿并非不孝！"

王宇嘶哑着嗓子，终于开口了："天子……终究将是天子。父亲始终一意孤行，无论天子还是卫氏，心中焉能不存怨怼？待到有朝一日，天子亲政，他岂能不思念自己的生母？又将如何看待父亲您阻挠他与生母相见的举动？我王家一门……又将是何等下场？父亲！孩儿并非不孝，而是为了我王家着想啊！"

"所以，这就是你想出的办法？"王莽冷笑一声，"你觉得，怪力乱神之事，就能吓得到我？你觉得，吕宽方才若是没有被我捉住，我就会不知发生了何事，心中恐慌，再在你三言两语之下，便听信你的话？"

王宇低头不语，一旁的吕焉却瞪大了眼睛，死死地望着自己的夫婿，险些叫出声来。

但望了望王莽的脸，那声尖叫就被她死死压抑在了喉咙之中。

"不过，至少有一点我还算满意。"王莽指了指吕宽，对王宇道，"至少，你没有一味抵赖，撇清跟他的关系。"

"撇清……有用么？"王宇惨然地笑了起来，抬起头望着自己的父亲，"您该不会忘了，二弟是怎么死的吧？"

王莽神色不变，而一旁的吕宽，却全身猛地缩紧了一下，脸上的惊恐更甚。

虽然他并非王家人，但关于王莽的二子，也是王宇的弟弟王获之死，却是清楚得很。

应该说，全天下之人，都清楚得很。

吕宽抬起头，惊慌地望着王宇，不知道他为什么要提起那件事。他拼命地打着眼色，希望王宇住嘴。

可王宇没有理会吕宽的眼色。他的脸上依旧挂着那惨淡的笑容，脑海中，又回想起了四年前的那件事。

四年前，正是王莽谪守新都的时候。

那时，他不仅闭门不出，甚至就连自己的家人，也勒令不得随意离开府邸。

王莽清楚，那囚笼终将有一日被打开，让自己得以脱困而出。但在余人心中，却并非那么想。

比如王获。

他怨恨自己的父亲，怨恨自己的命运。在他看来，自己的一生，或者说，至少直到父亲死去前，都将被永远困在这小小的宅院里，永不得解脱。

原本，他是王家的二公子，可以呼风唤雨的王莽的儿子。

即便是王家在政争中失势，即便是父亲已经被贬谪回了封地，不再具有朝堂上举足轻重的地位，但他依旧是王家的二公子！

但王获不明白为什么在回到封地之后，父亲要让所有人都成为畏首畏尾的笼中老鼠。

这股对父亲、对命运的怨恨，总是要有地方宣泄的。

于是有一天，这股怨火烧向了他身边的人。

那一天的早上，一个婢女赤裸的尸体从王获的房间里被拖出。

而很不巧的，这一幕被王莽看在了眼里。

本以为会受到责骂，还有些紧张的王获，却只看见父亲蹲下身，仔细看了看地上的女尸，便转过头一言不发地离去，进了书房。

看见父亲的反应，王获松了口气。

然而，本以为此事已经平息的当天晚上，王获的房中却被送入了三样东西。

一把匕首、一条白绫，以及一壶毒酒。

跟随着这三样东西一起的，还有父亲王莽的一句口信。

"出于一个父亲的仁慈，我给你选择。"

那个父亲身边随侍最久的老仆，只对父亲一人忠诚的老仆，在传完了来自父亲的口信之后，便再也一言不发，只是板着脸，将托盘平端在胸前，静静地等着王获自行选取终结生命的工具。

不论王获如何咆哮，那名老仆都只是静静地望着他，眼中除了冷漠之外，什么都看不见。

完全没有料想到会是这样的结局，在激烈的吵闹之后，王获的精神崩溃了。

无论是匕首、白绫还是毒酒，他都不打算接受。

他不要这些选择。他选择的是反抗。

王获疯狂地推开老仆，冲出自己的房间。

他要去找自己的父亲，质问他为何要赐死自己的亲生儿子。他不相信，仅仅是为了一个下贱的奴婢，一个仅仅可以被称为私有财产的"东西"，父亲就要自己付出生命的代价。

王获原本想象的画面是自己愤怒地冲进书房，质问父亲的景象。他想象中，父亲不过是一时愤怒而已，现在，一定早已经在后悔之中。

他相信，父亲只是为了警告他，至多也不过是恐吓他一下而已。当自己站在父亲的面前时，父亲绝不会真的狠下心来，强行要自己去死。

甚至此时，他心中的委屈和骄纵，已经多过了第一眼看见那些匕首、白绫与毒酒时的惊吓。父亲应该把他抱进怀里，好好安慰一番，然后最多……最多自己再保证一下，以后再也不那么轻率了。

但当王获刚刚推开自己的房门时，却突然停下了脚步。

门后，站着一个黑色的身影，挡住了他的所有视线。

那个永远穿着一身黑衣、沉默寡言的少年，没有人有印象，他是从何时起出现在父亲身边的。

明明他还不过个少年，比王获的众兄弟都年轻得多。然而王获却总有一种奇怪的感觉——他像是自亘古以来，便始终陪伴着父亲，跟随着父亲。

他并不经常出现，仿佛终日都藏在父亲身边的阴影之中，终年也未必会见到一两次。却又让人感觉，他无处不在，随时会自阴影中浮现。

而每一次，王获看见这个人，以及他身上的黑衣时，都会情不自禁地感到脊背之上，鸡皮疙瘩粒粒竖起，难以抑制。

那个黑衣少年拦在了王获的身前，分明身形比王获还矮了半个头，但他望向王获的姿态，却给了王获诡异的居高临下之感。

王获猛地向后退了两步，心脏如被重锤狠狠敲击了一下。

王获眼角的余光望见了身旁的那名老仆，他仍然站在原地，手捧着托盘，也未曾动过。而到这时，王获才突然惊觉，那老仆不带任何感情的冷漠双眼所流露出的讯息。

混浊、黯淡、毫无波澜！

那是一双望着一个已死之人的眼睛！

王获惊恐地转头，又望向身前那正一步步走入房间的黑衣少年。

如果说，刚才那老仆的眼神，是望着死人的眼神的话，那么这黑衣少年的双眼里，便是来自死人的眼神。

"主上让我告诉你。"

这是王宇和王获第一次听见这个黑衣少年开口说话。

音色稚嫩，语气却死板生硬，带着挡不住的寒意。

"若你不愿选，那就让我来帮你选。"

黑衣少年缓步向前，一步步都仿如踏在王获的心上一般。

他走到老仆的身前，低下头扫了一眼托盘中的三样物什，轻轻伸出手，拿起了白绫。

"不要……不要……我要见爹爹！让我见爹爹！"

庭院里，刮起了一阵突如其来的轻风，原本大开的门，在风的吹拂下砰然关上。

而王获最后的嘶吼也同时戛然而止。

"父亲，你知道么？二弟的死，我永远也不会忘记。"

王宇转过头，望了一眼韩卓，又转回望向父亲，深深吸了一口气。刚才的回忆，即便只是回忆，也让他的身体禁不住再一次颤抖起来。

"那个问题，我在心里憋了很久，一直都不敢问你。但我想，今天，我可以问出口了。"

王宇顿了顿，鼓起全身的勇气："为什么，你会为了一个婢女，杀死自己的亲生儿子？"

王莽放下手中的酒杯，双肘撑在案上，将脑袋轻轻放在握拢的双手上，听着王宇问出这个问题。

然后他笑了，笑得很淡然。

回答王宇的，是一句反问。

"那么，你先回答我，我的儿子，是什么让你觉得，王莽儿子的生命，与一个婢女的生命，应该具有不一样的价值？"

王宇望着父亲被双手遮挡住，只露出一双明亮眼睛的脸，愣在了原地。

这个问题，与其说他不知道该怎么回答，倒不如说，他不知道这为什么会成为一个问题。

当然是不一样的！王莽的儿子，与一个婢女……他们的生命价值当然是不一样的！

这是天地间的真理！不需要解释，不需要理由！

不论是安汉公、当朝太傅的王莽，还是当时的新都侯王莽，他的身份，以至于他儿子的身份，自然都与一个婢女不一样！

甚至……这两者，都不应该被放在一起来相提并论！

"没错，你的反应，和我预想的完全一样。"王莽淡淡一笑，"你从来没有考虑过这个问题，甚至从来没有想过会有这样的问题存在。不同的出身，有着不同的地位，甚至就连生命的价值，也都是不一样的。在你，在王获，在这个时代的所有人眼里，这是天经地义，亘古不得更改的大道，对么？"

"……"

王宇没有说话，也没有点头，但他的沉默已经给出了答案。

"可我不这么认为。"王莽看了看王睦面前那杯一直没有动过的酒，端起来放到了王宇的面前，"你知道，我在看到那具婢女的尸体时，是怎样的心情？"

王宇端起酒爵，茫然地摇了摇头。

"那么，我来告诉你，那天我眼中所看到的一切吧。"王莽给自己也倒上了酒，仰头一口饮尽，才长出了一口气，陷入了深深的回忆。

"那是我第一次亲眼见到真正的死人。是的，第一次。不仅如此，那更是我第一次亲眼见到被虐杀的尸体，直到现在，我也不能忘记那个婢女的死状，尽管我连她的名字都不知道。

"那天，我真的被吓到了。真的。当我看着那具赤裸的尸体被王获从房中拖出来的时候，她全身上下都布满了绳痕和青紫，脸上肿得已经快要看不清五官。"

王莽深深吸了一口气，停止描述，又为自己重新倒了一杯酒，再度一饮而尽。

"她在死前，所遭受过的痛苦，直到今日，依旧时不时在我的噩梦中出现。她死得就像一头牲畜，而不是人。可王获虐杀她的目的，却仅仅是取乐而已。那天早上，当他看着我的时候，我从他的眼里看见了尴尬，看见了对责罚的担心，但也就仅此而已。我没有看见愧疚，没有看见悔恨。没有……都没有……一点都没有！"

王莽紧紧捏着自己手中的酒爵，面容扭曲，死死咬着自己的牙关。

"我知道，你比你的弟弟要好一些。你不会无缘无故地以取乐为目的，虐杀一个婢女。但是我也同样清楚，这仅仅是因为你不喜欢这么做而已。你比他更仁慈一些，但你的眼中看待他们的地位，与你的弟弟一样，你觉得人与人之间的生命价值，是不同的。"

"可这确实是不同的！"第一次从父亲口中听到这些话，王宇恍惚地摇着头，却不知道该如何回应，只能一遍又一遍地重复着，"这确实是不同的……"

"是相同的。"王莽叹了口气，"虽然绝大多数人都不会这么认为，但是，生命的价值，与出身，与地位，没有任何关系，每一个人的生命都是相同的。所以，当我看见那个婢女的尸体时，我就已经下定了决心。

"王获，必须死。"

"可他毕竟是您的亲生儿子！"王宇眉头紧紧锁着，望着自己眼前正变得越来越陌生的父亲，"是您的骨肉！您真的连自己的儿子都下得了手么！"

"骨肉？"王莽摇了摇头，脸上露出古怪的神情，"我并不在意，所谓的血缘这种东西，在我的眼中，唯一能够被继承的，就只有意志而已。何况……"

"意志？"王宇望了望身旁的王睦，自己的堂弟，"所以说，您选中的继承者，继承您意志的人，是他？"

"是的。"王莽点了点头，"是他。"

王宇惨然笑起来，脸上带着绝望："原来如此……二弟错了，我也错了……在您的心中，原来我们从来都不是您所属意的对象。"

"没错，而且今天的事情，更让我验证了这一点。"王莽有些遗憾地叹了口气，"如果说，你仅仅只是满足于做一个富家翁，以我儿子的身份，你可以一直安稳平和地生活下去。但可惜的是，你已经选择走上与我相悖的道路。"

"所以……我也要死么？和二弟一样？"王宇自嘲地笑了笑，望向一旁的韩卓，"这次，也是他来动手？"

一直茫然不知发生了何事的吕焉，此刻终于听懂了父子两人的对谈，瞪着大大的眼睛，难以自抑地惊叫起来。

"不，不是他。"王莽摇了摇头，"为了让卫氏彻底从这个朝堂上消失，我需要你死得更加轰动。"

王宇绝望地望着自己的父亲："可是，我并没有杀过人，仅仅只是做错了事情而已，为什么要得到和二弟一样的结局！为什么我也要死！"

"为了理想。"

这一次，开口的并非王莽，而是一旁一直未发一语的王睦。

他望着的也并非堂哥王宇，而是自己的伯父王莽。他的眼中，闪烁着狂热的光芒，如烈火般燃烧着。

"是的，为了理想。"

王莽的眼中，也燃烧着同样的东西。

王宇缓缓低下头，良久，才又重新抬起，面色已化作惨白。

"那……她呢？"

他问的是身旁的吕焉，他的妻子，那个已经因恐惧而完全缩成了一团的年轻女子。

王莽深深叹了口气。

"放心吧，我会……处理妥当的。"

一个月后，卫氏一族被尽数诛灭。

同日，王宇在狱中被王莽赐下毒酒自尽，吕宽于长安街头被斩首并弃市。

三个月后，吕焉为已死的王宇产下一子，随即被王莽赐死。

秋日午后，长安城外的枫林已是一片血红。

枫林之旁，停着一辆马车。

马车的装饰很简陋，没有任何标记，但拉车的两匹马，却都是一等一的好马。

吕焉穿着一身缟素，面色苍白地坐在车中。怀中的婴儿仍在啼哭不止，她无神的目光望着车窗外站着的王莽。

"走吧，去南顿。在那里，没有人会知道你还活着。"

王莽轻轻叹了口气，望了望她怀里啼哭着的婴儿，涩声道："把……他好好养大吧。至少，给王宇留一条血脉下来。"

车夫驾着马车渐渐远去。从头至尾，吕焉也未曾开口说过一个字。

望着马车一路向着东方驶去，王莽缓缓转过身，望着面前巍峨雄伟的长安城。

"对不起，宇儿。但我能做的，也就只有这么多了。"

王莽喃喃说完这句话，正要踏步而行，却身子一个趔趄，就朝地上栽去。

"老师！"

一双臂膀扶住王莽，避免了他摔倒的尴尬。

王莽转头看了看一脸担忧的王睦，淡淡一笑："没事……"话没说完，口中猛喷出一口鲜血，随即整个人的气色都衰败了好些。

王莽苦笑一声："人非草木，孰能无情。"

王睦搀扶着王莽，似是想说什么，又迟疑了。在他眼里的这个叔辈、老师这些年似乎少有如此软弱的时候，不过这也更接近于当年还逗他玩的那个人。

那是什么时候呢？王睦眯起眼睛，陷入回忆中。王氏是朝野的望族，一个大家族在一起倒也其乐融融，幼年的王睦跟着王莽相处过一段时间，那个时候的王莽是个放浪形骸的混混，整天带着小王睦四处玩耍，掏鸟摸鱼没个正形，气得王莽父亲骂不住口，只言你自己混事还要带坏小的，然而那段时光却是王睦最快乐的日子。

改变是在一个飘雪的下午，王莽带着王睦窝在暖阁上喝酒。王莽喝完一斛酒后，王睦忽然感觉到，他这个叔叔陌生起来。他拿酒的动作、眼神、整个人散发出来的气势完全和平日不一样。随后的几天，王睦更发现，王莽开始读书了，拿着一本他平日最烦的《论语》读得不亦乐乎。

不过，对叔叔的反常，小王睦没有在意，他也逐渐和王莽疏远。直到几年后，王睦再次见到王莽，那时叔叔已立于朝堂。

王睦和王莽秉烛夜谈，直到天色发白。如果说童年之时他只是对这个叔辈有一点亲近之意，那么这一晚过去，他完全折服在王莽对于这个天下的高论之中。

那些他从来没有听过的术语、那些他从来没有想过的智略、那些他根本没法理解的奇思妙想……

王睦彻底地沉浸在其中，而从那时起，他就将自己的一生奉献了给王莽，他坚信，他的叔叔能带着他实现曾对他说过的那个理想——造就一个真正的大汉王朝。

第三章 刘氏双雄

居摄元年，二月，春陵乡。

自刘縯带着弟弟刘秀来投奔叔父刘良，已经过去了三年。

刘縯醉醺醺地走在田间的小道上，向着叔父家慢悠悠地走去，边走还边哼着小调。

尽管只是初春，寒气未退，道旁的积雪都未曾全部消退，但刘縯却赤裸着上身，任由健壮的胸膛迎着寒风，消减体内的酒气。丝绸的外衣被他束成一道，捆扎在腰间。

而在他赤裸的上身，竟然四处都有着虬曲盘结的伤疤，自颈至腰，大大小小数十处。最长的一道，从左胸直到右肋，宽有二指，望之骇人。

远远望见叔父的家中还亮着灯火，刘縯有些讶异地皱着眉头，加快了脚步。

这时候，按理说不论叔父叔母，还是弟弟，都该上床就寝了。往常他喝酒喝到这时回去，还得摸黑开门进屋。今天怎么……

刘縯快步走到院外，轻轻一个纵身翻过了院墙。

叔父的家并不算很大，进了院门正对着的，是一间朝南的主屋，隔出了三间来。正间会客，两侧卧房。

而在院落的东西两侧，则各有着两间小一些的厢房，住着刘縯兄弟二人，以及刘良自己的两个儿子。

此刻亮着灯火的，正是主屋里会客的正间。

刘缤沿着墙根，轻手轻脚地走到主间之外，没有马上进门，而是蹲在窗下，侧耳倾听起来。

屋里隐隐有人声传来，却刻意压低了嗓子。纵然刘缤仔细倾听，也分辨不出里面说话的内容。但灯光映在窗户上，却显出了屋内好几个身影，腰间都带着兵刃。

刘缤的心突然一跳，想了想，干脆推开门走了进去。

门扇日久失修，发出了一声长长的吱呀声。而伴随着那门的响动，屋内一瞬间也响起了呛啷呛啷的刀剑出鞘声。

刘缤偏着头，冷冷望着屋内。

叔父刘良坐在桌前，表情惊惶地望着门口，欠起了半个身子。

而坐在他对面的，是一个蓄着长须，年约四十岁的中年人。他穿着的只是最普通的布衣，毫无任何特异之处，但无论是神情还是气质，都隐隐透露出他惯常于发号施令，绝非一般的黔首。

这两人身上，都没有带着兵刃，但屋内四处或站或坐的几名壮年汉子，腰间却都挂着剑鞘刀鞘，此刻已明晃晃地握在了手中。

而站在最靠近门边的两人，左侧人手中的短刀已经顶在刘缤的胸口，右侧握着的匕首则横在刘缤的颈前。

刘缤没有动弹，只是低下头，望着身前的两柄利刃，冷笑了一下，眼中猛然爆发出两道精光。

他长出一口气，饱满的胸膛突然干瘪下去，原本紧紧顶着胸膛的刀尖便空出了半寸的距离。而与此同时，他的头也向后猛地一抬，右手托住了握着匕首的那只手，手指如钢箍般捏了下去，一声压抑着的惨呼低低响起，匕首已当啷落地。

左侧那人刚要发力，刺出短刀，但刘缤却没有给他这个机会，一只脚已经重重踹在了左侧那人的小腹上。脚尖如枪尖般一点，看似未曾发力，却将他踢得飞了出去，撞在墙壁上，满地打滚。

而右侧被刘缤捏住手腕的那人，已经满脸惨白，额头上一粒粒豆大的汗珠开始渗出。

刘缤身体向下一探一捞，已经将那柄匕首抄在手中，横在了他的颈前，偏过头冷冷地盯着他。

"谁让你们在我叔父家动刀的？"

刘縯手上又加了三分力，被他捏着的那人已经弓下腰来，嘴里嘀嘀作响，双眼上翻。

电光火石间，刘縯便打倒了两人，甚至让屋内的其余人等都未曾来得及反应。

"说，你们是谁的人？西城杜永，还是东城张丰？"

刘縯上下扫了屋内的几人，冷笑一下："江湖事，江湖了。摸到我叔父家里来，算什么英雄好汉！"

自从到了春陵之后，刘縯虽将刘秀交给叔父刘良照看，自己却无心在春陵这乡下地方终日种田度日。

他这样的人中之龙，怎么可能安心地做一个庄稼汉子？

春陵乡位于南阳郡，距离南阳的治所宛城并不太远。即便在整个荆州，宛城都是一等一的大城，繁华之地了。城内数十万人口，自然鱼龙混杂，三教九流无所不有。

但仅仅三个月，刘縯这个名字，便在宛城打出了一片名号。

全宛城的偏门都知道，有个叫刘縯的小子，不但身手好，而且下手狠。

而到了三年后的今天，刘縯已经在宛城打出了自己的一片名堂来，成了宛城游侠之中最出色的年轻人物，声势甚至渐渐足以与西城杜永、东城张丰这宛城原本最大的两股势力并驾齐驱。

但刘縯却没有在宛城扎下根来，而是大半时间都还住在春陵叔父的家里。倒不是为别的，而是因为弟弟还在这里。

只不过刘縯没有想到，他们居然会无耻到这等程度，跑到春陵乡下，找到叔父家里来。

不过……区区七八个人，刘縯又怎么可能放在心里？以刚才所见的身手，便是人数再多上一倍，也丝毫不足为虑。

他唯一还在犹豫的，便是在这里杀人，会不会给叔父惹上麻烦……

"伯升，快住手！他们不是……"直到此时，刘良才反应过来，慌忙站起身，颤动着手指，指着刘縯。

坐在刘良对面的中年男人却摆了摆手，表情镇静，上下打量一下刘縯，嘴角露出一丝若有若无的笑意来："身手不错。"

刘縯看着那中年男子，眉头微皱，心中思忖片刻，缓缓松开了手，但那柄匕首却依旧握在自己手中。

那被夺去匕首的汉子被刘縯轻轻在胸口一推，向后撞在了墙壁上，紧紧握着手臂上方才被捏住的位置，脸上的肌肉依旧因疼痛而扭曲。

几道青紫的指印，已经深深印在了他的手腕之上。

"看来，不是来找我的。"刘縯望了望叔父，又望了望那中年男人，点了点头，手腕轻轻一抖，那匕首已经消失在了手中，"那你们慢慢聊吧。我去睡了。"

说完，刘縯便大剌剌地转过身，向着自己和弟弟住的厢房走去。

"少待！"

身后传来那中年男子的声音："既然有缘会面，何妨一叙？"

"没兴趣。"

刘縯冷冷丢下一句话，关上了身后的门。

望着刘縯走出去，刘良对面的中年男子却丝毫没有因他的无礼而有什么愤怒之色，而是对着刘良微微躬了躬身："毕竟事关机密，我的属下警惕得过了些。幸好，没伤着他。实在抱歉得很。"

"无妨……无妨……"刘良连忙摇了摇头，脸上挂着歉意，"这是我兄长的孩子，名叫刘縯，字伯升。我本来也没想到伯升这孩子今夜会回来，忘了跟你交代。反倒是伤了侯爷两个属下，该是我不好意思才对。"

直到此时，被刘縯一脚踹飞的那汉子，才缓缓自地上爬起，捂着小腹跪在了被称为侯爷的中年男子面前："属下保护不力，向侯爷请罪。"

"不必介怀。"侯爷笑着摇了摇头，"那年轻人的身手，确实出色。这不是你的错。反正也并非什么歹人，此事便不用再提了。"

安抚了属下两句，侯爷又转过头向刘良诚恳道："次伯兄，我的提议，你便真的不再考虑一下？"

刘良苦笑了一下："王莽权倾天下，安众侯能于此时决意起兵与抗，实乃我宗室之幸。我刘良自然是钦佩不已。但舂陵一支，却实在人丁稀薄，恐怕是帮不上什么忙了。况且，我如今只是一介布衣而已，人微言轻，何德何能，值得安众侯黄夜来访？"

"次伯兄何必过谦？"安众侯摇了摇头，微笑道，"春陵一带，自高祖开国以来便是我宗室大支。何况次伯兄于平帝年间便被举为孝廉，又曾任萧县县令，莫说春陵乡，便是整个南阳郡的宗室之中，都可称得上是一言九鼎。'人微言轻'一词，实在太过自谦了。"

刘良只苦笑着摇头，不再说话。

"次伯兄，自去年年末，先帝驾崩之后，王莽扶孺子婴为继，却只给了一个皇太子的名号，自己倒是僭号假帝。此等狼子野心，天下但凡双眼不瞎之人，皆能看得出来。更不必说，……你可知，他此刻已昭告天下，改元为何？"

"在下身居乡野，此刻才是二月，朝堂上改元之事，还传不了那么快。"刘良手抚颔下短须，轻轻摇了摇头，"那么，新年号是？"

"居！摄！"

安众侯脸色铁青，死死盯着刘良，自口中吐出了两个字来。

纵使刘良此前一直面色平淡，但听见安众侯说出的新年号，依旧忍不住全身微微一震。

"居摄……居摄……"刘良轻轻念叨着这两个字，面上忍不住泛出苦涩与惊恐之意来，"看起来，他是真的下定决心，要篡位了。"

"正是如此。"安众侯沉沉点了点头，"次伯兄，真的可以坐视我刘氏天下，落到他王家的掌中么？若真如此，你我死后，又有何面目到九泉之下，面对太祖高皇帝？"

"可……"刘良欲言又止，最终只是长长叹了口气，摇了摇头，"还是再静观其变一阵子吧。或许王莽……只不过想做周公伊尹，而非智伯田禾，也未可知。"

安众侯一眼不眨地望着刘良，良久，也终于长长出了一口气，神色黯然："看起来，次伯兄心意已决，那我便也不再多说了。"

说罢，安众侯站起身来，向着刘良长揖一礼："既然如此，我便就此告辞。但无论次伯兄如何打算，一月后，我都将在安众起兵，攻打宛城。

若能成功，只盼到那时……次伯兄能念在同为宗室一脉的份上，于舂陵呼应。"

"我……不能给安众侯什么许诺。"刘良涩然一笑，"只能……预祝侯爷成功吧。"

安众侯点了点头，领着众护卫走出门外，抬头对着夜空凝望许久，幽幽长叹一声。

"侯爷，为防万一，要不要……"

身边一名护卫凑到安众侯耳边，轻声说道，同时向着刘良那间屋子努了努嘴。正是方才被刘縯一脚踢飞那人。

"一派胡言！"安众侯狠狠瞪一眼那护卫，压低了嗓子，"刘次伯乃忠厚长者，纵使不愿相助，也绝不会做那等卖友求荣之事！何况，你们几人，打得过方才那小伙子么？"

说到此处，安众侯看了看刘縯方才走入的那间厢房，凝神思索了一下，迈步走去。

刘縯原本担心宛城中的仇家寻来，还有些担心叔父与弟弟的安危，误会消除之后，也懒得再理会他们深夜密谈之事，向着弟弟所住的厢房走去。

自从到了舂陵之后，他便是一直跟年幼的弟弟住在同一间厢房内。现在长年待在宛城，只是偶尔才回来一趟，自然更是没有必要独住一间。反正弟弟也习惯了和他一起睡觉。

推开门，刘縯轻车熟路地摸黑走到弟弟的床前，在床沿边坐下，轻轻拍了拍被窝中的弟弟："阿秀，阿秀？"

"哥哥！你回来了！你这次走了好久！"刘秀正在酣睡，迷迷糊糊地听见哥哥的声音，睁开惺忪的睡眼，看见果然是哥哥出现在面前，顿时欢呼一声，坐起身扑了上来。

"嗯……在城里有点事，多耽搁了两三天。"刘縯笑着拍了拍弟弟的脑袋，"这才几天不见，都想我了？"

"你又喝酒了！"刘秀闻到了刘縯身上的酒气，微微皱起了眉头，"是不是回家前还打了架？"

"没有！哥哥保证，今天回家前绝没有打架！"刘縯连忙摇头否认。

反正……刚才那场架是回了家以后才打的，这么说倒是也不算骗人。

"爹爹去世前，还说让你照顾我来着……结果你整天就是喝酒打架，既不陪我玩儿，也不教我念书……"刘秀嘟着嘴，轻轻拍着被子。

三年的时间，刘秀已经长成了十一岁的大孩子。虽然言语间还有些稚气，但父母早亡，寄人篱下的日子，已经让他成熟了许多。至少，不再用"阿秀"这个词来作为自称了。

纵使叔父对他们兄弟二人很好，几乎视若己出，但在刘秀心里，那毕竟还是不一样的。

"阿秀早就已经比哥哥念得深了，哪儿用得着哥哥来教？"刘縯哈哈一笑，把话题岔了开去，"这两天在念什么了？"

"还是论语啊……子曰子曰子曰的……"刘秀叹了口气，"叔父教我倒是教得挺用心，但是跟着他念书太无聊了……"

"好啦，哥哥在城里得赚钱呀，咱们不能总是要叔父一直养着吧……"眼见着刘秀又要抱怨，刘縯连忙解下缠在腰间的上衣，从衣兜里掏出一个小包来，递给弟弟，"喏，给你买的！"

刘秀欢叫一声，拆开小包。他知道，每次哥哥从宛城里回来，都会给自己带上一堆玩具和好吃的。

果然，这一次的小包里，是一堆糖块，一堆果脯，还有一个木头雕刻的小人偶。

"嘿嘿嘿……真甜！"刘秀笑眯眯地塞了一块糖块在嘴里，方才的抱怨已经烟消云散，抱着哥哥用力在脸上亲了一下。

"你看，不出去努力赚钱，怎么能给阿秀买好吃的呢？"刘縯笑着揉了揉弟弟的脑袋，突然听见响起了敲门声。

"谁？"

难得和弟弟聊天的时光被打断，刘縯皱着眉头，不悦地问道。

"可否出来一叙？在下，宛城刘崇。"

门外响起的声音，是方才那个坐在叔父对面的中年男人，温和宽厚。

刘縯想了想，轻轻拍拍弟弟，嘱咐他少吃两块糖，便走出了房门。

门外，果然是那个中年男子，独自一人站在厢房门口，那七八名护卫远远地被吩咐在了身后院落里。

"刘……崇？安众侯？"

刘縯上下打量了那名为刘崇的男子一眼，不明白他为什么要来找自己。

虽然自己现在确实已经成为宛城三分之一的地下势力掌握者，但即便是要抓自己，也应是县尉来，而不是眼前这个只有安众一乡食邑的侯爷吧？

"正是在下。"刘崇丝毫没有居高临下的气势，而是面带微笑，"刘縯是吧？令尊当年在世时，和我也有过一面之缘。只是那时，你还只是牙牙学语的幼童，没想到转眼过去，都长这么大了。方才一时间，竟然没能认得出来。"

"找我何事？"刘縯点点头，望着这个应该被自己称为族叔的男人，心里揣摩着他的用意。

他的举动，总透着一股古怪。

深夜造访叔父也就罢了，却还带着那么多身负兵刃的护卫，刚才自己也是因为这点，才以为是来寻仇的仇家。

但此刻天下太平，春陵一带也并没有什么打家劫舍的强盗，他又何必如此小心翼翼的？

而且，从他的护卫，以及叔父方才的紧张模样来看，他们所商谈之事，显然机密异常。刘縯不愿参与其中，已经主动离去，但他却再次主动找到自己……

想到这里，刘縯有些头疼。

"你可知，如今王莽已是大权在握，虚奉天子，自己却欲行代汉自立之事？"刘崇开门见山，直接发问道。

"不知道。"刘縯干脆地摇了摇头，"何况，那和我有什么关系？"

"你我皆为宗室，焉能无关？"刘崇肃容道，"身为太祖高皇帝之后裔，眼见大汉倾颓在即，自当挺身而出，捍卫汉室！"

　　他见刘縯似乎毫无兴趣的样子，也不多废话，开门见山："我在安众便听说过，宛城的地下，新近崛起一股势力。短短数年间，便在城内占据了一席之地。领头的，不过是个二十出头的年轻人，名为刘縯。只不过我没想到，那居然便是你，更没想到，会在这里遇见你。"

　　"我已与你叔父相谈过，邀他一同起兵，对抗王莽。但可惜被他拒绝了。或许他的年纪已经大了，不愿再冒这样的风险。但我希望，你不要拒绝我。你在宛城有势力，又是春陵出身的刘氏宗族中人，若是一个月后我起兵攻打宛城的同时，你也能在城内助我一臂之力，振臂一呼，春陵宗室必当闻风景从！到时候，别说宛城，便是整个南阳郡，也必将落入我等掌中。彼时以南阳为根基，会同天下宗室，必能驱逐王莽，兴复汉室！"

　　"然后呢？"

　　刘縯不耐烦地听完刘崇的长篇大论，望着他一脸的热切，伸出手掏了掏耳朵："然后就怎样？"

　　"然后……然后就兴复汉室啊……"刘崇一时竟然张口结舌，不知该怎么回答。

　　大汉要亡了！要亡了！他本以为面前这个年轻人，只不过是不了解天下大势而已。但他没料到的是，即便自己已经如此陈说利害了，刘縯却依旧一副满不在乎的样子。

　　"兴复汉室，有什么用？"刘縯不屑地冷笑一声，"这对我，有半个铜板的好处么？"

　　"此乃大义！"刘崇激动得不能自已，甚至顾不得压低声音，"这个天下，这个大汉，是我太祖高皇帝一手创立的，怎能让他王莽为所欲为，窃据帝位！"

　　"你张嘴闭嘴就是太祖高皇帝太祖高皇帝。可是我却不明白了，这太祖高皇帝的天下，又是打哪儿来的？"刘縯讥讽一笑，"我从小不爱读书，但好歹也知道，刘邦跟项羽争天下的故事。在那之前，天下是秦二世、秦始皇的。秦朝之前，又有周，有商，有夏，有三皇五帝……这天下，难不成就注定了非得是姓刘的坐？"

"你……你这是什么胡言乱语！"刘崇听到一半时，已经全身颤抖了起来。待到刘缤说完，已经忍不住伸手指着他的鼻子，"竟敢直呼太祖高皇帝的名讳！他一手打下的基业，你难道希望看着王莽夺走么！"

"我没有希望，但也没有不希望。只是此事与我无关而已。"刘缤冷哼一声，逼视着刘崇，"我虽然只是一介布衣，但在宛城的日子，倒未必比你这个侯爷差上多少。我手下的任侠之士，恐怕比侯府里的侍卫多一些。我睡过的女人，恐怕也要比侯府里的侍妾多一些。只要我想，我一日三餐所吃的，只怕更未必比侯府里差。我对这样的生活，已经很满意了。至于这个天下，究竟是姓刘，还是姓王，甚至姓张姓李，和我又有什么关系？"

"你……你……简直愧对你父亲！不肖子！"

原本温文尔雅的刘崇，终于再也按捺不住，对着刘缤破口大骂起来。

先前一直懒洋洋一脸无所谓的刘缤，在听见刘崇提及自己父亲的时候，却脸上骤然挂上了一层寒霜。

刘崇的一句话尚未说完，便突然为之一滞，刘缤的右手如铁箍一般，紧紧掐住了他的咽喉。

"不要，提到，我父亲！"

刘缤掐着刘崇的脖子，歪着脑袋死死盯着面前因呼吸不畅而涨红的脸，双目中露出野兽一般的光芒。

"放开！"

"找死！"

原本站在远处，被刘崇吩咐过不得妄动的几名护卫，看见自家侯爷被捏住了脖子，再也不能坐视不管，纷纷呼喝着拔出腰间刀剑，扑了上来。

刘缤冷笑一声，手臂轻挥，将刘崇甩向扑来的那群护卫。当先的两人慌忙放低手中刀剑，抱住打横飞来的侯爷，却被撞得倒在地上，滚作了一团。

而他们还算是幸运的。

刘缤的手一抖，此前夺来的那柄匕首已经无声无息地出现在了掌中，随后身体微微伏下，脚一蹬地，向着前方直蹿而出。

暗夜中，他矫健的身形如同一头猎豹，健硕的肌肉丝毫不显得笨重，反倒灵活异常。仅仅刀锋一闪，一名护卫便手捂着手腕，低低地发出一声惨呼。

一柄长剑落地，鲜血潺潺地滴落其上。

刘縯的动作很简单，也很直接，没有任何的套路，仅仅是闪避与挥刀。但就是这简单的动作，偏偏最为有效。每一名护卫都只是看见刀光一闪，自己的手腕便是一凉，当疼痛传来时，手中兵刃都已经落在了地上。

只不过，他们倒还一直都记着护卫主人隐秘出行的任务，无论是先前的怒吼，还是如今的痛呼，都始终低低压在喉咙之中，没有惊扰到周围的邻居。

当其余几名护卫都已受伤，兵刃落地时，一开始冲在最前的两名护卫才刚刚扶起自家侯爷，气喘吁吁地站起身。而刘縯手中的匕首，也已经抵在了安众侯的脖子上。

面对着明晃晃的匕首，无论是刘崇，还是他身旁的那两名护卫，都不敢再动上分毫。

"记住，以后不许再在我面前提及我的父亲。"

刘縯却没有刺下去，而是冷冷地望着刘崇，一字一顿地警告。

说完，他的右手用力一掷，那匕首已经深深插入地面，直至没柄。

"走吧，别再来春陵。不管你要造王莽的反也好，还是在安众乡做你的富家侯爷也好，都和我无关。"

刘崇望着刘縯，又低头望着那已经没柄的匕首，长叹了一声，在两名护卫的搀扶下，领着其余几人便要离去。

"对了，你之前说过，要一个月后起兵对么？"

刘縯本已转过身去，突然又扭过头，对刘崇道。

"是。"刘崇不知刘縯何意，停下脚步问道。

"我刚才下手，留了分寸。他们几个人手上的伤，二十日内便可痊愈。一个月后，握剑不成问题。"

"……多谢。"刘崇深吸一口气，艰涩吐出这两字。

刘縯默默看着刘崇等人离去，走上前关上院门，再回头时，却发现叔父刘良已经站在了自己身后。

"叔父。"

刘縯一躬身，向着叔父行了一礼。对这个在父亲病故后收留自己兄弟二人的二叔，他始终抱着一份感激与尊重。

"你……方才所说，可是真心？"

刘良直直看着自己的侄儿，双目相交，仿佛要试图看透他的内心。

"真心……"刘縯与叔父对视片刻，轻声开口道，"叔父，您认为呢？"

刘良摇了摇头："我不信，若是王莽确实有篡位之心，你会真的无动于衷？"

刘縯沉思了一会儿，突然笑了起来。

"放心吧，叔父。我只是觉得，这个安众侯，必定不能成事而已。你知道，我毕竟是在宛城混了这么些年下来。虽然没见过他的面，但对他的风评，却是了解不少。"

"没错。我与他相识多年，也见过不少次面。刘崇此人，虽然忠义，却是志大才疏。别说讨伐王莽，就算是宛城……他都未必能打得下来。"刘良也点了点头，"何况，王莽此时虽然跋扈，但毕竟还未惹至天怒人怨。纵使现在起兵，也难天下云集响应。他此去……只怕凶多吉少。"

"是有凶无吉才对吧。"刘縯笑了笑。

"这段时间，你就别再去宛城了。好好在家里待着，我也放心点。毕竟，你爹爹交到我手上的，可不仅仅是阿秀一个人。你若有什么三长两短……"

"好好好，放心吧二叔。"刘縯伸了个懒腰，慢步向着弟弟的厢房走去。

"等等，伯升。"刘良突然又在身后唤了一声。

刘縯转过头，望着叔父。

"若是有一天，真的天下大乱。到了那时，你可愿起兵讨伐王莽？"

刘縯望着叔父，表情渐渐化作严肃。

"那是……当然的！"

"你刚才又打架了吧"

推开门进屋，刘秀依然没有睡，而是坐在床上，睁着一双明亮的大眼睛望着哥哥："你是不是每天不打架，心里就难受？"

"都听见了？这可是他自找的！"刘縯在弟弟身边躺下，轻轻哼了一声，"谁叫他拿爹爹说事！"

"嗯……没受伤吧？"刘秀一个翻身起来，借着窗棂透入的微光，仔细看着哥哥的全身。

"废话，哥哥都多久没受过伤了？"刘縯自负地一笑。

确实，最近这一年来，他身上已经再没有添过一处新的伤痕。

"那个叫王莽的，真的很坏么？"刘秀检查完了哥哥的身上，确认了没有新伤痕，才放下心来，好奇地问起在屋里偷听到的内容。

"我怎么会知道？我又没见过他。"刘縯躺在床上，双手抱着后脑，悠然道，"天下人悠悠之口，可以把黑说成白，也可以把白说成黑。一个人是好还是坏，光凭人言，谁能说得准？只不过，既然大家都恨他，那么他就必须是个坏人而已。"

"那为什么……大家都恨他？他做了什么事情？"刘秀继续追问道。

"也没什么大不了的，只不过是……他做了一件很多人都想要做，却又做不到，或者不敢做的事情而已。"刘縯笑了笑。

"是什么？"

"他想要……"刘縯将头转过一半，看着身旁弟弟明亮的双眼正好奇地望着自己，轻声开口道，"取得这个天下！"

"啊！难怪那个侯爷要讨伐他，二叔也问你以后是否要起兵对抗。因为……他要夺取我们刘氏的天下？"

"我们刘氏？"刘縯不屑地笑了起来，"阿秀，你觉得，这天下目前，和你，和我，和叔父，有半个铜板的关系么？甚至就算是那个安众侯，也不过只是一个享用安众乡几百户食邑的闲散侯爷而已。所谓宗室的名号，根本毫无意义。这个天子又不是你我，那么姓刘还是姓王，与我们有什么关系？"

"也对……可是，既然与我们没有关系，哥哥你刚才为什么又跟二叔说，你将来会去起兵讨伐他？”刘秀想了想，伸手挠着脑袋问道。

“因为……”

刘縯轻轻摸了摸刘秀的脑袋，脸上露出一丝古怪的笑意，压低了嗓子，以仅能让弟弟听见的音量道："若我能成为那个天子，不就有关系了么？”

“啊！”

刘秀刚刚情不自禁地要大叫出声，却被刘縯一把捂住了嘴。

“嘘！别让二叔听见！”

“嗯！”

刘秀点点头，目光里的惊骇却还未消散，轻轻道："哥哥……你想当天子？”

“哼……我为什么不行？”刘縯眨了眨眼睛，"王莽想做什么，与我何干？我只是要取得这个天下而已，与我姓不姓刘无关，与王莽篡不篡汉同样无关！明白么？哪怕……哪怕当今的天子，一直是刘氏的人，我也要……把天下握在自己的掌中！”

“好厉害！”

刘秀崇敬地望着自己面前的哥哥："哥哥一定可以做到的！”

“那是当然！你哥哥我，可是注定要成为人中之龙的啊！”刘縯握着拳头，在弟弟面前比画了一下。

“可是……当天子应该很难吧……而且到了那个时候，哥哥就不能经常陪我了……”刘秀想了想，快快道。

“放心吧！哥哥就算成了天子，也不会抛开阿秀的！”刘縯嘿嘿笑着，伸出手握住了弟弟的手，放在两人的面前，"到时候，我成了刘邦，你就是刘喜！”

“刘邦……就是太祖高皇帝么？那刘喜又是谁啊？”刘秀茫然地望着哥哥。

“就是刘邦的弟弟啦。虽然他很没有本事，又懦弱，又笨，但是刘邦一直对他很好啊！就算刘喜被匈奴人打得抛弃封地，跑回了长安，刘邦也没有生他的气。因为他是刘邦的弟弟嘛！所以，哥哥也会一样，一直对阿秀好的！"

　　"好！那我就做哥哥的刘喜！就算被敌人打跑了，哥哥也不会生气，会一直保护我！"刘秀开心地笑了起来，可是想了想，又嘟起嘴，"可是，我才不是没本事又懦弱的笨弟弟啊！"

　　"那当然了！阿秀是又乖又懂事，而且念书用功的弟弟！"

　　刘縯用力捏了捏弟弟的手："但是，哥哥还是会一直保护你的！"

图穷匕见

第四章

未央宫，长信殿，庭院。

这是太皇太后王政君的居所。

下午时分，日光正好。庭院内只有两人，而其余的宦官与宫女，尽皆被遣散开去。

王莽搀扶着太皇太后，也是自己的姑母王政君，在院内缓缓走着。

她已经老了。在八十岁的年纪，即便身为太皇太后，每日钟鸣鼎食，又有太医全心照料，但能活到这个年纪，依然已可算个奇迹。

她的头发早已花白，身躯也伛偻得如同枯树。年轻时的绝美容颜，到老来也不过是过眼的云烟。皱巴巴的皮肤上满是沟壑般的皱纹，再华贵的衣装穿在身上，也难以掩盖那沉沉的暮气。就连那双半闭着的眸子也灰沉沉的，没有半点光彩。

太阳照在身上，暖洋洋的。绕着庭院走了两圈，王政君抬起头，眯缝着眼睛望了望头顶的太阳。

很刺眼，却带给她暖意，甚至给了她生命。

而大汉也一样——不，应该说，是比太阳更伟大的存在。太阳会朝升夕落，而大汉却不会。大汉应该是永远悬挂在天上，永远散发着光芒，凛然不可侵犯的存在。

没有什么，能够比得上太阳的光辉，就连自己出身的王氏也不行。

她是王氏的女儿，但她在这未央宫中待的时间，却远比在王氏族中待的时间远长多了。

五十多年来，自皇后，到太后，再到如今的太皇太后……王政君的身体里，已经深深地烙下了大汉的烙印。

而王氏，在她的庇佑下，也一直尽情地享受着最充足的阳光。

让自己出身的家族，尽情地沐浴阳光，甚至占有最多的阳光，这都是好的，是她所希望的。

但最近，她却越来越隐隐地感觉到，她所不希望的事情将要发生，甚至可能是……正在发生。

"姑母，累不累？"

王莽微微低下头，轻声对自己搀扶着的王政君道："要不要……先去歇息一下？太阳已经快落山了。"

"不了。"王政君缓缓抬起头，盯着王莽，以低沉老迈的声音轻轻道，"正是要趁着太阳还好，才得多走走。"

"可是，那终究是要落下去的。"王莽抬起头，望着已经渐渐西斜的太阳，似笑非笑，"还是趁它落下之前，早点回去吧。日落后，风大。"

"就算一时落下去，也终究还会再升起来。这是天地间的大道，永远都不会改变。"王政君轻轻顿了顿手中的拐杖，话语急促了些。

她望着王莽，又补充了一句："谁都没有办法改变。"

"是么？"王莽抬头望了望天上的太阳，突然笑了起来，念出了一句古怪的诗句，"为有牺牲多壮志，敢教日月换新天……姑母，你可能感受到，这其中的豪情壮志？"

"你……你说什么！"

王政君的面色骤然一变，原本低垂的眼皮猛地抬起，双目中的精光暴起，丝毫不似一个已经八十余岁的老妇人。

"我说……这太阳，便是将它换一换，也并没有什么打紧。"王莽扶着太皇太后，在庭院里寻了一处地方坐下，随后轻声道。

"你给老身说清楚，你要换什么？巨君！"

王政君却不落座，双手紧紧握着拐杖顶端，死死盯着王莽的脸，仿佛一头已经衰老日久的狮子，仍在抖擞着昔日的雄威。

"姑母，我需要权力。"王莽见王政君不落座，摇了摇头，自己坐了下来，丝毫没有紧张地望着姑母怒意充盈的脸。

已经没有必要再掩饰。现在，到了不得不坦诚相对的时候了。

"权力？你现在所拥有的，难道还不够么！"王政君再一次重重敲了敲拐杖，"从太师，到安汉公，到如今的摄皇帝！甚至连孺子婴当上了皇太子三年，都一直没有继位！"

她的声音并不算大，语速也并不算快，但即便如此，愤怒也依然是一件极为消耗体力的事情。王政君重重喘息了两声，才继续道："巨君，你真的已经没有再进一步的必要了！卫氏已经被你诛灭，傅氏与丁氏更是早就消失在这个朝堂上。你没有对手，没有任何人来阻挠你，你的权力，在大汉早就已经到达了顶峰，你还想要什么？"

"还不够。"

王莽轻轻摇了摇头："姑母，真的，还不够。"

他也站起身，站到王政君的面前。佝偻的老人，身高仅仅到他的胸口，仰头愤怒地望着他。

"我需要更多的权力，不但比现在更多，甚至……"

王莽顿了顿，双眼中流露出一股古怪的狂热："甚至，得比大汉这个框架所能容纳的，还要多。"

王政君深深凝望着自己这个侄儿的双眼，突然像是被狠狠扎了一针般，全身不由自主地一缩，脸上表情也自威吓变作了震惊。

她原本以为，自己这个侄儿，所追求的不过与大汉二百年来，所出现过的一切外戚一样，只是荣华富贵与权力而已。

身为外戚，爬到了他如今的位置，早就应该已经满足了。

但他……却依然好像还不够的样子。

最奇怪的是，他此刻对着自己所说的内容，分明是赤裸裸的攫夺，但他的表情与眼神，却没有流露出哪怕一丝半点的私欲。

相反，是充满了狂热、虔诚，以及一些王政君自己都说不清、道不明的东西。

他在疯狂地追逐权力，但权力并不是他的目标，而仅仅是手段而已。

那么……在获得了他以为足够的权力之后，那真正的目的，究竟会是什么？

"你……你到底想要的是什么？告诉老身，巨君！"

王政君需要用尽全身的力气，才能扶住拐杖，不让自己倒地。

"我想……要的么？"

王莽突然笑了一下，随后伸出手轻轻扶住了姑母的肩膀。王政君微微一动，却最终还是没有闪躲。

"我想要的，其实很简单。"

王莽低沉的嗓音，仿佛带有魔性一般，在姑母的耳边轻轻吐出。

"那是一个……新世界！"

居摄三年，十月，长安。

刘婴被立为皇太子，已经过去三年了。这三年里，他一直未曾再进一步，登基为皇。

毕竟，即便是现今，他也不过只有五岁而已。

真正把持朝政的，则是当朝太皇太后王政君与代天子朝政、号假皇帝的王莽二人。

然而，纵使已经距离皇帝仅有一步之遥，王莽却始终没有住在皇宫之内，而是依旧住在长安城内，自己的府邸之中。

只不过，那府邸上悬挂的牌子，由太师换成了摄政而已。

在这三年内，也并非没有反抗者的出现。

居摄元年，安众侯刘崇于南阳起兵，然而仅仅聚集了数百人的他，连城门都未曾攻破，便已败亡。

居摄二年，东郡太守翟义起兵，拥立严乡侯刘信为皇帝。又有赵明、霍鸿等人起兵，一度占据了长安以西二十三个县。

然而这些人，都被轻松扑灭，甚至最长的一个，也没有坚持到两个月。

扑灭这些反抗的，是王莽麾下，王氏宗族中最出色的两名将才，王邑与王寻。

现在，王莽的府中，正摆着一桌小小的酒宴。坐在席上的，正有这两人。

王邑年三十八岁，身材粗壮，仿如熊虎，然而一张面孔却长得颇为秀气白净，甚至颌下连一根胡须都没有。他是王莽的族弟，也是王睦的父亲。

王寻同样是王莽的族弟，年四十岁，黑瘦矮小，寡言少语。坐在席前，半晌也未曾动过一次筷子。

厅内只有四人，除了王邑、王寻二人之外，便是王莽与坐在身旁的王睦。在酒菜齐备之后，甚至是仆役也被吩咐出了厅外。

"你们可知道，前日姑母又召我入宫，敦促我尽早安排孺子婴登基？"

王莽放下酒杯，目光扫视着身前的二人，缓缓道。

王寻沉默不语，王邑叹了口气，张了张口，却还是一言不发。

但王莽却不理会他们有没有回应，顿了顿，继续道："你们觉得，姑母是什么意思？"

"国无君不立，太皇太后她……毕竟还是希望这大汉能有一个法统上的君主吧。若是只由兄长大人摄政，终究还是名不正言不顺……虽然这等想法略有迂腐，但……"见到王寻始终一言不发，王邑还是忍不住开口道。

"但那毕竟是我们的姑母，是当今太皇太后，是我们王家在内廷的把控者，是这个天下身份最尊贵的人，对么？"王莽哂然一笑，"她为内，我为外，只有双方精诚合作，才能保我们王家尊荣不失，长久荣华富贵下去，牢牢身居大汉第一外戚的地位，对么？"

"这……"

虽然没有明确回答，但王邑的表情，已经给出了肯定的答案。

"外戚……哼，外戚……"王莽轻轻念叨着这两个字，双眼虚虚望着远处，失却了焦点，脸上却古怪地浮现出了一丝厌恶。

"兄长大人？"王邑忍不住轻声唤了王莽一声。

王莽收回了目光，望向王邑、王寻二人："你们可有想过，若有一天，我真的与姑母分道扬镳，你们……当如何自处？"

"这……这不可能！"

王邑的身子晃了晃，险些将身前席上的酒菜打翻，表情震惊："兄长大人不要说笑，这……这怎么可能！怎么可能……"

他已不知该说什么，只能反复念叨着。

"怎么不可能？"王莽微微摇了摇头，"而且我猜……姑母的心中，也已经存了这念头。"

"兄长，为何有此担忧？"终于，一时闷不作声的王寻开口了。

"担忧？"王莽叹了口气，"所以说，直至今日，你们仍旧是不信，以为这只是我没有根据的揣测么？"

"不，只是担心中间是否有些误会。若是姑母与兄长大人能促膝长谈一番……"王寻字斟句酌地想了又想，才缓缓开口道。

"你们……终究还是心存幻想啊……"王莽摇了摇头，仰面向天闭上了眼睛。

"罢了，那就……让你们亲眼看一看吧。"

王邑与王寻二人面面相觑，不知该再说些什么。

同一时刻，未央宫中。

深夜子时，已是万物沉睡的时刻。然而太皇太后王政君，此刻却并未在长信殿中就寝。

长信殿的一间小小偏房里，一盏铜制宫灯忽明忽暗地亮着。那宫灯的造型是一个双手伸出的宫人，左手托着灯座，右手的大袖笼罩在灯座之上。灯油燃烧时的烟气，尽数向上进入了那宫人的袖中，一丝都不泄露出来。

此时已是深秋，北风已经刮起，即便窗户全关得严实，也能听见窗外的北风吹拂。然而室内即便已经燃上了火炉，太皇太后手中却依旧抱着一只小小暖炉，紧紧地不肯放开。

她冷。在那一日，与侄儿王莽的会面之后，她的全身就一直如同沉浸在冰水之中一样。无论是正午的日光，还是熊熊燃烧的火炉，好像都不能给她冰冷的躯体带来一丝丝的暖意。

王政君斜斜躺在榻上，在她的面前不远处，跪坐着一个三十余岁的中年男子，眉目狭长，鼻翼锋锐如刀。尽管对着王政君时，他的表情恭谨而顺服，却时刻透出一股危险的气息。

"太皇太后，若再不下决断，怕是就来不及了。"

那男子匍匐在王政君身前，轻声道。

然而他等了许久，却始终没有等到王政君的回答。太皇太后的眼皮依旧半睁半闭，只有轻轻抚弄着怀中暖炉的手，昭示着她并没有睡着。

那男子却看起来丝毫没有不耐烦的样子，依旧匍匐在地，凝神静气地等待着。

低着的脸上，并没有一丝紧张或是急切，反倒自信满满。

他知道，既然太皇太后今日主动传召他，又是在这小间内独自会见，那么最终的结局就已经注定了。

问题只在于，太皇太后需要花上多长的时间，来做出那个决断而已。

时间一点点流逝着，房间里只有太皇太后轻轻抚摸着暖炉的细微摩挲声。

终于，一直低头望着地面的男子，听见了太后的开口声。

"张充，你可有十足把握？"

太皇太后的声音很轻柔，尽管苍老，却毫不沙哑。在吐出这句话的时候，也没有任何停顿与犹豫。

"臣，已有万全之策！"

名为张充的男子一喜，抬起头来望着太皇太后，斩钉截铁地回答道。

"说与老身。"

王政君的脸上依旧没有任何表情，只是轻声道。

"不日便是冬至。孺子年幼，于上林苑郊祭之时，王莽必亲自主持。臣身为期门郎，掌上林苑戍卫之务，他必将前来与臣商议此事。臣已备好毒酒，以待王莽到来。即便此计不成，臣手下尚有二十余名死士，时时枕戈待旦，必诛王莽。"

王政君沉默良久，轻轻叹了口气："事已至此，为了大汉，为了我王家的存续，也……只能搏一搏了。"

"臣，谢太皇太后恩准！"听见王政君的允诺，张充的脸上顿时泛起一股喜色，重重叩下了头。

"那你这便去吧。"王政君轻轻抬了抬手，望着张充躬身退下，走出房间。狭小的房间里，只剩下了她自己。

"巨君啊巨君……并非姑母容不得你。只是……你已走得太远了。"

王政君喟然长叹一声，双眼之中闪过一丝黯然。

午后，居室中，王莽半躺在坐榻上，斜倚着身体。榻旁的一张胡床上，坐着他的弟子王睦。

王莽捧着手中那一份拜帖，脸上划过了一丝若有若无的笑意。

拜帖来自期门郎张充，邀他明日前往赴宴，商讨冬至祭天之事。

"终于……要发动了么？"

王莽合上手中的拜帖，抬起头望了望身旁的王睦："睦儿，你说，我该不该去？"

"自然不该。"王睦摇了摇头，"目前朝廷上表面虽平静，但太皇太后与老师之间的裂痕已越来越大，只是我父亲他们心里还抱有一丝幻想而已。"

王睦顿了顿，继续道："张充乃太皇太后一系，官职不过是个期门郎而已。论身份，如何可与老师相提并论？便是要商讨祭天之事，也该是他亲自来老师府上才是。哼，请老师前去赴宴……搞不好，怕便是又一场鸿门宴了。"

"鸿门宴……谁说不是呢？韩卓。"王莽笑了笑，轻轻唤了一声韩卓。

屋角的阴影里，韩卓缓步走了出来。即便早已习惯他每次这样的出现方式，王睦还是被轻轻吓了一跳。

他就好像王莽的影子一般，不管任何时候，只要王莽吩咐，便会出现在他的身旁。而不论他原本在那个角落里待了多久，却都始终不会惹得人注意，就像一块丝毫不起眼的小石头，落满了灰尘，任何人都不会多看一眼，除了……当他动起来的时候。

他缓步走到王莽身边，单膝跪地，等待着王莽吩咐。在被王莽说了很多次，执拗的他终于将跪姿自双膝变成了单膝。

"张充安排了多少人？"王莽淡淡问道。

"二十二人。"韩卓沉声回答，说完之后想了想，又继续补充道，"其中十五人是张充所部，上林苑的期门卫中，已完全效忠于他私人的部属。四人是张充自并州招募的游侠，精擅剑术。余下三个，是匈奴人。"

"匈奴人？"王莽冷笑一声，"为了杀我，居然连匈奴人都招来了？看来我的姑母，还真是下了决心。"

一旁的王睦，已经震惊得说不出话来。

他竟然完全不知道，这些情报，韩卓是何时去调查的，又是如何能调查得那么清楚。

"二十二人……"王莽轻轻敲了敲坐榻的床板，语声悠扬，"十五个期门卫，四个并州游侠，三个匈奴人……看起来，这是张充所能搜罗到的身手最好的人了。要杀我，这阵仗已经足够了，足够了……"

说到此处，他突然望向韩卓，双目如电："韩卓，那这二十二人，你可能当之？"

韩卓抬起头，目光平静，直视王莽，半晌，才微微露出了一丝不屑的笑意："一群土鸡瓦狗罢了。"

"好！正是土鸡瓦狗！"

王莽重重拍了拍手，长笑着自坐榻上站起了身来，走到王睦的面前："睦儿，那你可愿与我一同，去见识见识那群土鸡瓦狗？"

直到听到此时，王睦才听明白王莽的意思，面色骤然一变，扑通一声在地上跪了下来："老师万不可以身犯险！"

"险？会有什么险？"王莽用力将面前的王睦拉起，哈哈大笑着，"若是连这点信心都没有的话，我还怎么敢抱着那个改变世界的理想？这是我对韩卓的信心，也是——我对自己的信心。别忘了，我可是背负着天命的人！"

"可……那又有什么意义！"王睦急切地紧紧抓着自己老师的衣袖，"老师！你这么做，难道单单便是为了证明对自己的信心么！"

"当然不是。"王莽缓缓摇了摇头，"你要知道，你的父亲他们直到现在，依旧抱着幻想，以为我与太皇太后之间，依旧有着缓和的余地。"

"但……"

王睦刚要开口，却被王莽摆了摆手打断："你且坐下，听我说完。"

王睦望了一会儿老师，看见他眼中所透露出来的坚定，最终还是点点头，转身坐回了胡床之上。

"整个王家，除了你之外，再无人知道，也无人能够了解我心中所想。你父亲不能，王寻不能，就连我的姑母，侍奉三代皇帝，以太皇太后的身份执掌朝政，但她也依旧不能。

"她是王家的女人，但同时也是汉室的太皇太后。在她看来，这个天下终归还是应该属于汉，属于刘氏。而王家的顶峰，最多也不过做一个权倾朝野的外戚而已。王家应该获得权力，获得财富，但前提是——必须是在维系着大汉的框架之下。

"而到了现在，我所做的事情，已经让她感觉到了危险。"王莽笑了起来，"这危险，不仅是对她，也是对王家，更是对她心目中的大汉。"

"可……大汉是必须灭亡的。"王睦喃喃道。

"是的，大汉是必须灭亡的。可惜，除了你我，没有人会这么想。"王莽叹了口气，"所以，当太皇太后意识到我的想法时，从那一刻起，我与她之间，也不会再有妥协的余地。"

"可……那和赴宴又有什么关系？"王睦皱着眉头，"以老师你的实力，纵使现在就与太皇太后公开决裂，也丝毫无惧。您亲身赴险，那也太冒险了……"

"不，还不够。"

王莽摇了摇头，苦笑一下："你父亲王邑与王寻二人，还没有真正看清目前的现实。昨晚本是我对他们的试探，但最终的结果却令我很失望。"

王睦叹了口气。自己父亲的想法，他自然知道得很清楚。

"我并不认为，他们会站在太皇太后那一边。但哪怕只是一丝犹豫，一丝，我也绝不能让它存在。所以，我必须要帮助他们看清眼前的现实。"

"我……明白了。"

王睦沉思了良久，终于还是点了点头："那么，应该让他们何时前来？"

"很好。"王莽满意地看着自己唯一的学生，欣慰地笑了起来，"我还没有交代，你就已经知道应该怎么做了。那就……"

王莽想了想："那就，比我们赴宴的时间晚上半个时辰吧。想来，张充也不会有那么多的耐性。"

"是，我明白了。"王睦说完，又抬起头望着自己的老师，眉目中满是忧色，"只是……我还是担心，万一……"

"没有万一。"王莽轻轻摆了摆手，面上露出了自信的笑容，"可别忘了，你的老师我……可是背负着天命的人啊！"

翌日，还未到黄昏，张充在自己的宅中，便已时不时望向窗外的太阳，等着它落下。

纵使平日里再如何沉稳，即将面对这等大事时，他的心中毕竟还是有些紧张的。

他即将要暗杀的，可是当朝摄政，号为"假皇帝"的王莽。

纵使"皇帝"二字前面，还有一个"假"字，但此刻距离改元居摄，已经过去了近三年。天下人纵使是瞎子，也都知道，他便是有实无名的天子。

仅仅"权倾朝野"这四个字，用来形容他，都显得有些太过苍白。

而这一次，若是真能杀得了他……

张充的心内怦怦直跳。

他端起杯子，大口大口地将杯中的清水灌下，才能勉强地镇压下心中的紧张。

他没有喝酒。在这时绝不能喝酒，为了保证绝对的清醒。

张充又仔细盘算了一遍。

毒酒，他已用宅子里的狗试过，仅仅几滴，不到片刻工夫，那条狗便狂乱咆哮着倒地死去。

那二十二名死士，更是早已演练了无数遍。王莽即便前来，也不会带太多侍卫。而这二十二人，原本便个个都能以一当十。再配上长久以来操演出的合击之阵，张充相信，以他们的实力，便是直冲王莽的府邸，取他首级也并非不可能的事情。

但一切，都必须稳妥再稳妥。毕竟，这恐怕是张充唯一一次杀他的机会了。

到了黄昏，张充便已带着管家与一群家仆，早早等在自己的府门口，准备迎接王莽。

到太阳西斜时，终于，张充远远望见了一辆马车缓缓自街角拐过，向着自己驶来。

但他却不敢相信自己的眼睛。

没有前呼后拥，没有千骑景从。以王莽当下的身份，居然仅仅……只来了一辆马车。

即便对张充的这次宴请没有任何怀疑，即便是最通常的出行，他也绝不应该是这样。

张充心里开始疑惑起来。

究竟是王莽太过有恃无恐，还是完全不把自己的安危放在心上？

正在心中揣摩间，马车已经驶到了门口。顾不得再多想，张充三步并作两步，迎了上前。

车夫跳下辕位，打开车门，一只穿着普通布靴的脚落在了地上。

"亲自在门口迎接，期门郎实在太过客气了。"

王莽淡淡微笑，向张充拱了拱手："此乃当朝大将军王邑之子王睦。不知期门郎可有见过？

随着王莽的话音，王睦也自他身后跟随着走下车来，手中捧着一个尺许见方的乌木盒子。张充虽未见过王睦，但对他父亲王邑也还算相熟，自然听过他的名字，于是微笑着拱了拱手。只是他手中捧着的盒子，却让张充有些疑惑。

而马车内最后走下的一人，却令张充难以察觉地微微皱了皱眉头。

那是一个身穿黑衣的青年，瘦削而矮小。虽然面目清秀，但表情却始终一片淡漠。既不说话，也没有望向张充，只是紧紧地跟在王莽的身后，亦步亦趋尾随着他向宅子里走去。

而王莽，也没有对他有任何介绍，仿佛此人不存在一般，若是这么想来，应该是护卫一类的人了。

张充虽在这黑衣青年身上，本能地嗅到了一丝危险的气息，但也并没有太往心里去。原本他担忧的，是王莽不知会带来多少随身的护卫，若是太多，又该如何支开。而如今竟然只有一人，那无论他身手再好，看来也用不着再担心了。

张充连忙紧跟在王莽身侧，引着他向宅内走去。

入了宴厅，分宾主落座。此乃张充有事相商，私人宴请，因此并没有请什么陪客。厅上相对两席，只东侧坐着张充，西侧坐着王莽与王睦二人，而韩卓却未曾落座，只负手站在王莽身后。

在落座前，王睦却做了一个奇怪的举动，将手中捧着的那乌木盒子放在了张充面前的席上。

"摄皇帝，这盒中装的是……"

张充心中有些诧异，忍不住开口问道。然而未得王莽开口，他也不便自行打开，只在脑中揣测着那乌木盒子里究竟装着什么。

"是要献给太皇太后的礼物。不过……且先不管它，此刻还未到打开之时。"王莽笑着摆了摆手，而那笑中却满是深意。

张充虽疑惑，也只能暂且将此事抛开一旁。反正王莽不多时便要葬身，到那时再打开也不为迟。

不待张充吩咐，早有府中家仆准备好了酒菜，为两边奉上。王莽安稳地坐在席上，笑吟吟地看着张充，却不发一语。

"摄皇帝，请先尽此酒。"

张充端起面前的酒杯，遥遥对着王莽高高举起，随后自己主动先一饮而尽。

王莽笑了笑，低头望向自己面前的酒杯，杯中酒清澈如水。

"我看，还是算了吧。"

　　王莽抬起头，向着张充微笑道。

　　"摄皇帝……这是何故？"

　　放下酒杯，张充的掌心里已微微有些潮湿，压抑着心中的紧张望向王莽。

　　"分餐制……确实好。至少用不着费事，弄些什么玲珑转心壶之类的东西。"王莽笑了笑，望了望与自己相隔了整个宴厅的张充，冒出一句让在座所有人都摸不着头脑的话。

　　"好了。"王莽轻轻挥了挥手，像是要将方才所说的内容挥去一般，"酒呢，就不必喝了。期门郎若是还有什么要对我说的，那就现在快说吧。若是没有什么要说的话……不如……"

　　王莽望了望门外，以及一侧的屏风，微微探身向前，神色悠然："不如，就尽快让那二十二人，早点上来吧。"

　　王莽手中的酒杯微微一侧，清澈的酒液便化作一道细线，落在了身前的地面上。

　　张充的面色，突然变得如同死灰一般。

　　王莽……他知道！

　　他竟然知道！

　　他甚至连自己安排的死士共有二十二人这件事，都知道！！！

　　张充只觉得，自己的小腹在不停地抽痛，痛得让他甚至怀疑，家仆是不是将两席上的酒拿错了。

　　他当然知道那是不可能的。但心中的盘算被王莽一语道破，自然是免不了紧张。

　　张充竟一时愣在了那里，不知该如何应答。

　　"摄……摄皇帝……"

　　"说真的，期门郎，我觉得还是直接一点的好。既然你我都清楚，这是一场鸿门宴，那么还是尽早上正菜吧。"王莽笑着轻轻用手指扣了扣身前的席案，声音清脆，听在张充的耳中，却仿佛黄钟大吕一般，"毕竟，我们的时间并不多。"

　　王莽端坐在席上，就连位置也从来没有移动过。然而他的身形在张充的眼里，却仿佛正在压逼过来的巨山一般。

在朝堂之上，张充见过王莽无数面，却从未觉得有什么特异。而当他如此正面地近距离与王莽相对而坐，直面生死之时，他才惊觉，自己竟然在气场上完全被面前这个男人压倒了。

王莽的脸上始终挂着微笑，满不在乎的神情。就仿佛他催促要张充快点唤上来的，不是那二十二名要杀他的死士，而是饮宴取乐的舞姬一般。

张充的拳头紧紧握着，甚至让自己都听见了格格作响的骨节声。良久，才终于松了下来。

他突然笑了。

王莽或许，确实已经知道了自己今天要杀他。

但不论他有什么依仗，张充也不相信，他只带一名护卫，便孤身前来赴宴，真能有命活着走出自己的宅子。

张充握紧了手中的酒杯，重重砸在了地上。

"王莽！你这是自寻死路！"

王莽望着那酒杯滚在地上，脸上虽挂着笑，眼神却始终是冷冰冰的。

身旁的王睦毕竟还年轻，少欠沉稳。既知待会儿便是一场生死大战，心下还是有些忐忑。

但一只沉重有力的手，却适时地按在了他的肩膀上。

"没事的，很快就结束了。你我，不过只是旁观者而已。"

身边的王莽，对着他露出了一个自信的笑容。

伴随着张充掷杯的举动，门外骤然闪现出数个身着重铠的兵士。与此同时，厅后的屏风也瞬间被推倒，几名布衣汉子手持长剑，向着王莽直冲过来。

张充却同样安坐席上，没有动弹。

一切该做的，他都做了，他已不需要再动，无论结果如何。

若是能杀掉王莽，这一局他便赢了。

而若是杀不掉王莽，纵使他跑出了这个宴厅，跑出了这个宅子，难道又能跑得出这座长安城？

他同样，也只需要坐在席上，静静看着罢了。

宴厅内的气氛，古怪得近乎诡异。

一边，是自两侧狂奔杀来的武士，动如脱兔。

另一边，却是隔着宴厅相对而坐，纹丝不动，仅仅互相对视凝望着的三人，静如处子。

"韩卓，该是你的表演时间了。"

王莽轻轻唤了一声。但在他开口之前，身后的那个年轻人便早已在原位消失。

他以如电般的速度，先冲向了距离最近的屏风之后冲出的那几名布衣剑手。

并州边塞之地，本就民风彪悍，再加上胡汉杂居，更是几乎人人都有一身武艺。

而这四人，则是张充在并州重金所招募到的当地最出名的游侠，也是最好的剑手。

而在事前，张充也早已对他们交待得很清楚——目标只有一个，那便是王莽的首级。除此之外，什么都不必理会。

眼见着韩卓向自己冲来，那四名游侠并没有一拥而上，而是三人迎向了韩卓，另一人却身形一转，打算绕过韩卓，向着王莽继续冲去。

既然王莽并不会武艺，那么也只要能拖住这黑衣人瞬息时间，让同伴取下王莽的头颅，也就够了。

王莽冷眼望着右手侧，向自己冲来的三名游侠，已经近在咫尺。而左边厅门口的重铠兵士，也正狂奔过来，不过数十步的距离。

然而他却依旧岿然不动，没有丝毫避让的动作。

迎向韩卓的那三名游侠手中的长剑，如毒蛇般探出，二取小腹，一取咽喉。

然而他们却都还不够快。

三声惨呼，仿佛毒蛇般的三柄长剑仅仅刺到中途，便颓然失去了一切生命般向下坠去，当啷落地。

因为那三名游侠的咽喉上，都多了一个浅浅的伤口。入肉并不深，只堪堪割开气管而已。然而这样的伤口，却已经足以送走他们的生命。

韩卓不愿浪费一丝力气。

一剑刺出，穿透了身前三人的咽喉，韩卓甚至没有再多看一眼，便已扭过了身来。

余下的那名游侠，纵使听见了身后三名同伴的惨呼，也已经顾不上再回头。

只要能杀掉眼前的王莽，便是葬送掉自己的性命，也毫不足惜。

长剑急刺而出，直取王莽的胸膛。

甚至连王睦，都已经禁不住自喉间发出了一声短促而惊慌的低呼，然而王莽却依旧正襟危坐，连双手都没有丝毫的颤抖。

剑尖一闪而过，自胸膛中冒出，沾满了鲜血。

不过被刺穿的，却并非王莽，而是最后的那一名布衣游侠。

在千钧一发之际，韩卓的剑快了一步，自背后刺入，直贯前胸。

那游侠的剑，离王莽的胸膛，也只有不到寸许的距离。然而不论他再如何努力，却始终无法自身体中提取出半点力气，让剑尖再前进分毫。

韩卓的长剑一刺穿，便马上抽出，向前走去，再不回头望向身后倒下的四名游侠一眼。

而最后被贯穿胸膛的那名游侠，鼓足了最后一丝力气，抬眼望了那黑衣年轻人最后一眼。

"好……快……"

这是他有生以来，从未见过，甚至连想象都未曾想象的快剑。

然而他那一声感叹，却终究还是没能说得出口。

前门处冲入的十余名重铠士兵，便是张充的部下期门卫。

期门卫乃大汉天子亲军，效忠的对象自然是朝廷。然而张充在期门郎这官职上待了十余年，总还是攒下了一些自己的家底，拉拢了一些愿意为他效死力的忠心部属。

那十五名期门卫，早已披挂完整。当先五人手持环首刀，向着王莽飞奔而来。后方的十人则手持大戟，将厅门堵得严严实实，稳步前进着。

在那四名游侠被杀之后，最前面的五名期门卫，已经冲到了王莽身前。

只可惜，他们面对的，是韩卓。

毕竟披挂了重铠，那五名持刀期门卫的速度远不如方才的北地游侠。韩卓甚至没有再纵跃奔跑，而只是手提着长剑，一步步向着门口走去。

第一把环首刀重重砍下，可韩卓却没有闪避。轻巧的长剑向上撩去，与粗重的刀锋接触的一刹那，竟然连一丝碰撞声都没有响起。

长剑像是情人爱抚一般，贴在了刀锋之上，最后一并划出了一道弧线，向着一侧甩开。

而就在甩开的一刹那，剑锋也自那期门卫的喉咙上划过。

鲜血如泉涌般喷出。那名期门卫紧紧捂着自己的咽喉，双目中流露出不可思议的神色，缓缓跪倒在地上。

韩卓的脚步未停，依旧向前一步步踏去。他的步伐，稳定而带着奇异的节奏，仿佛舞蹈般，一声声踏在厅内每个人的心上。

无论攻来的环首刀是什么方位，什么角度，韩卓的动作却只有一个——挥剑反撩。

王睦已经看得呆住了。

虽然老师王莽有着绝对的自信，但他却并不抱着同等的信心。他愿意陪着老师前来，只不过是抱着赌一赌的心思来而已。

毕竟，若是老师死了，他也势必不能，也没有必要独活了。

而直至现在，他才明白，老师的信心究竟从何而来。

五名持刀期门卫已经尽数死在了地上，每个人都是最简单的一剑封喉。

而后方十名持戟期门卫，却丝毫没有受到影响，依旧结成稳定的小小阵型，长戟林立，向前缓缓推进着。

韩卓的脚步，依旧没有停下，与那戟阵相对而行。向前伸出的戟锋，眼见着就要刺入他的胸膛。

那十名期门卫同时大吼一声，同时挥动了手中的长戟。或前推，或后拉，或横扫。纵使十把长戟挤在同一个狭小空间中，却没有丝毫的互相碰撞干扰。每一柄长戟，都对准了韩卓身上的一处要害。

但就在那戟锋触及韩卓胸膛的一瞬间，他却骤然吐出一口气，胸膛伴随着呼气收缩，随后以一个诡异到无法言表的姿势，侧着扭了半圈。

然后，那看似没有任何死角的十把长戟的合击，就这么被他轻松避了过去。

尽管下半身的脚步丝毫不乱，但韩卓的上半身，却已穿过戟阵前的锋锐，贴近了那十名期门卫的身前。

长剑挥，鲜血溅。

当十名持戟期门卫也都倒下时，韩卓才转过头，目光向着坐在王莽对面的张充扫了一眼。

仅仅一眼，便让张充的心底冒出了难以抑制的寒意。

在初见时，这个年轻人的双眼，只不过是淡漠而已。

但方才的那一眼，张充却清晰地看见，他的双眼已变成了彻底的灰白色。没有瞳孔与眼白的区别，而是整个双眼都如石像一般，毫无光泽。

更不用说，他那如鬼魅一般的身手……

张充在发抖。他怎么也不敢相信，自己精心招募培养的死士，即便是面对数百名普通的士兵，他们也有着一搏之力。然而在这个黑衣年轻人的剑下，却连一个回合都走不到。

甚至连作为对手都没有资格！

这……这是什么怪物！

韩卓扫了一眼张充之后，便又重新转头，向着门外走去。

弓弦连响，随后便是箭矢的破空声传来。

那是最后的三个匈奴人，正在自屋顶向着韩卓射击。

原本在张充看来，他的计划应该是无比完美的。

四名北地游侠，自屏风后突击王莽。

正门处，五名期门卫持刀，与游侠合击。

余下的十名期门卫持戟，把守住厅门，以防王莽在护卫之下逃窜。

而最后的三名匈奴人，则在屋顶上埋伏。若是王莽真的有幸逃出宴厅，迎接他的将是一大波箭雨。

尽管只有三人，但那三名匈奴人，却都是部族中最好的箭手。每个人都能在瞬息之间，将满满一袋四十支箭，如雨水般泼洒到敌人的身上。

然而现在，张充却已对他们不再抱任何希望。

破空声仅仅响了不足一瞬，便已停止。

韩卓自厅外缓缓步入，左手之上，提着三颗披头散发的首级。右手的长剑斜指向下，鲜血还在缓缓自剑尖滴落。

韩卓轻轻一甩，左手那三颗匈奴人的首级，已经骨碌碌滚到了张充的身前。

二十二人，终于已全灭。

"那么，期门郎……"

王莽直到此时，才站起身来，横穿过宴厅向着身前张充的那一席走去。

"已经没有……后手了吧？"

王莽站在张充的面前，蹲下了身，握起他面前的酒壶，也不用酒杯，就这么嘴凑在壶嘴上，长长饮了一口，放下酒壶，望着张充微微一笑。

张充面如死灰，目光游离开与王莽的对视，只死死盯着地上那刚刚被韩卓丢下的三颗匈奴人的头颅。

许久，他才开口，声音嘶哑干涩："此人……是谁？"

"你说……韩卓？"王莽转头望了望韩卓，笑了笑，"只是我的护卫而已。"

"天下，竟然有如此……如此……"张充张口结舌了半天，却没能想出一个合适的词，来形容那个名叫韩卓的黑衣年轻人，最终还是只能长叹一声，望向王莽，"是我……输了。"

用尽全身力气，说完了这句话后，张充的心情突然变得无比平静。有生以来，从未如此平静过。

现在，他已再用不着紧张了。

"还有什么遗言要交代么？"王莽点了点头，问道。

张充抬头看了看韩卓："此天亡我，非战之罪。若不是他……你早已葬身于此了！但即便我今日死在这里……"

说到这里，张充又转过脸来，直视着王莽："你也要记住，大汉绝不会亡！更不会亡在你的手上！纵使你一时得逞，但天下那么多仁人志士，又岂是你王莽一人能杀得尽的？”

“那就……先杀你一个再说。”王莽再度举起酒壶，长饮一口，随后重重顿在了案上，双目之中涌现出一股豪情来，“历史的车轮滚滚向前，碾死的蝼蚁又何止千万？这其中，不多你一个张充！”

王莽话音落下，寒光一闪，韩卓手中的剑已出手。

张充的表情瞬间在脸上凝固，双眼死死瞪大，几乎快飞出眼眶。

他的脖子上，出现了一道细细的红线。血迹仿佛滴入清水里的墨汁般，一点点逐渐扩散开来。

然而张充的意识，却依旧未消失，仅仅感觉到颈间一凉。这一剑太快，快得即便已经斩断了他的脖子，却也未立刻带走他的生命。

“对了，期门郎，你之前不是很想知道，这盒子中所装为何物么？”

王莽将头凑到张充的耳边，轻轻低语，随后打开了一直放在张充面前的那乌木盒子：“那就，自己低头看吧。”

张充僵硬地挪动着自己的脖子，向下低头望去。

可当视线触及打开的盒子时，他却惊讶地发现，那盒子里竟然空无一物。

随后，便是眼前一黑。

伴随着他低下头的动作，那条红线骤然扩张，变粗，最终裂开。张充的头颅也开始沿着那条红线缓缓滑落，恰恰落在了打开的盒子之中。

鲜血自颈间向上狂喷，仿佛喷泉一般，再如雨般洒落。

王莽却不管不顾，任由那鲜血洒在头顶，伸出手轻轻合上盒盖，发出清脆的一声轻响。

然后王莽站起来，转过身时，王睦已经站到他的身后，重新接过了由他自己捧来的那一方乌木盒。

“可要用心捧好了。这是……要献给太皇太后的礼物啊。”

王莽扬了扬眉毛，对着王睦微微一笑。

王寻与王邑二人的车驾，已经抵达了张充的宅邸门口。

并不像王莽那样轻车简从。他们的车队，自然前后有着密密麻麻的家丁护卫。

车驾停下，二人下了车之后，却面面相觑。

兄长王莽传他们来期门郎张充的府上赴宴，本就让他们觉得奇怪。而到了地方之后，不仅没有任何人在门口迎接，就连里面也听不见任何丝竹之声。宅子的大门紧闭，静悄悄的仿佛一座死宅一般。

天已黑了，然而这宅子里却黑沉沉的，没有一丝亮光透出。

"这……"

两人的心中都冒出了一股不安来。久经战阵的两人，都本能地自前方嗅出一股死气。

"父亲，叔父，请进来吧。老师已等你们许久了。"

张充的府门突然打开，里面站着的，却不是他的家丁，而是王睦。

他手中捧着一个盒子，向着父亲王邑与叔父王寻施了一礼，随后转身向着宅子内引路而去。

看见是自己的儿子在此，王邑心中稍稍放松了些。至少他好端端地出现在眼前，那就应该意味着没有出什么岔子。

两人连忙快步跟上王睦，向内走去。而身后的大批护卫，自然也紧紧跟在了两人身后。

站到了宴厅门口，王睦停下脚步，向着宴厅内伸出一只手臂，微微欠身，"父亲，叔父，请。"

整个宅子内，只有这一间屋子里亮着灯。大门紧闭，灯光自窗缝里漏出来，打在二人的脸上。

王邑轻轻推开门。

眼前的景象猝不及防，让他差点忍不住叫出声来。

王莽高高坐在宴厅里的首位上，手中端着一只酒杯，正在小口啜饮。

而他的身前，却是一片尸山血海。

穿着重铠的期门卫、布衣长剑的北地游侠，甚至还有三个披发虬髯的匈奴人首级，散落在宴厅中央。

在王莽的身后，站着一个黑色的身影，低垂着脑袋。他手中的长剑斜指向下，恰在二人推门进来时，一滴鲜血自剑尖滴落地面。

声音很轻，却仿佛敲在了两人心头的一柄大锤。

"你们来得有些晚了。"

王莽向着二人抬了抬手中的酒杯，脸上带着笑意。

"期……期门郎呢？"

王邑骇然问道。纵使身经百战，骤然面对这样的场景，他的口齿依然有些颤抖。

"期门郎么？那里，有半个。"

王莽抬起酒杯，指了指侧前方。两人这才看见，那里还有一具无头的尸体，端端正正地坐在席前。

"还有半个……"

"在孩儿这里。"两人身后，王睦的声音突然响起。

两人骇然转过身，便看见了他捧在手中的那一方乌木盒子。

王睦安稳地站着，只将盒子面对二人，伸出手掀开了盒盖。

盒子中，那首级的脸上，肌肉扭曲狰狞，写满了震撼与惊恐。切口处平滑整齐，光洁如镜。

正是张充。

"兄长……兄长为何要杀期门郎？他可是太皇太后的……"王邑刚刚开口，自己又马上停了下来。

眼前那一具具尸首都兵甲齐全。尤其是那十余名期门卫的铠甲，他们自然更不会认错。

饮宴之地，却会出现这些全副武装的士兵，发生了什么，根本不需再多问。

"是太皇太后的意思？"

王寻自进门后便一直未曾作声，直到此时，才第一次开口，缓缓问道。

"是。"

王莽点了点头，自席上起身，向着两人缓缓走去。

"王邑、王寻，我之前曾对你们说过，我与姑母之间的裂痕，已经无可弥补了。而你们……却固执地不肯相信。"

王莽走到了二人身前，半侧过身向后，伸出手向着整个宴厅环指了一圈，最终又指向了自己的鼻子，表情凌厉："若我的身边没有韩卓，你们此刻将要看到的尸体，便会只有一具了。"

"兄长……"

王邑刚要开口，却被王莽打断："我现在，只想问你们二人一句话。"

王莽的目光，自两人脸上缓缓扫过："裂痕已经越来越大，你们万无可能再独善其身。告诉我，你们究竟将会站在我这一边，还是姑母那一边？"

王邑深深吸了一口气，还未来得及说话，身旁的王寻已经坚定不移地跪了下去。

"陛下，万岁！"

王邑也慌忙紧跟在王寻之后，跪在了王莽的面前，连头也不敢再抬起半分。

王莽望着身前跪倒的二人，长长吐出了胸中的一口气。

"那就……陪我进宫吧。"

太皇太后王政君望着眼前香炉中冒起的袅袅轻烟，微微有些出神。

今日，是张充发动暗杀的日子。她已吩咐了未央宫的侍卫，只要张充请见，无论多晚，都允他即刻觐见。

为此，她一直没有就寝，而是燃起一炉熏香，遣退了一众宫女宦官，独自在长信殿的正殿内等待着。

已是戌时将过，亥时未至。算起来，张充此刻也该成功了。

也就是说，王莽此刻，也差不多该……离开这个世界了。

想起自己的这个侄儿，王政君的心中不由微微作痛。

这个侄儿，确实是王家一门中的天纵英才。虽然他从小并不起眼，所能提起的优点不过是质朴孝顺、恭谦礼让而已，青年时更曾有一段时间还挺荒唐。论及才能，并没有什么特出之处。

但他三十岁那年，却好似突然变了一个人。无论天文地理，无所不通，更每每作惊人之语。

族中人曾怀疑王莽是不是被什么妖怪附身，但哪个妖怪能安安静静看书呢？数年后王莽出仕，这种议论才逐渐消逝。王家在宫中的地位，自然由王政君的地位而来，但在朝中的声势，却大半都是王莽争得的。

原本，王政君曾惊喜地认为，这个侄儿是上天送给王家的珍宝，是王家一门永得汉室尊崇的奠基人。但现在，她却惊恐地发现，王莽的野心竟然远比她所能想象得到的更为巨大。

即便王政君的心中也依旧有着念念的不舍和无奈，但……既然他已威胁到了汉室的存在，那也不得不忍痛割爱了。

王政君正惋惜间，却突然看见值门的内侍连滚带爬地跑了进来，满脸惶恐焦急。

"何事惊慌！"王政君面上挂着寒霜，冷冷地瞪了一眼那内侍，"老身不是交代了你们，若是期门郎求见，便直接请进来么？"

"不……不是期门郎，是安汉公！不……摄皇帝！而且……"那内侍的脸都皱成了一团，结结巴巴地好不容易才将一句话讲完整，"而且，满身是血！"

"什么？"

王政君以远远超越她年纪的矫健身姿一下站起身来，双手紧紧握着手中的拐杖，心脏狂跳不止。

与此同时，一个身影已出现在了正殿的门口。

"姑母，侄儿王莽请见。"

虽说是请见，但王莽说出这话时，已经一步步走进了殿内，向着王政君走来。

他的身上没有按照入宫的礼仪穿着朝服，而只是平日的常服而已。而他的头顶双肩还满是暗红色的血迹，尚未干透。

"你……你……深夜入宫，所为何事！"

王政君伸出手，直直指着王莽，深吸了一口气，已经强自镇定下来。历经风雨八十余年，纵使方才一时间出现了些慌乱，但很快便压了下去。

"来给姑母送一件礼物。"

王莽缓缓走到王政君的面前，脸上挂着恭敬的微笑。在他的身后，跟着出现三个身影，正是王寻、王邑与王睦。

"你们……你们也都决意要跟随巨君了？"

王政君紧紧捏着拳头，目光扫过王莽身后的三人。王寻与王邑都微微低下了头，目光向着身前地下望去，不敢与她相接触。唯有王睦一直挺着胸膛，面带微笑，坦然地与王政君对视着。

王睦的手上捧着一个乌木盒子，正一步步走向王政君。

"太皇太后，请收下老师准备的礼物。仓促而就，未免粗糙了些，望太皇太后海涵。"

王睦跪在王政君的面前，不待她吩咐，已经自行打开了那盒盖。

张充的首级，以及那临死前的表情，一览无余地出现在了太皇太后的面前。果然诚如王睦所说，仓促而就，盒中的鲜血甚至都未曾擦尽。

"巨君，你……"王政君此前还抱着一线希望，但此刻亲眼看见张充的头颅，才终于明白此事已经再无挽回的余地，"你下手好狠！"

"狠？"

王莽古怪地望着王政君片刻，突然大笑了起来："姑母，你居然说我狠？"

他向身侧伸出手，指着盒中装着的张充首级，双眼依旧紧紧盯着王政君："你在让他设宴暗杀我的时候，心中可有想到这个'狠'字？"

王政君叹息一声，仰头望着王莽，神色无奈："那么……现在你要来取的，便是老身的首级了？"

她的眼中，倒没有任何恐惧。

"首级？不，我不要那种东西。"王莽摇了摇头，笑起来，"姑母，你的首级，对我并没有用处。我想要的，是比那更重要的东西。"

"那你要的，是什么？"王政君的瞳孔猛地收缩。在王莽的眼神里，她几乎已经得到了答案，却还是不甘心地要亲口问出，并听到王莽的回答。

王莽将头探到王政君的耳边，对着她的耳朵，轻声吐出了三个字："传国玺。"

王政君知道，自己一直在避免的那一刻，终于已经到来。

王邑与王寻已经站在王莽的那一边。而她，终于已成了孤家寡人。

她呼吸困难，伸出手，紧紧抓着自己的胸口，声嘶力竭地大吼起来："巨君，你这是叛乱！"

"不，姑母，你错了。这并不是叛乱……"

王莽微微摇了摇头，语声顿了顿，神色渐渐变得无比庄重严肃。

他伸出右手，缓缓按在自己的左胸心房上，望着王政君的双眼没有半分挪动，却只是渐渐失去焦距，向着远方漂移。

他的目光，穿过了王政君，穿过了这座长信殿，穿过了整个未央宫，穿过了宏大广阔的长安城，甚至越过了整个天下，飘往无尽的星辰大海……

"而是真正的回归，朔望之声，必将震撼这个世界。"

王莽虔诚的声音，如同旷古长诗，在殿堂中久远地回响。

第
五
章 | **高人在侧**

　　始建国六年，六月，宛城。

　　汉朝灭亡，新皇王莽接受禅让，改国号为新，改年号为始建国，至今已经过去五年了。

　　天空中一片云都没有，只有湛蓝的天空与炽烈的太阳。日光赤裸裸地散发着热量，照在大地上，照在刘稷的背上。

　　刘稷赤裸着上身，脱下来的短衫被他随意地搭在背上，露出古铜色的肌肤，满头满身都是汗水。他低低咒骂了一句，用手指在身上刮下一道汗水，重重一甩，便在地上洒出了一条"小溪"。

　　他太壮太高大了，越是壮汉，就越是怕热。此刻他的嗓子里，已经快渴得冒出烟来。

　　而进城的队伍却依旧漫长，而且移动得那么缓慢，简直像静止了一般。

　　"看城门的放不放人？磨磨蹭蹭在吃屎啊？渴死俺了！"

　　刘稷嘟囔了一句，再一次用手指刮着身上的汗水，重重甩下。排在他前面的一个乡农打扮的汉子被溅上了几滴汗水，瞪着眼回过头来，刚要开骂，但看到高出自己两个头的刘稷一瞪眼，顿时不敢再说话了，讪讪地转了回去。

　　"这位大哥，你要喝水的话，我这里有。"

　　一只手拍了拍刘稷的肩膀。他霍然转过头去，看见排在他背后的，是一个年约二十岁的年轻人，一副读书人的打扮，正微笑地看着自己。

那年轻人不高，只到刘稷的肩膀而已，相貌看起来也是平凡无奇，神色语调更是温文尔雅。他此刻正自腰间解下水袋，伸手递到刘稷的面前。

"不嫌弃的话，先喝我的吧。这进城的队伍，只怕还得多排上一会儿。"读书的年轻人又笑了笑，冲刘稷抬起了手中的水袋。

"谢谢啊！"刘稷连忙劈手夺过那年轻人手中的水袋，仰头咕嘟咕嘟地灌起来。然而相对于他的体型，那水袋实在算不上大。如长鲸吸水般三五口下去，水袋便已空了。

刘稷意犹未尽地嗒了几口最后的水滴，才恋恋不舍地把水袋还给了年轻人："不好意思哈，实在太渴，一不小心就全给你喝完了……"

"无妨。"年轻人丝毫没有心痛的样子，笑眯眯地答道，"我不渴，正好水袋挂在身上还嫌沉得慌，还得谢谢大哥你帮我减轻点重量呢。"

"嗨！这算什么！别客气别客气！一点小忙而已！"刘稷还真就把那年轻人的话当了真，大手重重拍在他的肩膀上，咧开嘴大笑了起来。

刘稷转过身去，跟着队伍一点点往前蹭去，看着队列慢慢前进，实在有些不耐烦，干脆又转过头，找那年轻人攀谈起来。

"哎，哎，你刚才说，这排队还早得很，是咋回事啊？"刘稷伸手戳了戳年轻人的胸膛。

"怎么，大哥你第一次来宛城么？"那年轻人被刘稷重重捅了两下，却也不生气，只是微笑着反问道。

"是啊，俺原来一直在博望长大的，这宛城还是头次来。乖乖，真没想到居然人那么多！看样子，怕是到了天黑也排不到俺们吧！"刘稷瞪着一双公牛蛋般的大眼睛，又望了一眼前面的长龙，一脸不爽。

"也没多久，按这个速度，大约一个时辰就能进去了吧。"年轻人笑着摇摇头，"你也知道的，这几年盗匪太多，所以进城出城，总要盘查得细一些。尤其……"

年轻人摇了摇头，没有再往下说。

"妈的，俺这样子，还用得着盘查？哪儿看着像盗匪了？"刘稷低下头，望着自己黑黝黝的肌肤和坚实成块的肌肉，翻了翻眼睛。

"那……大哥你是做什么的？"年轻人也上下打量着刘稷的肌肉，一脸佩服的表情，"练得那么壮实，一定是从小习武吧！"

"嗨！习个屁的武！俺在博望是种地的！就是打小常打架而已。多亏这身板，爹妈给的，俺从小到大，打架还没输过。就是对上十几个人，照样能把他们打个屁滚尿流！"刘稷用拳头砰砰地敲打着自己的胸膛，一脸得意。

"那，来南阳做什么？"年轻人一脸好奇地问道。

刘稷顿时垂下了脑袋，有些丧气地哼哼了两声："种地养不活俺啊！家里总共就不到十亩地，要养活爹娘，俺，两个弟弟，三个妹妹……俺爹说，俺小的时候，吃得就比别家娃儿多，现在更是一个人吃的顶上全家人了。力气再大，也没那么多地给俺种，不如到宛城来看看，有没有什么活计能干，养活自己吧。其实，俺在来之前，就已经想好出路了！"

"出路？什么出路？"年轻人睁大眼睛问道。

"哼哼……"刘稷一脸神秘地低下头，悄悄凑到了年轻人的耳边，"当！游！侠！"

"啊？"年轻人像是被吓了一跳一样，却被刘稷一把按住了脑袋，狠狠瞪着眼睛，"嘘！小声点！被人听见怎么办？"

虽然，刘稷自己压低声音说话时的音量，也比正常人平时的对谈要大了，但看着他那粗壮高大的体型，虬曲盘结的筋肉，又有谁敢来搭话？

"哦……"年轻人连忙点头，按照刘稷的吩咐轻声道，"那这个游侠……到底是怎么个当法？"

"怎么当？哼哼！本来是不能告诉你的，但是看在你小子人不错的份上……俺就特别告诉你吧！"刘稷眉飞色舞地小声道，"你可听说过，宛城里有个叫刘缤的家伙？"

"……听说过……"年轻人老实地点了点头。

"看来你也不算太没见识嘛！"刘稷咧开嘴，嘿嘿笑了笑，表扬了一下，"那刘缤听说可了不得，就是宛城最出名的游侠！听说现在整个宛城，白天是太守说了算，到了夜里，就是他说了算！"

"啊，这我知道。他是挺厉害的。"年轻人点头道。

"何止是厉害！简直就是……"刘稷抓了抓脑袋，想了半天，也没想出来合适的形容词，有些尴尬的样子，"简直就是非常厉害！"

但他又马上晃了晃脑袋，打消了那尴尬："你可知道，俺和他乃是兄弟？"

"……真的？"年轻人顿时瞪大了眼睛，诧异地望着刘稷。

"那是当然！我还没告诉你我的名字吧？听好了，俺叫刘稷！刘就是和那个刘缤一样的刘！俺跟他当然是兄弟！"刘稷得意扬扬地拍了拍胸口。

"可是……这天下姓刘的太多了吧……难不成只要是同姓的，个个都是兄弟？"年轻人哭笑不得。

"那也不一样！俺听说，他可是前朝宗室出身！你知道什么是宗室么？就是以前大汉皇帝那个刘家！而俺呢……"刘稷嘿嘿一笑，"俺爹说了，俺们家也是宗室！所以，俺和刘缤，都是同一个祖宗传下来的！虽然隔得远了点，但也当然是兄弟！"

"原来……如此……"年轻人的脑门上渗出了点汗珠来，只能苦笑着连连点头。

"所以你想啊，我进了城，去找到那个刘缤，本着兄弟情分，他就算不分给俺半个宛城什么的，好歹也要让俺管几条街吧？到那时候，俺可不比在博望老家种地来得爽快多了！"

"他……可能吧……"年轻人抓了抓脑袋，只能无奈地笑着。

"对了，俺都跟你说了名字了，你还没跟俺说呢！你一个读书人，还不如俺一个庄稼汉子懂礼数！你叫啥啊！"刘稷突然问道。

"啊，我……叫……我叫赵……赵成……"年轻人愣了一下，随后结结巴巴地答道。

"连个名字都吭哧半天才说得出来！你真是读书的料么？"刘稷一脸嫌弃地看着赵成，"你呢？你来宛城又是做什么？"

"我来……找我哥哥。"

"你哥哥？他叫啥名字？住在哪儿？做什么的？"

"我……我也不知道……"赵成低着头答道。

"什么都不知道，你怎么找人？"刘稷翻着白眼。

"就……问人吧……"赵成想了想，摊开双手道。

刘稷退后两步，双眼上下打量着赵成，看得他全身一阵发毛。

"我看啊，你也别念什么书了，不如跟俺混吧！"

"什么？"赵成像是吓了一跳般，"我……"

"你啥你！就这么定了！"刘稷拧着眉头，瞪了赵成一眼，"你放心，从刚才给俺喝水，俺就能看得出来，你小子是个好人！虽然确实没啥用，但算得上忠心！反正你傻乎乎的，继续读书也不会有什么出息，不如就跟着俺混！待会儿进了城，俺就带你一起去找那个刘縯！等他分俺一块地盘以后，你就当俺的第一个手下！"

说完，刘稷也不管赵成愿不愿意，重重拍了拍他的肩膀，哈哈大笑起来："别客气，就这么说定了！"

赵成眨巴着眼睛，要开口，却又不知该如何说起，只能苦着脸，长长叹了一口气。

待到两人终于进了城，已经日头偏西了。

"哈哈！宛城！俺来啦！！"走入城墙内，看着相对于博望乡而言宏伟辽阔不知多少倍的宛城，刘稷高举双手，大声欢呼了一声。可随后，他的肚子里便发出咕噜噜一声鸣叫。

刘稷皱着眉头，捂着肚子转头望向身后的赵成："你饿不饿？"

"有点饿了……"赵成老实地点了点头。

"哈哈！那就走！俺带你吃饭去！"刘稷不由分说地拉住了赵成的手，向着城里大踏步地走去。

"哎！等等！我……"虽然赵成在身后嚷嚷个不停，但刘稷的手却像是个铁箍一样，拉得他不由自主地跌跌撞撞向前跑去，才能不至摔倒。至于嘴里喊着什么，刘稷自然是什么都听不见了。

沿着城门内的大道，刘稷大步流星地往里直走。他虽然是第一次来到宛城，哪一条路都不认识，但对他来说，找饭菜却根本用不着认识路——靠鼻子就可以了。

站在一条小巷的入口，刘稷突然停下脚步，用力抽了抽鼻子，随后嘿嘿一笑，拉着赵成便钻进了巷子里。

巷子里，一扇不大的门，门旁没有任何记号，也没有什么装饰。但门却大开着，时不时有人进进出出，并不像寻常人家的模样。

"嘿嘿，我刚闻出来了，这家的酒菜最好！来，咱们就到这儿吃吧！"刘稷站定在了门口，再度上下抽了抽鼻子，转头肯定地对赵成道。

而赵成，却死死盯着那扇门，随后转过头，目光像是看妖怪一般地看着刘稷。

"看什么看！再贵也不用你掏钱！别怕！"刘稷瞪了一眼赵成，用力拖着他走进那扇门中。

虽然门面看上去普普通通，但一走进门中，却是截然不同的两个世界。

"客人好。"

刘稷瞪大了眼睛，看着左右两侧。弯腰向着自己行礼的两个千娇百媚的年轻女孩子，嘴巴张得几乎可以塞下三个鸡蛋。

那洁白胜雪的臂膀，高耸入云的酥胸，以及脸上媚人的微笑，无一不是他在博望那穷乡僻壤里从未见过的。

而门内院落里的张灯结彩，雕梁画栋，更是豪奢得让他不相信自己的眼睛。前方的小楼里，还在不断传来女子的嬉笑声，似是与男人们的劝饮大笑。

"客人，请跟奴家来。"

迎在他二人面前的，是一个年稍微长一些的女子。装扮相比于两侧的女孩子，略微保守了些，但微弯眼梢里那一抹风情，却远远不是青涩年纪的少女能够相比的。

"这……这是……"

刘稷傻愣愣地呆在了原地，手足无措，不知该怎么办才好。

"走吧……"赵成暗暗摇了摇头，轻叹一声，反倒主动拍了拍刘稷的肩膀，向里走去。

"对了，把衣服穿好。"

赵成回头望了一眼刘稷仍然搭在肩膀上的短衫，无奈地提醒道。

刘稷看见赵成已经跟随那年长女子向内走去，连忙手忙脚乱地套上短衫，跟在了赵成的身后。

跟着年长女子走进小楼内，刘稷的目光更是左顾右盼，根本没法收回来。在他左右穿梭而过的女子，每一个都比门口迎宾的两个少女穿得更少，也更美。那一道道眼波，一声声娇笑，更是令他难以自抑。赵成却低垂着脑袋，像是怕被认出来一般。

小楼一进门，便是一个宽广的大厅。围绕着大厅的是一扇扇屏风，密不透风。那女子引着两人，走到一扇屏风外，伸手轻轻一推，便现出了当中的一个隔间来。

隔间内，只有一张长矮桌，却巨大无比，两侧并坐，足以坐下七八个人。桌两侧铺着编织精美华丽的软垫，无论跪坐还是箕坐都舒适得很。角落里，一盏香炉里升起袅袅轻烟，香味清雅而沁人心脾。

"两位客人请先宽坐，稍等酒菜便来。"那女子引着二人入座，轻轻欠身行了一礼，媚笑着在赵成与刘稷的脸上扫过，"两位客人都面生得很，不知是不是第一次来我们这里？若没有相熟的女孩子，不如就由秋娘我来安排？"

"行行行，你看着安排就行，赶紧弄点东西给俺吃！"刘稷此刻也大致明白了这里是个怎样的所在，方才一时的惊讶也已打消，连忙大手一挥，不愿再废话，只想先填饱肚子。

再说，反正外面的那些姑娘不管哪一个，都比他自小见过的村姑漂亮多了。就随便让那叫秋娘的女子来安排好了。

"刘稷兄，你还真是……会挑地方。"赵成望着秋娘媚笑着走出隔间，合上屏风，才敢抬起头来，苦笑着对刘稷道。

"不就是个妓馆么！"刘稷瞪了赵成一眼，"俺只是以前在博望，没来过这种地方而已，听总是听说过的！"

"这地方……可不仅仅是个妓馆而已啊……"赵成微微摇了摇头，"这里的名字是晓月楼。虽然门口并没有招牌，但宛城的豪富都清楚，整个宛城里，最好的女孩子，最好的酒菜，赌注最大的赌桌，都在这里了。

所以……"

他低下头，扫了两眼刘稷空荡荡的腰间："你掏得起钱么？"

"掏钱？"刘稷瞪大了眼睛，像看白痴一样看着赵成，"我还用得着掏钱？你忘了在进城前，我跟你说过什么？我可是刘缜的兄弟啊！到时候我一报名字，还有谁敢找我要钱？！说不定，等我见到刘缜以后，他分给我的地盘里，就有这家妓馆……啊，晓月楼呢！"

"但愿吧……"赵成抬起手，捧住了脑袋。

这时，屏风外轻轻叩响了两声，随后屏风被轻轻推开，一个女孩子轻步走进，手里捧着一个大大的托盘，盛满了各式精美酒菜。

女孩子款款将托盘放在桌上，随后对着两人浅笑一下。

"就一个女孩子？这怎么分？"刘稷睁大了眼睛，望望那女孩子，又望望对面的赵成，"要么，你坐到我这儿来，让她坐我俩中间？"

"客人真会开玩笑。"那少女捂着嘴浅笑了一下，"我只是个送菜的丫头，粗手笨脚的，哪有福气服侍客人？"

"啊？"刘稷傻愣愣地看着那少女跪在两人身旁，将托盘内的四五盘菜肴端出，又在两人面前放好酒杯碗筷，点上一个小小的铜炉，再在铜炉上架上酒樽，倒入酒液。

跪着将一切都侍弄停当，那少女才站起身，冲着两人分别行了一礼，退出了隔间。

"我现在才知道……为什么那么多人都想要做有钱人了……"刘稷呆呆凝望铜炉底的火苗舔着酒樽，一点点将酒加热，长叹着发出了一声感慨。

赵成已经抓起筷子，夹了一口菜在嘴里，随后古怪地望着还在发愣的刘稷，"刘稷兄，你到底还饿不饿了？"

"啊！"刘稷这才回过神来，连忙也抓起自己面前的筷子，狼吞虎咽起来，一边大嚼，一边不停地称赞，"好吃！这辈子俺都没吃过这么好吃的东西！"

赵成只夹了几筷子，便放下不动了，而不到片刻，那几碟中的东西，便已经被刘稷吃了个精光。

刘稷刚放下筷子，屏风外又轻轻叩响了两声。当再度被推开时，那名为秋娘的女子媚笑着走入，身后跟了七八个少女。

"两位客人，想让哪位姑娘相陪？"

那七八个少女跟随着秋娘走入隔间内，站成一排，向着两人齐齐行了一礼，随后抬起身，大方地微笑着。而秋娘则来到了刘稷身侧，跪在一旁偎依着他，轻声问道。

"随……随便。"刘稷扫了两眼，却只觉得无论哪个，都是自己平生未曾见过的绝色，哪还顾得上选，只胡乱应付了一下，伸手向前瞎点两下，也忘了再去问赵成。

赵成看起来也没有想开口的样子，任凭刘稷去折腾。待到两名少女分别坐在二人身边之时，他反倒向里挪了一点，好似相当拘束一般。

刘稷却不像他那么紧张，另一个少女刚刚坐到他身旁的软垫之上，便被他一把搂在了怀里，紧紧按在胸膛上。

刚刚填饱了肚子，又搂着如此天仙般的美人，刘稷只觉得自己这次来宛城，真是来对了，顿时心生得意，忍不住仰头向天哈哈大笑起来。

"客人？"

待到刘稷笑完，一旁的秋娘才笑着轻声唤了他一声。

"什么事？"刘稷冷不防被打断，讶然望着秋娘，"你怎么还待在这里？"

"客人或许真是第一次来，不太熟悉我们这里的规矩。"秋娘媚笑着伸出手，轻轻自刘稷的肩膀滑下，"我们这里呢，客人选好了姑娘后，就得先……"

她顿住了话，本以为身旁客人应该能听懂了，却看见刘稷依旧一脸懵懂地望着自己，暗暗皱了皱眉，只能尴尬地说完了后面半句："就得先会账。"

"哦！"

刘稷重重点了点头，随后冲着对面的赵成扬了扬眉毛，露出一副"看我的"的表情，却没留意到赵成已经低下头，伸出手不忍直视地捂住了脸。

他转向秋娘，怒目圆睁，吸足了一口气，将自城门外一直蓄势待发到如今的那句话，终于大声吼了出来："俺可是刘缤的兄弟！还付什么钱！"

　　晓月楼顶楼最深处的一间小房间，是刘缤用来处理日常事务的房间。

　　此刻，他恰好正在处理一些……日常的事务。

　　"愚蠢……与无能。"

　　刘缤伸出手，垫在几上，托着下巴，挑起一侧的眉毛打量着面前的三个人。

　　三个精壮的汉子，双膝跪地，趴在几上一动不动。

　　因为他们每人的双手上，都插着一把短刀，自上而下穿过掌心，直至没柄，钉在了身下的桌上。

　　还有三把长刀横在三人的脖颈之后，握刀的手稳定而粗壮。

　　原本的凶狠彪悍之色，此刻早已无影无踪，而替换成了惶恐与畏惧。

　　"这是两个致命的缺点。"刘缤一手托着下巴，一手轻轻抚弄着其中一把短刀的刀柄，专注地看着伤口处流出的鲜血，沿着桌子流淌到边缘，滴落地下，"而且，绝不能同时出现。"

　　"单纯的愚蠢不可怕，单纯的无能也不可怕。可怕的是，这两个缺点，同时出现在了你们的身上。"

　　"是愚蠢，让你们选择了挑战我。是无能，让你们的挑战走向了失败。真是可惜。"刘缤轻叹一声，将头也凑到了中间为首那人的面前，双目几乎直接相对，"我想要你们记住一件事，就是绝对，不要，试图在宛城挑战我的权威。明白么？"

　　"明白明白！"三个人争先恐后的回答同时响起。

　　"明白的话，就点点头啊。"刘缤皱了皱眉头，"我最近……耳朵不太灵。"

　　三人齐齐一愣，目光呆滞了一下。

　　点头？

　　但看见刘缤的脸，顿时又是一阵战栗在三人的全身扩散开来，随后紧紧咬着牙关，重重地抬起头，点了下去，一遍又一遍地重复。

颈后的刀锋自始至终都纹丝不动。三人每一次抬头，都让刀锋在颈后切割出深深的伤痕。

血流如注，剧痛入骨，但他们已别无选择。

"很好。这样的回答……我很满意。"望着三人疯狂点头的样子，刘缤微笑了一下。

自从回到南阳郡，在宛城以游侠的身份生活，已经十年了。

在这十年里，刘缤真正地成了宛城最大的，也是唯一的地下世界主宰。

"主人。有人闹事。"

一个声音在身后门口响起。

刘缤抬起头，转身望向身后门口站着的人。

那是这间晓月楼的管理者，他手下最得力的部下之一任光，正低着头站在门口。

刘缤讶然一笑，站起身来，向着任光走去，"今天……不知死活的人，怎么那么多？"

他的上身赤裸，只有下身穿着紧身的裤子。尽管已经年近三十，但身体却丝毫没有些微臃肿，而是依旧保持着十八岁时的完美体型。每一块肌肉，每一根线条都完美无瑕，充满了力量的美感。

他一头漆黑的长发依旧没有扎成发髻，而是高高束起，再在身后披散下来，直垂到腰间。而与此前不同的是，发丝摆动间，依稀能看见背上隐隐约约有花纹存在。

那是一条朱红色的赤龙刺青，腾空而起，张牙舞爪，覆盖了刘缤的整个脊背。尤其是那一双怒目，更是令每一个望着的人心生胆寒。

"任光，从上个月起，这晓月楼已经交给你打理了，难不成还得像以前一样，事事都问我？"刘缤走到任光面前，微微摇头，"你就不怕，会让我失望么？"

"但主人……这次闹事的人，号称是您的弟弟。他带着一个同伴，要了酒菜，也叫了姑娘陪伴，却不肯付钱。"任光是个瘦削的汉子，面色蜡黄，双颊深深凹陷，看起来弱不禁风，但一双眸子却是异常明亮。

面对刘縯的质问，他无奈地苦笑了一下，"我知道您有个弟弟在春陵，却从来没见过。所以不敢胡乱决定……"

"弟弟？"刘縯一愣，随后马上哂笑了起来，"胡说八道。阿秀就是来宛城，也是直接让人领着找我，怎么可能在晓月楼下面胡混？"

"那……肯定不是？"任光还是小心翼翼地再确认了一遍。

"你还要我说几遍，任光？"刘縯眉毛一挑，眼中现出了些不耐烦之色，"打断腿，丢出去。身上不管有多少钱，都留下来。"

"是，属下明白。"任光看见刘縯的怒色，心里一跳，连忙低头退出了房间。

刘縯转过身，重新走回方才的桌前，坐了下来。那三人直到现在，还在不停地上下点着头，颈后早就已经成了一片烂肉。

未得刘縯喊停，他们不敢停下片刻。

"好了，停下吧。"刘縯伸出手，轻轻摸了摸中间那人的脑袋，"现在，你们都服了吧？"

"都……都服了……我们再也不敢来宛城了……我们马上就走，回颍川去！"中间那人虚弱地瘫在桌上，只能微微向上抬起眼睛，惊恐地望着刘縯答道。

"回去？不，你们怎么会傻到……以为我会放你们回去？"刘縯皱着眉头，难以置信地望着中间那人，"你们带着几百人，从颍川来到宛城，打算挑战我，干掉我，自己做宛城的地下世界掌控者……然后，现在你竟然觉得我会放你们走？"

那男人全身一震，死死瞪大了眼睛，"那！那你刚才对我们说那些话是什么意思！问我们服了没有是什么意思！你……"

"很简单，服了的意思就是，你们可以死了。"刘縯坐直了身体，摊开手，表情坦然，"仅仅摧毁你们的肉体，很容易，但在你们三人还没有服气的时候就杀掉你们，并不是我想要的。我想要的，是连同你们的意志一并摧毁。"

刘縯英俊的脸上，露出了迷人的微笑："我要让你们，在死前，将这样的信念永远封在自己的魂魄之中——那个名叫刘縯的男人，是永远不可能被击败，永远不可能被撼动的！"

"切了。"

刘缤向着三人身后的三名部下挥了挥手。

那三人的眼神中，果然带上了让刘缤满意的深深绝望。

"很好。丢了吧。"刘缤扫了两眼那三颗头颅，欣赏完毕，满意地点了点头，冲着身后的三名部下指了指，看着他们抓着发髻，提起头颅，躬身行礼后向着门外走去。

"可能……我之前说打断腿，是不是有点轻了？"在那三名部下走出房间后，刘缤突然笑着自言自语了起来，"冒充我的阿秀的罪……可是很重的啊……"

"主人……"

任光的声音，再一次在背后响起。而这一次的口气，却是一反常态的虚弱。

刘缤回过头去，诧异地看见任光正站在门口，被两名部下扶着，面带无比的愧疚望着自己。

"你……"刘缤深吸一口气，站起身来，向着任光走去。

任光的左胸处，被打断了三根肋骨，右臂也软软地垂在身侧。脸上一个硕大的拳印，几乎整张脸都肿了起来。

刘缤有点不敢相信自己的眼睛。

任光是刘缤最得意的部属。这意味着不仅仅是在处事方面，他的身手也同样不差。除了刘缤之外，他在宛城几乎已可算是身手最好的人了。

但任光现在，却被人打成了这样回来。

"没用兵器？"刘缤看完任光的伤势，皱眉问道。

"没用兵器。"任光低着头。

"谁让你跟他单对单的？"刘缤冷哼一声。

"属下……带了五个人，没有单对单……他们……都已经爬不起来了……"任光嗫嚅着道，头垂得更低。

"那……此事不怪你。"刘缤静静在原地站了一会儿，轻轻拍了拍任光没有受伤的那一侧肩膀，"领我去看看吧。"

李通坐在自己的隔间里，却没有关上隔间门口的屏风，而是任由它大开着，好让自己能看见对面的情形。

李通长着一张秀气精致的脸。高挺的鼻梁，红润的双唇，整齐如贝的牙齿，白皙如玉的皮肤，单单拿出来看，都几乎与他身旁陪侍的少女不分轩轾。

若是他没有长着现今那双眼睛的话，穿上女装，一定比这晓月楼内的大半少女都要更美。但唯独那一双眼睛，却是顾盼自雄，凛然生威。

虽然身边一左一右的两个少女，都已经吓得花容失色，但他的脸上却依旧带着饶有兴致的笑意。

他不知道她们在害怕什么。

对面隔间内那个高大如山般的壮汉，实在是太强。最初过来的几人，竟然没有能在他的拳头下走上几招。

甚至就连第二波来的人里，那个身手最好的瘦子，也被他打得断了几根骨头，被匆匆抬走。

但不管怎样，自己也只是个来寻乐的客人而已，对面隔间里便是打得再如何不可开交，也不至于波及自己，更不用说身边的两个少女了。

"别怕，有我在呢。"

李通轻轻揽起左边少女的纤腰，将嘴凑到她耳边轻轻一吻，柔声安慰着。

同时，右手也伸进了右边少女的衣衫之中，在她光洁的背上轻轻抚摸着，转过头说出了同样的话。

可那两名少女，却依旧在李通的怀中微微颤抖着，紧紧抓着他的衣襟，将身体贴拢了过来，一丝都不敢分离。

倒也不算坏事。享受着柔软身体的紧紧依靠，李通暗笑了一下，随后端起了面前的酒杯，一口畅饮而下。

打斗的隔间，恰好在自己的隔间对面，真是一件幸运的事情。待会儿，一定还会有人来。这一出精彩的戏，就当是今日寻欢的意外之喜吧。

只是，可怜了对面的那两个女孩子。

那名为秋娘的女子早已被轰走，而坐在那隔间里的两个女孩子，却已经吓得软了腿，坐在桌前动都不敢动。

那黑大汉骂骂咧咧的，时不时还比画两下拳头，端起桌上的酒杯大口灌下。他身旁的少女只能战战兢兢地颤抖着双手，不停为他倒酒。

反倒是他对面的那年轻人，却只是坐在桌前，低着头发呆。身旁的女孩已经瑟缩成了一团，他却既不去搂，也不去哄，仿佛她完全不存在一般。

矫健的脚步声，自远处响起。李通微微一笑，知道即将又有第三批人前来了。

"好了好了，别害怕，咱们坐在这里看就是了。"李通伸出食指，挑起了身旁两名女子的下颌，低下头装模作样地各自看了她们的俏脸两眼，露出了迷人的微笑，"我可是懂相面之术的，放心吧，今天你们的运势都是上上大吉，绝不会有什么危险。"

"这地方的人还真是硬气得很。俺都说了，俺是刘缜的兄弟了，他们居然还敢问俺要钱！"刘稷大口灌下一杯酒，对赵成没好气地道，"等俺明天见到刘缜的时候，一定要把这地方给要过来！看他们到时候还敢不敢那么嚣张！"

"我说，这位大哥，你有没有想过一种可能性？"赵成盘膝坐在对面，苦笑着问道。

"啥？啥可能性？"刘稷瞪着一对牛眼问道。

"万一这里……就是刘缜开的呢？"

"哈？"刘稷一张嘴，还未来得及说话，就已经听见了一个忍着痛楚的说话声。

"主人，就是这黑小子，自称是你弟弟的。"

刘稷仰头看去，正看见被他方才打败的那个男人，手扶着肩膀站在门口，向着身侧低着头禀报道。

而他视线投向的方向，却正被屏风挡着，看不清站了什么人。

然后，刘稷听见了一声冷若冰霜的哼声。

"听说，这儿有人冒充我弟弟？"

一个长发扎起垂落在身后的男人，自屏风后走出，站在了隔间的门口，冷冷地望着刘稷。

刘缜打量着眼前这条汉子，又高又壮，满脸横肉，拳头上还沾着未擦干净的血迹，显然便是刚才痛揍了任光的那人。

刘缜的注意力全部集中在了刘稷的身上，而坐在靠里侧的赵成，他却还未来得及留意到。

"你……你就是刘缜？"

刘稷张大嘴巴，望着眼前这个男人。

在他简单的脑子里，原本以为宛城的地下皇帝，在夜晚统治这座城的男人，应该是比自己更粗壮，更魁梧，更满脸横肉，膀大腰圆的巨人。最好脸上还满是刀疤，瞎掉一只眼睛，才能配得上这样的称号。

可眼前这个男人，虽然满身漂亮的肌肉，却依旧看起来纤细灵活。而且……为何竟然会是如此英俊！

他那一双锋锐的眼睛，每望向自己的身上一处，便仿佛一柄尖刀正剜下血肉般隐隐作痛。

"我就是。怎么？我的弟弟，居然会不认识我？"刘缜冷笑了一声，迈步走入了隔间内，一只脚踏在了刘稷面前的桌上，低下头俯瞰着刘稷，"听说，你把任光打得很惨啊。"

"大哥，大哥俺不知道这是你的地方……也不知道刚才那些都是你的手下……只是一场误会而已……"刘稷抓了抓脑袋，脸上露出一股傻笑来，"不过……不过俺真的是你的弟弟啊！你听俺说，俺是博望人，俺也姓刘，叫刘稷！俺爹说了，俺们家是前朝宗室，有家谱传下来的！你也是前朝宗室，所以俺跟你可不就是兄弟了么！俺今天，就是特意到宛城来投奔你的！本来还想着在这吃喝一顿，明天再去慢慢找你，没想到居然就这么碰见你了，真是……嘿嘿，真是太巧了！"

一口气说完了一大串话，刘稷又望了望还站在门口的任光，伸出手掌摆了摆，嘿嘿笑了笑："对不住了哈，刚才……刚才俺又不知道你就是俺大哥的手下，下手重了点，你别怪我哈！不过……说来你自己也是，谁叫你一开始不说清楚就上来动手呢！这也算不打不相识吧！哈哈哈哈！"

刘缤的一双剑眉，渐渐竖了起来。

眼前这黑大汉，看起来倒还真不是特意来闹事的，只不过是个脑子拎不清的莽夫罢了。

弟弟？哼！

自太祖高皇帝刘邦取得天下以来，这刘氏宗族开花散叶，也不知有多少万人。只不过是同宗而已，难不成全天下姓刘的，都能跑到宛城来，打着自己弟弟的旗号骗吃骗喝了？

更不用说，这家伙连刘缤的面都还没见过，就在人前如此招摇，真把他自己当成个什么东西了？幸好今天是来了晓月楼。若是在其他地方闹腾这么一阵，刘缤的面子，又该往哪里搁？

何况，还把自己手下最器重的任光打成了这般模样……今天若是让这叫刘稷的白痴横着走出晓月楼，刘缤以后也用不着再在宛城混了。

"我弟弟，是吧？"

看着刘稷傻不愣登地点点头，刘缤冷笑了一声，右手越过肩膀向身后一摊，已经有手下将一柄出鞘的短刀塞进了掌心之中。

"很好。碰巧我今天，还真就想砍个弟弟来找乐子呢！"

望着刘缤缓缓弯起的嘴唇，在脸上漾起一道邪气的狞笑，还有他手上闪着寒光的短刀，刘稷顿时呆住了。

这……这和原来设想的不一样啊！

刘缤……难道不应该在听说自己与他同宗之后，马上紧紧熊抱住自己，然后向所有手下介绍，这是他的手足兄弟，挚爱亲朋么？

难道不应该在听说自己特意跑来宛城投奔他的时候，立刻感动得流下两行眼泪，宣告这宛城自现在起，有自己的一半么？

他怎么没按套路来啊！

寒光一闪，刘缤手中的短刀已经向着刘稷的咽喉划去，快得猝不及防。

顾不得再去考虑对方就是自己想要投奔的刘缤了，依照长年来村头打架的本能反应，刘稷一个后仰，同时右拳已经向着刘缜的脸重重挥了过去。

这一拳激起的激烈破空声，在隔间内呼呼作响。

然而刘稷的拳头却并没有打中刘缜的脸。仅仅挥到一半，刘稷便突然感觉到肘尖一麻，随后肋间一股剧痛，整个人都天旋地转了起来。

原本坐在地上的巨大身体被重重一击，翻了半圈，狼狈地摔在了案上。坚实的几案被刘稷的重量加上下落的冲击一下压垮，散成了一堆碎片。

在刘稷还未来得及反应过来之前，他的左臂已经被压在了后腰之上，整个人都动弹不得。

而脸旁，一柄短刀重重插在了地板之上，竖在刘稷的眼前。透过刀刃的反光，恰好能看见刘缜那寒霜一般的脸。

"任光。这家伙空有大力而已，瞅准关节，卸开攻击，打倒他很轻松。记住了么？"

刘缜侧过头，瞟了一眼身后目瞪口呆的任光，冷声道。

完全没有想到，这个叫刘缜的男人竟然强横如此。自己一直引以为豪的大力与身手，竟然在他面前一个回合都走不下来，刘稷的脑子里顿时变作一片空白。

然后，他看见对面自己刚收的小弟，那个叫赵成的年轻人抬起了头来。

"哥，你就算真想砍个弟弟找乐子，也不该找他啊。"

他的声音并不大，但听在了刘缜耳中，却仿佛轰雷一般炸响。原本邪气的笑，也顿时僵在了脸上。

刘缜缓缓扭过头去，望向隔间内那个自己之前一直没有正眼瞧过的年轻人。

"阿……阿秀？你怎么在这里？"

赵成笑眯眯地看着刘缜手中的刀，露出一口洁白的牙齿："你都两个月没回春陵了，所以我来找你啊！"

刘稷怔怔地看着刘缜的手松开，手中的刀当啷落地，然后转过身去，轻轻一巴掌抽在了自己新收的小弟后脑上。

"谁让你在楼下喝酒的！还敢叫姑娘陪！不学好！"

虽然刘缤的模样看似凶狠，但声音里的宠溺，却浓得快要滴出来。

"不是我叫的啊！"赵成一脸无辜地指了指对面的刘稷，"是他拖我过来的，也是他让女孩子进隔间的。我可碰都没碰过一下！不信你问她们！"

赵成指了指身旁的女孩子，示意刘缤问她。那少女看见刘缤的目光扫来，已经瑟缩成了一团，慌里慌张地点了点头。

"主……主人……"身后的任光不明所以地看着刘缤，小心翼翼地开口问道。

刘缤缓缓向后拧过头，看着任光脸上几乎是崩溃的表情，破天荒地对手下露出了一丝苦笑："还真是……我弟弟……"

看着对面隔间诡异的反转，李通的脸上露出一丝饶有兴致的笑意。

看着刘缤带着那两人离去，对面隔间里又变得空无一人，身旁的两个女孩子，终于停止颤抖，脸上重新带上了职业的微笑。

"看，我就说吧，不会有事的。"李通在左右两个女孩子的耳鬓间各自轻吻了一口，"来，帮我倒酒吧！"

凑着一个少女纤纤素手端来的酒杯一饮而尽，李通缓缓闭上了眼。而他藏在袖间的手指，却在暗自飞速掐动着。

过了良久，他才睁开双眼，一道异彩在双目中流动而过。

刚刚演算中，他竟看到两兄弟身周有凤凰振翅。

"果然，是天选之气啊……父亲大人，你曾对我说的那句话，我终于……信了。"

看着两个少女迷茫不解的目光，李通笑着摇了摇头，抓过一个便对准红唇，深深亲了下去。

李通脸上挂着放浪的微笑，忘情地与怀中、身旁的少女嬉戏着，而他心中，却反复响着父亲李守曾对他说过的那句话。

"刘氏当兴，李氏为辅。"

既然弟弟来了，而且还跟那头脑不清楚的壮汉是一起来的，那刘縯自然便不能再动手了，总得找个清静地方，先把事情问清楚。

带着弟弟和那个叫刘稷的白痴，刘縯重新向着楼上走去。之前的那房间，此刻早已满地鲜血，还未打扫干净，刘縯只能让人重新安排了一间空屋子。

"喂，赵成，你真是刘縯的弟弟？"一边跟着刘縯走上楼梯，刘稷一边伸出手，轻轻捅了捅赵成的肩膀，压低声音问道，"可是……你又不姓刘，怎么能和刘縯是兄弟？"

"不想死的话，就少说话。我哥哥可是真的杀人不眨眼的。"赵成皱着眉头，轻轻白了刘稷一眼。

"赵成？什么鬼名字。"刘縯冷哼了一声，推开一扇门走进去，坐在了矮几旁地上的软垫上，靠着墙壁。

"哥……不是你自己之前常跟我说么，在外面不要胡乱报真名。"赵成拉着刘稷坐下，冲他笑了笑，"我不叫赵成。我的真名是刘秀，字文叔。"

"这家伙，你才认识？"刘縯斜斜倚着墙壁，手指遥遥点着刘稷，"刚才你要是没开口，他现在已经变成尸体了。"

"没必要吧哥……他只是蠢而已，倒不是什么坏人。"刘秀苦笑了一下，将自己如何在门口与刘稷相识的经过讲了一遍。

"我没想到他闻着饭菜的味道，居然进了晓月楼来。而且……"刘秀有些不好意思地摸了摸鼻子，"以前每次你带我来，都是直接领我上楼进你的房间。我还挺好奇……在下面喝酒是什么样子的……所以就没告诉他……这事我也有责任，所以哥你就别怪刘稷了。"

"哼。"刘縯冷哼一声，"有没有碰见你，这家伙都得来捣乱吧？"

刘稷缩了缩脑袋。刚才已经被教训过了一顿，现在在刘縯面前，他自然不敢再胡乱放肆。

"算了啦。他倒是好像真的挺崇拜你的。"刘秀笑了笑，"你就……收他当个手下好了，反正也确实挺能打的。"

　　刘縯望了望一旁借机连连点头的刘稷，叹了口气，不置可否。

　　"好啦，阿秀，你今天来找哥哥做什么？"刘縯望着刘秀问道，"你不是应该好好在春陵读书么？"

　　"谁让你两个月都没回家看我，这么重要的事情都不知道！我已经……不用在春陵跟着二叔读啦！"刘秀嘿嘿一笑，"朝廷今年的察举里，我入选了，所以明年就可以去长安，入太学里读书啦！"

　　"去……长安？"

　　刘縯一愣："察举……还有太学……那些又是什么东西？"

　　刘秀无奈地叹了口气，眼神里却满是兴奋："哥……你居然连这些都不知道？所谓察举，就是郡国向太学推荐合适的子弟啊。入了太学，那里的老师可比二叔要厉害多了，而且，太学里每年还有一次策试。若是策试的结果好，还有可能被选中为官呢！到那时候……我就再也不用窝在春陵这小乡下啦……还有……"

　　刘縯望着刘秀的嘴一张一合说个不停，心中却一片失神。

　　弟弟……要去长安了？

　　也就是说，自己必须和弟弟……分开了？

　　"阿秀……"

　　刘縯突然开口打断了刘秀的话。

　　"啊？"刘秀愣愣地看着哥哥。

　　"你很想去长安么？"刘縯轻轻道。

　　"当然要去啊！"刘秀夸张地叫了起来，"我那么用功，才会被选中去长安读太学！这么好的机会，怎么可能放弃！"

　　"要去多久？"

　　"太学……好像是五年吧……"刘秀低头想了想，"不过，也说不准五年之内，我就在策试里被选中，外放为官了呢！"

　　"你……"刘縯张了张嘴，想要说什么。但半晌后，却又摇了摇头，"算了，你若是想去，那就去吧。"

　　"噢……"虽然不知道刘縯为什么好像有些闷闷不乐的样子，但刘秀还是被那情绪影响到了，只点了点头。

"但是，去了长安，不要再用刘秀这个名字了。你就叫……"刘縯想了想，眼角的余光看见了还傻不愣登坐在刘秀身旁的刘稷。

"你就还叫……赵成吧。"刘縯叹了口气，"还有，那个什么策试……不要表现得太好。朝廷的官员，你不方便做。"

"那是……为什么？"刘秀疑惑地问道。

"别问那么多了。照做就是。"刘縯皱着眉头，胡乱挥了挥手。

"噢，好……"刘秀乖巧地点了点头。既然哥哥不想解释，那他就只照做好了。

"可是……"刘秀突然又想到了什么，苦着脸道，"哥，朝廷的察举，当然是依照着我的名字。我到了长安，要是改名叫赵成，那怎么进得了太学？"

"那……"刘縯这才想到这一环节，皱起眉头来。

"主人。"

门外，一声轻轻的叩门声，随后是一名部下恭敬的声音："有一位客人求见。"

"什么狗屁客人！不见！让他滚！再废话就打断腿赶出去！"刘縯正压抑着的不悦心情，终于找到了释放处，冲着门外暴喝了一声。

"是。"那部下隔着门，依旧被吓了一跳，连忙退了开去。可过了一会儿，门却又被轻轻叩响。

"主人……"那部下的声音里透着为难，"那客人说，除非见到您，否则他不走。他还说……让我给您带一句话。若是您听了这句话之后，依旧不愿见他，那他就自己打断双腿，自行离开……"

"那就让他自己打断！"刘縯刚刚不耐烦地吼出，心中却突然一动，"你……且等等。他那句话，是什么？"

"是。那位客人让我对主人说，'长安行，须匿名，方为吉。其为难处，吾可助之。'"

刘縯听完，双眉渐渐拧到了一起，眼中杀机一闪而过。

良久，他才大步走到门前，重重拉开了门扉，望着眼前低垂着头的部下，沉声道："带他上来。"

李通坐在房间内，表情悠然自得地上下打量着四处的陈设，时不时发出赞叹声。

在李通被带上来之前，刘稷已经被带出了房间，屋内只剩下刘縯与刘秀兄弟二人。刘秀老老实实地坐在一旁，好奇地上下扫视着这个与自己差不多大的俊秀年轻人。

而刘縯，则斜斜靠在墙壁上，手中把玩着短刀。一柄刀在掌心中上下翻飞，却分毫也不会割伤手掌，如同有着生命一般。而他的双目中，厉色却不停地闪动。

"先告诉我，你是什么人？"刘縯那一双比掌中短刀更锋锐的眼睛，正盯着面前被带上来的客人。

在这人上来之前，刘縯已经让部下将他出现之后的一切情报都禀报给了自己。

这个人，今天是第一次来到晓月楼。他出手很阔绰，虽只自己独身前来，却要了两个少女左右相陪，所要的酒和菜肴，一应也都是最好的。

他的隔间，就在方才刘稷刘秀二人的隔间对面。在第一次开打的时候，他就让相陪的少女打开隔间屏风，从头一直看到了尾。一直到刘縯下来，带走两人之后，才重新关上屏风，再没有离开隔间。

又过了不多时，他才让自己隔间内的一名少女去传口信，要见这晓月楼的主人。而且——他还清楚地知道，这里的主人名叫刘縯。

在这宛城之内，知道晓月楼的人不少，知道刘縯的人自然更不少。但知道这晓月楼的主人，便是刘縯的人，却并不多。

尤其是，分明刘秀只是刚刚才告诉了刘縯，他被察举选中，要去长安入太学读书。而刘縯起意要让他以假名前往长安，更是顷刻之前的事情。

一个自始至终都待在隔间之中的人，怎么可能会知道得那么清楚，还说出他可以帮忙的话？！

刘縯的短刀在手中打转个不停，双眼紧盯着的并非面前这年轻男人的眼睛，而是他的咽喉。

一旦他的回答不能令刘縯满意，那么下一刻，这柄短刀便会出现在他的咽喉处。

"在下李通，字次元，便是这宛城本地人。家父李守，想来刘兄应该听过。"李通收回了四处张望的目光，望着刘縯的目光里带着诚挚的笑意。

刘縯皱起了眉头。李守是本城最大的富商，又精擅天文历数和预言凶吉的图谶之学，听说前不久，被朝廷征辟为宗卿师，前往长安去了。但李守家里的这个儿子，自己却是从未听过。

像是看出了刘縯心中所想，李通笑了笑道："在下此前，也曾为朝廷效力，先是担任五威将军从事，后来又出任过巫县县丞，长年不在宛城。现在这是刚刚辞官回乡，所以刘兄此前未曾听闻过在下，也属正常。"

"为何要辞官？"刘縯听见李通担任过新朝的官员，面上浮现出一股疑惑来。

"俸禄又不高，在下家里又不缺钱，何必给王莽那家伙累死累活？"李通挤了挤眼睛，笑了笑，"不过这倒不是重点，重点是……"

李通原本松松散散的坐姿，突然变得端正了起来，双手放在身前膝盖上，肃容道："因为在下并不想为王莽陪葬。"

"陪葬？"刘縯挑了挑眉毛，脸上似笑非笑，"身为朝廷官员，诽谤天子，你可知道这是死罪？"

"那……刘兄就扭送在下去县衙吧！"李通笑着摊了摊手，"如果刘兄认为，有必要这么做，来向朝廷表忠心的话。"

"继续说。你为何会知道，我弟弟要去长安？"刘縯冷哼一声，不置可否，放过了刚才的话题。

"刘兄既然听过家父的名字，那自然也应该知道，他算得一手好术数。而区区不才在下呢……"李通微笑着将双手掌心向上，放在了身前的几案上，"在某些方面，恰好还比家父要稍微厉害了那么一丁点。"

刘縯望着他那双手，嘴角垂了下来："我不信，你能算得那么准。"

"家父计算天下大势，天下无人能及，自然也远超在下。但在下的长处，却是精于算小事，而且无论时间还是距离，越是靠近，便越是精准。"李通笑着收回了双手，拢在了袖中，"空口无凭，只怕刘兄不信，那么不如就让在下现在演示一番吧。"

刘缤冷眼看着李通双袖合拢，闭上双眼，脸上挂着神秘的微笑，心中也不由得开始半信半疑起来。

"嗯……"片刻后，李通分开了双袖，睁开眼，伸出手远远指了指刘缤手中仍旧上下翻动不停的短刀，"刘兄，小心伤到手。"

"一派胡言！"刘缤冷笑了一声。李通若是算些别的，他或许还有些半信半疑。但……伤到手？

这简直是滑天下之大稽。

即便是闭着眼睛，甚至睡着，刘缤也敢相信，自己手中握着的刀，也不会伤到自己。

"那么……我们就拭目以待吧。"李通重新自袖中伸出手，按在了桌面上。

"如果算错了的话，恐怕你的一只手就要永远和你说再见了。"刘缤微微直起了一点上身，望着李通的眼光里带着威胁。

"两只也没关系。"李通笑了笑，放在桌面上的手依然稳定，没有一丝退缩的意思。

一阵嗡嗡声，一只苍蝇自窗外慢悠悠地飘进了房中。刘缤皱着眉头，不悦地扫了一眼那苍蝇，手中转动不休的短刀突然如电般飞出，向着那苍蝇射去。既然李通敢质疑自己玩刀的水准，那就让他亲眼看看吧。

短刀带着破空声飞速射出，直指苍蝇。在刘缤的预想中，下一刻，那苍蝇便会被刀尖死死钉在墙壁上。

然而让刘缤惊讶的是，那苍蝇竟然仅仅是灵巧地一闪，便闪过了飞射的短刀，反而在空中绕了一个弧线，向着刘缤飞来。短刀失却了目标，笃的一声空自钉在了房间的墙壁上。

尚在诧异间，那苍蝇已经转瞬飞到了他的面前。

刘缤心下不悦，挥出手，便要将那苍蝇赶开。然而就在右手挥出的一瞬间，他的眉头却骤然一拧。

可挥出的手却已经来不及收回了，伴随着手背上的一阵刺痛，刘缤也同时发现了——那不是苍蝇，而是一只蜜蜂。

蜜蜂摇摇晃晃地飞出了窗外，而刘縯的手背上，却已经留下一根扎进肉里的尾刺。

刘縯低下头，凝视着自己的手背，然后轻轻伸出两根手指，将尾刺自手背上夹起。然而一片红肿刺痛，却已经被留下。

自己的手，竟然真的受伤了。尽管那不过是微不足道的一点蜇伤，但——毕竟也是伤。

深深吸了一口气，刘縯抬起头，望向身前脸上依旧带着笑意的李通。

"刘兄，所谓受伤，也并不一定是刀伤的。"

李通的手，依旧平平地放在案上。白皙而修长，指甲修剪得整齐如苗圃中的树木。

"你……"刘縯沉默了片刻，轻轻点了点头，"好，你胜了。"

"多谢刘兄。"李通坐在地上下身不动，上身微微向前一欠，轻声道，"那么，刘兄现下可愿相信在下了？"

"两个问题。"

刘縯想了想，点了点头。他的声音平缓而稳定："第一，你打算怎么帮我。第二，你为什么要帮我。"

"第一个问题，很简单。"李通笑了笑，"家父新近被朝廷征辟，身任宗卿师之职。在太学的名单内做一些简单的修改，并不是什么难事。至于第二个问题……"

李通一直挂着淡淡微笑的脸，此时突然变得无比凝重与严肃。

"家父与在下一样，都认为，王莽的新朝必不能久长。日前不久，家父曾行过一次大占，而占卜的结果是——刘氏当兴，李氏为辅。而天命所在的那个刘氏之人，则正在南阳郡。"

李通抬眼看了一眼刘縯，"然而究竟此人为何人，却是上关天命，难以细算了。所以在下回到宛城，等待那个背负天命的人出现，而家父则依旧留在朝中，此正乃互为犄角之势。"

"而现在……在下认为，这个人，已经找到了。"

说完，李通深深俯下身，隔着几案，向刘縯低下了头颅。

刘縯默不作声地听完了李通的话，没有开口，只是静静地靠着墙壁，目光平静地望着他。

"所以，你要成为……辅佐我的人？仅仅是因为占卜的结果？"良久，刘縯才轻声道。

"是的。"李通抬起头，依旧是凝重的神色，"我相信父亲，也相信自己。而且更重要的是，我们相信，这个世界上，有着被称为'天命'的存在。我们所应该做的，只有顺应。"

"所以，为阿秀伪造一个身份，让他去长安入太学，是你的一族成为我部属的交换条件么？"刘縯问道。

李通摇了摇头："不，这其中，不存在任何交换。无论我们李氏一族，能够为您做些什么，都与最终的结果毫无关系。在下只是希望，能让刘兄看见我们的诚意而已。"

刘縯没有马上回答，站起了身，走到了一直坐在一旁，没有开口的刘秀面前，蹲下身望着他。

"阿秀，告诉我，你相信他所说的，天命在哥哥的身上么？认真地，回答我。"

刘秀仰起脸，认真地看着哥哥的面庞，随后重重地点了点头："是的，我相信。无论有没有人这么说，我都相信，哥哥是背负着天命的男人。"

"好！"

刘縯深深凝望的双眼微微闭上，再睁开时，已经带上了一股凛然的霸气。他长身而起，转身望向李通。

"那就，让我们一起来取得……这个天下吧！"

刘縯伸出手，在身前的虚空中缓缓握紧成团。

天凤六年，冬十月。

宏伟的未央宫宣室，由粗壮的梁柱高高撑起，广阔空旷如宇宙。即便殿下已经黑压压地跪坐了一地的群臣，依旧不能给这座古朴苍凉的宫殿带来半分充实感。

王莽高高坐在殿堂之上，冷眼望着眼前的朝堂。

朝会议政刚刚结束，官员们纷纷拜舞而退。王莽却不管身旁的小黄门请离的声音，只静静地坐着，一动不动，望着因百官散去而更加空旷的大殿。

列席的群臣，他们恭顺的姿态，口中高呼的陛下声，却没有给他带来丝毫的喜悦之情。

相反，他的心里却只有厌恶。无尽的厌恶。

无论是自己现在这个天子的身份，还是自己需要面对的这些愚蠢的群臣，都让王莽的心里满是烦躁。

自从他取得传国玉玺，登上天子之位，至今已经过去十一年了。

他也已经成了一个六十三岁的老人。

在六十岁之后，每一日起床，王莽都能感觉到，自己的身体又向着衰老的方向更进了一分。

他的体力开始衰退。只是稍微远一点的路，就会走得气喘吁吁。每天的睡眠，也已经减少到了不到三个时辰——而且，一旦醒来，无论再怎么努力，都睡不着了。

平日里的饮食也越来越少，即便是再精美的食物，都难以勾起他的食欲。

死亡已经离他越来越近。

但这却并不是王莽所担心的。

人固有一死，这一点，他很清楚。他从没有对死亡产生过任何恐惧。

人死之后，不过是化作一抔黄土罢了——死后的世界，没有什么黄泉，也没有什么天界。死，就是无。

而面对那真正的无，没有任何恐惧的必要。再者，对于他来说，早已超越了生死，否则又如何会来到这个时代，来到这具躯体里，去完成这个让整个世界都为之悚动的壮举！

他唯一所担心的，便是心中的那个理想是否能够真的实现下去。

十一年前，王莽终于取得了这个天下最高的权力。再没有任何人拦在他的面前，与他争权夺利，钩心斗角。他的意志，终于能够化作让整个天下都必须遵从的声音，响彻这片大地。

可即便已经没有了阻挠，王莽理想中的那个新世界，却依旧没有出现。

而且，看起来还是那么的遥遥无期。

殿下的大臣们，又在汇报着全国各地的灾情，与起兵反乱的党徒。

益州郡夷人栋蚕、若豆等起兵，击杀郡守、占据城池。前往平叛的将军廉丹不仅未能成功镇压，反而被击败。

越郡夷人大牟，也同样起兵造反，短短数月之间，便聚众数万人。

至于北方的匈奴，更是频繁地侵略边境，西起凉州雍州，东至并州幽州，处处都在他们袭扰的范围之内。

除了这些边患之外，更重要的，是内忧。

函谷关以东，已经连年大旱。纵使王莽再如何调动国库粮仓进行赈灾，但依旧是杯水车薪。

前一年的天凤五年，青州徐州一带的大灾之后，琅琊人樊崇率百余人于莒县揭竿而起占据泰山一带。而今年，又有樊崇的同乡逢安与东海人徐宣、谢禄、杨音等聚众数万人归附樊崇。声势壮大后，转瞬间已在青徐一带建立了自己的地盘，号称赤眉军。

同样是去年，东海人刁子都也起兵与樊崇遥相呼应，占据了徐州兖州一带，兵力同样有数万人之众。

若仅仅是兵力，倒也罢了。但这些叛军所裹挟的流民，却高达数十万之众。何况在连年大灾之下，又哪来的那么多粮草军饷，来调动兵马进行镇压？

可这些，都不是王莽心中最无奈之事。

"老师，依旧在心烦？"

王睦自大殿的角落里缓缓走出，走到王莽的身旁，轻声问道。

十一年过去，年近三十的王睦，上唇已经留起了短髭，原本尚有些稚嫩的面庞，此刻也多了些风霜。

只是，即便王莽已经做了十一年的天子，王睦却从没叫过他一声陛下。他的称呼，自始至终都只有一个——老师。

因为这是王莽于他而言，最重要的身份。更因为他是唯一的一个，知道王莽打内心深处，便深深厌恶着"皇帝"这个身份、这个称呼的人。

王睦的官位并不高，只是侍中而已——他并不需要，也并不在意什么官位。侍中这个官职，只是为了让他能更方便地随侍在王莽的身边而已。

"子和，陪我喝两杯吧。"王莽抬起头，望向王睦。他的眼中所透出的，是深深的疲惫之色。

子和是王睦的表字。在他行了冠礼以后，王莽也不再如他年幼时那样，再称呼他为睦儿了。

"遵命，弟子这就命黄门去安排。"王睦点点头，便要转身，却被王莽叫住。

"不。今日……我不想在宫中。"王莽望着遥远的大殿入口。尽管隔着那么远的距离，他还是看见殿外，开始有了雪花在飘舞，"又下雪了，陪我出宫去，看看雪吧。"

"是，老师。"

王睦轻轻点头，伸出手，搀扶起了自己的老师。当他的手触及老师的臂膀时，心里沉沉地叹了一口气。

老师，又瘦了。

长安城南，杜康肆。

"好地方。"

王莽在王睦小心翼翼的搀扶下，缓缓坐下，抬起头打量了两眼屋内的陈设，点了点头。

这还只是上午时分，酒肆里并没有什么客人。但为图清静，王睦自然是让店家安排了一个二楼的隔间。隔间里只有他们二人，就连韩卓也没有被王莽带在身边。

隔间里的陈设很是素雅。除了入口处一扇屏风外，便是架子上的几具陶器。座席正安在窗口之旁，窗页紧紧关着，将铺天盖地的大雪与刺骨的寒风都挡在了外面。

"是，弟子有时，会独自来这里喝上两杯。他们家的菜好还是其次，最重要的是，酒好。"

"好或坏，都已经不重要了。只是图个心境罢了……"王莽摆摆手，脸上挂上了一丝淡淡的笑。

"是。弟子明白。"王睦点了点头，在王莽的对面坐下。他已吩咐过店家，在两人面前的桌下，藏了两个暖炉。纵使窗户大开着，但至少双腿不至于受了风。

而王莽的上身，则披了一件纯白的狐裘大氅，将自己裹得严严实实。然而在窗缝偶尔钻入的寒风中，却似乎仍有些不足的模样。

"老师，再加两个火盆吧。"王睦轻声问道。

王莽却只摇了摇头，反而更伸出手，轻轻推开了窗户。一股寒风夹着雪花，自窗口猛地扑入，打在王莽的脸上。他的身体不由自主地抖了一抖，但脸上却没有一丝畏寒之色，反倒是无限的惆怅。

"老师，关窗吧……"王睦不忍地皱了皱眉，轻声向王莽问道。虽然那狐裘足够暖和，但以王莽的年纪，若是再略微受点风寒，那便头疼得很了。

"不，不必。"王莽伸出手，竖在了身前，眼神却依旧一瞬不瞬地望着窗外落雪的街道。

"是。"王睦无奈地叹了口气，只能俯下身去，将桌底两个暖炉内的炭火又拨动得旺了些。

"都二十年了啊……区区二十年，简直是转瞬即逝。"王莽轻轻叹了一口气，目光出神地望着窗外的大雪，像是在对王睦说，又像是仅仅自言自语。

王睦只是怔怔地望着面前的老师。那脸上的皱纹、稀疏灰白的胡须，以及带着混浊的双眸，都无时无刻不在提醒着他，老师已经老了。

甚至，就连曾经眼中那无时无刻不在的自信与豪情，都已经随着岁月渐渐地流逝了。

王睦清楚，他在天子这位子上，竟是没有一天开心。

"二十年前的冬天，在新都，也有过这么一场大雪。"王莽一边喃喃道，一边对着王睦伸出手，"拿酒来。"

王睦连忙自桌上的酒樽中，舀起一勺被炭火暖得温热的酒，添进酒樽之中，双手递到王莽手中。

"确实是好酒。"王莽轻轻啜饮了一口，点了点头，"好雪，就应该配好酒。只不过二十年前的时候，我还不太懂得品酒。那时的酒于我而言，只不过是在漫长等待中打发时间的工具而已。而现在……我却能品得出酒的好坏了。这二十年来，我也真的变了许多。"

说完，他自嘲地轻轻拍了拍身上裹着的白狐裘："权力使人腐化，绝对的权力使人绝对地腐化，此言诚不我欺。即便是我，也渐渐地开始堕落了啊……"

"一件衣服而已，算得了什么。老师您的身体，难道不比这一条狐裘……不，是整个天下重要多了？"王睦不忿地摇了摇头道。

王莽笑了笑，不置可否，重新伸出手，指着窗外漫天的雪花："子和，你可知二十年前，在新都的那个雪夜，我心中想着的是什么？"

王睦摇了摇头："弟子不知。"

王莽轻轻叹了口气："二十年前，我仍在新都自己的封地中，等待着让我重归朝堂的机会。而在那一天，我终于等到了。韩卓从长安为我带回了复归的消息。尽管数日之后，正式的诏书才下到我的手中，但在那一夜，我便已经成功地走出了牢笼。

"那时，我胸中的雄心壮志，简直炽烈得足以将整个天地融化。我要改变这个世界，让它成为我想要它成为的样子，让它成为它终究应该成为的样子。那时的我，无止境地渴求权力，因为我以为，只要有了权力，就能够让这个世界按照我希望的走向去发展。

"但……"王莽的脸上，泛出一丝苦涩的笑意，"但我那时，毕竟还是太天真了。"

"老师……"王睦伸出手，握住了王莽的手。那双干枯的手，冰冷而虚弱。

"你是知道的，我不信鬼怪，不信神仙，不信一切怪力乱神的东西。但我却唯独相信一样东西的存在。"王莽唏嘘了一声，"那……便是天道。"

"是的，老师您常说，天命在您的身上。可……弟子一直也不明白，为何您将一切鬼神的说法都嗤之以鼻，却偏偏相信天命这种东西？"王睦点点头，轻声问道。

"呵……所谓天命，与鬼神并没有任何关系。"王莽摇了摇头，"我只是相信，这个世界有它运转的法则。所谓天行有常，不为尧存，不为桀亡……所以我更宁愿将它称为——历史的规律。"王莽凝视着王睦的双眼。

"历史的……规律？"王睦细细咀嚼着老师的话。

"人、万物，乃至整个世界……都各自有着自己的轨迹。我之前一直以为，我就是那个顺应天道的人，将会推动着那轨迹，将它们向着正确的方向带去。因为……"王莽又端起酒杯，满饮而尽，眼中闪动着无限感慨，"我来到这个世界，就意味着我是背负着天命的人啊！"

"既然如此，那老师您为何不继续坚信下去？"王睦沉声道，"至少，弟子是一直坚信着您的。"

"因为……"王莽苍凉地笑了一下，"我本以为，改变这个时代，是我的宿命。但我却越来越怀疑，这个时代是否能够被我改变了……所谓天命，就是历史的规律。而我的角色，究竟是顺应那规律的人，还是对抗那规律的人？

"子和，从你年幼时，我便教你的那些事情，那些道理，你没有忘记吧？"

"弟子时刻不敢或忘。"王睦肃容道。

"你看……"王莽将桌旁的几个酒杯拿起，一一整齐地排放在了自己的面前，一边放下酒杯，一边在口中数着。

"以贵金属或是纺织品作为货币，不仅难以携带与结算，更不便控制发行。货币的完美形态，应该是本身没有任何价值，却能够依托国家的信用，在市场上流通的东西——一张简单的纸片，打着由国家授权，无法被伪造的印记，这便够了。

"土地，只要存在着私有，就一定存在着兼并。日积月累，最终的结果一定是极少的一小部分人，掌控了绝大多数的土地。到那个时候，富可敌国，贫无立锥，国家又怎么可能保证没有动乱？唯一的解决办法，就是将土地全部收归国有，而百姓手中所握着的，就仅有使用权而已。

"奴婢失去了一切人身自由，甚至连自己的肉体都不再属于自己。可这是为什么？不同的人，天生自然是有区别的，或是家庭贫富，或是外表美丑。但无论是富人还是穷人，美貌或是丑陋，但至少，人一旦生而为人，就应该拥有完全相同、毫无差异的自由与尊严！

"囤积居奇的商人，为了利益而操控物价……若仅仅是奢侈品，那倒也罢了。但如柴米油盐之类，与民生息息相关，那便必须由国家来进行管控，在一定范围内，允许上下浮动，但一旦超越了给定的界线，就必须得到控制。"

王莽每说完一条，就在面前排下一个酒杯。但说到这里时，却发现酒杯已经用完了。他轻叹一声："凡此种种……都是我想要改变，却又无法立刻改变的。"

"可是，老师，您已经在做了！"王睦急忙道，"而且，还有我！"

"在做了……是啊，我确实是在做了……"王莽自嘲地笑了笑，"我曾以为，只要有了权力，就可以做到一切我想做的事情。但，我错了。这些事情，我虽然都在做，虽然已经做得很慢，很柔和，但依旧……永远在面对着一次又一次的挫折。

"我不敢马上取消金属货币，而只是逐渐缩减重量而已。我不敢立刻将所有土地都收归国家，而只是在一部分的地方推行井田而已。我不敢立刻宣告，普天之下人人平等，而只能先禁止奴婢买卖而已。我不敢将市场上的所有物价都规定死，而只能以国库收购储备，在价高时放出，平抑物价而已……"

王莽的面上，凄凉之色越发浓郁，一杯杯地为自己倒酒："我一直都很清楚，无论怎样的改革，都不能太过激。然而我已经在尽量放缓速度了，却依旧面对着……反抗。

"而且，不是来自某个人、某个势力的反抗，而是这整个天下的反抗！

"一个人的肉体我可以消灭，某个政治势力我可以瓦解，但……当整个天下，都在对抗着我的努力的时候，我又该怎么办？睦儿，你告诉我，我该怎么办！"

王莽稀疏凋零的胡须轻轻抖动着，唤着王睦时，也由表字子和变作了自小的称呼睦儿。

"弟子……老师……"王睦绞尽脑汁，想要说些什么来安慰老师，却又不知如何开口。

因为他很清楚，老师现在所说的一切，都是对的。

"我所做的一切，在天下人眼中看来，都是倒行逆施……而自从我登基之后，天下四处发生的灾祸，也全都是上天对我的惩罚。"王莽哈哈一笑，笑声中却充满凄凉怆然的意味。

随后，他的声音突然轻了下去，低道："或许……也真的是吧……我一直弄错了自己的身份。我不是顺应天命的人，而是……对抗天命的人……"

"老师，这有关系么？"

王睦深深吸了一口气，挺起了胸膛，目光清澈如水地望着王莽那苍老的面庞："您可知道，我是怎么想的？"

"说吧，子和。"王莽轻轻端起酒杯，大口饮下。

"我并不在乎什么天命，或者说……什么所谓的历史的规律。"王睦伸出手，按着自己的心房，目光深沉，"老师，您曾以为自己背负着天命，现在又开始怀疑这一切。但，那又有什么关系？我只想问您一件事——您所教我的那些事情，您所努力的那些事情，您是否认为，它们是对的？"

"自然是对的。"王莽庄重地点了点头，"无论那是不是属于这个时代，它们，都是，对的。"

"那就够了。"王睦在胸前握紧了自己的拳头，"身为弟子，我也同样坚信着这一点。我不信鬼神，也同样不信天命。我相信的，只有老师您一个人。相信您为我描绘过的，那个伟大的，充满自由与荣耀的理想国度！"

"是么……"王莽已经老花混浊的双眼中，微微有了些湿润。

"是的。我将要比您更坚定，比您更执着。我坚信，只要是对的事情，那么就该努力去做。至于结果如何，已经没有必要去在意了。"王睦的脸上，又渐渐浮现了一丝微笑，"老师，您不觉得，即便失败，但只要是倒在努力的路上，也一样是一件值得满足的事情么？"

"倒在努力的路上么？"王莽反复将王睦的这句话念了两遍，也笑了起来，"是的。睦儿，你说得对。"

窗外，传来了缓缓的马蹄声，在大街上自远而近。

这么大的雪，居然还有人在路上？

王莽转过头，向着窗外望去。

一匹马，一个人。马在大雪中冻得哆嗦，一步步的马蹄扎进雪里，再艰难地拔出来。马上骑士披着大氅，头上顶着斗笠，不仅看不清面目，就连穿着打扮都看不见。

"风雪相逢，也算是有缘。不如，邀他上来一起喝一杯吧。"王莽凝望着那穿行在大街上的骑士，片刻之后突然开口道。

"老师，这种来路不明的人……"王睦皱起了眉头，小心提醒道。

"无妨。你我今日是随性出宫，又未穿着朝服。这般路上碰见的人，哪有那么巧便会是刺客？再说，你忘了还有韩卓么？"王莽笑了笑。

王睦四处看了看屋内，实在想不到韩卓会潜身在何处。但他跟随老师王莽那么多年，自然知道韩卓向来都会在需要的时候，出人意料地出现，加上老师也已这么说，便也点了点头，不再阻拦。

"窗外客，可愿共饮一杯？"

王莽的声音，自窗口穿过了风雪，飘向了那马上的骑士。

漫天风雪吹来，尽管大部分都被斗笠挡住，但还有着一小部分吹到刘秀的脸上，如刀般刮着脸上的肌肤。

身上的棉衣也挡不住所有的寒风，像是毒蛇般无孔不入地往怀里钻着。

刘秀本不该在这大雪天赶路的。但哥哥刘縯却突然让人传来口信，要他必须立刻回到南阳。

事情紧急，哥哥派来传信的人，也并不知道详情，但话中的急切之意却是很清楚。

化名赵成在长安太学就读已经五年，刘秀也成了一个二十四岁的青年。但他心中对哥哥的信任和依赖，却是与小时候别无二致。所以，哪怕路上的风再烈，雪再大，也挡不住刘秀踏上回南阳的路。

只是，越是向前走风雪越大已经大到了前行都不易的地步。原本路上还有着些疏疏落落的行人，现下却是一个都看不见了。漫天风雪，几乎将视线完全挡住，只能一边用手遮着面庞，小心翼翼地催马缓行。

正当刘秀心中有些纠结，究竟是继续前行，还是回太学等风雪停下时，他的耳中突然听见了街道旁，小楼上传来的一声呼唤。

"窗外客，可愿共饮一杯？"

刘秀抬起头，自斗笠的缝隙下看见那是一间酒肆。二楼的窗口中，一个身着白色狐裘的老人，正向着自己露出亲切的微笑。

刘秀还在心中思索时，那老人看见了他的犹豫，又高声道："如此风雪，行路不易，不若上来，且等风停雪霁。"

刘秀转头望了望前路，确实风雪已越来越大，天地之间一片茫茫。若是强行赶路，纵使出了城，也未必能找得着方向，干脆点了点头，策马走到酒肆门口，下马推门，上了楼来。

刘秀推开门，才发现屋内坐着的除了方才那老者外，尚有一个年纪比自己稍长的男子，正面对面坐着，席上摆着一个大樽，樽下火苗将酒液加热得微温，冒着丝丝热气。

"多谢两位，在下叨扰了。"刘秀先在门口行了一礼，才走入房中，向着两人走去。

"这里请。"王睦赶紧轻轻拍了拍自己身旁的座席，对刘秀道，以防他坐到老师的身旁。而王莽看见这一幕，也只是微微一笑，未曾开口。

"如此大雪，急于赶路，是有什么急事么？"待刘秀坐下后，王莽便亲手为他倒上一杯酒，端到面前，笑着问道，"别急，先喝杯酒，暖暖身子。"

"是，多谢太公。"刘秀双手接过酒杯，一仰头，一饮而尽。暖烘烘的酒液下肚，在腹中如火团燃烧般，一下给被风雪吹得冰冷的全身带来了一丝暖意。

"在下赵成，字令功，南阳人，是一名太学生。"刘秀放下酒杯，长长吐出一口满足的气，"因家中有事，须得回乡一趟。今日本想尽早出发，却没想碰上这么一场大雪。若不是两位相邀，在下只怕真要困在路上了。"

"无妨。若不是这场大雪，你我也无缘在此相会。不过萍水相逢一场，明日你我都不知各自身在何方，难道不也很有趣么？"王莽笑着摆了摆手，又为刘秀添上了酒。

"是。"刘秀端起酒杯，微笑着向二人敬了一杯。

"令功……既然是在太学就读，想必胸中必有丘壑。我有个问题，不知小兄弟能否回答？"三人闲聊了几句。窗户关上后，屋内渐渐暖和起来。王莽又与王睦、刘秀三人同饮了一杯，随后貌似轻描淡写地问道。

刘秀连忙诚声道："太公请问，只要是能答得上的，在下必言无不尽。"

"好。"王莽点了点头，直直注视着刘秀，然而他口中吐出的话，却仿佛霹雳般在刘秀耳中炸响，"在你心中，当今天子，是个怎样的人？"

"小子何德何能，怎敢妄议如此大事？"完全没想到会被问这等问题，刘秀的面色都变了，连忙用力摆手，一脸惶恐，"在下在二位面前，不过是个黄口孺子而已，如何能如此僭越？"

"僭越？为何是僭越？"王莽哈哈大笑，"天下事，天下人尽可评之。难不成，你我在这风雪之中，小楼之上，随口聊上两句，怕被官府捉走么？令功你这可未免太过谨慎了。"

"不，只是在下实在学浅识薄……"

刘秀的心脏怦怦狂跳，刚开口说了半句话，便被王莽微笑着挥手打断："年纪轻轻，难道就不能有些朝气么？"

刘秀深深望着面前这个老人的双眼。他的眼角满是纵横的鱼尾纹，眼睛里也有些混浊昏暗，但一股奇妙的摄人心魄的力量，却偏偏自那眼神中透出来。

"说吧，令功。"王莽轻轻敲了敲面前的桌子，将头微微向前探出，那双深得像大海一般的眸子紧紧盯着刘秀，"若信得过我，就说真话。"

以常识而论，刚刚会面素不相识的过客，仅仅是同桌共饮的缘分而已，竟然会提出这样的问题，实在是太过失礼了。何况这里更是长安城内，天子脚下，若是一旦有什么差池，流传出去，那便是杀身之祸。

但刘秀在王莽的目光注视之下，方才狂跳的心脏竟然渐渐平息，不知怎的，竟倏然对他萌生了一股信赖之感，一股热血涌上心头，脱口而出："是，那在下便谨遵太公吩咐了。"

他低下头，沉吟片刻，缓缓开口道："在下不过是一介学生而已，自然并没有见过皇帝。但……在下却总觉得，他是个很奇怪的人。"

"奇怪？"王莽讶然笑了起来。原本他以为，这年轻人或是赞许，或是批评，完全没有想到他最后给出的，竟然会是这样一个形容词，"为什么是奇怪？"

"因为……"刘秀想了想，"在下在太学之中，也算历读过春秋、史记、尚书等经典。虽不能算是精通，但至少勉强算是熟读。然而穷尽史书，在下却实在找不到，有任何一个人，是与当今天子相似的。或者说……"

刘秀顿了一顿，继续道："或者说，所有古人，在下都能明白他们做了什么，想做什么，而只有当今天子，在下却怎么也看不透。"

"哦？"王莽饶有兴趣地为自己倒了一杯酒，等着刘秀继续说下去。

"他……不贪图个人享乐。从他仍是前朝外戚的时候，直到现在，都是如此。虽然现在很多人都说，他那时只不过是虚伪地掩饰自己的欲望而已。但至少我在长安的五年里，从没听说过他广纳妃嫔，大兴土木。不仅如此，甚至就连上林苑，都被他拆了一大半，还地于百姓。如果说，以前的他还需要伪装，那么现在至少没有必要了吧？"

"这一点，倒也并不算很难得吧？"王莽笑了笑。

"如果光是这一点，那确实不算。但更重要的是，他在改朝换代，登基之后所做的那些事情，才是真令在下看不透的。"刘秀说到兴起，也为自己倒了一杯酒，仰头一饮而尽，才继续道，"世人皆说，当今天子倒行逆施，是为人祸。上天震怒于此，天下四处大旱，是为天灾。然而在下……却实在不明白他为何要这么做。"

"自从当今天子接受禅让，代汉自立之后，他的种种改制，已然令天下民怨沸腾，然而他却始终如一地坚持着那些改制，尽管揭竿而起之众已然遍布天下，却始终不肯做出任何妥协。这么做……于他究竟有什么好处？"

"所以，令功你是反对天子的那些改制了？"王莽点了点头。

"不。"刘秀却出乎王莽意料，凝眉思索良久，缓缓摇了摇头，"在下也不知道……"

王莽却没有丝毫疑惑之色，只是静静等刘秀继续说下去。

"说起来，如今天下虽然民不聊生，反乱四起，但在下却总觉得……事情不该是这样子的。"刘秀仔细想了想，才道，"当今天子自外戚之身起家，直到代汉禅让，自始至终一路行来，抛开立场不谈，至少也不是个无能愚蠢之辈。然而他即便面对如此乱象，也始终不改初衷，其中总该有什么深意。只可惜，在下终究还是无能，看不透他究竟想要的是什么……"

"他想要的么……"王莽轻轻叹了一口气，"或许真的，全天下都看不透吧……又岂独是你一人？如今天下反乱四起，也不知道这新朝，究竟还能有多久的命数。"

刘秀一愣，万万没有想到对方竟然会说出这等话来。若是被人听到，安上个叛逆的罪名，那便是抄家灭族的大罪，面色一变："太公……可要慎言……"

"无妨。此间只我们三人，有何可怕？"王莽笑着摆了摆手，"况且，难道天下人，不都是这么以为的么？算了，不说这个了。"

刘秀正不知该如何作答，王莽已经换了个话题，与他重新闲聊了起来。然而无论天文地理，世间万物，眼前这老人胸中所学，竟然都无一不胜他百倍。一番交谈下来，刘秀心中已完全被王莽所折服。

而王莽对刘秀，也同样起了非一般的爱才之心。眼前这年轻人的资质，也是他平生除了王睦之外仅见。

外面的朔风呼啸已经止住了。王莽推开窗户，看见原本纷纷扬扬的大雪也已停下，唯有大地已被染成白茫茫一片。

"雪停了，那么，在下要告辞了。"刘秀腼腆一笑，站起身来，向着王莽深深施了一礼，"太公今日的教诲，实在令在下大开眼界，振聋发聩。若是日后再有机会，希望还能在太公座前受教。"

"自然是有机会的。"王莽点了点头，脱下了自己身上的那一条白狐裘，站起身走到刘秀身旁，为他披在了肩上，"外面还很冷，这条狐裘，便送了你吧。"

"这……"刘秀连忙推辞，"无功不受禄。何况，太公您年事已高，在下岂敢拜领？"

王莽笑着摇了摇头："无须客气。待你再回到长安之时，拿着这条狐裘，去……"

他顿住了语声，想了想道："去大司空王邑的府上吧。"

"您是……"刘秀吓了一跳，瞪大了眼睛望着王莽。他没想到，眼前这老人，竟然便会是大司空王邑。

那么此前，自己与他所说的那些对于当今天子的看法……

"不。这是大司空王邑的儿子，王睦，字子和。"王莽摆了摆手，指向了王睦，"而老朽……只不过是他的老师而已。"

"原来如此，在下明白了。"刘秀这才想起，方才的确有听过王睦将王莽称呼为老师，心中的紧张才稍稍缓解了些。

"如此，那便赶紧上路吧。今日有缘一会，碰见另一个能理解老朽心中所想之人，也是老朽的幸运。"王莽微笑着拍了拍刘秀的肩膀。

"是，在下一回到长安，便立刻再来拜会太公。"刘秀庄重地向着王莽再拜了三拜，随后才退出房间。

王莽站在窗前，看着楼下一骑绝尘，卷起马后层层积雪，向着城门的方向疾驰而去，心中无限感慨。

"子和……待会儿陪我去一趟太学，查一查这个名叫赵成的年轻人。"王莽不转身，向着身后的王睦缓缓道，"此人不错。若是能让他也为我所用的话，那便好了。"

"是，老师。"

"你……会担心么？"王莽又突然道，"直至现在为止，你都是我唯一的弟子。而今天，你却碰见了一个足以与你媲美的人。你会不会害怕，自己的继承人地位被他所威胁？"

"老师，您多虑了……"王睦摇了摇头，"我所在意的，所效忠的，所应继承的，是与您共同的理想。而那理想……"

他笑了起来："我早在跟随着老师的时候，就已经继承了啊！"

太学的主官，原本叫太常。新朝开国以后，又依循古制，改名为秩宗。而此刻太学的官署中，秩宗张常正紧张地跪坐在一旁，小心翼翼地望着眼前的皇帝。

他不知道，在这大雪天里，陛下为何会突然穿着常服，只带着一名侍中相随，来到自己这太学里，只为了要查一个学生的案牍。

"老师，有些……不对劲。"

王睦捧着一份竹简，自一排排的架子中走出，来到王莽身旁，将竹简摆在他的面前："弟子在如今的太学名册中，确实找到了这赵成的名字。但……"

"但什么？"王莽皱了皱眉头。

王睦面上带着些疑惑："但弟子想去找他的出身来历时，却发现昔日察举的名单里，却并无此人。"

"怎会有这等事？"王莽猛地抬起头，望向王睦，"你会不会是看漏了？"

太学中所藏的案牍，应该有两份。其中一份是太学入学的名册，只有每个学生前来报道时的记录。而另一份则是最初各地州郡察举的名册，决定了谁有资格被太学录取，上面详细地写着每一个学生的出身等详细资料。

这两份名单，应该是一一对应的。若是入学名册上能找到的名字，那便绝不应该在察举名册上遍寻不着。

"弟子仔细看了三遍，决计不会。"王睦深深吸了一口气。

"那……便罢了吧。虽然之前没有问他究竟何时回长安，但想来也不至太久。"王莽叹了口气，"先随我回宫吧。此事日后再说。"

"可……老师，弟子却在察举名册上，也找到了一个没有出现在入学名册上的名字。而出身，也同样是南阳郡。是否按着这个名字，去南阳寻访一下？"王莽刚要站起，却听见王睦继续道。

"谁？"王莽心中已经打算暂且放下此事，却讶异于王睦的模样，追问道。

"此人名为刘秀，是前朝宗室后代。"王睦低声道，"弟子只是有些怀疑，这赵成，只怕便是刘秀。只是不知他隐姓埋名来长安，在太学里一待五年，是出于什么原因？"

"刘……秀……刘秀？"王莽将这名字在口中咀嚼了两下，忽然全身一震，目光死死盯住了王睦，声音嘶哑，"你说……那个叫赵成的，便是刘秀？！"

"弟子也只是揣测而已。毕竟两份名册上，只相差这两个名字而已。"王睦原本只是出于谨慎，想要提醒一下老师而已，却没想到他听见了这个名字，却仿佛见到了什么最可怖的东西一般，连脸上的表情都扭曲起来，不禁吓了一跳。

"刘秀……刘秀……难道他竟然是那个刘秀？"

王莽的拳头死死捏紧，面色变得无比苍白。

几年前派出去的人不是上报，刘家兄弟已经在大火中丧身了吗？

"老师，您……听过这个刘秀？"王莽的这副样子，还是王睦平生仅见，禁不住低声询问道。

"听说过……这个名字，我怎么可能没听说过？不但听说过，而且……"王莽的呼吸变得急促起来，"可……我怎么也没有想到，竟然会在长安城里，碰见他……"

"那……是等他回长安，还是弟子派人前去南阳寻访？"王睦忙问道。

"回长安？他不会回长安了！"王莽嘶哑着声音，抬起头，面上阴晴不定，似乎在做着什么艰难的决定一般。

王睦不敢再说话，只能静静在一旁，等着老师做出那个决定。

"回宫吧。"

良久，王莽才咬了咬牙，站起身来。

"是，老师。"王睦连忙紧跟在王莽的身后，随着他快步走出了太学的官署，走上马车，只留下秩宗张常茫然地跪在身后，不知究竟发生了什么。

一上车，王莽便吩咐车夫将车赶得飞快，还在路上不停地催促，却一句话也没有再对王睦说。一旁的王睦心中不断地猜测，却始终猜不透老师心中究竟在想着什么。

直到回到宫里，王睦才听见老师唤了一声韩卓。随后，一个黑色的身影缓缓自阴影中走出，跪在了王莽的身前。

王睦心头一片大骇。方才出门时，他以为韩卓一直陪在两人身边，只是自己没有察觉而已，却没有想到老师竟然没有带着韩卓。

幸好没有发生什么事，否则……王睦不敢再想下去。

可这时老师唤出韩卓，又是为了什么？

"骑马出城，向东，在去南阳的路上找一个太学生。他的身上穿着我的那条白狐裘，或许叫赵成，或许叫刘秀，也或许……会报出什么别的名字……"王莽深深吸了一口气，胸膛起伏不定，过了片刻，才终于轻轻吐出，"罢了，不用管姓名。不论怎样，都只以那狐裘为准。然后，杀了他，提着首级来见我。快！"

"是，主上。"韩卓没有多问半句，只轻轻一点头，随后便向着门外闪身而去。瞬息之间，就已经不见踪影。

"老师？！"王睦心中大震，难以置信地望着老师。

明明那么多年里，才终于碰到了第二个资质那么好，让他生出交托理想念头的年轻人，为何现在却又要让韩卓杀了他？

仅仅因为一个名字，一个姓氏？可这普天之下，那么多的刘氏宗族后裔，也从未见老师对其中的某个如此重视。

简直……就像是如临大敌一般。

"不要问。"王莽转过身，向着王睦轻轻摆了摆手，面目之上，满是疲倦之色，"子和，不要问。"

"是，老师。"纵使有着满腹疑团，王睦还是只能将它们硬生生地压在了胸中。

"就在这里……陪着我一起等着吧。等着韩卓……将他的首级带来。"

王莽一步步踉跄着走到案边，扶着几案缓缓坐下，双眼失去了焦距，再也不开口了。

尽管风雪已停，但道路上的积雪，却依旧还是深到了人膝的位置。刘秀骑着的马不过是普通而已，马蹄在雪地中深一脚浅一脚，出城向东走了半天，也才不过行出二十余里，便已经气喘吁吁了。

而距离南阳，却还有遥遥千里。

刘秀抬起头，看了看天色。尽管浓云依旧密布，但还是依稀看得出已是近傍晚时分。

刘秀苦笑着摇了摇头。今天被这场大风雪耽搁那么久的时间，只怕是走不出多远了。

幸好，此刻道路前面，正有一个小小集市。还是勉强找个客栈休憩一下，明天再加紧赶路吧。

既然已经决定下来，刘秀便策马向着前方那小集市赶去。

这集市距离长安不过二十余里，所以规模还算过得去。除了民居摊贩之外，居然还真的有一家客栈。

不过在这小集市之上，自然也不会有什么像样的地方。虽说是客栈，也不过是一个不大的院子，围着几间房子而已，就连个名字也没有。院子的一半搭起了棚子，摆着十来张桌椅，供应些粗陋酒食。而那几间房子，便是所谓的客房了。

刘秀身披着那条白狐裘，在客栈门口下了马，顿时吸引了一大片目光。

那狐裘通体纯白，就连一根杂毛都寻找不见，便是再不识货的人也能看出，价值何止千金。然而刘秀穿着如此珍贵的狐裘，身边却连一个随从都没有，这行迹着实奇怪得很。

虽说这小集市离长安实在太近，保不齐是哪家的达官贵人兴致来了，随意出游也说不定。但哪家的达官贵人出门，却只有自己一个人的？况且刘秀的模样看起来实在文弱得很，顿时吸引来一堆带着羡慕与疑惑的炽热目光。

刘秀匆匆下了马，走进棚子里坐下，向店家随意要了些简单吃食。这种小地方，自然没有什么像样的食物。不多时，刘秀的面前已经摆上了一碗麦饭，一盘煮冬苋。

刘秀还未来得及举箸，却突然感觉到一丝注视过来的目光。他抬起头扫视了周围两眼，眼角的余光突然扫到了客栈门外，道路一旁的一个身影。

一个衣衫褴褛，满面污垢，看不出年纪的人，蹲在道路的角落中。此刻地上满是积雪，他只能抱紧自己的全身，将身体团成一团，靠在一棵树下瑟瑟发抖。

但唯有他的一双眼睛，却是亮得惊人，死死盯着刘秀面前的饭菜。纵使穿过了整个街道和院落，却依旧闪闪生光。

那已经是最简单最粗陋的饭菜了。然而那个人望过来的目光，却简直好像那是世上最美味的佳肴一般。

是乞丐？

刘秀心里这么想着。

"店家，有劳你给那人上一份饭菜。和我一样的。"刘秀心中恻隐之心一动，抬起头唤来店家，"算在我的账上。"

看着他的模样，似乎已经好几天没有吃过东西了。刘秀虽然不过是个学生，但哥哥在宛城已是一方霸主，平日里命人捎来的钱自然不少，刘秀从不爱胡乱花钱，身上积蓄自然不少。现在不过是一餐简单饭菜，不在话下。

店家皱着眉头望着刘秀，再三确认之后，才不情愿地端来了一份饭菜，走出院门，放在了那人面前。

刘秀看着角落里的那人讶然望着端到面前的饭菜，却并没有动筷子，而是抬起头望向刘秀。眼中竟然是……

怒火！

随后，他竟然将饭菜留在原地，动也不动一下，站起身，摇摇晃晃地向着棚子处走来。

"阁下……何以如此羞辱在下！"他站到刘秀面前，颤抖着身体行了一礼，开口道。他的声音很低很轻微，明显是因为饥饿而中气不足的缘故，但纵使声音低微，话中的语气却满是怒意。

"羞辱？"刘秀茫然地望着他，心中摸不着头脑，"我……几时羞辱你了？"

"在下纵使落魄，也是堂堂一名儒生！齐国的乞丐尚且知道不食嗟来之食，难道在阁下的眼里，在下连一名乞丐都不如么！"

那人走到了刘秀的面前，刘秀才看清他的面孔。他虽然满面污垢，但其实年纪却不大，与自己相差仿佛。

更重要的还是他的谈吐，竟更是完全不像是个乞丐的模样。不仅措辞文雅，更是知道《礼记》之中，嗟来之食的典故。

"看阁下的装扮模样，应是达官显贵。然而纵使身份悬殊，难道在下便不值得与阁下同桌共食，便只能在路旁的地上用饭么？若是这样的怜悯施舍，那在下不要也罢！"

那人紧紧握着拳头，胸膛愤怒地起伏着，双目之中几乎要喷出火来。

刘秀这才明白过来，他究竟为何愤怒。

自己此前，一直将他当成个乞丐来对待。而在他看来，却是对他尊严的侮辱。

对他来说，尊严比果腹更为重要。

"实在抱歉！"

刘秀连忙站起身来，向着面前这人深深施了一礼，诚恳道："方才一时疏忽，是在下不该。若是蒙阁下不弃，可否与在下共进此餐？"

说完，刘秀向着店家唤了一声，命他再送一份饭菜，到此桌上来。

"多谢。"

那年轻人急促的呼吸也渐渐平息来。见到刘秀这般诚恳模样，也知道他方才并非有心羞辱，点了点头，对刘秀还了一礼，坐在刘秀的对面。

店家斜着眼睛，重新端了一盘饭菜，放到年轻人的面前，嘴里嘟嘟囔囔的，看起来自然是将刘秀当成了白痴。然而刘秀自然不会去理会他，向着对面的年轻人微笑道："在下赵成，不知阁下如何称呼？"

"在下马端。"饭菜刚刚放下，那人便一把抓起筷子，飞快地扒了起来，连刘秀的问话都顾不上抬头回答，只是含含糊糊地应了一声，看样子真是饿得狠了。

刘秀已经吃饱了，放下筷子，静静看着马端风卷残云般将面前的饭菜吃完，意犹未尽地抹了抹嘴，长长打了个饱嗝。

"马兄……到底是如何沦落到这般地步？"待马端吃完，刘秀才轻声问道。

"在下……"马端吃完饭，精神比方才好了些，苦笑着摇了摇头，"在下本是长安太学的一名学生。"

"什么？！"刘秀瞪大了眼睛，难以置信地望着面前这人。虽说太学内的学生有一万多人，未曾见过面也属正常，但看他的样子，实在和太学生这三个字搭不起什么关系。

"在下这副模样，确实看起来不太像吧……"马端依旧在苦笑，"不过……能活下来已经不容易了。在下……已算是幸运了。"

刘秀骇然望着马端，等着他继续说下去。

马端细细把自己的遭遇对刘秀讲了一番。他是弘农人士，在长安的太学就读，家中不算世家大族，但也小有身家。此次本是回家探望父母归来的路上，不幸碰到了盗匪。幸好马端反映得快，一面逃跑，一面将身上财物一路抛下。盗匪忙于捡拾，又趁着夜色，竟然被他捡回了性命。

然而马端此时，身上却已身无分文，又失去了马匹。他不敢再回头，只得步行向着长安走去。然而走了两天，水米未进，已经饿得两眼发花。再加上一场大雪，更是冻得马端连路都走不动了。然而以他的身份自矜，却怎么也拉不下脸来去乞讨。

刘秀苦笑了一下。从适才马端那不食嗟来之食的话中，他便看得出来，马端此人对气节身份一事看得极重。然而都到了如此窘境，却连略微折腰都不愿，也真是太有些迂腐了。

方才若不是刘秀的饭菜，马端怕是真要饿死在这离长安城仅有二十余里的小集市上了。

"在下与马兄，还真是有缘。在下也是长安太学的学生，只不过在太学之中，倒是与马兄从未有机会碰过面。"刘秀笑着对马端道，"而且，在下也是在回老家南阳探亲的路上。"

"南阳？"马端顿时面色紧张，"那便是与我来时同路了。赵兄此去，可要小心点才好。如今天下盗匪四起，刘兄你又……"

说着，他伸出手，苦笑指着刘秀身上那条白狐裘。

"确实如此……"刘秀也有点头疼地叹了口气，"这条狐裘，确实扎眼了些。"

方才到了这集市上，他就已经注意到那些向自己投来的目光。此处离长安不过二十余里，自然还不至于有人动手行抢，但再往东行，那就说不好了。

刘秀若是有哥哥刘縯那般身手，自然用不着畏惧。但他自幼便跟着叔父读书，虽然跟着哥哥也学过些拳脚，但若是碰上盗匪，别说十几个，哪怕只是三五人，恐怕也只能横尸路上了。

出城路上碰见的那位老人，送了自己这条白狐裘，可还真是个大麻烦啊……

刘秀正头疼间，想到这里，突然一拍脑袋："马兄，要么……"

他看着面前衣衫褴褛的马端，正在寒风中冻得面色发青，干脆站起身，解下身上那条狐裘，为马端披在了身上。

"赵兄，这是……这是何意？"马端望着刘秀为自己披上狐裘一愣，随后皱眉问道。

"马兄方遭大难，身上的衣衫已经破成了这样……此去离长安还有二十余里，说远不远，说近却也不近。要走到长安，也还要费些时间。此时天寒地冻，马兄如何能挨得住？"刘秀微微一笑，"反正，在这长安周边，应该也不会再有什么盗匪，马兄倒是不用担心安全的问题了。"

马端的面色有些难看："无功不受禄，在下与赵兄不过是萍水相逢，怎能随意接受赵兄的财物？一饭之恩，在下已经无以为报，这狐裘更不敢拜领。好意在下心领了。"说着，他便要解下狐裘还给刘秀。

刘秀心中苦笑一下。这马端为人，倒是清高得有些过了分。分明已经穷途末路，却依旧那么固执。

刘秀只能正色道："马兄不必推辞。这狐裘也并非在下所有，而是蒙一位长者厚赐，不敢胡乱赠人。如今只是暂且借给马兄，日后还当讨回。"

见马端半信半疑的模样，刘秀又继续道："马兄，在下也是太学的学生，虽然此前未曾见面，但既然如今你我已经相识，日后要找马兄自然不难。在下不过是回南阳探亲，终究还是要回长安的。马兄难道还怕，日后在下不来找马兄讨还这狐裘么？"

"既然如此……"马端听刘秀说完，这才勉强点了点头。

见马端不再推辞，刘秀又连忙从怀里掏出一把钱币，塞进了马端手中："这也是暂借给马兄的。在下一旦回到长安后，必定来找马兄，到时马兄再还给在下便是。"

"多谢……多谢赵兄……"

马端颤抖着手，紧紧捏着钱币，双眼竟然有些湿润了。

"不必客气。你我既然同为太学学生，这点小忙，不足挂齿。"

　　刘秀连忙摆了摆手，却没想到马端竟然一下向着刘秀跪了下去，重重叩了三个头："赵兄之恩，马端没齿难忘！"

　　刘秀吓了一跳，连忙将马端拉住，连声推辞劝慰，好容易才将马端哄了起来。

　　然而随后刘秀要与马端同在这里休憩一晚，明日再各自上路时，马端却说什么也不肯了。此刻身上已暖，腹中有食，他自然不愿再受刘秀的恩惠，而是决意连夜赶路，今晚便回到长安去。刘秀尽管再三挽留，也改变不了马端的决心。

　　"既然如此，那在下便不再挽留，只盼马兄顺利抵达长安。"刘秀在那客栈门口，对着马端拱了拱手，无奈地告别。

　　马端轻轻抚摸了一下身上那白狐裘，望着面前的刘秀，面色沉毅，再度深深施了一礼："此恩此德，马端当以性命相报之！"

　　马端告别了刘秀，转身便离开了这小院。

　　刘秀转身找到店伙，正待要给自己安排住宿时，却突然侧过了头来，仔细倾听着。

　　狂奔的马蹄声，自西方响起。

　　刘秀心中突然产生了一丝不安的预兆，也不知为什么，慌忙转过身，抛下店伙，向着院门走去。

　　马端走出小院，向西行去，可刚行了数十步，便看见在已经黯淡的天色中，一人一马正向着这集市疾驰而来。

　　马是黑马，人着黑衣。

　　那马极为神骏。马蹄声刚刚入耳，仅仅片刻之间，已经奔到了集市的中央。马上之人戴着一个斗笠，看不清面容如何。

　　那马上骑士远远向着马端瞥了一眼，轻轻一抖缰绳，胯下坐骑已经偏了个方向，向着他狂奔而来，瞬息之间，已经停在马端的身前。

　　已经将要入夜，天色昏暗，而灯火却还未点起。在这雪夜薄暮之中，黑马上的黑衣骑士，居高临下望着他的模样，竟然如同九幽之中的恶鬼一般。

　　斗笠下的面容，隐藏在一片黑暗之中。但马端却能感觉得到，那一双冰冷的视线带着杀气，穿过了竹片，投射过来。

但马端只觉得，自己仿佛被毒蛇盯住的老鼠一般，连动弹一下都无能为力。

"阁下……"马端狐疑地打量着身前那黑衣骑士，拱了拱手，只说出了两个字，便被一个冰冷的声音打断，"这狐裘，是你的么？"

那黑衣人的腰间，插着一柄剑。他的手虽然并未按在剑柄之上，但整个人却已经散发出一股浓烈的杀气。

"不……并非在下之物，而是受赠得来。敢问……敢问阁下有何见教？"马端急促地喘息着，结结巴巴地回答道。

若依着往常的性子，对方这等口气说话，马端连搭理都不会搭理。然而即便他平日里再如何傲气，眼前这黑衣人身上的寒气与杀气却实在太浓，竟然逼得他抵受不住那压力，老老实实地回答了问话。

"那你可是长安太学生？"

"在下……确是长安太学生，不知阁下……"马端的心脏怦怦狂跳着。

一道炫目的寒光暴起，仿佛冲天的白虹一般，在夜空中稍纵即逝。

冲天的血柱，自马端空荡荡的脖颈中向上激起。

那马上的黑衣人，连马都没有下，依旧稳稳坐在马上，马端的首级便已被斩下。

白狐裘上，洒满了星星点点的血迹。

那黑衣人一探身，已经抓住了半空中的马端首级，最后手臂一探一缩，那白狐裘也已被他卷在了手中。

再无二话，黑衣人抓起首级与狐裘，轻轻拨转马头，便沿着来路再度疾驰而去，片刻之间便已消失在暮色之中。

而直到这时，马端的无头尸体才失却了平衡，晃了一晃，重重摔倒在雪地里。自脖子里流出的鲜血，在雪地上染出了一大片猩红的花朵，妖艳诡异。

集市上，此起彼伏的尖叫声，这才响起。

刘秀呆滞地站在院门处，远远看完了数十步外，马端被杀的全过程。

直到马端人头落地，黑衣人策马远去，刘秀全身的血液都仿佛凝固了一般。他瞪大了眼睛，难以置信地望着马端的尸体，整个人剧烈地颤抖了起来。

马端……死了！

瞬息之间，一条性命便在自己的眼前消失，甚至让自己根本来不及反应。

仅仅片刻之前，他还与马端在同一张桌子上，共进一餐。而现在，他却已经变成了倒在雪地之中的一具无头尸体！

而更可怕的是……

他是来找我的！

他是来找我的！

他是来找我的！

刘秀的心脏狂跳着，反复不停地只想着这一句话。

他双膝一软，竟然支撑不住自己的身体，摇摇晃晃地跪在了地上。地上的积雪透过下裳，传来刺骨的寒意，然而刘秀却丝毫未觉，只在心里反复不停地嘶吼着。

那黑衣人，明显并非劫财的盗匪，而是专为了杀人而来的刺客！

从头到尾，他问的那两个问题，分明便是冲着自己的——穿着别人赠予的白狐裘的长安太学生！

若不是方才自己将狐裘送给了马端，若不是马端也是太学生，那么现在，失却了首级，倒在雪地之中的无头尸体，便会是自己！

尽管天寒地冻，但片刻之间，刘秀的背后已经汗湿了一片。

他的脑海中，再一次浮现白日里在酒肆中遇见的那老先生的面孔。

清癯消瘦，满目苍凉，谈吐之中充满了让自己难以企及的智慧……

还有他身边的那个学生，大司空王邑的家人……

知道自己有白狐裘，知道自己是太学生的，便唯有他两人！

他们是什么人？

为何要杀我？

什么人？什么人？什么人？

为何？为何？为何？

刘秀的脑中，已经只剩下这两个疑问在不停地轰然炸响。

直到周围围观的人，开始壮着胆子，拥簇着缓缓靠近的时候，刘秀才猛地自地上跳起来。

不能再留在这里了！

他飞快地骑上马，再也不敢回头，向着东方策马狂奔而去。

已经入夜了。

然而王莽却连一口水、一粒米都没有吃喝过。只是静静坐在门口，远远望着前方。

王睦自然也同样水米未进，一动不动地跪坐在老师的侧面身旁，不发一语，陪着老师等待着韩卓的归来。

两人，都仿佛化作了石像一般，一动不动。

终于，韩卓的身影自前方的夜色中缓缓浮现。

他的左手，捧着一条白色的狐裘，上面沾满了星星点点的暗红色血迹。右手上，提着一个在黑夜中看不清面孔的首级。

王莽原本已经眯缝起来的双眼，骤然死死瞪大，一下站起了身，双手捏成拳头，等待着韩卓一步步靠近。

那个人……那个人……已经死了？！

一直困扰着王莽的那个名字，那个人……不会再出现在这个世界上了？！

"主上，人已杀了。"

韩卓一步步自宫殿的台阶走上，跪在了王莽的面前，将首级与狐裘高高捧过头顶。

那确实是王莽的狐裘，那条今天上午，刚刚送出去的狐裘。尽管上面已经被斑斑点点的血污所覆盖，但王莽还是能够一眼认出。

但，当下一眼，王莽的视线投到那首级之上时，他的心却仿佛被一柄重锤狠狠砸下一般。

那张脸，不属于白天的那个赵成，或者说……刘秀，而是一个王莽从未见过的陌生年轻人！

王睦与老师同一时间发现了这一点。

韩卓……杀错了人。

"那人身边，可有别人？"王莽艰难问道。

韩卓摇头："只他一人，别无旁人。"

"罢了……"王莽轻叹一声，王睦连忙抬起头，望向王莽，却发现老师的脸，在黑夜中骤然变得苍白一片，失却了全部的血色。

他的手紧紧捂着胸口，身体在夜风中微微摇晃着。

王睦连忙起身，飞快地扶住了老师的右臂，用自己的身体支撑住摇摇欲坠的他。

"老师……还好么？我扶您进去休息吧……"王睦在王莽的耳边低声道。

王莽紧紧咬着牙关，竭尽全力地伸出左手，在身前轻轻摆了摆，声音艰涩："不……不必。"

"主上？"韩卓抬起头，虽然依旧是面无表情，但目光中却透出了些许疑惑。

纵使冷漠呆板如他，也从王莽的举动中察觉出了一丝不对劲。

"没事。你做得很好。"

王莽的心脏处，一波又一波剧烈的疼痛不住地传来，但还是勉力自牙缝中挤出这句话。

虽然不知道为什么，韩卓会杀错人。但王莽相信，他一定是忠实地遵照了自己的吩咐——杀一个披着狐裘的太学生，不论自称姓名是什么。

现在，狐裘随着首级一并被带回。那么韩卓就一定没有做错。

错在自己，不在韩卓。

所以王莽不愿让韩卓失望。

"你累了，去休息吧……"

王莽紧紧压抑着心脏处的剧痛，对韩卓轻声道。

看着韩卓的身影在黑暗中消失，王莽才长长地出了一口气，转头望向王睦。

王睦骇然地看见，老师那已经老态从生的脸，竟然像是一瞬间又老了十岁一般。

"老师，您……"

王睦刚刚开口，却被王莽打断。

"睦儿……不必说了。"王莽的声音里，充满着无尽的苍凉，无奈，不甘，"或许，这就是所谓的天命吧……也或许这天选之人，早已成了气候。"

夜空中，只剩下王莽低微而虚弱的轻笑声。

第七章 | 起事在即

宛城。

当前方高大的宛城城墙出现在视线中的时候，刘秀的心才终于安定下来。

自长安回乡的一路上，他的心都始终被惶恐所充满着。即便路过城镇，也不敢稍作停留，只是买上些干粮，继续前进。到了晚上，便在远离道路的地方露宿。

他不知道，那个一身黑衣，如死神般的男人，会不会尾随着自己，再一次出现在面前。

直到看见了宛城。

因为宛城，是哥哥在的地方。而哥哥对自己而言，就意味着绝对的安全。

刘秀相信，只要到了哥哥的身边，他就一定能够保护自己，不受到任何的伤害。

即便是，面对那黑衣死神，也是一样。

刘秀催马向着城门疾驰而去。只要进了城，到了晓月楼，就能见到哥哥了！

然而在他还未抵达城门之下时，就已经远远看见一个高大的身影，正站在城门之前。

进城的人流，原本应该是在门口排成一条笔直的长龙，等待接受卫兵的检查。然而此刻，那一条长龙，却弯出了一条歪歪斜斜的弧线。

所有人都不由自主地远远避开那个人，即便他们之中的大部分人，甚至压根不认识他。

"哥哥！你怎么在这里！"

刘秀欢快地大叫一声，策马飞快地跑到了刘缜的身前，翻身下马，一下扑进了他的怀中。

刘缜已经三十四岁了，然而他的面容却依旧俊朗年轻，除了上唇蓄起了一道胡须之外，竟然与五年前别无二致。长发依旧扎成一道，自脑后高高竖起半尺，再如飞瀑般披散下来。

他的脸上，也依旧挂着少年时那桀骜不羁的邪气笑容。

"知道我的阿秀要回来了，难道不该在这里等着么？都快一年没见了。"刘缜摸了摸弟弟的脑袋。尽管他已经是个二十四岁的青年，然而只要一见到刘缜，却总会变成以前的那副小孩子模样。

"嘿嘿……哥哥最好了。对了，你急着叫我回来做什么？"刘秀紧紧抱了一会儿哥哥，退开身，仰头望着刘缜问道，"往常不都是过年的时候我才回来么？"

"回去再说吧。"刘缜扫了一眼周围的人群，摇了摇头，"这儿不太方便。"

"嗯。"刘秀点了点头，牵着马跟在哥哥的身后，向着城门走去。

此时还是白天，晓月楼内却已经坐了不少客人。刘秀跟着刘缜上了二楼，绕过几个转角，走进刘缜自己专用的那房间内。

房间内还是和以前一样，陈设简单得很，只有一张几案，几个软垫。墙角的一个架子上，摆着一排精致的刀剑，闪着寒光。那是刘缜的兴趣与收藏。几案上，放着一个大大的酒坛，两套酒具，以及满满一桌的精美菜肴。

刘缜关上门，按着刘秀的肩膀将他按在了桌前，随后自己坐到了对面，端起酒坛给两个杯子的倒上了满满的酒。

"今天，给我的阿秀接风，庆祝他终于回到南阳了！"刘缜端起了自己面前的那杯酒，微笑着对弟弟道，随后一仰头一饮而尽。

"干吗那么隆重啊哥？"刘秀抓了抓脑袋，也将面前的酒一口喝干，"我以前每次回来，你也没这样郑重其事啊。"

"因为，这一次不一样。"刘縯笑了笑，"阿秀，你不会再回长安了。"

"呃？为什么？可是我还没……"刘秀一愣，本想说自己的学业还未完成，却突然想起了自己回南阳的途中遭到的追杀。

若不是那个马端为自己挡了一劫，此刻自己哪里还有机会坐在这里，与哥哥喝酒团聚？

即便是哥哥没有这么说，他也无法再回到长安了吧……

"我知道，你在长安的太学还没有上完。但，现在已经没有时间再让你回去了。"刘縯摇了摇头，"因为，我需要你。"

"需要？"刘秀深深吸了一口气，"难道说……哥哥你这就要开始起兵了么？"

"准确来说，是准备。"刘縯摇摇头笑了起来，"我现在需要你说服一群老顽固们……"

"老顽固？"刘秀诧异地望着哥哥，等着他继续说下去。

"那群……舂陵的宗族啊。"刘縯不屑地冷哼了一声，"在他们的眼里，我从来都不是一个值得信赖的人。"

刘秀啊的一声，点了点头。

自从十多年前，刘縯带着刘秀回到老家舂陵之后，便只把弟弟长年寄养在叔父家里，而他却独自一人去了宛城，单枪匹马打出了一片势力。

早些年间，刘秀还在叔父家生活时，刘縯还会经常回到舂陵，去陪陪弟弟，但后来随着手上的势力越来越大，部下越来越多，事务也越来越多，回舂陵的次数自然也渐渐变少了。

而到了刘秀去长安太学就读之后，这五年里，刘縯更是几乎没有回去过。

南阳郡是前汉宗室聚集的大郡，而其中舂陵乡更是尤为密集。一乡之地里，便有着数十户刘姓宗室。如今刘縯既然已经即将起兵，要获得他们的支持自然是重中之重。

　　然而在春陵的刘氏宗族眼里，刘縯即便谈不上什么不肖子弟，却也不过是个放浪无形的家门败类而已。

　　"所以，哥你是去了春陵，然后被他们给回绝了？"刘秀嘿嘿笑着，揶揄地看着哥哥，"宛城夜世界的掌控者，掌握数百直属部下，杀人无算，被道上称为'黄泉之龙'的刘縯，在春陵那些父老乡亲的眼里，居然如此一文不值？"

　　"臭阿秀！"刘縯瞪了一眼刘秀，伸出手越过桌子，一巴掌拍在他的脑袋上，"这狗屁外号你是怎么知道的！"

　　"以前刘稷跟我说的……我觉得挺威风的啊。"刘秀笑着摸了摸脑袋，"好啦，我知道了哥。你就是想让我跟你一起去春陵，说服叔父那些人，和你一起起兵吧？"

　　"没错。"刘縯点了点头，面色变作了严肃，"他们不愿意相信我。但对于你……我想你的话，他们还是能听得进去的。"

　　"毕竟我从小到大，一直都是个好孩子啊。"刘秀微微一笑，"那么，我该怎么说呢？毕竟你每天想着的什么起兵啊天下啊这些事情，我一直都不清楚。"

　　刘縯点点头："那么，我先跟你说一下当前的局势吧。"

　　"王莽当政以来，天下四处大灾，民不聊生。两年前，也就是天凤四年，新市一带的饥民数百人在王凤和王匡兄弟两人的率领下，起义占据了绿林山。虽然名号是起义，但向来也只做些打家劫舍之类的事情。不过如今……他们却一直在招募人马，积蓄力量。"

　　"王匡王凤兄弟二人，实在没有什么太大的才干。他们眼里，只要能有个一席之地，足以立足便够了。"刘縯冷笑一下，"我日前曾与他们交涉过，想要将他们纳入麾下。但他们却认为，若是不能夺下宛城，那便一切休谈。这南阳郡虽大，但最精华的，却唯独便只有这一座可以排进天下五城之内的宛城。夺取宛城，便是让他们成为我部属的条件。"

　　"我不明白……"刘秀皱着眉头，疑惑地问道，"哥哥你既然已经在宛城拥有了如此势力，要夺下宛城，难道不是轻而易举？"

"哪有那么容易。"刘縯摇头叹了口气，"说起来，我是宛城地下势力的掌控者。但既然有着地下这两个字，那就意味着毕竟是上不了台面的。我目前在宛城的部下中，能够用来作战的不过只有五百余人而已。虽然他们的身手不错，远远强过普通的士卒，但毕竟所擅长的是街头争斗，或是潜伏暗杀而已。没有经受过行伍训练，又如何能与宛城内驻扎的那万余士卒相抗衡？"

"我若只是想刺杀城内守将，那自然是轻而易举。但若是要靠着这五百多人，将整个宛城攻占下来，便是白日做梦了。阿秀，这其中的区别，你可能明白？"

"我懂了。"刘秀点了点头，"所以，哥哥你现在需要的，是春陵宗族的力量。"

"是的。毕竟只有依靠他们，我才能建立起一支真正的军队，而不是仅仅带着一群刺客与杀手去拼搏沙场。"刘縯笑了笑，"所以，你现在要做的，就是对他们陈说厉害，为我赢得他们的支持。"

"好……我会尽力的！"刘秀重重点了点头，"为了哥哥！"

次日晚上，春陵，刘良家中。

听见了外面的敲门声，刘良慢吞吞地自榻上下来，穿上鞋子，向着门口走去。

两个儿子已经各自成家立业，在不远处自己建了房子住下。去年，老伴也死了。现在的这个家里，只剩下刘良自己一个人。

此刻已经用过了晚饭，按理说是歇息的时间了。然而这个时候叩门来访的，又会是谁？

摸索着点起一盏油灯，刘良瞪着老花的双眼，借着灯光好不容易才摸到了门闸。而打开门之后，他一下子便惊得呆住了。

门口站着的，竟然是他的两个侄儿，刘秀与刘縯。

"阿秀？"刘良打开门，望着自己面前的两个侄儿，瞪大了眼，"你怎么突然回来了？这……还未到年关啊。"

而还未等刘秀回答，他便已经一把将刘秀搂在了怀里，双臂紧紧箍住，像是生怕他突然消失一般。

"叔父……"

突然被刘良紧紧抱住，刘秀先是一愣，随后也反手紧紧抱住了叔父。

叔父的身体比以前消瘦了许多。环绕在他身上的手臂，能清晰地感受到一根根的肋骨。

刘秀记得，自己刚来到春陵的时候，叔父还是个虽然不高大，却健壮的中年汉子。他看到刘秀的第一眼时，便是如这样，将自己抱紧在怀里，贴在耳边对自己说："以后这里就是你的家。"

而现在，叔父却已经再也抱不动自己了。

轻轻松开刘良，刘秀搀扶着他，向着屋内走去。走在最后的刘縯小心地将门关上，跟在两人身后。

刘良一边向着内室走去，一边频频地回头看着刘秀，脸上带着慈爱的神情。

他的两个儿子，都是庸碌无能之辈，既不愿读书，也不愿习武，不过只是终日种田而已。两个侄儿中，刘縯又跑去了宛城，过刀口上舔血的日子。唯有刘秀，才是刘良心中最大的骄傲。

"叔父，如果我没记错的话，您今年已经五十八岁了吧。"落座后，刘秀望着叔父脸上的斑驳皱纹，轻声道。

"是啊……快入土了……"

刘良没想到侄儿开口的第一句话，竟然是这个，愣了一下，脸上渐渐挂上几分凄凉，"这把老骨头，也没多久好活了。"

"我们兄弟回到春陵，蒙您抚养，也已经十七年了……"刘秀叹了口气，直直注视着刘良的双眼，"我现在，只有最后一件事，还想要拜托叔父。"

刘良与刘秀对视了良久，又望了一眼坐在刘秀身旁的刘縯，面色突然一变："阿秀……你难道……"

刘秀点了点头，跪坐的下半身未动，上身伏下，拜倒在叔父的面前："王莽夺取汉室天下至今，已经天怒人怨。请叔父领头，联络春陵的本乡刘氏宗族，一同起兵，复兴汉室！"

"阿秀……阿秀……不,文叔……"刘良预想到的变成了现实,颤抖着嘴唇,腾地一下站了起来。对刘秀的称呼,也自小名变作了表字,"你……你怎么也来说这等混账话!"

说完,刘良恶狠狠地瞪着刘縯:"给我说清楚,伯升!是不是你把文叔带坏的!"

"叔父,您为何说这是混账话?"刘秀抬起头,苦笑道。

"文叔啊文叔……"刘良摇着头,满脸痛心疾首,"你自幼,便和你大哥伯升的志向操守一向不同。现在伯升给家里带来灭门的危险,你不但不阻止,竟然还与他同谋造反!你可知道,十三年前……"

"我知道,叔父。您说的是安众侯那件事对吧。"刘秀打断了刘良的话,"十三年前,我虽然还年幼,但他来春陵找您的事情,我可是还记得的。"

"既然记得,那为何还有如此愚蠢的想法!"刘良狠狠瞪了一眼刘秀,"安众侯刘崇独自起兵,却连宛城的城门都没有能够攻得下来,便被击败身死。随后抄家灭族,侯府上下百余口人,连嗷嗷待哺的婴儿都没能活下来,这些事情难道你不知道么!"

"侄儿知道。"刘秀吸了一口气,点点头。

"既然如此,那为何还说这等话!"刘良的胸膛急促地起伏不定。

"因为……"刘秀话说到一半,却突然停住,笑了笑,"我倒是有一件事,想先问一问叔父。"

"十三年前的那一夜,我在房中,可是一直仔细听着外面的对话。安众侯走后,您和哥哥又交谈了一阵。最后,您问了哥哥一句话,我可是记得很清楚——若是有一天,真的天下大乱。到了那时,你可愿起兵讨伐王莽?"

"叔父,我想至少在那时,您的想法,与现在是不一样的吧。"

刘良一时竟然愣住了。

良久,他才叹了口气,缓缓摇了摇头,又点了点头:"确实……是不一样的。"

"那么,为什么?"刘秀微笑着继续问道。

"因为，我老了……"刘良沉默许久，才沙哑着声音开口，语声里带着苍凉，"壮年时再多的雄心壮志，到了暮年时，终究都会渐渐化作冷却的灰。"

"您……已经冷却了么？"刘秀望着刘良。

"是的，已经冷却了。"刘良幽幽叹了口气，"曾经的我，重视的是那个拥有天下的刘氏，想要捍卫的是那个刘氏拥有的天下。安众侯来找我时，虽然我并没有答应他一同起兵，但那只不过是因为我清楚，他必定会失败而已。我当时，只是在等待机会，等待一个能够让我们打倒王莽的机会。"

"那么现在，这个机会已经到了。"刘秀沉声道，"天下灾祸频繁，流民四起，王莽刚刚篡位时的实力便是再强，现在也已经到了无法再压服天下的时候了。只要我们揭竿而起，天下必然一呼百应，到了那时……"

"必然？"刘良打断了刘秀，"谁告诉你，这是必然的？昔年秦末时，首先起兵的，是大泽乡的戍卒。然而陈胜吴广，最后还不是身死国灭？"

刘良顿了顿，继续道："现在，我已经不再心怀昔日那些对天下的责任了。王莽登上帝位，已经十一年了。在大汉刚刚被他篡夺时，我或许还有几分残存的热血。但现在……我重视的，只是自己身边的人而已。"

刘良叹了口气，深深望着刘秀与刘縯："也就是……你们。只要能够守护好你们，那便足以让我满足了。而任由你们以生命去冒险……我已经不再有昔年的勇气。"

他的目光里，真的已经再没有了壮年时的气魄，而只剩下无奈。

刘秀迎着刘良的目光，深深吸了一口气，然后缓缓开口："冒险么？那么……叔父，如果现在我告诉你，朝廷要杀我，并且真的差一点便杀掉了我呢？"

刘秀说到这里，目光炯炯地逼视着刘良："你明白么，叔父？若是不起兵，我……便会死。"

"什么？"刘秀的话，让刘良全身一震。他皱起眉，细细打量着刘秀。

然而刘秀的表情与眼神，沉毅而诚恳，丝毫没有作伪的迹象，只是平静地注视着自己，丝毫没有任何波动。

"谁要杀你？为什么要杀你？就算你是前朝宗室，也不会莫名便惹来杀身之祸！到底是怎么回事！"坐在一旁的刘縯完全没有想到，会从弟弟的口中听见这样的事情。在刘秀回到南阳之后，竟然从没对他提起过。还不等刘良问起，他已经一把捏住了弟弟的肩膀，满面紧张地连声问道。

"在我从长安回南阳的路上，我……遇见了一个奇怪的老人……"

刘秀对着叔父与哥哥两人，将自己离开长安时经历的事情从头至尾详细地讲述了一遍。当他再度回想起在那个集市上，黑衣黑马的男人自雪夜中策马奔来，一剑斩下马端的首级时，还是忍不住全身颤抖了起来。

"我不知道在酒肆中遇到的那两人是谁……我也没有报出过自己的真名。但我可以很确定，他们要杀的人，就是我。"刘秀深深吸了一口气，抬眼望着身前的刘良，"那个老者，从头至尾都没有报出过自己的身份，但至少我知道他身旁那个年轻人，却是大司空王邑的家人。"

"大司空……王邑？"刘縯瞪大了眼睛，"昨日你在宛城，为何没有告诉过我？阿秀！"

"因为我不知道该怎么对你说……因为我害怕你会担心"刘秀苦笑着摇了摇头，"那个黑衣人的剑实在太快，快得我连他拔剑的动作都看不见，马端的头颅就已经被斩落……"

刘縯点了点头。他知道，弟弟不是一个信口开河的人。尽管他不相信这个世界上，还有比自己身手更好的人存在，但那个黑衣人是个劲敌，这点却是毫无疑问的。

"阿秀，你觉得，他们还会来追杀你？可是你已经离开了长安，对他们报的也是假名，我看未必……"刘良思忖许久，缓缓开口道。

"不，叔父。"刘縯凝眉想了想，摇摇头，"无论对方为什么要杀阿秀，但他们既然知道阿秀化名为赵成，也知道阿秀太学生的身份，那么就一定能查得到阿秀的真实身份。"

"为什么？"刘良不解，"我记得你跟我说过，你让人改了阿秀在太学的案牍。"

"我虽然让人改了案牍，但能改的，却只有阿秀在去太学登记的那份名册而已。太学察举的那份名册，已经早就登记在案，那却是没法再改了。"刘縯叹了口气，"两份名册之中，唯有阿秀的名字对不上号。没有人查便罢，但以大司空这个身份，只要有心查，那便绝不会放过这个疏漏。"

"我……明白了。"

刘良沉默良久，长长叹了口气，再抬起头时，望着刘秀的双眼里带着些无奈。

"且容我……想想吧。"

"是，叔父。"刘秀点了点头，站起身来，"我和哥哥，在外面等你。"

刘秀拉着刘縯走出了门，轻轻关上屋门，并肩坐在门槛之上。

夜空中，月色皎洁，洒落在两人的身前，将大地照得一片银白。两人静静低着头，望着身前地上如霜般的月光，不发一语。

"哥哥，我能说的，已经全说了。剩下来的，就只能看叔父的抉择了。但是……"沉默良久，刘秀突然抬起头，望着身旁的刘縯，"不管他最终的决定是怎样，我都一定会……跟随着你。"

"跟随？我不需要你跟随。"刘縯一愣，随后哑然笑了起来，"只要能帮我说服叔父，那就够了。夺取天下，是我自己的事情。还记得我曾经说过的么？我做刘邦，你只要做刘喜就够了。"

"可是……我不想一直被哥哥保护着。"刘秀摇了摇头，面色坚定，"如果一直在你的羽翼下，被庇护着生活的话，那样确实会很轻松。但……我不想一直做你的累赘和负担。我想……"

刘秀突然自门槛上站了起来，张开双臂，拥抱着身前的晚风："我想要为你做一些事情，甚至有一天，也能够……保护你啊，哥哥！"

"傻瓜……我怎么可能需要你保护？"

刘縯脸上挂着不屑的笑容，重重抽了一下刘秀的后脑。然而他的语气，却是如以往一般，满含着温柔。

而那双永远霸气凛然的双眼中，也破天荒地闪动起了点点晶莹的光芒。

身后，年久失修的门扉，发出了吱呀的响声。

打开的门内，刘良停在了两人身后。然而无论是刘秀还是刘縯，都没有回过头去。三个人只静静地保持着这样的姿势，甚至能听到彼此的呼吸声。

终于，刘良轻声开口："如果这是保护阿秀唯一的办法……那么，我也只有这么做了。"

直到此时，刘縯才站起身，转过身来望着叔父。

那张苍老的脸上，混杂着痛苦与挣扎之后的坚定。

"谢谢你，叔父。"

刘縯重重抱住了身前的老人，在他的耳边轻声说道。

身为舂陵刘氏中辈分最高，威望最隆的人，刘良很快取得了舂陵数十家宗族的支持。

这也就意味着，刘縯补全了他计划中拼图的最后一块图片。

刘縯自己手下豢养的私属死士，李通家族的财力，以及舂陵刘氏的人望。这三者合在一起，便搭建起了取得天下的第一块基石。

然而起兵，并不是一件那么容易的事情。即便有了刘良的支持，有了舂陵刘氏的支持，刘縯依然需要时间来采购兵器，招揽人马，训练士卒。

而这些事情，恰好是此前刘縯在宛城无法做到的。作为天下五城之一，南方重镇，宛城的城守可以容忍刘縯作为一个地下掌控者的存在，却绝不可能放任他在眼皮底下建立起一支军队。

一转眼，便是三年过去了。

地皇三年，十一月。

晓月楼。

房中，三个人围着几案，坐成了一圈。

任光坐在刘秀的对面，手中端着个酒杯，时不时浅浅抿上一口。他一直是刘縯最信任的部下，也是最忠实的部下。

李通的下颌留起了短须，手中捧着个龟壳，轻轻摩挲把玩着。他作为李氏一族在南阳的代表，虽然没有公开成为刘縯的下属，只不过是长年借着来晓月楼玩乐作为掩护，时不时来与刘縯见面而已。然而私下里，他却已经是刘縯最为重要的智囊。

刘縯手中抚摸着一把狭长锋锐的长刀，刀锋反射出的光芒恰好照在他双目的位置，明晃晃的一条光带。

一切准备都已经就绪。今夜，便将是发动的一夜。

而刘秀与刘稷两人，此刻却不在宛城，而在春陵。

这三年里，刘秀一直担负着在春陵练兵的职责。而为了保护他的安全，哥哥也将刘稷安排到他的身边，贴身防卫。然而幸运的是，那个黑衣人却始终没有再出现。

而刘稷，自从八年前稀里糊涂地带着刘秀来到晓月楼之后，也跟随了刘縯，如今已成了刘縯手下的第一号打手。只可惜，长进的唯有身手而已。他的脑袋却始终是之前那副懵懂糊涂的模样。

"还有……一个时辰。任光，再确认一遍，突袭的剑客都准备好了么？"

刘縯专注地擦拭着手中的刀刃，头也不抬地问道。

"都准备好了。"任光稳重地点点头，"三百人突袭南门，不惜代价也要从内部夺取城门，放少主的大军进城。四百人晚半个时辰自晓月楼出发，在南门发动的同时攻入太守府，斩杀张方。"

"哼……这几年里，张方从我手里收下的财物已经不可胜数。他自以为这是一笔交易，用来换取他对我的妥协与宽容。只不过他没想到的是……"刘縯的嘴角，勾起了一丝残忍的冷笑，"那笔钱，买的是他的脑袋！"

"李通，阿秀那里没有问题吧？"刘縯又抬起头，望向李通，"他的军队行进到哪里了？"

李通淡定地微笑："三个时辰前接到的飞鸽传书，距离宛城还有三十里。以路程而言，无论如何都能赶得上。只要我们能够在那之前，将南门顺利打开。"

"南门的突击队会提早半个时辰夺门，只要能够守住城门半个时辰，让阿秀带领兵马进城便行了。"刘縯点了点头，"南门的三百人，比突袭太守府的人数虽然少些，但身手却更好，不会有问题。对了，今夜起事的占卜……结果如何？"

"放心吧，伯升。早已算过无数次。无论是南门的夺取，还是张方的死，都是注定要发生的事实了。"李通晃了晃手中的龟壳，挑了挑眉毛。虽然已经成为刘縯事实上的下属，但李通却始终只称呼他的表字，而从未唤过"主上"二字。

"说起来，既然还有一个时辰的话……"李通突然脸上露出了诡秘的笑容，"我是不是可以先去楼下放松一会儿？姑娘们还都在吧？"

刘縯狠狠地瞪了一眼李通，没有开口，目光中透露出的讯息却已经很明显。而李通却只是促狭地笑了笑，伸出了双手举起做投降状。

刘縯不再理会李通，只缓缓擦拭着手中的长刀，眼神却逐渐迷离。

他的脑海中，渐渐浮现起昔年安众侯刘崇攻打宛城的场景。

那是一个正午，刘縯正在宛城的城头之上，望着城下乱哄哄的战斗。以他在宛城的地位与身份，自然不会有人去干涉他的存在。尽管城头上已经布满了奔跑的守军，却没有一个人敢于质疑，为什么一名游侠，可以待在城头上，悠然自得地观看即将发生的战斗。

实际上——那甚至都不能算得上一场战斗。

刘崇手下招募来的兵众，不过只有三百余人而已。这样的突袭，这样的人数，自然不可能有什么攻城器械。

他们的目的本就不是攻城，而是求死。

在说服刘良和刘縯失败之后，安众侯甚至遣散了所有招募来的兵卒，而只余下对自己最为忠心耿耿的三百人。他不再奢望能够攻占宛城，而只希望以自己的一死，惊醒天下所有汉室的宗族而已。

三百人，排列成整齐的队形，向着城门冲去。

城楼上，箭雨如注，向着城下不停地射去。队列中不断地有人倒下，却没有一个人停下脚步。

仅有区区三百人，城守甚至连城门都没有关上，而是大敞城门，等待着那三百人的冲击。

城门洞之内，是严阵以待的枪林盾阵。

因为城守认为，只有这样，才能让这三百人的死更惨烈，更能够起到警醒的作用。

当冲到城下之时，短短百步的路上已经丢下了上百具尸体。然而那队列虽然已变得稀疏，却没有丝毫的退缩。

随后，便是血花飞溅的碰撞！

刘崇与他带来的每一个人，都早已做好了赴死的决心。

他们用肉体无畏地迎接着刺来的长矛，任由自己的鲜血飞溅，只为能用肌肉与骨缝夹住枪尖，然后以手中的刀剑挥砍向前，以自己的一条命，换取面前守军的一条命。

自从回到南阳郡，在这宛城开始了游侠的生涯之后，刘缤已经见过了无数次的杀戮。然而没有一次，比得上眼前这一幕的震撼。

没有呐喊，没有哭号，没有亡命的奔逃。有的，只是如汹涌澎湃，拍打礁石的巨浪一般，默然将自己的肉体献祭的壮观景象。

这样的战场，是绝不会在游侠争夺地盘的厮杀中看见的。

最后的景象，是刘崇胡乱地挥舞着手中的长剑，砍杀了两名守城的士卒之后，被五柄长枪自胸前穿透的模样。

刘缤清晰地看见，他胸膛被自前至后贯穿，巨大的冲击力甚至将他推得向后倒退了几步，口中涌出大股大股的鲜血。

刘崇的身体向后倒去。在他倒下的那一刻，刘缤看见他的目光，迎上了城墙之上的自己。

很奇怪。尽管他已经被死亡的手所触及，但他的眼神中，却没有一丝畏惧，或是怯懦。甚至就连不甘的情绪，也看不到一星半点。

刘缤只在刘崇的眼中，看到了深深的满足。

然后，他轻轻翕动了几下嘴唇。

对着自己。

尽管距离那么远，尽管刘崇甚至根本没能发得出声音，但是刘缤依旧从他的唇形中读出了他想要说的话。

——我不后悔。

直到刘繽一步步自城楼上走下，他的心里，刘崇的那句话依然在心中轰响个不停。

刘崇……没有后悔。

那么，自己呢？

"主上，该动身了。"

刘繽的回忆，被任光的提醒声打破。他惊醒抬起头，才看见任光已经跪在了身旁，抬起头关切地注视着自己。

时间已经到了。

"是，该动身了。"刘繽深深吸了一口气，紧握住手中已经被擦拭了无数次的那柄长刀。

"宛城，今夜之后，你就将完全属于我！"

刘繽在宛城内安排的七百人，尽是他手下的游侠。

所谓游侠，说得好听，便是朱亥侯嬴一般，仗义轻生的义士。

若是说得不好听，那便是朱家郭解一般纵横街头，一言不合便拔刀相向，以暴力攫取利益与权力的暴徒。

而刘繽与他的部下，自然属于后者。

游侠不用弓弩，也不用长枪，他们只用剑。因为剑，才是最能够彰显身份与存在感的利器。

所以刘繽今夜部署的七百部下，便是七百剑客。

他们不懂得任何阵法，也没有任何战场的经验。但他们是最好的街头厮杀的暴徒，也是最擅长突击夺命的刺客。

三百剑客夺取城门，四百剑客击杀城守。

而刘繽所在，自然便是城门的方向。因为那是为了迎接弟弟率领的军队入城，至关重要的门户。

夜色中的长街，空无一人。刘繽用牙狠狠咬着布条，将长刀紧紧绑在了自己的手上。

他的身后，站着三百名终日刀头舔血，早已将生死置之度外，只为他一人效忠的剑客。每个人的手上，都握紧了长剑。

"杀！"

刘縯发出一声暴喝，向着宛城南门的方向迈出了奔跑的第一步。

在他的身后，是三百横剑狂奔的游侠剑士。

还有半个时辰，刘秀带领的七千春陵军便将到来。在那之前，他们必须夺取南门，并且牢牢地守到春陵军冲入城门的那一刻。

在这种不经意的突袭之下，守城的士卒绝不会是这些游侠剑客的对手。

狂奔，狂奔，狂奔。

城门已近在眼前。下一刻，便将是暴风一般的突击，自守军的手中夺取城门，为刘秀打开入城的通道。

南门的守军有一千人，但晚上除了数十名执勤的士兵之外，其余都在城门之旁的副营中歇息。只要能抢先控制城门，再突入副营，尚在睡梦中的守军绝不会想到，城内竟然会有这样一支奇兵存在。

然而当刘縯奔到城门之下时，心头却怦然一跳。

他悚然发现，无论城楼上，还是城门洞内，竟然都空荡荡的，看不见一个守城的士卒。

一个人，都没有。

刘縯缓缓放慢脚步，走到了城门之下。他看见，城门确实没有任何人在把守，只有一扇门闸，闸在两片门扉之上。

他缓步走近，托起门闸，再用力一推。

天下五城之一的南阳宛城南门，便已轰然洞开。

为什么会是这样？

即便他们今夜起兵的计划，已经瞒得足够彻底，但哪怕平日里，城门口十二个时辰，也从不会有片刻缺少把守的兵卒。

这是……为什么？

刘秀紧紧握着缰绳，狠狠抽了一下胯下的坐骑，冲向宛城的城门。刘稷策马紧紧跟随在他的身后，双眼小心翼翼地望着四周。

在他们的身后，是紧紧跟随着刘氏宗族的众人，以及七千春陵军。

三年里，除了跟随着叔父刘良招募军队、训练士卒以外，刘秀自己也在不停地训练着自己的马术与身手。虽然依旧谈不上什么行家，但至少在行伍之中，已经不再需要他人的保护了。

哥哥果然……成功了！

当看见洞开的城门时，刘秀本就已经急速跳个不停的心脏，再度加快了速度。

宛城的南门，果然已经被哥哥夺下！刘秀再度一抽马鞭，向着城门疾驰而去。

胜利，已经近在眼前。

"哥哥，一切顺利？"

远远便看见站在城门之下的哥哥，刘秀大喜地策马冲过去，还未来得及近身，便已经大声呼唤道。

"顺利。只是有些……太顺利了。"刘縯的面色阴郁异常。已经过去了半个时辰，刘秀都已经抵达了宛城，而预想之中激烈的城门争夺战，却自始至终都没有发生。

"这是怎么回事？守军呢？"刘秀用力勒住马，诧异地打量着四周。没有任何血迹，也没有任何厮杀的痕迹，就好像这里从未发生过战斗一般。

城门之内，站着那三百名游侠剑士。然而原本应该出现在这里的守军，却丝毫不见踪影。

"不知道。有些古怪。"刘縯蹙眉摇了摇头，翻身骑上了刘秀带来的另一匹空马。刘秀到得很准时，正是此前预定的时间。而自从刘縯抵达南门之后，已经过去了半个时辰，却没有见到一兵一卒前来。

不过让他略微安心的是，至少刘秀已经带着舂陵军，赶到了宛城，并且顺利地通过了城门。

"那么……我们接下来怎么办，哥哥？"刘秀望着刘縯皱眉道。

刘縯面色冷峻地沉思着。

原定的计划，是刘縯带着这三百游侠剑士，夺取城门之后撑住半个时辰的守军反扑，迎接刘秀的到来。而在那之后，刘秀带来的七千士卒便应该成为生力军，与守军交战。

与此同时，太守府那里，任光带领的四百名剑士，也将会同一时间发起突袭，取下城守张方的首级。当张方的首级被送到城门之时，也就将是守军士气崩溃，溃散而逃的那一刻。

城内的守军，刘縯早就已经调查得很清楚。城北太守府不远处，驻扎着五千步卒。西南方向，则有一千五百骑兵驻扎。东西南北四个城门，平日里也各有一千守军日夜看守。

在原定的计划中，刘秀带来的七千士卒，只要能够顺利进入城门，那么要撑到张方被击杀，首级送来，并不是一件难事。这个计划的重中之重，便是确保能够夺下城门，并且守住半个时辰。

现在城门已经被夺下，刘秀带来的舂陵军也已进城，可问题是……现在守军到底在哪里？

不但城门处没有守军，就连城门不远处的那个副营之中，也是空荡荡的，没有半个人影。

"阿秀，你与刘稷带着骑兵跟我来，去太守府。其余人……在城门处原地防卫。"刘縯想了想，一抖缰绳，便当先冲了出去。

太守府在城北。此刻，正应该是其余那四百名剑士突击太守府，取下张方首级的时刻。南门没有一个守军，那么太守府那里，又将是怎样的场景？

看着刘縯一骑绝尘向北驰去，刘秀连忙交代了两句，也拍马紧跟在身后，沿着街道向着城北太守府的方向疾驰。舂陵军中仅有的五百骑兵在刘稷的带领下，紧紧跟在他的身后。

远远已经望见了太守府，然而刘縯心中却越发的凝重。

气氛，实在太过平静了。前方的太守府灯火通明，远远便能看得清清楚楚，就连府门也大开着。可……原本预定要突入府中，斩杀城守张方的那四百名游侠剑士，此刻又在哪里？

一咬牙，刘縯也顾不上再去想那么多。事已至此，无论前方是什么，也只能硬着头皮闯过去了。

"欢迎，欢迎。刘氏的叛军，果然准时得很。"

策马当先，第一个冲进了太守府中，刘缵听到的第一个声音，却是一个淡然自若的男声。

一个三十岁上下的男子负手站在府衙的屋檐之下，脸上挂着轻蔑的笑意，望着院门口的刘缵。

他作一身文士打扮，青色长袍，高冠大袖。上唇处留着一排短髭，双眼顾盼自雄，凛然生威。

而他的身前，却正摆着一张案几。案几之上，端端正正地放着一枚首级。

那首级上已满是血污，昏暗的灯光下，看不清面目。

那是……谁？

除了那男子与他身前的首级之外，院落内空空荡荡，看不见一个人。他便只孤身一人，目光跨越了整个院落，与在门口马上的刘缵对视着。

前往太守府的那四百剑士，以及率领他们的任光，此时却依旧不见踪影，仿佛在这个世界上消失了一般。

刘缵的心里突然冒出一股巨大的不祥预感。

似乎，他已经掉进了某个周详布置的陷阱之中。

第八章

首战风云

王睦站在太守府的门口，傲然望着前方马背上的那个男人。

长发束起，自身后披散而下，面目英俊得如刀劈斧凿。

尽管穿着衣衫，看不见那传闻中的血色赤龙刺青，但王睦依旧很清楚，隔着一个院落的，便是宛城的游侠首领，也是地下秩序操控者刘縯。

而稍慢了一点赶到，出现在刘縯身边的那张面孔，更是王睦所熟悉的，也是三年前，在长安的酒肆之中见过的那张面孔。

王睦伸出手，提起了面前几案上张方首级的头发，向前丢去。首级在空中划过一道弧线，在地上滚了两滚，落在刘秀和刘縯两人的面前。

刘縯心中突然一跳，瞳孔已经收缩了起来。

那枚首级，难道是……任光？

"这便是你们今夜要杀的人了吧。不用再费力气了，我已经替你们杀了。不过……"

王睦顿了顿，冲着刘縯刘秀两人露出一个笑容："不过，你们不需要感谢我。因为我本就已经决定杀他了。"

刘縯翻身下马，蹲下身，小心翼翼捡起了地上的那枚首级。

那失去了生命的头颅，脸上满是惊恐的表情，眼睛死死瞪出了眼眶。然而幸好，那不是任光。

而是——张方！他们原本要击杀的宛城太守！

"你是什么人？为何杀了张方？"

　　既然知道了死去的是张方，刘縯心头的担忧也稍稍少了一些。他站起身，丢开手上张方的首级，望着前方那个男人冷冷地问道。

　　一旁的刘秀刚刚跟随着哥哥来到太守府的门口，便陷入了极端的震惊之中。

　　眼前站在府衙之前的，赫然便是三年前长安酒肆中，随侍在那老人身边，执弟子之礼的男人。

　　尽管年岁稍长，上唇也留起了短髭，但他的相貌却始终被刘秀牢牢记在心里。

　　那么……后来在集市上出现的黑衣人，此刻又在哪里？

　　刘秀的心脏开始了怦怦的跳动。

　　"杀张方，是因为他是一个废物，在这些年里，居然为了那些区区财物贿赂，任由南阳的刘氏宗族坐大。"

　　王睦的脸上，突然浮现出了一丝无可比拟的骄傲神色："至于……我么？我是天下间，最伟大的人的弟子，王睦！"

　　"最伟大的人？"刘縯冷笑了一声，"我可不记得有过你这样的弟子啊。"

　　王睦淡然笑了笑，对刘縯的嘲讽丝毫不以为意："相比于他而言，你根本不配提起'伟大'这两个字。因为你们……即将在他的安排下，成为新世界的献祭！"

　　一个黑色的身影，自王睦身旁的阴影中一点点浮现，出现在刘秀的视线之中。他好像原本便一直存在于那里，但在他出现之前，却又仿佛怎么都看不见一般。

　　"韩卓，接下来就辛苦你了。"

　　王睦对待那个黑衣人的态度，却极为恭敬，一手抚胸向他行了一礼，然后向后退了一步。

　　而刘秀，则已经愣在了马上。他的心脏开始疯狂地跳动，再度回到了三年前，长安郊外集市上的那一刻。

　　他记不得他的相貌，甚至……根本就从未看清过。但这个叫韩卓的男人身上所散发出的寒意与杀气，却是刘秀一辈子都无法忘却的。

他就是三年前的那个男人，那个险些便杀了自己，出剑快如闪电的男人！

刘秀紧紧捏着手中的缰绳，胸膛开始剧烈地起伏。

"阿秀，之前欺负你的，就是这家伙？"

刘縯的一声冷哼，打断了刘秀心中的恐惧。

"看起来，也没有多强嘛。"

刘縯跳下马，手里依旧握着那柄布条捆扎着的长刀，目光冷冷地望着眼前那个名为韩卓的黑衣人。

"听我弟弟说，你想杀他？"

韩卓的手放在腰间的剑柄之上，面目僵硬如寒霜，只是轻轻点了点头，不发一语。

"想杀阿秀的人，都得死。"

刘縯的双目中，猛然爆发出两道寒光，双腿在地上猛地一蹬，如电般向着韩卓直冲而去。

与此同时，韩卓也如鬼魅一般在原地闪动一下，划出了一道黑影，挡在王睦的身前迎向了刘縯。

刘縯的长刀自腰间甩出，向着韩卓全力横斩而去。

自从刘縯自弟弟口中听说了这个险些杀掉他的刺客之后，便已经决定，一定要亲手杀了这个男人。

刘縯含恨出手的一刀，快若奔雷。然而在他刚刚出手的那一刻，心头却突然感觉到一丝不对劲。

刘縯完全不清楚到底是哪里不对。这一刀无论是力量、速度、角度或方位，都是完美无缺的一刀。而前方那个名为韩卓的男人不管是格挡还是闪避，刘縯都已经做好了后手的准备。

但是身经百战的本能，却赋予他敏锐的嗅觉。就在挥出那一刀的同时，刘縯骤然感觉到自己全身上下的肌肤，都暴起了鸡皮疙瘩，仿佛密密麻麻的针扎一般刺痛起来。

那是浓厚得如同实质一般的杀气，将他整个人都包裹在了其中。

像是有个声音在告诉他，这一刀挥出之后，他便会……死。

电光火石的瞬息之间，刘縯顾不上多想，用力一拧腰，硬生生地将那一刀扯了回来，诡异地在前冲的姿态下向后一仰身。

就在刘縯仰身的同时，一道寒风以突如其来的姿态突刺而来，在刘縯的面前划过。那冰凉的剑身，几乎便是擦着刘縯的鼻尖而过。

刘縯的脊背一阵发麻，手中长刀重重向上反撩，可结局却依然是又撩了一个空。那长剑收回的速度，竟似比刺出时更快。

刘縯双腿一弹，整个人向后飞速地跳出，同时长刀在身前猛地扫出了半圈，护住了身前。

当他站稳时，才发现眼前的韩卓没有再追击，只是站在原地，低头望着自己手中垂下的剑锋。

剑锋之上，一滴鲜血正沿着剑尖，缓缓滴落在地面之上。

直到此时，刘縯才察觉到腰间的一阵刺痛。方才不知何时，竟然已经被那一剑在腰间划出了一道浅浅的伤口。

若不是他变招得快，此刻或许便已经被开膛剖腹了。眼前这黑衣人的动作，竟然快到如此地步！

"你……很好。"

韩卓望了身前滴落的鲜血一眼，抬起头，看着刘縯："我平生，杀人不用第二剑。能在我一剑之下活下来的，你是第一个。"

刘縯手捂着腰间的伤口，望着韩卓深深吸了一口气，心中怦然一震。

若是在交手之前，眼前这黑衣男人说出这句话，只怕要笑掉他的大牙。但现在，他却有了几分相信。

言语可以骗人，但是自己的身体，却绝不会对自己撒谎。

而刘縯，绝对相信自己的本能。若非如此，初到宛城之时，他也不可能在一次又一次的街头搏杀之中活下来。

仅仅只是一剑，刘縯便已经确定——这个人，比自己更强。

"刘稷！"刘秀紧捏着拳头，冲着身后的刘稷大声道。

而早在刘秀吼出之前，刘稷便早已圆瞪着一双虎眼，向前冲了上去。

他手中所提的，是一双斧头。那是在跟随了刘縯之后，特意打造的巨斧。几乎有门板般巨大，正配得上他那魁梧的身形与怪力。

巨斧带起激烈的劲风，向着韩卓猛劈过去。暗沉色的斧身仿佛自天空坠落的山峰，要将韩卓整个碾压成齑粉。

看见刘稷跟了上来，刘縯的表情扭曲了一下，嘴巴张了张，却终究没有开口。这不是赌上荣誉的决斗，而是性命攸关的战场搏杀，在这样千钧一发的场合，面对这样强到逆天的对手，他已没有余裕去捍卫自己单打独斗的尊严。

就在刘稷的斧头砸下之时，刘縯手中的长刀也自下方向着韩卓斩去。

若是他加上刘稷两人，还是收拾不掉眼前这黑衣男人的话，那么今夜……怕是便真的要全军覆没在这里了。

面对巨斧与长刀夹击，韩卓的脸上却依旧没有任何表情的波动。手中的长剑轻轻一挑，仿佛若无其事一般，然而刘稷那力贯千钧的巨斧，竟然被这轻描淡写的一剑挑到了一旁。

收力不及，刘稷手中的斧刃重重砸在了青石板的地面上，石屑飞溅。

而刘縯手中的长刀，眼见着便要斩中韩卓的腰间，却被他轻轻向后一扭，以毫厘之差闪了开来。与此同时，长剑一闪，刘稷的肩头不及用巨斧护住，血花再度在这庭院内溅出。

"老大，这家伙，好强……"

刘稷将斧头在胸前舞出一团花，堪堪护住了门户，冲着一旁的刘縯咬牙切齿道。

"我知道……"刘縯咬着牙，不停地与韩卓抢攻着。若是出手但凡稍有一丝懈怠，韩卓的剑便会自他的心房穿过。

而他的心里，还在担心着任光。

已经过了突袭太守府的时候，为什么任光从头到尾都没有出现？他和那四百游侠剑士，此刻究竟在哪里！

刘秀紧张地捏着拳头，望着门内庭院里的打斗。然而无论心中如何焦急，他却也依旧无能为力。身手的差距实在太大，即便进去，也只会成为哥哥的累赘而已。

"少……少主……"

正当刘秀心急如焚时，远处却传来了一丝虚弱的呼唤声。

"任光？李通？！你……你们怎么会这样！"

刘秀偏过头去，看见那个踉跄着推开骑兵，跌跌撞撞冲向自己的身影时，禁不住骇然叫了起来。

任光的全身都已经被鲜血染满，手中握着的两杆短枪已经失却了一杆，余下的另一杆，枪尖也已经折断。

他的身上，斑驳遍布的全是伤口，肩膀上更是插着一柄弩箭，自后肩贯穿到前肩。

而他左臂中抱着的李通，双眼紧闭，人事不知。

"发生了什么，任光！"刘秀顾不得再观战哥哥那一侧，连忙冲上前，用力抱住了任光，才让他不至于跌倒在地上。

"新军……新军突袭了晓月楼！"任光紧咬着牙关，双眼泛白，竭尽全力，才不至于让自己晕过去，"就在我们要出发来太守府之时，密密麻麻的新军包围了晓月楼……统统装备着弩箭……我们被堵在了晓月楼里面……屠杀……那是一场屠杀！新军早就知道了我们的计划！"

刘秀死死握着拳头，指甲都掐进了掌心的肉里。

他能够想象，那是怎样的屠杀。

四百个游侠剑士，用以突袭暗杀，自然是坚不可摧。然而在狭小的空间里，被操持着弩箭的部队所包围……手中只有长剑，连半面盾牌都没有的他们，会有怎样的结果自然可想而知。

"只有你们两人逃了出来？"刘秀深深吸了一口气。

"我好不容易才带着李通逃了出来……其他人……全死了……那些弩箭……简直是黄泉里带来的武器。只要上弦，就能发射，甚至连装箭都不需要……我这辈子都没有见过那么密集的剑雨……"

任光低下头，喘着粗气望着自己肩头的那柄弩箭，语气仿佛刚刚自充满恶鬼的地狱中逃出一般。

"一切都被料中了……"

刘秀喃喃自语着，他的心已经沉到谷底。今夜起兵的计划，原来早已彻底被那个名为王睦的人算中。

太守府这里的拦截，晓月楼的突袭，以及……

以及南门！

刘秀猛然一惊。南门的守军空无一人，自然也是这王睦的安排。而放任自己的军队进城，他……一定还有什么后手！

然而想到此处时，却已经迟了。

沉重的脚步声，在街道的两头骤然响起。

王睦布下的伏兵，直到此时才骤然发动。

身后的骑兵还未来得及反应，一大波箭雨便已经迎头洒下。粗陋的皮甲对着精铁的弩箭，几乎起不到任何防御作用，如同纸糊一般，被轻松洞穿。

人仰马翻，伴随着马匹的长嘶和士兵的惨叫。

下一刻，在街道两侧的黑影中，出现了密集的身影。

如同墙壁一般整齐的盾牌，几乎挡住了最前排士兵的全身。在他们的身后，一波又一波箭雨不停地激射而出，洒向密集的舂陵军骑兵。

完了……

"哥哥！我们走！"

刘秀一个翻身，闪过两枚弩箭，向着庭院内大声吼叫了起来。

然而刘縯如今，却真的是没有任何撤退的机会。

即便是他与刘稷两人双战韩卓，却依旧被完全压制到了下风。那柄剑如同毒蛇一般，永远在最意想不到的位置，以最意想不到的角度出现。

刘縯即便勉强躲闪，身上也留下了四五处浅浅的伤痕。然而更加笨重臃肿的刘稷，伤得更是比刘縯还重。尤其是小腹上的一剑，被刺得几乎贯穿。

"你先走。我后走！"

刘縯大声向后喊着，勉强挡住韩卓的一剑，整个人却失去了平衡向后倒去。想要抢过来护着刘縯的刘稷，却被韩卓抢进了怀中，随后一个膝撞，重重向后飞出。

击飞刘稷之后，韩卓冷哼一声，身体向后一缩，长剑向着刘縯的胸膛刺去。

刘縯望着刺来的一剑与韩卓那冷若冰霜的脸，仿佛整个时间都静止了一般。

"不……要走一起走！我怎么可能把你丢下！"

眼见着韩卓的下一剑，就要将倒在地上的哥哥刺穿，刘秀大吼一声，拔出了腰间的长剑，向着前方冲去。

"混蛋，给我回去！"

刘縯看见弟弟向自己冲来，心急如焚。他的身手如何，刘縯自然清楚得很。韩卓要杀他，只需要一剑便够了。

然而弟弟却丝毫没有理会他的怒骂，依旧向前走近。

"也好，那就……先杀你。"

韩卓冷哼一声，长剑已经几乎触及刘縯的胸膛，却中途硬生生一个变招。

刘秀手中的长剑重重刺出，然而就连对手的剑影都未曾看见，便已被击飞。

而下一刻，韩卓的长剑已经如电般向着他的咽喉刺来。

死……

要死了么？

本以为自己能够救哥哥，可……自己却竟然那么的无能。

韩卓长剑还未刺到，但剑身上的森森寒气，已经将刘秀的全身都激起了鸡皮疙瘩。

然而刘秀惊恐的表情，定格在哥哥的背后。

一声穿透肉体的闷响，长剑停在了刘秀的咽喉之前，带着滴滴鲜血，只差半寸便要刺入刘秀的咽喉。

然而，那长剑却停了下来。

因为刘縯，在最后的一刻，挡在了刘秀的身前。长剑穿过他的右肩，又被他紧紧握在了手中。

掌骨与剑锋摩擦着，发出刺耳的声音。刘縯的额头渗出了点点汗珠，然而双眼里却没有丝毫痛苦，而满是愤怒与杀意。

肩胛骨与掌骨将韩卓手中的长剑牢牢锁住。在这刹那间爆发出的力量，竟然让韩卓一时之间，不能再进一寸。

"老师，这下……你不用再担心了吧。"

王睦负手站在屋檐之下，望着庭院中马上便要死去的刘秀兄弟两人，脸上挂上了满意的微笑。刘稷倒在了地上抽搐，刘縯被韩卓一剑重伤，而刘秀的身手更是无足挂齿。

老师的身体，已经进入了风烛残年。然而他竟然还坚持要亲自前往宛城，亲眼看刘秀死。

若不是王睦竭尽全力的劝说，并且保证自己一定会顺利带着刘秀的首级回去，只怕王莽真的要强撑病体，亲自前往宛城了。

而且王睦的话，并不是虚言空口。除了韩卓之外，他还带上了整个天下，唯一最强的一支部队。

——铁血营！

这支部队的名号来自老师，理念来自老师，而招募与训练，则是王睦一手操办。

这支部队，只效忠于一人——侍中王睦与天子王莽。

没错，就是一人。在他们眼中，侍中王睦，就等于天子王莽，而天子王莽，也就等于侍中王睦。

而更重要的，则是王睦已经算准了一切。

自从得知刘秀的消息之后，王睦便开始了对他的调查。很快，他的身世、他的家人，都已被查得清清楚楚。

王睦知道刘秀的哥哥是刘縯，也知道晓月楼是他的大本营，还知道他们在春陵招募人马，训练兵卒，更算准了，他们起事的时间，就在今夜。

调离南门的守军，放春陵军进城，同时铁血营突袭晓月楼。

而王睦自己则带着韩卓，来到太守府，杀了张方。

这种庸碌无能收受贿赂，放任刘縯做大的废物，继续让他活着也没有什么意义。

网早已布下。而现在，便将是收网的时刻了。

王睦已经听到，在铁血营的突袭之下，街道上春陵军的惨叫声。

那么现在，按照计划，城门处的剩余人马，也应该已经遭到了包围。

王睦相信，这一次，绝不会再失手了。

"韩卓，取了首级，但不要伤到脸。老师还要看的。"

王睦淡淡地吩咐了一声。他知道，下一刻，那两个人的脑袋，就会被送到自己的面前。而十日之后，他便会带着这两枚首级，让老师彻底地安心。

到那个时候，老师的病……应该就会好了吧。

"知道了。"韩卓的声音依旧平淡死板，手中的长剑一点点向后抽出。

刘缜死死咬着牙，他的掌骨，几乎要在剑锋的摩擦之下被切断。那金属与骨骼的摩擦声，让任何人听了都会牙根发酸。他必须用尽全力握紧剑锋与韩卓对抗。他知道，一旦韩卓抽出长剑，便是他的死期，也是弟弟的死期。

然而无论刘缜如何努力，长剑却依旧一寸寸正在离开他的身体。

"走……阿秀……快走。"刘缜自牙缝中艰难地挤出声音。

"走不了了，哥哥。"刘秀深深吸了一口气，却依旧站在哥哥的身后，没有挪动半步，"我们……如果注定要死的话，那就一起死在这里吧。"

"混……"刘缜只骂出了半句，却再也骂不出口了。他也听见身后的强弩发射声，以及自己麾下那些骑兵的惨叫。

在遭到三轮箭雨之后，骑兵们还是勉强自混乱中恢复了过来，集结起队形，向着一个方向开始冲锋。

然而最前方的新军，却将盾牌重重顿在了地上，以一根长杆撑在地上，再用肩膀死死抵住。近人高的巨盾整齐划一，没有任何误差地齐齐竖在地上，而每两扇盾牌之间，都留出半人宽的空隙。

不足以过马，甚至不足以让人穿过，却足以让后排的士兵自缝隙中，将弩箭如泼水般洒出。

短短的距离，根本不足以让骑兵加速到踏破盾墙的速度。尤其那盾墙还是安置在地上，以长杆自后方撑住。稀稀落落的骑兵撞在盾墙上，却丝毫没有打破哪怕一个缺口。

前方，是坚实的盾墙与如雨的弩箭。后方的盾墙与弩箭同样在缓缓逼近，而两侧则是街道的墙壁。

纵使已经被包围的骑兵如何挣扎，或是下马步行着向前推进，也始终无法打开任何缺口，可谓插翅而难飞。

全军覆灭，已经彻底成了定局。

伴随着一道血箭飞出，韩卓的长剑也终于自刘縯的肩头抽出。

"你很强，但是你还是得死。"韩卓握着长剑，冷冷对着刘縯道，"不要再挣扎了，那太难看。像你这么强的人，应该死得更加坦然。"

说完，韩卓脚尖在地上轻轻一挑，将刘縯落地的长刀挑到了他的手中："自刎吧。不要辜负我对你的敬意。"

"死？死在这里么？"刘縯伸出右手，接住了韩卓挑到空中的长刀，鲜血如注般沿着双手滴下，死死望着面前的韩卓。

眼前这个男人，强得简直像个怪物。即便他与刘稷联手，也没有丝毫取胜的希望。身后，麾下士兵的混乱与惨叫，也已经说明了被包围之后的结局。

看起来，刘縯已经死定了。

然而他的脸上，却没有丝毫的绝望。

"不！我怎么会死！我怎么会死在这里！"

刘縯猛然爆发出一阵暴烈的吼声："我刘縯，可是背负着天命的男人！我不想死的时候，就连上天都不会让我死去！"

刘縯英俊的面孔已经因咆哮而狰狞，鲜血也沾满了全身，就连支撑着站立都勉为其难。但唯独他的眼神，却写满了桀骜狂傲与自信。

"那就等你死后，去找你的上天吧。"韩卓冷冷举起手中的长剑，横在了刘縯的肩头，"既然你不愿意接受我的敬意，那么，就由我来动手。"

虚弱的刘縯，已经连闪避长剑的力气都没有了。然而他的脸上直到此时，也没有一丝绝望出现。

"阿秀……相信哥哥……"刘縯突然回过头，对着身后的刘秀微笑了一下，"我……可是背负着天命的男人啊！"

就在刘縯说完这句话的同时，刘秀只感觉自己后颈三道印处隐隐发烫。

此刻他却是看不见，这三道印记赤光流转，似有无数古老的符文在跳动，玄奥晦涩，无法言说。

紧接着一道破空声突然响起，自空中尖啸着落下。

韩卓的眉头微微一皱，向后纵身退去。就在他退后的那一刹那，一颗拳头大的冰球落在了他原先站立的位置，冰屑四溅。那力量，竟然将地上的石板都砸出一个深坑。

"谁！"

王睦一愣，随后高声喝了起来。他怎么也没有想到，在这时候，竟然会有人来救刘縯刘秀两人。

那粒冰球，分明是瞄准了韩卓落下的。然而无论是庭院之内，还是院墙之上，都空荡荡的没有半个人影。

更何况，以那冰球落下的角度来看，投来的方向分明是……天上！

王睦抬起头，向着夜空望去。他到此时才突然发现，原本挂在天空中的星月，此时竟然已经完全消失在了乌云之中。

"难道……"

王睦刚刚喃喃发声，可话未说完，他已经看到了让他此生都不敢相信的事情。

方才的那一粒冰球，只不过是一个开始罢了。而现在，更多的冰球正以比街道上弩箭更密集的姿态，向着这庭院内落下。

韩卓挥动着长剑，不停地挑开冰球，试图重新突进到刘縯的面前。然而那些冰球不仅密集，速度与力量也实在太快，而且简直像是瞄准了他的身体一般，每一颗都逼得他不得不挥剑格挡。而每一剑挥出，碰撞到冰球，韩卓的手腕都被狠狠的巨力所震动。

这不是人手中挥动的兵器，无法用技巧来卸力挑开，而只能硬生生地对抗，劈飞。

院门外的街道上，惨叫声再一次响起，然而这一次的惨叫，是来自……铁血营！

这些冰球，不来自任何人，而是……真正的天地之威！

这是冰雹！

王睦呆住了，就连刘秀与刘縯也呆住了。

他们眼睁睁地看着那冰雹自空中密集地落下，将本已只差一刻，便能杀死他们的韩卓逼退。而身后的街道上，两侧王睦麾下的伏兵，也被那冰雹砸得头破血流。

拳头大小的冰雹，自高空落下，携带着的力量足以将石板砸出裂痕。而砸在人的脑袋上会是如何后果，自然也可想而知。

但——这般密集的冰雹，却竟然没有一颗落在刘秀刘縯的头顶，甚至也没有一颗落在舂陵军的头顶！

仿佛是一把无形的巨伞，撑开在了他们的头顶。明明周围的冰雹落下如暴雨，而在舂陵军的头顶，空荡荡的什么都没有。

王睦瞪大了眼睛，向前迈出一步。然而仅仅是一步，迈出了屋檐之下，数颗冰雹便已经向他的头顶落下。

纵身向后一跳，王睦险险躲过了那几颗冰雹。然而在地上崩落的石片与冰碴，还是在他脸上刮出了生疼的痕迹。

"这……这怎么可能！"

王睦仿佛见了鬼一般，不可置信地望着眼前的一切。

"走！"

刘縯回过头，重重推了一把刘秀，随后向后猛地一蹿，自地上抄起刘稷。

刘縯扛着刘稷，拉着刘秀，转头便向着院门外狂奔。街道上，已经倒下了一地的人马尸体，然而还有着几匹马，却奇迹般地躲过了箭雨，在街道上徘徊着昂首长嘶。

刘縯与刘秀冲到了马前，翻身上马，将刘稷也摔在了一匹马背上。虽然此前被韩卓那一记膝撞顶得五脏六腑都翻了个儿，几乎连动都不能动，但上了马背，刘稷还是勉强支撑着自己，踩着马镫抓稳了缰绳，一脸痛苦地跟在两人的身后。

"南门！向南门撤退！"

刘秀扯开嗓子，高声向着残余的舂陵军喊着。

街道之上，果然与庭院里一模一样。密集的冰雹在街道两端不停地下落，打在新军的头顶，而仅仅就在一臂远的位置，拥挤成一团的舂陵军头顶却空空如也。自侧面看去，若不是夜色昏暗，甚至可以看到一道清晰的分界线，割裂两片空间。

在刘秀的喊叫声中，春陵军残余的骑兵被纷纷唤拢了过来。虽然原本在两侧的盾阵和弩箭强袭之下，已经完全被打乱了阵型，打散了士气，只是勉强为了求生，才聚拢着向那盾阵发起推进而已，但现在，他们却已被这神迹一般的冰雹彻底震撼住。

自己这一方……难道真的得到了上天的庇佑？

看着最前方的举盾士兵，已经只能将厚重的盾牌顶在头顶，抵挡天空中不停落下的冰雹，而后排的持弩士兵，则没有任何可以依靠遮挡的工具，而只能抱着头在冰雹之下狂奔逃窜起来。

对面的阵型，已经彻底散乱。只要此刻集结起队形，发动冲锋，那么原本看似坚不可摧的壁垒，便会一瞬间烟消云散。

然而当刘秀喊出向前冲锋之时，所有残存的春陵军骑兵却没有一个敢于迈开向前的脚步。

因为前方一步之遥，便是那暴风骤雨般的冰雹！若是向前突进，固然可以轻松踏破对方的包围，但也就意味着将会把自己也卷入那冰雹之中。

正在春陵军骑兵踟蹰不前时，一道骑行的身影向前狂卷而来，伴随着一声暴喝。

"天命在我！跟我冲！"

刘縯暴喝一声，提起手中的长刀，一马当先地冲进了前方的新军之中。纵使已经在方才与韩卓的战斗中身负重伤，他手中的长刀却依旧狂暴如蛟龙。

马蹄踏破了前方已经稀稀落落的盾阵，长刀奋力一斩，一名正将盾牌顶在头顶，抵挡冰雹的新军士兵已经被斩成了两截。

但最令所有人骇然的，是当刘縯冲入前方阵列之后，那密集的冰雹风暴，竟然没有一颗落在他的头顶。不仅如此，在他的头上，竟然出现了一块小小的圆形区域。

在那竖直的圆柱之外，依旧是无尽的冰雹在下落，而仅有那圆柱内，却没有一星半点的冰雹落下。不仅如此，无论刘縯冲杀到何处，那圆柱体空间竟然始终围绕着他。

这一刻，所有人都再也没有了怀疑。

这种超越一切人力的异象，已经让他们自心底完完全全地相信，自己的主帅，的确是天命所归。

残存的骑兵齐齐发出了一声呐喊，策马紧紧跟随着前方的刘縯，向着队形完全散乱的新军踏去。

在数轮箭雨之后，五百春陵军的骑兵已经只剩下了一百余人。若是在正常情况下，此刻的士气早已崩溃。但在此刻，他们的士气却是前所未有的高涨。

踏破！踏破！踏破！

比箭雨更加密集、威力远胜的冰雹，成了他们突破的前哨，而在他们突入新军阵型之中时，冰雹虽然也已消失，但他们手中的长槊与胯下的马蹄，却再一次给了新军沉重的打击。

散落的阵型完全无法对骑兵的突击造成任何阻挡。在刘縯的率领下，春陵军骑兵顺利地突破了长街，向着城南的方向远去。

而直到此刻，冰雹也才渐渐在天空中消失。

王睦深深吸了一口气，走出屋檐下的台阶。

韩卓重重一剑劈飞最后一颗冰雹，视线穿过院门，望向门外已经空无一人，只余下遍地人马尸体的长街。

在这样密集而突如其来的冰雹中，几乎无人能够幸免。但韩卓手中的长剑，却让他全身上下，没有一处被击中。尽管代价是——他也再没有余力去追击刘縯等人。

庭院内的地上，堆满了大大小小的冰球。王睦蹲下身，捡起一颗，全身难以自抑地颤抖起来。

冰球在掌中渐渐融化，寒意自掌心向着身体传递着，然而王睦此刻的心中，却比掌心里的冰球更加寒冷。

冰雹原本只会在夏日出现，而现在，却是十一月。更何况……那无论他们走到哪里，冰雹都会避开，而只砸向己方的诡异场景。

这种超越一切极限想象力的事情，除了天命以外，再没有任何一个词可以解释。

"天不让他死……所以他就怎样也不会死么？"王睦低着头，轻轻喃喃道，不知道是自言自语，还是说给身旁的韩卓听。

韩卓身体微微一晃，是方才挥舞着长剑抵挡冰雹的脱力。但他的脸上始终没有表情，也没有回应王睦的话。

"但……即便老天不让他们死，我也一定要杀了他们！"王睦用力捏紧了手中的冰球，咬牙切齿，"为了……老师！"

冲破了新军的阻碍，刘縯与刘秀带着残存的百余骑兵，向着城南策马狂奔。刘稷任光两人虽然身上也都受了不轻的伤，但勉强支撑着骑在马上，还不成什么大问题。

远远接近南门时，刘縯已经听到了前方乱哄哄的喊杀声。

果然，王睦在这里也安排下了伏兵。

在舂陵军的正前方，是与方才一样的队伍——巨盾在前，强弩在后，结成紧密的阵势，堵住了前方的街道。

而在左右的两个方向，则是密密麻麻的普通新军，手持着长枪或战刀，向内不停地挤压着，将城门入口处的舂陵军紧紧包围成了一团。

两侧的新军，只负责将舂陵军向着中间挤压，压缩他们的空间。而真正的收割，依旧是那盾阵之后无尽的箭雨。

同样，舂陵军也清楚地知道这一点。所以他们反击的目标，也同样放在了盾阵的那一方向。

尽管弩箭如雨，盾阵如山，但被包围在其中的舂陵军，依旧疯狂地向着盾阵发起一阵又一阵的人浪反冲击。

比此前的状况稍好一点的是，这里的舂陵军全是步兵，不少装备着盾牌，而且还有着三百精锐游侠剑士的存在。

借助着己方盾牌的掩护，游侠剑士一步步地向前艰难地推进。在接近了对方盾阵之后，一个纵身自盾牌后翻越，随后手持的长剑便会在盾阵内侧掀起一阵腥风血雨。

纵使那些突破了盾阵的游侠，收割完数条人命之后，也会被新军重新淹没在人海之中，但他们却往往能为剩余的春陵军步兵搅乱新军的阵型，创造出打开通道的机会。

只不过眼前的战况，依旧在一点点地向着新军的方向倾斜。

然而分明新军的背后，便是空荡荡的城门，却没有一人向后退去。

"将军马上就会回来！死战不退！"

"死战不退！死战不退！死战不退！"

嘈杂混乱的人声中，唯独一个响亮的声音在喊叫个不停。

刘縯听出了那是叔父刘良的声音。在这样的危急关头，留守城门的他还在苦苦为自己坚持。

一刻也不能再耽搁。高声叱咤一声，刘縯再度一马当先地向着前方街道上的新军冲去。

原本正面对着包围圈内的春陵军，无论是盾牌手还是弓弩手，都将全部的心神灌注在了前方。而对于后方冲来的骑兵，却没有任何的防卫，甚至连半点准备都没有。

尽管只有区区百余骑，但此刻的这些骑兵，心头却对刘縯充满了天神一般的崇敬与信赖。

他们相信，只要跟随刘縯，那么面前便再也没有任何事物，是他们不可战胜的。

他们紧紧跟随刘縯，向着前方街道上的新军无畏地驰骋而去。

刘縯一马当先，冲入了新军的阵营之中。长刀如暴风般挥动，瞬间便在人群中杀出了一条血路。紧跟在之后的骑兵，则如同一把尖刀，将刘縯所杀出的血路进一步扩大。

尽管这一次并没有再一次落下冰雹，但背后受袭的新军依旧瞬间陷入了混乱当中。他们得到的命令，只是歼灭城门处的春陵军。无论是盾阵还是弩箭瞄准的方向，都是对着自己的前方。而身后突然出现的骑兵，则根本完全出乎了他们的意料。

这支部队与此前在太守府门前街道上的部队一样，除了弩箭以外，只装备了一柄随身的匕首用于肉搏。然而这样的武器面对由背后袭来的骑兵时，却根本没有任何抵挡的能力，只能被尽情地碾压而过。

百余名骑兵冲破街道上的新军之后，身后只留下了一地的哀号，以及地上散乱的残肢与鲜血。

"叔父！"

终于冲破了最后的盾阵，刘縯怒目圆睁地冲向前方，那正挥动着手中长剑，大声呼喝的老人。

刘良的左臂上中了一剑，鲜血染红了衣袖，然而他却连拔箭包扎都顾不上，只是简单地砍断箭尾，就又冲到阵前，振臂高呼着，鼓动着士兵向前突进，他泛白的胡须上已经沾上了些许白沫，全身也因脱力而微微颤抖。

"叔父……"刘縯跳下马，用力抱住刘良的肩膀叫道，"是我！我回来了！"

"你……"刘良已经在这激烈的战斗中有些失却了神智，骤然被刘縯抓住瞪着双眼，茫然盯着他良久，表情才突然转成惊喜，"伯升！你回来了！文叔呢！"

"阿秀没事，就在后面。"刘縯指了指后方正冲破残余新军队列的骑兵队伍，"就在后面，刘稷和任光也都没事。"

"那……那就好！那就好！"刘良气喘吁吁地点了点头，原本紧张的神情也略微松弛了下来，"杀掉张方了么？"

刘縯一时竟然不知道该如何回答。

没错，张方确实已经死了，却不是死在他的手上，而是被那个名为王睦的人所杀。何况……此刻即便是自己能够拿得出张方的脑袋，眼前这些新军，只怕也不会为其所动。

他们现在所听命的对象，已经变成王睦了。

"到底杀掉了没有！伯升！此战成败，尽在他一人身上了！"两旁的喊杀声依旧在继续，每时每刻都有士兵在惨叫着死去。刘良满脸焦急，瞪着面前的侄儿："你快说话啊！"

"这一战……我们已经败了。"刘縯好不容易才艰难地开口道，"再继续留在这里，只能全军覆没。趁着现在……撤退吧。"

"什么？"刘良瞪大了眼睛，"撤退？已经进了城，现在你却告诉我要撤退？！伯升！你在说笑么！"

刘縯的心中也如同刀绞一般。但即便再如何不情愿，却也只能是无可奈何："抱歉，叔父，但我们……真的已经无能为力了……"

"老大，新军增兵了！"刘稷匆匆策马奔来，满头满脸都是血迹，"左右侧和前方，又添了众多人马……弟兄们撑不住了！"

他身上又新添了几处伤口，但更多的却是来自敌人的血。

然而不用刘稷通报，刘縯已经能够听见，两侧的喊杀声渐渐推进着。而前方，原本已经被踏破的街道上，零落的未死士兵又重新站了起来，与新赶来的增援重新列成盾阵。

现在，身后的城门已经成了唯一的退路。而若是再不撤退，等到目前的败象变成溃退之后，那就真的一切都无力回天了。

"叔父！"刘秀也策马冲到了刘良的身边，眼神中满是焦急。

"可是，即便撤退，又能撤到哪里去！"刘良紧紧捏着拳头道，"即便撤回舂陵，也只能是死路一条！"

"眼下只有……"刘縯咬了咬牙，"去新市，投靠绿林军。"

"绿林军？"刘良闻言一愣，随后沉吟了一下，皱起眉头，"姑且不论他们是否愿意接纳我等，然而新市距离此处尚有近百里路程，纵使现在成功撤离，接下来一路上的追击……"

"那也只能如此了！不然……还有什么别的办法？"刘縯伸出手，指向身后的战线。在那里，潮水般的新军正在涌来，一点点将战线向前推进。舂陵军的士气，眼看就要跌到崩溃的边缘。

"好。"刘良也知道，此刻必须当机立断，不容再犹豫，点了点头，"你们立刻便撤退吧。"

"好……什么？"刘縯与刘秀齐齐一愣，"叔父，你此话是什么意思！"

"看眼前这形势，难道还能容许我们全身而退么？"刘良惨笑了一下，"若是没有人留下断后，谁能撤退得掉？"

"可那个人也不能是您！"刘秀吼了起来。他自然很清楚以现在的情势，所谓断后，也就意味着送命。

"为什么不能？"刘良轻轻将手按在刘秀与刘縯两人的肩头，轻声道，"我已经老了，没有多少年好活了。而你们……还有无限的未来。这个天下终究将会是你们的。"

他挥了挥手，阻止刘縯开口，继续道："伯升……或许你一直觉得，在你们兄弟二人之间，我喜欢文叔多一些。文叔确实是个好孩子，更加乖巧、听话、温和，并不如你这般桀骜……是的，这些都没有错。但是——"

刘良笑了笑："但是若要兴复汉室，夺还天下，这样的重担却不是文叔能担负得起的，更不是我能担负得起的。那个人只有……你。所以，你一定要活下去。答应我，伯升。"

"是……叔父。"刘縯咬着牙，以千钧之力点了点头。

"那么，便快走吧。再迟就来不及了。"刘良淡淡笑了笑，轻轻拍了拍刘縯的肩膀，"不要让我的牺牲白费。"

刘縯静静望着叔父淡然的脸，深深吸了一口气，翻身下马，跪在刘良的马前，重重磕了三个头。

随后，他重新跃上马背，拉转缰绳，去集结部队。

他没有再和叔父说一句话，因为该说的都已说完。

残余的骑兵被刘縯全部带上，以及力战之后剩余的百余名游侠剑士。再加上分出的两千余步卒，这便是撤退的全部人马。

刘氏宗族的数十人，分任这支部队中的将校，自然也尽数跟在了撤离的队伍之中。

而余下的不足两千士兵，却还在勉力厮杀着，抵抗着三路合围，而不知道自己已经被抛弃。

因为刘良还依旧站在他们的身后，高高举着长剑，不停大声呼喊着指挥战斗，未曾离开。

"阿縯，阿秀……一定要……活下去啊。"

刘良从头至尾，也没有转头望向城门的方向。他害怕自己一旦回过头去，便会忍不住双眼中的泪水。

至少在生命的最后一刻，让自己再次守护这两个侄儿吧！

"大人，对方已经分兵撤退了。"

太守府的正厅内，王睦端坐在座前，看着面前跪地的两人，正向自己汇报。

一人是灰白胡子，长着一个巨大的鼻子，官任前队大夫的甄阜。另一人是面色蜡黄，看起来有气无力的属正梁丘赐。

他们是王睦自长安带来的嫡系部下。在杀了张方之后，这宛城内的新军便是他二人统领。

而铁血营——自然是只有王睦一人，才能指挥得动。

"城内留下的士卒已经不到两千，很快便会被击溃。而对方撤走的部队也不过两千上下，正在向西南方向撤退。属下估算，应该是想要去新市，与绿林军合流。"甄阜继续汇报道。尽管是恭敬地说话，但他的天生嗓音却大得出奇，响彻了整个正厅。

"很好。"王睦点了点头，脸上挂上了笑意，"现在，到了我们出发的时候了。带上所有的骑兵，出发。"

"是。城内的骑兵此前并未参战，尚有千五之数。加上我等自长安带来的五百骑兵……人数相等，又是衔尾追杀，我方已是必胜之局。"梁丘赐点头道。

"衔尾追杀？谁说要衔尾追杀？"王睦挑起眉毛，莫测地笑了笑，"深夜乱战，对方四散奔逃，若是把我要的脑袋弄丢了，那该怎么办？"

"是。请大人示下，应如何安排。"

"此处往新市方向去，有一条河，叫作黄淳水。"王睦摊开了桌面上的一张地图，轻轻敲了敲桌面，"河上本有一座木桥，是过河的必经之路。当他们渡河之时……"

"是，属下明白了。"甄阜、梁丘赐两人齐齐点了点头。

刘縯率领着余下的两千多残兵，一路向着西南而去。

队列中的那百余名骑兵，在见识过方才的神迹之后，已然对刘縯顶礼膜拜。但除了他们之外的其余士卒，却是士气低落到了极致。

即便是跟随了刘縯多年的那些游侠剑士，也不再如往日里那样趾高气扬，只是默默地低着头，快步随着队列行进。

宛城已经渐渐消失在身后，喊杀声也已一点点远去消失，不知道是由于距离，还是断后的春陵军已越来越少。

"主上，追兵来了！"

任光纵马来到刘縯的身边，皱着眉头，低声禀报道。受了重伤的他，一直留在队列最后，但方才的一阵疾驰，又让他身上的伤口裂开了些许，渗出点点血迹。

刘縯回过头，看见身后的远方，确实已经出现了星星点点的火把光芒。虽然尚听不见马蹄声，但可想而知，王睦派出的追兵一定是骑兵。以现下的距离，只怕顷刻之间便能赶到。

而追兵既然已经出现，那也就意味着……

殿后的部队已经被全歼，而叔父……也已经死了。

"阿秀，传令下去，全军加紧前进，渡过黄淳水。"

刘縯满面铁青地对身旁的刘秀道。

前方，便是黄淳水了。河上有一座桥，虽然不算宽敞，但只要慢慢整好队形，过了这座桥之后将其拆毁，这支两千余人的残军便可算是安全了。

王睦即便派出追兵，要搭建浮桥也不是顷刻之间便能够完成的。而有了这一段时间，便足以让他们抵达新市了。

现在最重要的，就是时间。一定要在追兵到来之前，让全军都过河。

而在看见那座桥时，所有的士卒也都明白了眼下的局势。所有人发一声喊，都齐刷刷地向着那座桥冲去。

一时间，原本便已经稀稀落落的队形，瞬间变得更加散乱。

刘縯向着身后的刘秀吩咐了两句，随后便拍马当先向着桥头冲去。

他一路上，越过了无数脱离队形跑向前方的士兵，直到战马越过最后一人时，刘縯手中的长刀才猛然挥出。

一颗首级高高飞起，再被刘縯一把抓在了手中。

随后，刘縯冲到桥头，却没有马上过桥，而是在桥边翻身下马，随后将手中的长刀重重插在地上，发出一声清亮的长啸。

"全军整队过河！抢先者斩，掉队者斩，哄闹者斩！"

那颗刚刚被斩下的首级，正挂在长刀的刀柄之上，双眼圆睁，表情惊骇，似乎仍不知道发生了什么。

"刘稷！带着骑兵殿后，余下所有人列队上桥，不得喧哗！"

刘縯的表情，如同来自地狱的恶鬼一般狰狞。而他的气势，也仿佛冲破了天地一般。

刘稷高呼一声，带着残存的百余骑兵掉转马头。虽然没有向着反方向立刻驰去，却已经摆出了坚定的防御阵型。

此刻刘縯唯一还能够依靠的，便是在宛城中亲眼见证冰雹神迹的这一百多骑兵了。

面对刘縯的威严，以及相信自己身后得到了掩护，原本已经丧失斗志，即将崩溃的士兵，士气也终于渐渐平复了下来。

在刘秀以及一干刘氏宗族的整理下，部队列成了队列，整齐地向着桥上行去。而每一个士兵，都要经过刘縯的身边，经过那挂在刀柄上的首级，接受他目光的注视。

而无论是谁在经过刘縯身边时，都会忍不住低下头去，在那强大的压迫感之前而战栗。

即便是败了，即便是在撤退，刘縯依旧是不变的人中之龙，依旧有着无可抗拒的威严。

身后终于响起了马蹄声，尽管夜色昏暗，但那骑兵手中所持的火把，依旧清晰地标明了他们的位置已经越来越近。

刘縯的脸上依旧沉稳如山，然而心头却还是泛起了一丝忧虑。

太慢了。尽管整好了队形，以最快的速度过桥，但直到目前为止，也不过只有四分之一的士兵抵达了河对岸。

而依照这样的速度计算，在对方的追兵抵达之前，怕是能过河的士兵连一半都不会有。

而对面的骑兵从马蹄声听来，则至少是两千人以上的规模。

半渡过程中的溃兵，自身后被数量更多的骑兵衔尾追杀……接下来的，不问可知，也必然是一场血腥的屠杀。

"阿秀！过来！"

刘縯对着前方正整理士卒队伍走上木桥的刘秀大声叫了起来。此时此刻，他已经顾不上会损伤到士兵的士气了。只要弟弟能够过桥，那便是最重要的事情。

"哥哥？"刘秀疑惑地奔到刘縯身前，皱眉问道。

"你先过河，我来断后。记住，一旦过了河，便立刻将桥烧毁，不用管我这里。然后……全速向着新市进发，去找绿林军。哪怕是托庇于他们，也一定要活下去。听明白了么！"

刘縯一把抓过刘秀，将他按在自己怀里，凑到刘秀的耳边低声道。

"什么？哥哥！我怎么可能丢下你！"

刘秀刚要开口，却被刘縯一把捂住了嘴，狠狠瞪着："给我住口！现在没时间让你婆婆妈妈！你以为这余下的一千多人，真的能全部过河么！"

刘秀转过头，仔细地听了听身后的马蹄声，面色顿时变作一片苍白。

"知道的话就赶紧过河！别碍事！记住，我是不会死的！"刘縯说完，翻身上马，便要向着那百余骑兵的队列中驰去。

虽然只有区区一百多人，但是……

能挡住多久，就是多久吧……

刘縯胯下的战马刚刚迈开马蹄，却猛地一滞。他低下头，看见刘秀紧紧拉住缰绳，冲着他摇了摇头。

在刘秀的脸上，是前所未有的严肃。

"不，哥哥，我不可能……永远依靠你来拯救啊。"刘秀的表情与语气都是斩钉截铁般坚定，"若是你不走，那我也绝不会走！"

"你在胡说些什么！"刘縯高高举起了手中的马鞭，便要抽下去，而刘秀却依旧死死抓着缰绳，睁大了眼睛不闪不避地望着刘縯。

"要取得天下的人，是哥哥。若是哥哥死了，我还有什么活下去的意义？除非砍断我的手，否则，我绝不会放开缰绳！"

刘秀的眼中，一片清澈如水。

刘縯已是焦急万分。远处的蹄音已经越来越近，然而他却不知道该拿弟弟如何是好。

难道……真的要砍断他的手？

身后的士兵突然爆发出一阵轰然的骚乱声。

"终于……溃散了？"刘縯心中一跳，猛然回头看去。

若是在这个当口士气崩溃的话，那便真的再也没有挽回的余地了。

然而刘縯转过头所看到的，却并不是崩溃的士兵，而是狂喜的士兵，已经不再按照整齐的队列向着桥上走去，而是狂奔向河道中央。

黄淳水不是什么大河，但也依旧有着近十丈宽，水流湍急。这么做，简直与自杀毫无区别！

刘縯刚要喝止，却听见对面传来的士兵狂呼声。

"断流了！！黄淳水断流了！"

刘秀又感觉后颈三道印记处突然发烫起来。

这三道印记竟又发生异象，仿若有股庞大浩瀚的力量要冲出他体内。

他与刘縯齐齐一愣，对视了一眼，随后一同向着河边奔去。

仅仅看到的第一眼，便让刘縯全身的血都涌上了头顶。

尽管是冬季，水量并不算充沛，但仅仅片刻之前，那河水依旧是汹涌澎湃。而现在目力所及，却仅有一条光秃秃的河床暴露在月光之下，甚至连河底的卵石都能够看得清清楚楚。

而所有的士兵，都已经放弃了排队上桥，而是跃下河道之内，向着对面奔去。

"这……这不可能……"刘秀不可置信地摇着头，喃喃自语着。

刘縯深深吸了一口气，才冷静下来，转头望着刘秀，缓缓道："为什么不可能？"

"别忘了，阿秀，我可是背负着天命的男人啊！"

"过河！全军过河！"不待刘秀回答，刘縯已经向着身后的骑兵队列大喝起来。尽管距离较远，不知道发生了什么，但刘稷却只知道执行主上的命令而已，率领着骑兵向河岸奔过来。

"放弃防御，过河。"刘縯厉声对着刘稷下令道。然而当看见完全断绝了水流的河床时，刘稷的表情甚至比方才刘縯更加呆滞，直到刘縯一拳打在他的后脑上，才清醒过来，"可是……老大！后面的追兵已经快到了……河水断流，我们能过河，他们也一样可以。前面的士卒没有任何队形，即便是过了河，也一样是……"

"按我说的做，不要废话。"刘縯狠狠瞪了一眼刘稷，转头望向身后正狂奔而来的新军骑兵。

马蹄声隆隆轰响，刘縯甚至可以看见蹄铁扬起的泥土在四处飞溅。

"让我们来赌一下吧，如果我真的是天命之子的话……那么新军的骑兵，便绝不会有过河的机会！"

刘縯喃喃自语了一声，随后重重一抽胯下战马，向着河道狂奔而去。

"哥哥！你做什么？！"刘秀不敢置信地看着刘縯冲向河道内，向着木桥的底下冲去。

刘縯却没有回答刘秀，而是策马驰入河道，直奔木桥。在接近木桥时，他腰间的长刀也已经拔出，紧紧握在手中。

伴随着一声怒喝，刘縯全身的力量都已经聚集到了右臂之上，双眼死死盯着面前距离自己最近的一根桥柱。

"给我……断！"

自桥下穿过，长刀借助着马力，凝聚了全身力量向前斩去。刀锋破空，带出雷鸣之声，重重斩在桥柱之上。

尽管那桥柱有一人合抱的粗细，但在刘縯借助马速的全力一刀之下，竟然咔啦一声，应声而断。

而刘縯胯下的战马却丝毫未停，继续向前，直直冲向下一根桥柱。

又一声的怒吼，又一次的怒斩，又一次的应声而断。

当刘縯抵达河道对岸时，原本横架在河上的木桥一侧的桥柱，已经全被断在了刘縯那势若山崩的长刀之下。

刘稷已经看呆了双眼。纵使他也向来以力道自豪，但要在一次冲锋之中斩断这五根桥柱，也已经完全超出他的想象范围。

自己的老大……真的还是人么！

而冲到了对岸的刘縯此时才缓缓拨转马头，向着刘稷放开嗓子吼了起来："过河！"

就在刘縯喊出的同一时间，失去支撑的木桥，也发出了吱呀的扭曲断裂声。

随后，原本坚实地横跨着河道的木桥，在空中轰然倒塌，如同突然失去生命的飞龙般一段段断裂，重重摔在河道的中心，发出一声恐怖的巨响，溅起一片残余的水花与淤泥。

刘稷重重甩了甩脑袋，好容易才按捺住自己胸中的骇然心情，带领着骑兵，向着河道的对岸驰去。

新军的骑兵在远远看见了前方熙熙攘攘过河的舂陵军之后，再度加快了速度疾驰向前。

"到得还是晚了些。"甄阜一边纵马向前，一边自马鞍上取下挂着的长槊。

"无妨，半渡而击之，最是省力。只要不让侍中大人要的脑袋丢了就好。"梁丘赐嘿嘿一笑，也同样将马槊握在了手中。

敌人已近在眼前。骑兵在他们的号令之下，变作了一个尖锐的锋矢阵。

"突击！杀光他们！"

梁丘赐与甄阜大吼着，组成了锋矢阵的最尖端。

距离前方乱哄哄的春陵军，已经不到半里。对于骑兵而言，这样的距离简直是瞬息而至。

在春陵军的最后方，是一排整齐的骑兵，排成了一个小小的横阵，看起来是专为殿后安排的。然而那人数却不过百余人而已，相较于己方这里的数量，甚至可以忽略不计。

即便他们反冲锋迎上来，也不过是砸入大海中的小石块一般，连一丝浪花都不会掀起。

在消灭了春陵军的骑兵之后，那些乱糟糟的士兵便将会完全成为任他们宰割的鱼肉。

面前的骑兵终于动了。

然而并非向后迎来，而是——调转了马头，向着河道的方向疾驰而去。

"哈哈哈哈！一群懦夫！"甄皋张狂地大笑了起来。

河道上只有一座窄桥，此前早已被堵得水泄不通。那些骑兵纵使掉了头，难道能插翅飞过去？

面对己方滚滚而来的铁蹄，他们已经被吓破了胆吧。

"不太对……"

梁丘赐皱起眉头，突然猛地夹腿，加快了身下战马的行进速度："他们……在往河里冲！"

"什么？"甄皋瞪着眼睛，像是看一个白痴一般看着梁丘赐，也同样加快了速度赶上，"你是说他们在自杀？"

"不……不可能吧……"

梁丘赐看见前方原本拥簇在桥头的春陵军，竟已一下散开，全部向着河道跑去。而那河道内原本滚滚奔流的河水，竟然已经干涸得涓滴不存。

转瞬之间，所有的春陵军都已跑下了河道。

"追……追过去！"甄皋发出一声巨大的咆哮。

河道里的河水消失，虽然是诡异至极的景象，但对于春陵军已然注定的覆灭却不会造成任何影响。

春陵军既然能过河，新军自然同样也能。

快马扬鞭，数千骑兵没有停下半点脚步，继续向着前方冲去。为了过河而散乱的队形，反而更加方便收割。

"不……慢一点……"梁丘赐紧紧皱着眉头，试图拦住甄阜的速度，然而甄阜却已完全听不进去他的话了。

梁丘赐心中在犹豫。若是此前在宛城之内，那冰雹的传闻是真的话……那么现在……

就在最后一个春陵军士兵踏上河岸对面时，新军骑兵的先锋也已经冲入了河道之内。而对面的春陵军稀稀拉拉，根本没有结成任何能够抵抗的阵势。只要再过上几个呼吸，迎接他们的便将会是一场屠杀。

"回来！甄阜！！"

梁丘赐凄厉的叫声自甄阜的身后响起，然而甄阜却已经听不见了。

因为梁丘赐的声音，已经完全被一阵剧烈的轰响所盖过。

黄淳水的断流，不过只持续了短暂的片刻。而现在……上游再一次来水了！

所有的骑兵都呆滞在了原地，无论是还留在岸边的，还是已经进入了河道的。包括甄阜在内，都侧头向着右方望去，像是见到了天地间最不可思议的东西。

在他们的右方，如同一面巨大墙壁一般的水浪，正自上游轰然卷来。巨浪奔流，发出可怖的咆哮声。战场之上骑兵的冲锋相较于这巨浪，简直如同小孩的嬉戏般无力。在这滔天的水浪之前，哪怕再多的人也无法对抗这恐怖的天地之威。

还未来得及丝毫的思考反应，巨浪便已经扑到面前，像是一张大大张开的吞噬巨口，无情地吞下了所有尚处于河道内的骑兵。

转瞬之间，已经冲入河道内的数百骑兵便被这水浪所卷入。梁丘赐只能看见混浊的水流之中，一个个骑兵正挣扎着手舞足蹈，却连一声呼救都无法叫出，便消失在茫茫河水中。

而对面此时，最后一个春陵军士兵才刚刚爬上对岸。

梁丘赐堪堪在河道的边缘勒住了马，伴随着一声长嘶，战马好不容易才停下来，在河边不停打着转。

两边的人马隔着黄淳水，远远互相对望着，都陷入了死一般的寂静。

没有人开口说话。眼前的一切，都太过震撼。

这已经不仅仅是人力无法做到，更简直是连想象都无法想象！

河水的断流和复流时间都实在太巧。无论是春陵军还是新军，只要稍稍错开一点，那么结果要么便是春陵军来不及渡河，要么便是被新军在河的对岸追上。这都将意味着……春陵军的全灭。

区别只不过在于，他们被屠杀的地点是在河的这一边，还是另一边而已。

仿佛冥冥之中，有一只来自上天的手，无形的手，在操纵着这一切。

梁丘赐的全身都陷入了透骨的寒意之中。

难道天命……真的在那一边？

而河的对岸，刘縯静静望着重新开始奔流的黄淳水，原本面无表情的脸上一点点挂上了微笑。

果然，连天都站在我的这边！

"走吧，去新市。"刘縯拨转马头，对着刘秀和刘稷淡淡道。

"哟，宛城的地下皇帝刘縯，怎么会沦落到这番田地？之前不是曾对我们说，宛城是手到擒来么？"

绿林军在新市的营地里，王匡与王凤两人啧啧有声地上下打量着刘縯，眼睛里满是嘲讽。

这兄弟两人的外貌很相似，都是一个大鼻子，壮硕的身材，满脸横肉。区别只在于兄长王匡的个子稍矮一点而已。

在脱离了追兵之后，刘縯终于率领着余下的两千多名残兵，抵达了新市。然而王凤王匡麾下的绿林军，却将他们的队伍远远拦在了营门之外，禁止他们再前行一步。

只允许……刘縯带着两个随从，独自进入营地，与王匡王凤会面。

"败了就是败了，没什么好解释的。"刘縯冷冷道。在他的身后站着的是刘稷和刘秀二人。

王匡站起了身，围着刘縯前后漫步打着转，依旧在继续讥讽道："哼……宛城乃天下重城，我兄弟二人手握雄兵数万，也不敢轻易尝试攻城。你手头区区几千人马，居然敢如此异想天开，哈哈哈哈！"

刘縯紧紧咬着牙关，将心底的怒火按压下去。

"我记得，当年你曾经说过，待你打下了宛城，便要我兄弟依附于你。我没记错吧，黄——泉——之——龙？"

王凤也站了起来，笑眯眯地望着刘縯，特意将最后刘縯的外号拖长了音。

"没错。"刘縯点了点头。

"那现在，不知刘縯大人是否还愿意接纳我们兄弟二人啊？只不过，我倒是担心你自身难保啊！哈哈哈哈！"王凤得意地仰天大笑起来。

"你们两个家伙！"

刘縯还未说话，一直默默站在身后的刘稷却终于忍不住跳了出来，怒目瞪着王匡王凤兄弟二人，捏紧了拳头："你们有种就再羞辱一次我老大试试看！"

"哟！真是有骨气！了不起，了不起！"王凤重重拍了两下手，满脸赞许，"真没想到，刘縯你麾下居然还有这么有骨气的角色！只是不知道……有这么一员猛将，是怎么被人灰溜溜地从宛城里给赶出来的？"

"刘稷，住口！"刘縯回过头，森寒的目光瞪了一眼刘稷。刘秀也默默站出来，将刘稷拉了回去。

被刘縯狠狠瞪了一眼，刘稷也不敢再说话。方才老大被羞辱，才让他一时失去了理智。但现在冷静下来，他终究还是明白己方还是需要托庇于人下的，只能悻悻然低下头，闷哼一声。

"所以，归根到底，还是要来求我们绿林军对嘛。"王匡自刘縯身后走到了他的面前，口中啧啧有声，一手重重拍在刘縯的肩膀上，"既然是求人，是不是应该有个求人的样子呢？"

刘縯的脸色，已经彻底变作了铁青，死死瞪着王匡。

"哥……"刘秀在他的身后轻轻唤了一声。

"快点啊，黄泉之龙！还是说，你准备着这两千多人，一起去送死么？"

王凤抱着双臂，脸上皮笑肉不笑地望着刘縯。

他们确实早已准备好了，要借着这个机会，与宛城的新军决战一次。但纵使已经做出了决定，他们却不会那么轻易地让刘縯遂了心愿。

因为——地位，很重要。

在那之前的三年，他们一直没有进攻宛城。

不是不愿，而是不能。

只要刘縯一日还在宛城，他们就一日不敢进攻。因为他们很清楚，刘縯绝不会轻易地将宛城拱手让给绿林军。

纵使双方都抱着同样的目的，要讨伐王莽，推翻新朝，但拥有同样目的的，却并不一定是志同道合的盟友。

刘縯占据着宛城的地下势力，又有春陵前朝宗室的支持。而绿林军，有着兵力的优势，以及不大却牢固的地盘。双方尽管互相都想吃掉对方，将对方纳入自己的麾下，但谁都无法做到这一点。

原本，刘縯有着更好的机会。一旦能按照原定的计划，将宛城夺入手中，也就意味着封死了绿林军北上的出路。而富硕的宛城，更是能给他提供充足的钱粮，来扩充自己的实力。

到了那时，绿林军除了俯首称臣，再没有第二条出路。

但现在，一切都已经化作了泡影。攻占宛城的策略失败，就连手下的军队也损伤大半。王睦的军队，更是紧紧尾随在身后。刘縯如今已经再也没有将绿林军压服的筹码。

而只能……成为附庸。

"这只是暂时的……只是暂时的……"

刘縯不停地在心中反复对自己说。然而无论再怎么试图说服自己，王匡王凤两人志得意满的神情，却始终如钉子一般扎在他的心上。

"请两位王将军……接纳我春陵军成为部属。我兄弟二人日后必将对二位将军俯首听命，鞍前马后！"

扑通一声，膝盖跪地。

然而开口的，跪下的，却并不是刘縯，而是刘秀。

"阿秀！"

刘縯双目几乎要瞪出眼眶，满是猩红的血丝，死死盯着刘秀。

"哥哥……"刘秀只轻轻唤了一声，没有继续说下去。

却已经向刘縯，传递出了他想说的全部。

"王莽大军便在后方，还望两位将军以大局为重……"刘秀咬了咬牙，重重地在地上对着面前的王匡王凤两人磕了三个头。

刘縯的牙都已经快被咬碎，胸中几乎要喷出火来，只能以最后的一丝理智压抑着内心的狂怒。

"是弟弟而已啊……怎么办呢？"王匡假模假式地皱起了眉头，望着弟弟王凤，"和我们的预期不太一样啊。"

"弟弟就弟弟吧……毕竟黄泉之龙和我们也是老相识了，今天就这么算了吧。"王凤阴阴一笑，"刘縯，那么，从今日起，可要好好地服从我们兄弟二人啊！"

他们也看得出来，刘縯已经到了极限。若是再羞辱下去，只怕他便真的要崩溃了。

而刘縯的身手，他们自然也清楚得很。他们二人此刻能够如此拿捏，只不过是仰仗着军营之外那两千舂陵残军而已。若是真让刘縯被羞辱得失去了理智，血溅五步的话，他们二人怕是还真未必能够活得下来。

"准备应敌吧……俗话说，哀兵必胜。舂陵军刚刚在宛城新败，可称是哀兵了。那么让你们来打前阵……没有什么问题吧？"王匡皮笑肉不笑地望着刘縯。

"况且，既然是加入，总得表现出一点诚意来。否则……我们绿林军的旗号，可不是那么容易借的啊！"王凤的脸上也挂上了同样的笑容。

"知道了。"

刘縯用尽最后的理智，丢下冷冰冰的三个字，随后伸手重重一把拉起了地上的刘秀，向着营帐之外走去。

"哼……丧家之犬，还摆什么架子。"

临出门前听到的最后一句话，再一次让刘縯全身都因愤怒而颤抖了起来。

"阿秀！"走出营帐之外，刘縯终于再也按捺不住内心的暴烈情绪，大声吼了起来，"为什么要那么卑躬屈膝！"

"对不起，哥哥，可是……"营帐之外的夜风，卷来阵阵寒气。刘秀苦笑着，"可是，若是我不这么做，又能怎么办？"

刘縯咯咯地咬着牙齿，却不知道该如何回应。

杀了王匡王凤？以他的身手，在营帐之内这么小的空间里，自然不成任何问题。但杀了他们之后，又能得到什么？

绿林军不可能听从他们的号令。纵使杀掉王匡王凤，也无法将这支数万人的部队纳入掌中。处在大营最中心的他们三人，最终也只能是力战而死的结局。

而营门之外那两千春陵残兵的结局，也同样可想而知。

甚至……即便是自己不愿意咽下这口气，宁可以生命为代价来换取尊严，刘縯也绝不能让弟弟跟着自己一同赴死。

"我知道，哥哥你是绝对不愿意向那两个家伙下跪的。那么这样的事情，就只有我来了吧……"刘秀轻轻叹了口气，"一直以来，都是哥哥在保护我。这一次，当哥哥碰上不愿意做的事情时，终于能有机会让我来代替哥哥了！"

刘秀仰起脸，望着哥哥，目光清澈如水。

刘縯沉默了片刻，伸出手，轻轻抚摸着面前弟弟的面庞。

"谢谢你，阿秀……"

第十章

濒临绝境

宛城的太守府内，带领着骑兵回到城内的甄阜与梁丘赐二人跪在王睦面前，满头大汗淋漓。

甄阜虽然在追逐舂陵军时冲在了最前面，被突然复流的黄淳水所淹没，但最终却奇迹般地被救了上来，险死还生。刘縯斩断的木桥，恰好有一块木板被冲到了他的面前。他死死抱着木板，向着下游漂了数里，才艰难地爬上了岸。当他重新步行着回到麾下部队时，天色已经破晓了。

但此刻，捡回了一条命的他，身体却是在颤抖着。

因为或许……他又要死一次了。

站在他们二人面前的王睦，尽管官职不高，但他们都清楚，那是天子陛下唯一的门生，也是执掌着他们生杀大权的人。

而带着两千骑兵，去追击同样数量的溃兵，原本以为手到擒来的任务，却砸在了他们二人的手里。

侍中大人一怒之下，不知道会不会砍了他们的脑袋

"黄淳水……突然断流，又突然复流？而且，恰恰是在舂陵军过完河之后？"虽然两人伏跪在地上低着头，看不清王睦的表情，却听见他淡淡的笑声，"你们觉得……这样的说法可信么？"

"属下……属下所率领的士卒，皆是亲眼所见！若是大人不信，可……可随意询问！属下所言绝无虚假！"梁丘赐的话音中带着颤抖。

而王睦却始终在沉默。

甄阜与梁丘赐二人的心怦怦地跳着。王睦沉默得越久，他们的紧张也就越浓重。

终于，仿佛过去了千万年之久，他们听到王睦的一声轻笑。

"呵呵！我信，我自然信。这种事情……难道不应该已经是习以为常了么？我为什么不信？呵呵……呵呵……哈哈哈哈！"

轻笑声一点点变大，最终竟然变作了狂笑。

甄阜和梁丘赐二人却依旧全身绷紧，不知道王睦究竟是真的信了，还是只是在嘲讽而已。

"好了，起来吧。我信你们所言，此事怪不得你们二人，不用担心。"直到听到王睦的这句话，二人才真正放下心来。

两人小心翼翼地站起身，而此时他们才发现，自己背后的衣衫已经湿透了。

"天命……天命……又是天命……"

两人抬眼偷偷望去，王睦脸上的表情竟是复杂之极，混杂了激愤，不甘，无奈，迷茫，独自喃喃自语着。

"老师……我曾对您说过，我不信鬼神，也同样不信天命。我相信的，只有老师您一个人。相信您为我描绘过的，那个伟大的，充满自由与荣耀的理想国度！我将要比您更坚定，比您更执着。我坚信，只要是对的事情，那么就该努力去做。至于结果如何，已经没有必要再去在意了……可现在……"

王睦摇了摇头，声音里渐有凄凉："可现在，我也有些动摇了啊……如您这般天纵英才，如我这般坚定不移，若是依旧抵抗不过那所谓的天命的话……那么我们的奋斗，究竟还应不应该继续下去？"

甄阜与梁丘赐小心翼翼地对视了一眼，不知道此刻该如何自处。侍中大人的自言自语，他们自然不应该听到。但此时退出房间，却又显得有些太过扎眼做作了。

"算了吧……算了吧……"王睦摇了摇头，低下头去，声音渐渐陷入了低沉。

"你要放弃了么？"

一个冷漠的声音突然响起，随后一个黑衣的身影自角落中走出，让甄卓与梁丘赐两人都齐齐吓了一跳。方才这房间里，分明只有他们三人。这突然出现的，究竟是何人？

"韩卓……你不是平时最不爱说话的么？"王睦头也不抬，淡淡问道。尽管被打断，但他却没有丝毫不悦的模样。看到侍中大人的反应如此镇定，甄卓、梁丘赐也放下了警惕的心思。

"侍中大人，若是没有别的吩咐，属下这便告退了。"也幸好有了这黑衣人的出现，让甄卓、梁丘赐二人窥得了一个空隙，连忙抓住机会，退出了房间。

轻轻关上了房门，两人才抚着胸口，长长出了一口气。

这一遭，好歹是活下来了。

"我是不爱说话，又不是不能说话。"韩卓面无表情地走到王睦的面前，目光平静地望着他，"有什么好奇怪？"

"不……没什么奇怪。"王睦突然笑了起来，"只不过……这好像是你第一次主动跟我说话。"

"因为我不想看见你放弃。"韩卓的声音平淡如水，"主上交给你的任务，我不知道有多重要，但一定很重要。"

"放弃么……"王睦笑了笑，"说起来，韩卓，我也没见过你喝酒呢……"

韩卓静静望着王睦，不答。

"不如……来陪我喝酒吧。"王睦突然转过身，自身后的架子上取下两壶酒来，走到桌前坐了下来，对韩卓招了招手，"你是不爱喝酒，又不是不能喝酒，对不对？"

"不对。"韩卓摇了摇头，站在原地没有动。

"什么？"王睦一脸诧异地望着韩卓，"天下间，还有不能喝酒的人？你若是喝了，会怎样？死么？"

"不。"韩卓继续摇头，"我说不对，是指……我爱喝酒。"

王睦方才还只是诧异而已，现在却仿佛见了鬼一般，伸出手直直指向韩卓："你……你……你……爱喝酒？"

　　这个僵硬死板，永远面无表情，总是将自己藏身在阴影之中，除了杀人什么都不会的男人，居然……爱喝酒？！

　　这简直是全天下最大的笑话。

　　"是的。小时候经常喝。"韩卓坦然地点了点头，"但是自从跟随主公之后，我便再没有喝过了。"

　　"为了一天十二个时辰都保持清醒么？"王睦的震惊渐渐消退，理解地缓缓点了点头，"既然这样，那你就更不应该拒绝我了。毕竟你现在不在老师身边，而我……也不需要你那样贴身的保护。来吧，陪我喝两口。"

　　韩卓想了想，没有再拒绝，点了点头坐到了王睦的对面。

　　酒自然是好酒。虽然没有杯子，却没有任何妨碍，两人便嘴对着壶嘴，长饮了一口。

　　热辣辣的酒液自喉中流下，王睦发出一声满足畅快的长叹，而韩卓却一言不发地放下了酒壶，轻轻以衣袖抹了抹嘴，神色没有丝毫的改变。

　　"这酒……不好？"王睦有些心虚地望着韩卓。他好酒，所藏之酒，自然都是精品。而韩卓的表情，却好像只是喝下了一大口清水一般。

　　"很好。比我喝过的所有酒都要好。"韩卓点了点头。尽管分明说的是夸赞之辞，脸上却依然是漠然的表情。

　　"那就要做出喝了好酒的样子来嘛！"王睦闷哼了一声，翻了一眼韩卓。

　　"喝了好酒，应该是什么样子？"

　　"……算了，跟你这块木头没法说。"王睦张口结舌了片刻，无奈地苦笑着摇了摇头，"来，再喝。"

　　两人再次同饮了一大口，王睦放下酒壶，脸上已经泛起一丝红晕。他虽然好酒，但酒量却只是普通而已："韩卓，你恐怕算得上是这个天下，唯一一个能以朋友的身份跟我喝酒的人了吧。"

　　"唯一？"

　　"嗯，唯一。"王睦笑了笑，"怎么，很难想象么？我会自斟自饮，会陪老师饮酒，有时也会赴其他臣子的宴会。但是……这般与朋友之间对坐畅饮，还是我生平头一遭。"

韩卓没有说话，只静静听着王睦继续说着："我从很小的时候就被老师选中了。嗯……对了，那时你已经跟着老师了，那你一定记得那天，我答上了老师的问题时，他脸上欣喜的表情。

"于是，我就成了他的弟子，唯一的弟子。从那往后，他也成为了我一生最尊敬的人。是的，普天之下最尊敬的，没有之一。他为我亲手打开了一扇窗户，透过那扇窗户，我看见了一个新世界！壮观伟大，无可比拟，让我为之疯狂的新世界。

"老师想得太远了，远到已经将这个天下所有人都抛在了他的身后，甚至连他的背影都无法企及。而即便是我，也不过只是能够远远追逐着他的脚步，望见一丁点的身影而已。"王睦即便是在回忆的时候，双眼中都放出了狂热光芒，"而仅仅只是这样，也让我意识到，我的身边已经没有任何人足以做我的朋友。

"我有时会陪老师小酌两杯，但老师不是我的朋友。我有时会赴宴，但那些人，只不过是看重我身为天子门生的身份，想要巴结我而已……"王睦不屑地笑了笑，"真正有资格做我朋友的，我想来想去，好像倒还真的只有你一个人而已。"

"我也没有资格。"韩卓摇了摇头，"我没读过什么书。主上和你说的那些事情，我也听不懂。我只懂杀人，也只懂为主上杀人而已。"

"你有！"王睦重重将酒壶顿在桌上，瞪大了眼睛，"你当然有！"

"为什么？"韩卓平静地问道。

"因为你相信老师。和我一样相信老师。"王睦再度饮下一大口酒，脸上已经绯红，"没错，韩卓，你确实没有读过书，你确实不懂得老师跟我说的那些道理。但至少有一点，你和我是相同的——那就是不管怎样，你都无条件地信任他，愿意付出生命守护他，而不管他是一个失去了权力的落魄外戚，还是权倾天下的太师安汉公，还是当今的天子！就凭这点，你就有资格做我的朋友！"

韩卓低头仔细想了想，抬起头："你说得对。"

"那么，喝酒吧。"王睦提起手中酒壶，和韩卓碰了碰，"我一直很好奇一件事，你究竟……是怎么跟随老师的？从我认识他起，你就已经跟在了他的身边，我却一直没有机会问过你。"

韩卓沉默了一会儿，脸上的表情依旧没有变化，如同古井不波，但双眼中却闪过了一丝痛苦的神色："主上救了我。在我很小的时候。"

王睦看着他的眼神，没有再继续追问下去。他已经知道，韩卓一定有着不愿意提及的往事。

"那么，你的武艺又是怎么来的？我从来没见过像你这么强的人，可你明明在很年轻的时候，就已经跟随着老师了吧？"王睦借着喝下一口酒，转换了话题。

"我不会什么武艺。我只是知道怎么杀人而已，天生就知道。"韩卓抬起眼睛，望着王睦。

"好吧……喝酒。"

王睦不再问了。无论韩卓说的是真话，还是有着不愿意言说的过去，他都不需要再继续问下去。

很快，两大壶酒已经见底。韩卓的神色依旧未变，仿佛喝下去的真的只是清水而已，但王睦却已经眼神恍惚。

"韩卓，天命这东西，是否真的存在？"王睦的舌头已经大了，连话音都已经含糊不清。

"我想，是存在的。"韩卓想了想，点点头。

"存在的……么？"王睦苦笑了一声，"那么，你告诉我，那天命为何不是在老师的身上？"

"为何一定要在主上的身上？"韩卓依旧淡然地反问道。

"因为……因为他为我打开了一扇窗啊！"王睦歪歪斜斜地伸出手，紧紧抓住了韩卓的衣袖，声嘶力竭，"他为我打开了窗，领着我看见了窗户之后的新世界！但……到现在位置，那也只是看见而已！而我，一定要与他一起合力，将拦在我们之前的大门打开，亲身走进新世界之中！"

"若是无法打开那扇门，又如何？"韩卓依旧面如止水，"你若是知道自己永远也无法走进新世界，你就会在打开门之前放弃么？"

"永远也无法？"王睦急促地喘息着，表情狰狞，"为什么永远也无法！为什么！"

"我不知道。"韩卓摇了摇头，"我连你们所说的新世界究竟是怎样的，都不知道。但我只知道，我会永远相信主上，就像你说的，无论他是落魄的外戚，还是当今天子。同样，也无论他的身上，是否背负了天命。"

韩卓想了想，继续道："不过，若我是你，那我即便是死，也要死在那扇门前。"

王睦的脸自狰狞渐渐化作震惊，又渐渐归于平静，最后露出了一丝微笑。

"是的，你说得没错，韩卓。即便是死，也要死在那扇门之前……"

带着那丝满足的微笑，王睦安然地趴在身前的桌面上，进入了睡梦之中。

韩卓拿起自己面前那壶酒，仰头将壶底最后几滴酒液滴入自己口中，随后放下酒壶，站起了身，向着门口走去。

在关上门之前，他最后转头望了一眼王睦，脸上破天荒地露出了一点若有若无的微笑。

"谢谢你的酒……"

"我的，朋友。"

距离抵达新市，已经过去了三天。这三天里，宛城的军队倒是没有再度南下的动向。

尽管历经了屈辱，但至少现在，春陵军算是有了一个寄身之所。新市的绿林军在这些年来的发展之下，已经聚集了三万多人。尽管装备简陋，士卒大多也不过是些流民而已，但依托着绿林山作为核心，倒是也抵挡住了朝廷的数次围剿。

如今，刘縯以及以他为首的春陵军，便算是彻底成了绿林军的从属。

尽管失去刘良的刘氏宗族，对此尚有微词，已经表现出了些许的不满之意，但幸好在刘缤多年的积威之下，却还是没有彻底决裂。毕竟大势摆在眼前，即便不归附绿林军，又还能有什么办法？

新市同样是南阳郡下的一个乡。在新市的境内，有一座绿林山。虽然不高，但山上山下，也容得下数万人马的驻扎。在得到绿林军的接纳之后，春陵军得到了山谷之间的一块平地，供他们驻扎。

而现在，在春陵军的营帐内，春陵军的几个主事者都聚集在了一起，就连刚刚自昏迷中醒来的李通也强撑着受伤的躯体，坐在众人当中。

"主上，根据城内传来的回报，那两千余骑兵在追击无果之后，便回归宛城。但现在，宛城内的军队又开始了调动。看样子应该不久之后便会大军南下。"任光自帐外匆匆走进，对着刘缤禀报道。

此前晓月楼虽然被攻陷，但刘缤潜藏的势力在宛城毕竟还是根深蒂固。纵使那些剑客已被全数诛杀，然而残余的情报网络，王睦初来乍到，却不可能转瞬之间便连根拔起，一扫而空。

所以，在被赶出宛城之后，刘缤还是可以得到宛城内的情报，尽管算不上很详细。

"早就知道迟早会来的。虽然不知道为什么，但那个王睦一直想要阿秀的命。"刘缤冷冷道。

"对不起，主上……"李通的左臂臂骨折断了，用白布紧紧缠着，挂在胸前。在晓月楼遭到突袭时，尽管任光拼死将他救出，但还是陷入了昏迷之中。直到此前不久，他才刚刚自昏迷中醒来。

此刻，他正满脸愧疚地低着头，不敢直视刘缤的目光。

号称算无遗策的他，这一次却给出了完全错误的结果，这令李通如何能够不自责？

"不……这不怪你。"刘缤反倒摇了摇头，"你没错，错在我。"

李通全身一震，讶异地抬头。

"你占卜的结果，都是对的。"刘缤自嘲地笑了一下，"我们确实轻而易举地占领了南门，张方也确实被杀了。如果说要怪，就只能怪我让你占卜时，提出的是这两个问题吧。"

"可……那也是因为我的无能……"李通依然愧疚，"若是我不是只精于计算这种小事的话……"

"人各有所长，你能将小事计算得那么准确，已经很不错了。只是……我以后会多加些自己的判断。"刘縯轻轻拍了拍李通的肩膀，"好了，且不说这个了。先来看看我们日后与绿林军之间的关系吧。"

"严格来说，我们现在也属于绿林军的一分子了啊……"刘秀苦笑一下，"哥哥，你忘了我们已经归附于他们了么？"

"哼……一时的得势，算得了什么？"刘縯不屑地冷哼一声，"王匡王凤，不过是我们暂时栖身的工具而已。最终取得天下的，一定是我！"

"因为老大……是背负天命的人啊！"刘稷咧开嘴，哈哈大笑了起来。

七千多人，筹备了三年，精密地计划之后，本以为必胜的一击，却被对方全盘看破而大败亏输，以至于损兵折将，沦落到投靠绿林军的地步。

若是换了其他军队，恐怕此刻早就意志消沉，人心惶惶了。然而现在营帐内的几人，却没有一个人心头有丝毫的低落，反倒是人人斗志昂扬。

因为他们都曾亲眼见证了那两次奇迹。

如果说第一次的冰雹，还勉强可以被称作是巧合的话，那么第二次河水毫无征兆地断流又复流，就只能看作是彻彻底底的天命了。

所以尽管现在舂陵军只剩下两千多残军，却从上到下，尽数对刘縯充满了无比的信心。

"那么，预计来袭的兵力会有多少？"刘縯望向任光。

任光点点头："我们原来所知道的，宛城内的兵力大约在一万人左右，包含了一千多人的骑兵。但这一次，王睦带来的部队却有着三万之数。两边加起来，纵使留下一部分守城，属下认为……能够进攻我们的部队也不会低于三万。"

"三万？王睦怎么可能带来三万人！"刘縯皱眉望着任光，"我们进攻宛城的当晚，王睦的手下若是有三万之众，我们根本不可能逃得掉！况且在那之前，我们一直在宛城。他带了三万人入城，怎么可能瞒得过我们的眼睛！"

任光愧疚地摇了摇头："直到我们发动攻城的当晚，王睦手下的直属兵力也只有五百人而已，就是那些持着巨盾强弩的士兵。他们入城时，全是便装，兵器则伪装成了运进城内的货物，只为了瞒过我们的耳目，诱骗我们入局而已。至于余下的三万人，则是在这三天之内才赶到宛城的。"

刘縯紧紧捏着拳头。

这确实是一场局，一场巨大的，精心筹划了许久的局。

只为了将自己一网打尽。

他此前拥有的情报网络，已经深入了整个宛城。若是大军自长安抵达，他绝不可能没有任何不察。而王睦，显然也很清楚这一点。只带五百人轻装入城，瞒过他的情报，只等在自己起兵的那一夜发动反制，可见王睦对他的了解，以及对这一战的谋略，绝不是等闲之辈。

这是个可怕的对手！

"三万人么……若是只以绿林山为依托，全力防守的话……或许还有胜机。"刘秀望着哥哥，脸上泛起一丝苦笑。

绿林军当下的兵力，应该也有三四万人，但纵使人数相当，战力却绝不可能处于同一个层次。毕竟是一群以流民为基础聚集而成的军队，无论在装备还是训练上，都只能算是很普通的水准。刘秀在这两天的观察中已经得出了结论，甚至还比不上春陵军的程度。

当下只有以绿林山为依托，全军坚守。那样的话，尽管有着战力的差距，也并非不能一战。事实上，在此前的几年中，绿林军也确实是以这样的方式来抵挡张方的围剿的。

"看起来，也只有如此了。"刘縯点了点头，"那么……就先安心地等待着宛城的新朝军队攻来吧。"

但令刘縯一方诧异的是，宛城的朝廷兵马，本来似乎已经做好出城南下的准备，却又停止调动，重新留在了城中。

宛城到新市，不过一百余里而已。纵使大军进发，也最多只需要两日。按着王睦之前的举动，他本不应该反应如此迟缓才对。

刘縯等人在疑惑中度过了半个月之后，才得到宛城方面的线报。

　　新的援军，到来了。

　　按照时间推算，正是在刘縯等人自黄淳水上逃出生天之后，王睦改变了主意，不再打算仅以现有的兵力去与刘縯对抗，而是决定毕其功于一役，以压倒性的兵力差距，将舂陵军与绿林军一网打尽。

　　又过去近两个月后，已经到了地皇四年的正月，而宛城内聚集的兵力，已经渐渐接近了十万人。

　　这样的兵力差距，已经不再是绿林一支能够抵挡的了。即便是依托绿林山防御，也绝不可能取胜。

　　所幸在这附近，还有着其他的义军存在。

　　西面的南郡一带，有王常、成丹率领的义军万余人，号为"下江兵"。陈牧、廖湛等人于东南一带聚众五千余人，号"平林兵"。此前虽然同为反莽义军，但都只是各自为战，彼此之间并没有太多的往来。

　　毕竟此前，朝廷的主力在北方对抗赤眉军，驻守宛城的兵力并不多。纵使各自为战，宛城的太守张方也没有能力去消灭其中的任何一支。

　　然而现在宛城骤然增加的兵力，让所有人都感受到了压力，形势已经逼得他们不得不联合起来。

　　在宛城刚刚开始增兵之时，王匡、王凤便派遣使者，前去联络下江平林两支义军。纵使此前再如何生疏，但所有人也都清楚，朝廷既然在宛城聚集了十万之众，那就不可能仅仅将绿林一支作为目标。

　　这一次，便将会是决战了。

　　联合了下江、平林的两支义军，绿林军这一方的总人数，便已经达到五万余人。但问题却也同样存在——多了下江、平林的两支义军，那么当下的形势便绝不容许义军一方再以退守绿林山作为作战的计划。

　　否则，若是王睦以一部分兵力把守住绿林山，而余下的兵力前去扫荡下江平林，那么王常与陈牧等人，便会瞬间变作无根之水。

　　到了那时，失去根据地的他们也将与现在的舂陵军一样，成为绿林军的附庸。

　　因此尽管几路义军的首领在新市一同会面，共同商议了三日，最终却依旧没有能够达成妥协。

于黄淳水处决战！这便是最后的结论！

虽然王匡、王凤并不心甘情愿，但他们却无论如何也无法说服下江平林的两支义军首领。

而宛城的军队，也终于开始出动了。

一路向着南方进发，他们的目标，果然便是绿林军所占据的新市。

第十一章

绝地奇兵

"黄淳水……又回到这里了啊。"

前方还有数里，便是黄淳水了。正是不久前，刘縯率领的春陵军见识到何谓奇迹的地方。

在黄淳水的南面，便是来自宛城，由王睦所统领的十万大军。在昨日，他们渡过河之后却没有继续推进，而是原地扎下了营盘。

尽管此前那座木桥已被刘縯斩破，但王睦麾下的军队却在一日一夜之间，建立了五座浮桥。

而新军以南五里，则是义军的营地。尽管各有派系，但此刻无论春陵军还是平林兵、下江兵却全以绿林军为号，只是各自打着主将的旗号，以便辨识而已。

黄淳水以南的地形算不得平坦，当中是一条大道，大道两侧原本有些稀疏的农田，此刻早已在多年的战火中践踏荒芜。而除了这些农田以外，尽是些一片片的小山丘，虽然都算不得高，不过只有数丈高低而已，但波浪起伏，却将整片地形割得支离破碎。

王匡王凤的绿林军，当道扎营在了最中央的位置，王常、成丹的下江兵在东侧右翼，陈牧、廖湛的平林兵在西侧左翼，各为掩护。

而已经成为绿林军附庸的春陵军，则被安排在了王匡王凤麾下部队的正前方。

此时已是黄昏，两边却都没有主动发动攻击，而是静静对峙等待着。

"这是让我们第一波去送死啊！主上！"刘稷瞪着一双牛眼，大声吼着，"我们只有两千多人，却被放在了最前面！明日对面一旦发起进攻，我们这点兵力根本没办法拦得住！不行，我要去砍了王匡王凤那两个王八蛋！"

营帐内，舂陵军的几个核心人物尽在其中。在中军的大营内开完作战会议之后，刘縯刚刚回到了自己的营帐，便被刘稷迎上了前来，愤愤不平地抱怨。

看刘稷摩拳擦掌的样子，只要刘縯一个决定，他便会马上冲进王匡王凤的营地之中。

"刘稷，给我闭嘴。"刘縯冷冷扫了一眼，"砍了他们，我们就能赢么？"

被刘縯骂了一通，刘稷低下头，委屈地掰着手指。

"所以，我们注定要承受对面的第一波攻击么？"刘秀面带忧色，"刘稷说的没错，以我们的兵力，哪怕只是对面的一个冲锋，就会被彻底淹没。王匡王凤应该只是想把我们作为消耗品吧。"

"那是自然。"刘縯冷笑一下，"他们巴不得我去死。"

李通在一旁，手里把玩着一个新的龟壳，脸上的神色变幻不定，一直没有开口。

"李通，你有什么想法？"刘縯对着自己麾下唯一的智囊道。

李通没有立刻回答，只是轻轻点了点头，随后继续陷入沉思。良久之后，才抬起头来，脸上挂上了些微的笑意："我想……我们或许还有一线取胜的机会。"

"说吧。"刘縯在李通面前坐了下来。

"我先来说说目前的情势吧……"李通结束思考后，脸上的神色也变得轻松起来，坐直了身体，"以往每一次，王匡王凤都是据山防守，但——此一时，彼一时也。对方在宛城内拥有的兵力对比绿林军而言并不占优势，而且也从没有下过坚定的决心。往往都是围困一阵之后，便主动撤军离开。而眼下王睦的目的，却是一定要赶尽杀绝。若是真的仅仅把守绿林山的话，败亡的结局便是注定的了。即便不谈平林下江这两路人马的想法，我也认为决战是个比固守更好的主意。"

听到这里，刘縯和刘秀两人都点了点头。

"但……即便是决战，若是真的正面堂堂正正地打下来，输的也必定是我们这一边。对面的人数是我们的五倍，而且也远比我们这里的乌合之众要精锐得多。若非如此，王睦此前也不会这么大胆地强行渡河，丝毫不在乎被我们半渡而击之。所以要取胜，就只有兵行险招。"

"那么，险着是什么？"刘秀点了点头问道，刘縯却只双手抱在胸前，仔细听着李通的话，一个字都不放过。

李通缓缓扫视了一眼身前的众人，说出了一句让所有人都料想不到的话："渡河！"

"渡河？可敌人已经搭建浮桥渡过了黄淳水，现在正在我们的面前啊！这是什么意思？"刘秀讶然望着李通。

"没错，所以我的目标……"李通嘴角微微弯起，"就是浮桥！"
所有人都疑惑地皱起眉头，唯有刘縯的眼睛一瞬间亮了起来。

"王睦麾下的大部已经渡过了黄淳水，在北岸只留下了几千人作为接应。在他看来，这几千人已经足够用了。但……"

李通双目炯炯："你们可别忘了，那些游侠此刻还有一百多人呢。这样的人数，绕道上游，趁夜偷偷游过河去，并不算太大的问题。"

刘縯脸上开始浮现出了笑容，接过李通的话："这群家伙，只用剑，也只会用剑。虽然在战场之上正面迎战，死得怕是比谁都快，但若是深夜的大营之中，突然出现了这么一支部队的话……"

"没错！到了那时，对面一定会混乱，那时再受到攻击的话……"刘秀重重一拍巴掌，恍然大悟，但随后又皱起眉头，"但问题是……隔着河岸，纵使能让北岸的敌人在奇袭中混乱，但若是没有后续的兵力跟上，那也依然是无济于事。"

"不需要后续的兵力跟上！"刘縯已经想明白了李通的计划，用力一挥手，"我们袭击北岸敌人的目的，便只是烧掉浮桥而已！单单只是北岸遇袭，本来就不可能让南岸的敌军士气受到多大的影响。但退路被断，那造成的后果便完全不同了！"

"老大，可我以前曾经听阿秀跟我说过，兵书上什么破釜沉舟，又什么背水一战的事啊……这么做，难道不是反而让对面那群崽子更勇猛了么？"刘稷抓着后脑，疑惑问道。

"白痴。"刘縯瞪了一眼刘稷，"破釜沉舟，背水一战，那是主动将自己的退路封掉，以求置之死地而后生。被自己断掉退路，和被敌人断掉退路，怎么能一概而论？"

"还有你，阿秀！"刘縯又不满地望向刘秀，"知道刘稷是个蠢货，就别跟他说这么多！正经东西学不到，反而把脑子闹得更糊涂了。"

"哦……"刘稷缩了缩脑袋，不敢再说话。刘秀嘿嘿一笑，点了点头。

"王睦的人数比我们更多，明日必然要与我们决战。所以这行动，便只能在今夜了。"刘縯站起身，走到刘稷的面前，重重拍在了他的肩膀上，面对面地望着刘稷，"刘稷，从我见你第一眼起，我就知道你是个蠢货……"

"我是不聪明啊……"刘稷垂头丧气地低下了头，却听见了刘縯接下来的话，"但……至少，我永远相信，你是一个在战场上永远不会畏惧的蠢货！"

刘稷愕然抬起头，看见身前刘縯脸上的笑意："蠢一点又怎样？就算这帐篷内的人，每一个都比你聪明，但至少，除了我之外，你是最能打的一个。"

"所以，今夜北岸的袭营，由我和任光去。而你……要负责最重要的一件事。不会给我搞砸吧？"

"是！老大！"刘稷本来委屈低沉的心情，顿时激昂高亢了起来，用力捶了捶胸口，"绝对不会！"

"很好！"刘縯用力点了点头，"你要做的事情，很简单。我不需要你的脑袋，只要你的斧头。记住，不要用脑袋——那余下的一百二十七名骑兵，由你带领，当看见对岸的火光燃起时，就……"

"就向着对面冲锋！"刘稷哈哈大笑起来，握紧了拳头在面前挥动着，"对吧，老大！"

"没错！其他所有的事情，都不需要你去管！你要做的，就是突击，突击，再突击！如果你突到了河岸，那就调转马头再一次突击！直到你眼前的敌人看见你的身影，听见你的咆哮，都只能转过头狂奔着逃跑为止！而即便是活下来的人，余下的一生也只能每夜在最恐怖的噩梦中，被你所惊醒！"刘縯的双目中燃烧着火焰，"明白了么！"

"明白了！"刘稷胸中的热血，已经完全被刘縯眼中火焰所点燃，放开嗓子咆哮了起来。

"阿秀，刘稷会为你们打开一条通路。而余下的两千人，就沿着这条通路前进。你们的目的，便是将刘稷打开的通路拓宽，再拓宽，一直深入到新军阵营的中心！"

"那么……后续的跟进怎么办？我们只有两千人，即便趁着对方混乱的机会，突破了营地，但后续若是没有跟进的兵力，迟早会被包围消灭的。王匡王凤方面……我们要现在和他们商议么？"刘秀点了点头，但与刘稷不同，他还是有些担心地提出了自己关心的问题。

"不。"刘縯摇了摇头，"这样的计划，完全就是搏命的冒险。无论绿林军，还是平林下江方面，都绝不可能同意。所以，我只能赌一把了。"

"赌？"刘秀笑了起来，"我们先干了，然后赌他们被逼得不得不跟进么？"

"是的。"刘縯也笑了，"当我们出发之时，再派信使去新市、平林下江三路人马的主营传信。到了那时，他们便是想拒绝也不会有机会了。而若是我们能够成功，他们连这样的机会都把握不住的话，那我也只能认命了。李通，我说得没错吧？"

"是的，这就是我的计划。虽然凶险，但一旦成功，却是收益最大的！上一次在宛城，我们赌输了。但这一次……"李通站了起来，脸上满是自信，"我们一定要赢！"

刘縯全身湿淋淋的，自水中爬上了岸。

这是黄淳水的上游十里处。趁着夜色，这样的距离，应该不会再碰到王睦派出的斥候了。

正月的水，刺骨的寒冷。而上岸之后，再经由冷风一吹，更是如堕冰窟。即便是刘缤的体格，也略微有了些颤抖。

而他身后的一众游侠，则更是个个脸色铁青。

游侠长年横行街头，本就只用剑，不具甲。而这一次为了减轻渡河时重量，每个人身上都只穿着最单薄的衣衫。此刻在寒风中，近乎赤裸一般。但即便如此，在这湍急的河水中，也依旧需要每个人抱着一块木板，才能勉强游过近十丈宽的河水。

刘缤转过头，清点了一下人数。出发时的一百七十三名游侠，此刻只剩下一百六十人。余下的十三人，已经因寒冷或是体力不支，永远被河水卷走了。

为了避免被发现而不能生火，他们只能简单地将身上衣衫里的水尽量拧掉，便紧紧跟随在刘缤的身后，沿着河道的方向向下游潜行而去。

没有人开口说过一句话，更没有人抱怨。所有活下来的游侠，都紧紧抿着嘴唇，握着腰间的剑柄，两两并肩组成了整齐的队形，跟在刘缤的后面。

而即便寒风再怎么刺骨，身体再怎么颤抖，他们也从未低下过高傲的头颅。

因为他们是宛城的游侠，是黄泉之龙的下属！

行了半个时辰之后，一行人终于渐渐接近了前方的营寨。的确如之前所预料的一样，北岸的营寨规模确实不大，目测来看，里面的驻军不过只有三五千人而已。

一百六十对数千，这本是极端悬殊的对比。但一方是有备而来，专擅混战搏杀的游侠剑士，另一方却是正在酣睡，对即将到来的屠杀毫无防备的士卒。纵使人数差距再大，也无法避免最初的混乱。

能否取胜的关键，就在刘缤是否能充分利用好最初的混乱，在新军反应过来之前，夺下浮桥了！

一百六十人在接近营寨之后，便尽数匍匐在地上，一点点地向着营寨挪动着身体。虽说已是子时，但营寨的周围栅栏内还是立着不少高台，点着火把，供放哨的士兵瞭望。

三十丈……十丈……五丈……

刘缤精心选择了火光最昏暗的路线，一路避开高台上瞭望的士兵的目光，终于抵达了营寨的木栅之下。

他伸出手，向着身后比了个手势，看着那手势一列一列地向后传去，直到队尾。

所有游侠都得到了讯息，那么现在——

就是决胜负的时候了！

刘缤掏出怀中藏着的短刀，指尖用力向前甩出。短刀发出低微的尖锐破空声，向着身前最近的高台之上飞去。

那名哨兵完全没有意识到发生了什么，在刚刚听见细微破空声的同时，咽喉之中也骤然一凉。

凉意过去，是一阵温暖。咽喉处的鲜血自伤口向外狂喷着，打湿了整个衣襟。他死死抱着咽喉处的短刀，双眼瞪大，努力试图继续呼吸。但气管已被割断的他，却只能自伤口中喷着血沫，发出无助的呼哧声。

直到死去，他也没有想明白，明明十万大军就在前方，为什么河北岸的营地，却依然会遭到夜袭。

而那一声告警的"敌袭"，也只能永远烂在他的心中。

刘缤除掉了这个方向的哨兵，双手轻轻一撑，便越过仅仅一人多高的木栅。身后的游侠也同样紧跟着翻入营地。如此低矮的栅栏，在他们面前完全不成任何障碍。

"各自散开，每人一个帐篷，浮桥处集合！"刘缤短暂地下完命令，麾下的游侠们便已立刻按照早已反复强调过无数次的计划，四散而去。

一百六十人，同时拔出了手中的长剑。呛啷声连响，如轻啸龙吟般，在营地的上空响起。

同时，也伴随着一百六十人发出的狂吼。

因为到了此时，已经用不着再隐藏行迹了。

一百六十柄出鞘的长剑，开始对睡梦中的士兵的收割！

营帐之间，自然也有着夜间执勤的卫兵。但没有人能想象得到，在河对岸还有着十万大军的情况下，会有这样一群杀神从天而降。三五人一组的卫兵小队，面对着突袭，又是在营寨中这样狭窄的地形下，根本不是长年精于搏击刺杀的游侠剑客的对手。

长矛还未来得及刺出，长剑已经先一步刺入咽喉。盾牌刚刚护住正面，后心却已被穿透。而即便到死，所有的卫兵也都依然在心中不停歇地狂叫着——

他们究竟是哪里来的！

片刻之间，巡逻于营寨这一角落的卫兵已经被屠杀一空。而帐篷内的士兵，有些依然在沉睡，而另一些即便已经醒来，却也只是揉着惺忪的睡眼，慌乱地穿着衣服，手忙脚乱摸黑寻找自己的兵器。

而在他们刚刚握紧了自己的长矛刀剑时，却会看见帐篷被锋利的长剑飞速划开，一个个全身都沾满鲜血的身影掠进了帐篷之内，那些人脸上，统统挂着残忍的狞笑。

"刘纈门客驾到！"

在每一次这句话响起之后，便是鲜血与火焰的盛宴。

每一个游侠的目标都很明确——杀光一个帐篷之内的士卒，然后点火，再向着浮桥的方向会合。

每个帐篷之前，都燃烧着火把。这本是用以巡逻卫兵照明之用，但现在却成了游侠纵火最好的工具。

小半个营地，转瞬之间便陷入了熊熊烈火之中。而一些侥幸未死的新军士兵，则狂奔着逃出营帐，发出骇人的哭号声。

这一次突袭可算是获得了完全的成功，甚至比刘纈此前的预想更为成功。

身处浮桥的后方，这里的防备实在太过于松懈了。

伴随着营地内一顶顶帐篷被点燃，成功达成了预定目标的游侠也各自纷纷再度向着浮桥的方向会集，每个人的手中，都持着一柄火把。

"烧！"

"主上！请稍等！"刘纈冷冷下达了命令，但正当麾下的游侠即将把火把丢在浮桥之上时，一名游侠却远远地自营地中冲出，跑到了刘纈的身前，单膝跪地："属下在营地深处发现了大量的粮草辎重……"

他没有再继续说下去，因为决定，只能由刘纈做出。

“领我去看看。”

刘缜简短地吩咐了一声，跟着那游侠向着他来的方向跑去。

粮草！粮草！粮草！

刘缜的心开始狂跳了起来。在营地的中心，他的面前，无数的粮车堆积如山，几乎一眼望不到头。

“王睦……你这是聪明反被聪明误啊！”

一瞬间，刘缜便明白了王睦的用意。

王睦也担心营地会遭到偷袭，但他的注意力却只放在了南岸的营地上。为了以策万全，绝大多数的粮草都没有运到南岸，而是留在了北岸之中的后方营地里。他以为大军拦住了那五座浮桥，在这隆冬之际，隔着黄淳水的后方营地便不会有什么危险，但这却恰恰给了刘缜最大的机会。

这一次的战果，竟然远远比刘缜能够预料的更为丰厚。

“计划改变，暂缓过桥，给我全烧了！”

尽管时间有限，必须抢在南岸的新军主力反应过来之前截断浮桥，但面对这样好的一块肥肉，刘缜怎么也不可能放弃。

已经聚集在浮桥处的游侠重新在粮车处聚拢，一半分开猎杀营地内的士兵，确保他们不会重新集结起来发动反扑，另一半则在刘缜的命令下，在粮仓放火。

一辆辆粮车被逐一点燃。纵使没有燃油，但火舌依旧开始熊熊燃烧起来，欢快地舔动着。

幸好，这里的粮车为了方便运输，几乎是紧紧集中在了一起。当所有的粮车都陷入熊熊烈火之中时，不但这里的士兵依旧还在混乱之中，就连南岸的营地也没有太多的反应。

“走！”刘缜满意地望着自己身前的冲天火光，感受了片刻焦热扑面的快感才转过头，率领着游侠们踏上浮桥，向着南岸冲去。

当最后一名游侠跑过浮桥之后，刘缜嘴角露出了胜利的微笑。一百六十名游侠，没有折损一人。

他重重一刀，砍断了浮桥之上的锁链，随后转过身，任身后的一片片木板向着下游飘去。

"刘稷，你可千万不要让我失望啊！"

深夜，在南岸的新军营地内，王睦原本已经躺下，却始终觉得有些心绪不宁。

对面的兵数更少，素质也远远不如己方。明日正面决战，几乎是十成十的胜算。那么绿林军方面，今夜多半会来夜袭。

而早在全军歇息之前，王睦便已经通令了下去，今夜必须加强戒备，全军小心对面的夜袭。

然而不知为何，他的心里却始终有一种不祥的预感在骚动。哪怕布置已经万全，却还是隐隐觉得将会有什么事情发生。

犹豫再三，王睦还是让卫兵将甄皋传唤了过来，吩咐他将值夜的卫兵人数再加上一倍，同时留出一万人来，集中在主营之旁，随时候命。

"这……是不是太多了些？"甄皋苦着脸，小心翼翼地提醒道，"对方或许会来夜袭，但即便是现在的防卫，也已经足够多了。侍中大人的谨慎，属下很是钦佩。但若是这样下去的话，明日决战，恐怕士兵会太疲劳了……"

而在他的心中，却早已将眼前的王睦划归怯懦无能，胆小怕死之徒。

还一万人守在你的主营之旁？怕死也不是这么个怕法啊！

甄皋在肚子里这么想着，但当然不会蠢到说出来，而脸上依旧摆着一副忠顺可靠的模样。

"我们有十万人，哪怕拿出一成的人来巡夜，也不过是明日少一万人上阵而已。"王睦摇了摇头，语气坚定，"对面的人数远不如我们，刘缜又是个爱行险的家伙，今夜他来夜袭的可能，超过九成。"

"是，属下这就去安排值夜的人马。"甄皋腹诽了两句，还是只能低头恭敬地应诺下来。

然而就在甄皋起身要退出营帐之时，营帐的帘子却被掀了开来。一个身影跌跌撞撞地冲进来，甚至连通报都没有。

"大人！大人！敌人夜袭了！"

梁丘赐的脸色苍白，表情慌张不定，气喘吁吁地跪在了王睦的面前。

"什么？"王睦一愣。即便身处于中军，但若是真的遭到夜袭，此处也不该一点动静也听不见，"有多少人？我们的斥候和哨兵怎么会没有发现？"

"不知道人数！"梁丘赐慌张地摇了摇头，"但位置……位置是在浮桥那里！现在所有的浮桥都已经被烧毁了！我们的退路已断！现在后营已经全乱了！"

王睦腾地一下，站起了身，不敢置信地望着梁丘赐，"浮桥怎么会被烧毁！"

"属下也不知道是从哪里来的啊！"梁丘赐哭丧着脸，"北岸留守的营寨，已经被攻破了，火光冲天！敌人攻破北岸的营寨之后，渡过河杀进了我军的后方，现在后军也开始乱了！"

王睦紧紧握着拳头，顾不上再询问梁丘赐，大步走出了营帐。

果然，远远地能够听到后方营地处传来的呼叫与喊杀声，而远方的天空，已经变作了一片通红。

王睦全身的血，像是都已经被抽空一般，脸色苍白如纸，一阵头晕目眩袭上天灵。

那个位置，那样的火光，只能来自一个结果！

——北岸的军营被攻破，其中的粮草被焚烧一空！

而那分明原本是自己为了安全的万全考虑，才会暂时不运到南岸来的！可现在……

"刘……缤……"王睦摇晃了两下身子，几乎要倒在地上。幸好在他的身后，韩卓悄然自帐篷的暗影中出现，扶住了他的肩膀。

"大人，因为只顾着防备正面的敌人夜袭，所以后方几乎没有安排什么哨兵，都调集到了前方……现在敌人渡河之后，后方的营地已经全乱了……"梁丘赐跪在地上，语声颤抖，不停地叩首。

这一次，他知道自己真的已经是死定了。

王睦已经站不住了。他拼尽全力地打开韩卓的手，缓缓蹲下，双手撑着地面不停地喘息，眼前一片金星闪过。

他用力地吸气，却感觉自己的胸膛里始终是一片空荡荡的，肺都像是要炸裂开一般。

他不停地努力想要张口说话，却发现自己除了嘶哑的啊啊声之外，什么都发不出来。

"冷静。"韩卓冷声道，同时用手按住了王睦的背，用力一推一按。王睦只觉得自己的身体骤然一松，随后大口大口地呕吐起来。

当王睦看见涕泪交加地抬起头地面上一摊污秽时，他才发现自己已经重新能够呼吸了。

"谢谢你……韩卓……"王睦剧烈地呛咳着，轻轻拍了拍韩卓的手，勉强撑着膝盖站起身来。

"大人，甄卓已经去集结部队，向后营去了。属下……属下请侍中大人责罚！"梁丘赐依旧跪在王睦的面前，没有跟着甄卓一同前去。如此重大的损失，总得有人来负责才行。

"责罚？"王睦摇了摇头，苦笑了一下，"责罚便有用么？还是赶紧将夜袭的敌军消火吧。虽然不知是怎么突破我们的重重封锁，烧掉了粮草和浮桥，但他们的人数必定不多。我们有着十万人的数量，只要重新整理好秩序，这一点敌人不足为惧。"

他喘息了两口，提高音量："梁丘赐听令，自中军调集五千人，向后营迎敌！不得冒进，缓步前行。凡混乱冲撞者，不分敌我，一概斩杀！"

"是！"梁丘赐全身颤抖着叩了三叩头，匆匆起身向着远处跑去。

"等等……"梁丘赐还未走远，又被王睦叫住，犹豫了片刻，还是咬牙道，"将铁血营……也带去吧。若是这样还平息不了夜袭之敌，那便……提头来见我吧。"

说完，王睦自腰间掏出一枚兵符，抛到梁丘赐的脚前。

"是！属下遵命！"

听到铁血营三个字，自地上捡起那枚兵符，梁丘赐再一次全身一颤，大声应答道。

"刘缜……刘缜……老师多年来的梦想，难道真的要毁在你的手中么！"

待梁丘赐离去之后，王睦才抬起头，失神地喃喃道。

自从老师登基之后，天下便无一年不灾。此次为了南阳的这一战，调集来的兵员倒还在其次，粮草却几乎已经掏空了整个关中。

而这一次，王睦自宛城中带出的粮草，便占了老师辛辛苦苦运来的半数。这半数之中，却又有九成屯在了北岸的营寨之中。

而此刻，却已经尽数在刘缤的手下付之一炬。

更不必说，浮桥被断，这十万大军，已经失却了退路。

没有了军粮，那再多的士兵，也没有任何意义。

此刻王睦手头的军粮，却只够全军吃上五日。而重新建造浮桥，至少也还需要两天的时间。

即便现在便开始重建浮桥，在撤回宛城的一路上，王睦还将要应付身后不停的衔尾追击。这十万大军，能够顺利回到宛城的，也不知能不能有半数。

王睦已经陷入了深深的悔恨之中。

新军的后营，此刻也同样陷入了一片混乱。

北岸营地的骚乱，尽管持续了一段不短的时间，却依旧不足以让南岸后营的新军组织起来，抵抗这夜袭。更何况刘缤麾下的游侠剑士，又是最擅长这样的混战。

如今杀人已经不是重点，而只是为了清除抵抗，不得已而为之的手段而已。刘缤与游侠们的重心，是放火。

只要能够烧起足够大的火势，蔓延到整个军营，那么无论是对士气的打击，还是对士兵的杀伤，都要远远强过手中的刀剑。

然而十万大军的营寨，却实在太大，大到即便刘缤与游侠们再如何努力，也始终只能将骚乱维持在小小的一片区域而已。毕竟他们的人数，只有区区一百多人。

而且随着新军自混乱中渐渐恢复，他们遭到的抵抗也越来越强。越来越多的新军士兵在清醒过来之后开始结成阵势，依靠着更多盾牌的防护和长矛更长的长度，来将游侠的长剑阻拦在外。

刘縯在四处不停地奔走着。他已经拼尽了全力，在清除一切有可能变得更大的抵抗。每一处当新军士兵聚拢的人群更多的时候，总会再度被他的长刀杀散。

然而阻力却依旧在一点点地变大。

"刘稷！看见了么！这里的火光！"

刘縯一刀斩下了一名新军士兵的头颅，再反手刺入另一名新军士兵的胸膛，左手抹开了脸上的鲜血，在胸中不停焦急呼唤着。

若是再没有后续的跟进，当军营内的混乱彻底恢复时，他和这一百多名游侠，便都将死在这里。

破空声凄厉地响起。刘縯心头猛然一跳，没有向后躲闪，反倒是挺身向前，冲向了前方的新军士兵，一刀刺入一人的胸膛之后，伸手抓起了他的身体，挡在自己身上。

就在刘縯刚刚将身体缩在那还未完全死去的新军士兵身下时，密集的箭雨也已经射到。一阵激烈的冲击，让那新军士兵的全身都抖动起来，而周围的地面上，在一瞬间多了一根根短粗的弩箭。

又是……那支部队！

刘縯心下一沉，抬眼望去，果然在前方远处，一排整齐的盾墙正在缓缓向前推进，彼此间的缝隙密不透风。而在盾墙之后，是一排排手持强弩的士兵，正在不停地上弦，越过盾墙以高抛的曲线向前发射着弩箭。

在宛城之中，他便已经亲眼见证过这支部队的强大实力与精锐程度。太守府一战，若不是突然出现冰雹，无论是五百骑兵，还是他与刘秀、刘稷等人，都将毫无悬念地被这群士兵射杀。

而在城门处，也是因为根本没有想到会遭到自背后的突袭，才会让他们一时来不及转换阵型，被突破进去。而即便如此，他们也很快便重新整好队列，跟随着后续赶到的援军再一次加入了战斗。

正面的攻击力和防御力，都可称得上是无敌，而战斗意志和士气，也完全是。尽管背后的破绽很大，但在绝大多数的机会下，他们根本不会碰到背后被突袭的机会。

　　现在在这狭窄的营地之中，刘缤的手下又只有一百多名游侠，自然更没有机会去突破这支名为铁血营的部队。

　　"后退！"

　　刘缤一个翻身，趁着铁血营在上弦的短暂空当，闪到了一座营帐之后，随后向着身后的两名游侠大声吼了起来。

　　现在，只有尽量拖延时间，等待刘稷的到来了！

　　刘缤与游侠们自原本的分散向着中央集中，并且依托着营帐开始向着河岸后退。然而这样的举动虽然暂时让他们安全下来，却给了周围新军士兵渐渐自混乱中恢复的机会。

　　而外围的包围圈，也越来越小。

　　铁血营并没有急着推进，他们只是缓慢而平稳地按照自己固定的节奏一步步向前，每五步一停，随后便是一轮箭雨向前——不管身前是敌人，是空地，还是己方因混乱而四处盲目跑动的士兵。

　　他们只要前进，不计任何后果地前进！

　　因失去了隐蔽而暴露的游侠，渐渐开始在箭雨下出现死伤。而随着包围圈的缓缓缩小，死伤也随之一点点变多。

　　也有一些游侠，潜藏在帐篷之中，等到铁血营推进到附近不远处时，再突然冲出，发动自杀性的攻击。然而不过是大海中溅起的一丁点浪花，除了略微延缓一些敌人推进的速度之外，什么都做不到。

　　刘缤等人已经渐渐退到营地的最底部，身后便是河岸。

　　再无可退之路！

　　接下来的选择，只有两个——被弩箭射死，或是跳进黄淳水内淹死冻死。

　　"刘稷！"

　　面对着远处依旧在稳步毫不停歇推进的铁血营，以及更多的普通新军士兵，刘缤昂首向天，发出了一声高亢的嘶吼。

　　若是刘稷再不出现，他的生命，便也只到此刻而已了。

　　"在！"

铁血营的背后，呼应的暴喝声同时响起，伴随而来的是一阵混乱。

正面强攻无敌的铁血营，再一次遭到了背袭！

当先的刘稷挥舞着长柄战斧，顶在整个队列的最前面。战斧每一次挥出，都能够清空身前十步的范围。而他的身后，是一百多名骑兵。

在宛城一战中，亲眼见证了刘缤的奇迹，而从此对他奉若神明的那一百多名骑兵！

每一个人手中的长槊都平端在身前，组成了一道小得可怜，却无坚不摧的锋矢阵。一路之上，只要是出现在他们身前的一切事物，都将被铁蹄碾压成粉碎！

仅仅一百余人，冲锋时的气势，竟然宛如千军万马！

当刘稷看到代表着发动信号的火光时，他便率领着身后一百多名骑兵，向着新军的军营发动了决死的突击。前营虽然并不如后营一般混乱，但依旧还是受到不少的影响。而为了解决后营的刘缤，原本前营处的执勤部队，也被甄阜和梁丘赐带走了许多。

这就是所谓的顾此失彼！

刘稷轻松地突破了前营，却没有如刘缤带领着的游侠一般，散开队形去猎杀与放火，而是自始至终不变地向着浮桥的方向碾压而去。当这支小得几乎可以忽略不计的骑兵队伍穿过时，身后只留下一片血肉回廊。

因为老大，在浮桥处等着他！

即便是死，也一定要死在老大的面前！

当看到了前方的铁血营时，所有的骑兵，连同刘稷一起，都同一时间发出齐齐的怒吼！

宛城的仇，绝不可能忘却！

刘稷的怒吼还未停歇，便已经当先冲进了铁血营之中。

若是正面冲击，他们的结局只会是被铁血营的弩箭射成一只只刺猬而已。但这支正面极强的部队，侧后却只是任人宰割的羔羊。刘稷的巨斧每一次挥动，都会在人群中溅出一道鲜血和残肢的风暴。

"老大！"

当铁血营的阵型被突破时，刘稷便忙不迭地大吼一声，四处张望着找寻刘缜的下落，然而不远处，却突然冲出一名武将，手中长刀向着他劈来。

"给我死！"

梁丘赐大吼一声，拍马上前，长刀重重向着刘稷砍去。他已经看清楚了，眼前的这个壮汉，便是这区区百余骑兵的首领。而一旦杀了他，余下的这点人数根本不足挂齿。

"滚一边去！"

刘稷不耐烦地一斧挥出，双眼之中的杀意惊天动地。在梁丘赐的讶异之中，刀斧相交，自己全力以赴的一刀竟然如同砍上了一座巨山般，被远远地弹飞。

而斧刃前进的轨迹却丝毫没有半点波动，继续前行着，横斩在了梁丘赐的胸前。

梁丘赐最后的记忆，便是全身骨骼的爆震。甚至还未来得及搞清发生了什么，上半身已经被刘稷的一斧给彻底轰飞，只余下腰腿还骑在马上。

"老大！你在哪！"刘稷一斧轰杀了梁丘赐，甚至连对方的姓名都没顾得上问。他关心的，只有刘缜的踪迹。

"这里！"刘缜满身鲜血地自一群新军士兵中杀出，望着前方马上的刘稷，脸上露出了一丝微笑，"你果然没让我失望！"

自十万人的巨大营地正面一路杀到最后，却只带着一百多骑兵。即便有着自己造成的混乱在先，刘稷的神勇依旧令他惊叹。

"不需要用脑子的时候，我从来不会让老大你失望啊！"刘稷看见刘缜，咧开嘴哈哈大笑了起来，"那么，老大，接下来怎么办！"

刘缜左右环视一下周围。原本已经渐渐恢复了组织的新军士兵，在刘稷率领的骑兵突击之下，已经重新开始混乱。他们已经不知道这一次夜袭的敌人究竟会有多少了。而浮桥被毁，退路断绝的消息，也开始在营地里渐渐传播开来。

"反向杀出去！去迎阿秀，一同取下王睦的脑袋！！"

刘縯挥动了一下手中的长刀，向着营地中央大声吼了起来。

"取下王睦的脑袋！！！"

残存的游侠与骑兵，也同样高高举起手中的长剑与长槊，一同发出了齐声的高吼。

"正面也……"王睦的耳边，不停地传来四处的呼号声，而营地后方的火光也越来越亮。

甄阜跪在他面前，咬着牙点了点头。

一小股骑兵在一个将领的率领之下，一路杀向后营，而在他们打开那条通道之后，舂陵军的步卒也冲杀了进来。

原本已经在逐渐平复的混乱再一次被加深，终于抵达了一个临界点，开始向着越来越坏的情势发展。

此时此刻，即便是能够将攻入营盘的敌军全歼，即便是真正的死伤并不算太多，但残存的士气也已经不足以维持继续的战斗了。

所谓三军可以夺帅，匹夫不可以夺志，便是这样的道理。现在，即使是身处中军的位置，王睦也能够感受到周围士卒的人心惶惶。

前方，舂陵军的步卒尚在一步步地推进。尽管不如游侠一般彪悍迅捷，也不如骑兵队一般突击如雷电，但他们的人数却远多得多。

即便两千人相对整个营地内十万的人数，不过只是微不足道的数字而已，但这两千人的出现，对新军而言便意味着对方的正面进攻终于到来。

仅仅是刚刚自睡梦中醒来的新军士兵，匆匆忙忙地胡乱穿着衣甲，拿着兵器，却怎么也找不到自己的队长营官。身边四处跑动着的，不是与自己长年里同吃同住的同袍。营地的后方火光冲天，更夹杂着不住的号哭，以及敌人的喊杀声。

而下一刻，他们看见的便是自正面喊杀而来的敌军。

被前后包围了？

敌人无处不在？

尽管每一个新军的士兵都清楚，他们身处在十万大军的营地之中。但十万大军在此刻，不过只是个虚无缥缈的数字而已，而眼前拿着刀剑长矛，向着自己冲杀过来的敌军，却是真真切切的。

恐惧在军营中飞速地蔓延起来，当最前方勇敢地拿起兵器迎敌的士兵一个个倒下之后，后方的士兵只能开始狼狈地奔逃。

兵败如山倒。

甚至连绿林、平林、下江的军队还没有加入战斗，天平便已经开始向着舂陵军的方向倾斜。而当王匡王凤等人终于望着远处天边的火光，咬牙下达了出击的命令时，他们的存在与否已经不重要了。

"走吧。"

韩卓拉起了王睦，对他摇了摇头。

"不……不可能！我怎么可能败在这里！我怎么可以败在这里！"王睦一把甩开韩卓的手，状若疯虎般大声吼了起来，"韩卓！去找到刘縯！杀了他们！"

"不。"韩卓摇了摇头，"你忘了么？主上让我跟随着你时，交代过，绝不能离开你单独去刺杀他们。一切都要以你的命为最优先。"

"老师也说过让你听我的吩咐！"王睦扑到韩卓的身前，用力紧紧抓着韩卓的衣襟，表情狰狞如恶鬼，"这是我的命令！命令！去找到刘縯！还有刘秀！去杀了他们！"

"抱歉。"韩卓的口气依旧平淡，听不出半点歉意，"主上说过，你的命，比他们更重要。我得带你回宛城了。"

说完，他不顾王睦的反对，一掌砍在了王睦的脖颈之上。

王睦脸上的癫狂一下消失，随后化作一团不甘，眼睛慢慢向上泛白，整个人渐渐软瘫。

眼前韩卓的脸一下扭曲起来，与周围的景物一起陷入了黑暗之中。

韩卓抱起了昏迷的王睦，向着北方河岸的方向狂奔而去。至于身后士兵的混乱，他从来都没有关心过。

当余下的三路义军整合了部队，攻入新军的营地之时，那已经算不上是一场战斗了，而是彻底的屠杀。

粮草被烧，浮桥被毁，主帅逃离……一次又一次的打击，让新军的士气彻底崩溃，再也无法组织起任何有效的抵抗。

甄阜绝望地带着一小队尚有着些许斗志的士兵试图反扑，但最终除了战死之外，没有对大局造成任何改变。

甚至大批大批的士兵，在失却了抵抗的意志之后，只能向着黄淳水的方向跑去，然后试图游泳过河，逃出生天。然而这隆冬之际的河水寒冷如冰，此前就连刘縯部下的游侠精锐，借着木板浮渡，也死了十分之一。这些普通士卒在慌乱之中跳入河水中，最终能够在对岸上岸的，自然更是寥寥无几。

河水突然断流的神迹，可不会再一次发生。

到天明时，原本驻扎着十万大军的营地，已经彻底灰飞烟灭，布满着燃烧之后的灰烬，以及满地的尸体。而黄淳水中溺死冻死的尸体，更是几乎让河道堵塞。

"这条河里的鱼，怕是很多年都不能吃了……"

刘秀站在河岸边，望着河水中翻滚不休的尸体，摇了摇头，轻轻叹了一口气。

"天下大乱，灾祸连年，这河里之前便是有鱼，此刻怕是也早就被捞干净了。"任光站在刘秀身旁，也苦笑着道。

在他们的身后，是春陵军的全部步卒。方才的战斗中，除了最初的一段时间外，几乎没有受到什么新军的抵抗，原本的两千多人，折损的还不到两百。

而绿林平林下江三路人马，此刻还在打扫着战场，押送降卒，抢夺辎重。南岸营地内的粮草虽然不多，但兵器衣甲却自然是丰沛得很。

这一战，对于原本装备简陋的义军来说，获得的战利品简直是此前无法想象的。

而所有人都已知道，这一战的胜利来自何方。

——刘縯，刘秀。

这两个名字，在所有绿林军之中飞速地传播着。下至士卒，上到主将，每个人都添油加醋地向身边人讲述着，刘縯、刘秀二人是如何率领着两千春陵军，击溃眼前十万大军的。

尤其是刘縯，在那些传说中，已经成了战神与杀神的代名词。

"回去吧，阿秀。"

刘縯自远方走来，站到刘秀的身后，伸手按在了他的肩膀上："这一次……我们终于赌赢了。"

第十二章 命悬一线

王睦看着自己的身周，混乱的士兵在四处奔跑，却怎么也逃不过敌人的杀戮，一个接一个地倒下。

而敌人的数量却越来越多，自地平线上仿佛无尽地蔓延而来，像是黑色的潮水或是蚁群，蜂拥而至。

在王睦身后，王莽表情平静地坐着，只望着身前的这片黑潮，却一动也不动。王睦张开嗓子想要大喊，让老师快点逃离，却怎么也喊不出声。

黑潮涌来的速度越来越快，毫不停歇，无论王睦如何挥动着手中的长剑砍杀，也杀不尽，砍不完，最终将王睦连同身后的王莽一起彻底淹没。

"啊！"

王睦发出了一声凄厉的叫声，自床上颤抖着坐起身来，才发现方才梦中的血与火，黑色的潮水，都已消失无踪。

他呆呆地坐在床上，只感到一阵头晕目眩。

"你醒了？"

韩卓的声音自一旁传来。王睦连忙抬头看去，却发现自己躺着的地方并非营帐，而是房间之中。

"这是……宛城？"王睦张开嘴，却发现自己的声音嘶哑干涩。

"这是宛城。"房间角落里的韩卓点了点头，"太守府里。"

"我的……我的士兵呢？我带出去的十万大军呢？"王睦紧咬着牙

关，努力了许久，才好不容易问出了自己心中最恐惧的那个问题。

"都死了。"韩卓的脸上，依旧没有丝毫的表情，"一个月前就死了。"

"一个月？"王睦不敢置信地翻身要下床，却全身一阵无力，一个踉跄摔倒在了地上。他挣扎着想要爬起来，但手脚却虚弱得支撑不起自己的身体。

自从黄淳水那一战过后，竟然已过去了一个月？

这一个月里，又能够发生多少事情！

"没错。"韩卓点了点头，"从那天起，已经一个月了。浮桥被毁，我只能背着你游回对岸。回到宛城之后，你就一直在昏迷。"

"现在……现在怎样了！刘縯和刘秀呢？！他们还活着么！"王睦嘶哑着嗓子问道。

"都还活着吧。而且离我们不远。"韩卓依旧留在原地，没有去扶王睦的意思，"就在宛城的外面。具体的事情，你去问你的部下好了。"

"来人！来人！"王睦费了全身力气，才好不容易将自己的音量提高到让门外听见。一个侍从推门进来，看见王睦躺在地上的模样，顿时吓了一跳。他将王睦抱起，重新放回床上，随后匆匆跑了出去。

漫长的等待不知有多久，王睦终于看见了岑彭，他在离开前留在宛城内的守将。

"大人，您终于醒了！"岑彭冲进房间，一脸惊喜地跪在床前。

"说，这一个月来，发生了什么。"王睦上半身靠在身后的枕头上，努力压抑着内心的紧张，让自己问话的声音显得尽可能平静。

"黄淳水一败……一战后，大人您被护卫带回了宛城……"岑彭深吸一口气，开始了汇报。

王睦原本寄望于毕其功于一役，自宛城中带走了十万大军之后，余下的守军不过只剩下万余人而已。然而在黄淳水一战后，十万大军几乎被全歼，零散逃回城内的只有两千多人而已。

而十日之后，叛军便抵达了宛城的城下。

所幸这座天下一等一的大城，城高池深，对方尝试了几次攻城都失败之后，也就不再做无谓的尝试，只在外面围困着，等待城内断粮。

而与此同时，宛城外的叛军还分出一部分，向东北夺取了昆阳，以断绝长安可能派来的援军。

现在城外的叛军，大约在五万之数。城内的万余守军，依托城墙，倒是不担心对方的强攻。但城内的粮草却已经只剩下不足三月的数量了。一旦粮草消耗殆尽，那这宛城也就必将失守。

"援军……会有援军么？"听完禀报，王睦瞪着眼睛，不敢置信地望着岑彭，"长安哪里还能抽得出那么多兵力！"

"大人您回城之后，属下便向长安传信求援。"岑彭苦笑了一下，"但长安的陛下虽然回了信，却注明只能由您一人打开，所以……属下也不清楚。"

说完，岑彭自怀中掏出一方包好的帛巾，双手捧到王睦的面前。

王睦接过帛巾，发现上面果然写着侍中王睦亲启六个字，火漆完好无损。

他用力撕开火漆，展开帛书，上面却只写着十个字。

"举天下而救汝，吾不悔矣。"

没有落款，但王睦看得很清楚，那确实是老师的笔迹。

一阵暖流涌上心头，王睦终于再也忍不住，放声大哭起来。

在夜色下望着前方远处宛城高大的城墙，刘縯很生气。

在黄淳水一战之后，刘縯的声望顿时一飞冲天。春陵军内部自然不谈，而无论是绿林军，还是平林下江两军之内，所有的士卒都在口耳相传着，那一战是春陵刘縯带着两千人击败了十万大军。

而除了王匡王凤两人之外，下江兵的首领王常、成丹与平林兵的首领陈牧、廖湛，也都私下向刘縯表示了自己的敬意。

这两支义军，并没有太多争夺天下的野心，原本便只是为求活路的灾民们所组成的团体而已。对他们来说，刘縯这样的领袖气场，更能让他们感觉到安心。

更何况，刘縯身为前朝宗室的身份，更是一块大大的招牌。

加上此前与王匡王凤发生的多次龃龉，更是让他们的立场倾向于刘縯。

然而这一切，自然也被王匡王凤看在眼里。

在进逼宛城之前，他们竟然不知从哪里找来了一个名为刘玄的宗室，仗着自己麾下兵力最强，强迫所有人以刘玄为共主。而无论下江还是平林两路人马，都与春陵军一样，正式成为了绿林军的一部分。而刘玄也在王匡王凤两人的扶持下，登基为帝，年号更始。

而同样身为宗室身份的刘縯，却依旧只是绿林军麾下的一员将领而已。纵然被封了一个大将军之名，但他实际能够调动的，也依旧只有自此前一直跟随着他的春陵军而已。

然而最令刘縯不能忍受的，是弟弟阿秀竟然被带去攻打昆阳。

王匡与王凤的心思，刘縯自然看得很清楚。他们的目标，便是将弟弟作为挟持自己的人质，来确保自己不会有任何异动。

而且这一手，也确实抓住了刘縯的软肋。纵使他有心反乱，也绝不会冒着失去弟弟的风险。

刘縯只能将李通和任光两人，都派到刘秀的身边，照应他的周全。自己只留下刘稷在身边。甚至为了让王匡王凤安心，所有的春陵军也都跟随刘秀去了昆阳。

只有这样，才能让刘縯稍微安心一点。

而昆阳被攻占的消息传来之后，刘縯也终于大大松了一口气。

接下来，只要能够将宛城攻下，再北上与昆阳的分兵会师，接下来便可直接向着长安进发了。

"等我，阿秀。"

刘縯轻声对着身前的宛城说。

"少主，紧急军情。"

李通匆匆走进刘秀的房间，脸上挂上了少见的忧色。

这是昆阳城内。在攻占这座城池之后，刘秀被分到了一间不大的宅院。西南方的宛城还未被攻陷，所以这段时间以来，刘秀倒是过得很轻松。

但看见脸上永远都是玩世不恭笑着的李通，竟然会一副忧虑的样子，刘秀心中也一沉。

"宛城……哥哥那里出什么事了么？"刘秀连忙站起身，匆忙问道。

"不，不是宛城。"李通摇了摇头，"北方，新莽调集的援军来了。"

"有多少？"听见不是哥哥那里出事，刘秀松了一口气。他也很清楚，此前送到宛城的兵力，已经是长安最后的士兵。现在即便是再调集，也不会是多大的数字。

"四……四十万以上……"李通在将这个数字说出口时，自己也忍不住颤抖了一下。

"你……你说什么？！"刘秀骇然大惊，一把抓住了李通的手，"李通！你在开玩笑么！"

"我也希望我是在开玩笑……"李通摇了摇头，一脸苦笑，"但我已经派出了三波斥候，数字只多不少……四十万以上的新军，由王邑王寻两人率领，尚有三日便将抵达昆阳城下。"

"这不可能！王莽哪里来的这么多兵力！长安已经几乎是一座空城了！王凤那里怎么说？"刘秀摇着头，依旧不敢相信这个事实。

门外传来了敲门声："太常偏将军大人，成国上公请您前去议事厅商议紧急军情！请立刻动身！"

太常偏将军，是刘秀的官职。而成国上公，则是现在昆阳城内所有绿林军的统帅王凤。然而这不过只是名字好听些罢了，刘秀手下的春陵军，不过只有三千多人而已，而王凤这个成国上公手中握着整个昆阳内的绿林军，也仅仅一万余人。

"知道了，这就去。"刘秀望了一眼李通，两人的眼中都同时闪过一丝恐惧。

王凤如此紧急地召他前去商议军情，那么看来……应该是真的了。

匆匆策马来到王凤居住的太守府，议事厅内已经坐满了五六名将领，人人面带忧色。

"怎么那么慢！"王凤瞪了一眼刘秀，却并没有像以往一样大发雷霆，而只是斥责了一句之后，不再借题发挥。

"那么，人齐了。"王凤收回了目光，"恐怕诸位已经都知道了，新莽从北方又调集了四十万大军，向着南阳郡开来，还有三日便会抵达昆阳城下。应该如何应对，诸位可有良策？"

"王莽哪来的那么多兵力！"一个偏将摇了摇头，"我想恐怕只是虚张声势而已，以长安现在能动员的兵力，怎么想也不会超过五万吧？"

"不是长安，是河北！"王凤阴沉着脸，"此前王邑王寻两人，一直率领着二十万人，在与河北的赤眉军对抗。而现在，王莽将这些部队全部撤出了河北，调往南阳。"

"他疯了么！整个河北都放弃了？"另一个偏将重重锤了一下面前的几案，声嘶力竭，"南阳不过是一个郡而已，河北可是冀州、幽州两州之地！他为了小小的一个郡，把两州之地拱手让给了赤眉军？！"

"不仅如此……"王凤的面色越发阴郁，"凉州并州戍卫的部队，也被王莽一同撤出。那些原本是驻守长城，抵御匈奴的二十万精锐，现在也全数调集来了南阳。"

议事厅里，陷入了死一般的沉默。只能听见每个人粗重的呼吸声。

"所以，我们该怎么办？"

良久之后，王凤的问话才打破了沉默。

"撤退！"

"与宛城兵马合流，再做打算！"

"小小的昆阳，完全不足为守！何况城内只有一万多人，面对四十万精锐，完全是以卵击石！"

议事厅内的众将，七嘴八舌地嚷了起来，而无论说的内容是什么，核心意见都只有一条——放弃昆阳，与宛城的军队合流。

听着厅内众将纷纷表态，王凤细微不可察地点了点头。

他的心中，也早就存着同样的念头，只是担心自己身为主将，贸然提出撤退，将会有损威信而已。但以宛城内这点兵力，要与四十万大军相抗衡，王凤觉得这简直是疯了！

而现下众将既然都愿意撤退，那么王凤也就可以顺水推舟，不伤面子地宣布撤军了。

"既然大家都这么想，那么……"

"等等！"

王凤刚要宣布撤退的命令，却突然被一个年轻的声音所打断。

"刘秀！你有什么意见？"王凤皱着眉头，望着这个惹人讨厌的年轻小子。

"成国上公，属下以为，众位同僚的看法实在大谬。若是我们就此撤军，必将万劫不复。而留守昆阳，却还有一线生机。"

"胡……你且说说看吧！"王凤冷哼一声，生生压下了脱口而出的那句"胡说八道"。

刘秀昂然起身，环视了一圈周围的众将，发现他们的眼中也与王凤一样，闪烁着不满的光芒。

这是自然的。不管是谁，想到这样悬殊的实力对比，都一定会失去信心。

就连刘秀自己也同样在心中有着巨大的忧虑。

但他却不能将这份忧虑在脸上表现出哪怕一丝一毫。因为他要成为这昆阳城中，唯一一个还抱持着信心的人。

哪怕，这信心只是他的伪装也好。

"诸位说要退，可在下不知道，我们究竟能够退向哪里？"刘秀清了清嗓子，"宛城么？"

"宛城现在，可还在大司空率领的部队围攻之下。城外虽然有五万人马，但城内守军依托着城墙，一直防卫至今也无法攻下，只能在城外围困，消耗城内的粮草。难道我们退向了宛城，就能插上翅膀飞过城墙，将宛城攻下？"

刘秀环视了一下众人："昆阳是宛城北面的门户。我们退向了宛城，就意味着将这门户拱手让给了新莽大军。接下来，他们绝不会丝毫停留，而是继续长驱直入，向着宛城进发。而那时我们即便在宛城之下会师，甚至将其余几个城的兵力也集中起来，也依然远远少于新莽的大军。而那时，我们就连固守的机会都没有了！

"而只有我们坚守住昆阳，像一颗钉子一般牢牢钉在这里，钉住新莽的大军，才能给宛城的大司空争取时间，夺下宛城！而宛城一旦被我方攻下，不仅南阳一郡可以彻底连为一片，抱着救援目的而来的敌军，也一定会士气大跌！"

刘秀一拳重重捶在了身后的墙壁上："昆阳必须守！只有守住昆阳，我们才有一线生机，否则，那必将是全军覆没！"

"可是，人数相差如此悬殊，又该怎么守！"一个偏将虎视眈眈地瞪着刘秀，"一万多人对四十万人，昆阳又是这么一座小城！十天……不，不出三天，他们就能将这座城攻破！"

"三天？"刘秀冷笑了一声，"诸君对自己难道就这般没有自信么！不过是四十倍的兵力差距，我们还有着城池驻守，别说三天，便是一个月，两个月，也绝不在话下！"

"刘秀，你可不要把话吹得过了！"另一个偏将阴沉着脸瞪着刘秀。

"吹得过了？"刘秀仰天长笑，"此前黄淳水一战，我与我兄长刘縯以二千兵，击破王睦十万大军之事，难道诸位都忘了么？以五十倍的兵力差距，平地交战，我等都能够取胜，何况如今据城而守？"

此言一出，在场的众将都陷入了沉默。

他们中，有些来自新市绿林军，有些来自平林兵、下江兵。但无论是谁，当日都在黄淳水的战场上。

当他们率领着部队冲入王睦大营时，大营之中已经陷入了彻底的混乱。而他们所做的，只是屠杀追赶那些已经完全丧失了斗志的新莽军。真正决定战局的，就只是那两千舂陵军而已。

刘秀说的两千人击破十万人，还真的此言非虚。

而刘秀方才所说的那一番道理，也确实都是事实。若是真的放弃昆阳，到了宛城城下合流，那时城外有四十万大军逼来，城内又有守军，两面夹击之下，更是必败无疑。

但人的本能，终究都是胆怯的。即便清楚地知道未来的后果，但与大部队合流，总还是能带来一丝心理上的安慰感。哪怕再短暂，哪怕再虚幻。

这就是所谓饮鸩止渴吧。

"在下的话已说完了。"刘秀看着其余众将皆低下头在沉思,就连王凤也没有即刻开口反驳,重新坐了下去。

"太常偏将军的话,倒也不是没有道理……"一个偏将咳嗽了两声,"若是于宛城会师,恐怕还真的有被内外夹击的风险,但若是撤离宛城……"

"撤离宛城?去哪里?新市的绿林山么?"刘秀认出这名偏将是来自新市部的,冷哼了一声,"新市的军粮早已大半运到了宛城之下,现在撤回绿林山,根本来不及连同辎重一起运走。我军此前一直在吸纳流民,加上纳降,此刻在南阳郡内的兵力已经超过了十万。这十万人在绿林山上,又能坚持多久?况且……我们自黄淳水一战之后至今,已经几乎打下整个南阳郡,只差这一座宛城而已。若是此时放弃,那便等于前功尽弃!!"

说到最后,刘秀已经声色俱厉。

那偏将面色一灰,张了张嘴,却不知道该说些什么。

"成国上公,我军接下来的行动,还请您来决断。"刘秀说完,向着王凤行了一礼,等待着他的回答。

"这……"王凤沉吟着,心中也被刘秀说动了几分。纵使讨厌这小子,但他说的也确实字字在理。此时看来,倒是坚守昆阳,等待宛城被攻下之后再来援助,更有希望一些。

而若是真的能够击败这四十万人,王莽便真的再没有可用之兵了。到了那时,挥师北上,攻取长安,这天下便已有一半落入手中。而若是被河北的赤眉军抢了先的话……

但,死守这昆阳城,若是宛城那里迟迟攻不下来的话,自己可就必死无疑了。

刘秀死死盯着王凤紧闭的嘴唇,等着他做出最后的决定。

终于,他看见了王凤张开了嘴。

是逃,还是守?

"报!"

就在王凤即将开口的一刻,一名传令飞奔了进来,表情惶急:"成国上公，北面的敌军在昨日分出了一支骑兵作为先锋，向着昆阳前来，现在距离昆阳只有一日路程！"

王凤的面色突然一变，原本已经张开的嘴，又重新闭了起来。

他深深吸了一口气，屏息片刻，才沉沉吐出。

"守城吧！"

刘秀站在昆阳的城头之上，监督着城头的守军忙碌地加固城墙，安设滚木，架起火炉油锅。

他的心中一阵感激。若不是新莽军派出的一万骑兵，或许王凤当时便会下令往宛城的方向撤退了。但城内的士兵却以步卒为主，两条腿怎么也跑不过四条腿。若在此刻还试图向宛城撤退，结局只有被衔尾追杀殆尽。

但不知是不是报复，刘秀与他的舂陵军，被安排在了北面的城墙之上。敌军由北而来，此处也必将是受到压力最大的位置。

刘秀向着城外北面望去，三天前，新莽军派出的一万先锋骑兵已经抵达了城下，威吓式地绕着昆阳转了三圈之后，在城南扎下营地。而昨日，后方的大军也已到了昆阳。

连绵不绝的军队，如山海一般。前队已经抵达城下，后队却依旧远远望不到头。这样恐怖的数量，是刘秀从来没有见过的。

新莽军队在抵达之后，便迅速将昆阳包围在了中间，随后扎下营寨，围得水泄不通。此刻放眼望去，小小的昆阳便有如大海之中的一片礁石一般，似乎随时都可能被海浪扑灭。

敌人还没有开始攻城，但刘秀已经感受到如乌云一般的压力，那是四十万精锐的军容所散发出的杀气，浓到了在这里都足以察觉。

刘秀望着脚下低矮的昆阳城，深深吸了一口气。

"哥哥，这一次，该让我来守护你了！"

第二日的清晨，新军终于发动了进攻。

昆阳的城墙仅有两丈高，即便经过了这三日来的加固，也并没有抬高多少。这样的高度，新莽军甚至连冲车都不需要制造，而是十人一组，扛着云梯便向城墙冲来。

城墙之上的前排守军不停地以手中的长杆推开云梯，与城下扛着云梯的士兵们角力着。后排的弓箭手不停地向前狂射着箭雨。他们没有瞄准，也不需要瞄准。以城下密密麻麻蜂拥而至的新军士兵而言，随意射出的羽箭都能够射中。

城下虽然也有着弓箭手向城上压制，但一来需要精确的瞄准，二来仰射本就不便，因此虽然羽箭自头顶簌簌飞过，但城头的守军却只是时不时才会身上溅出血花，带着羽箭倒下。

刘秀紧握着长剑，在城头大声疾呼着督战。任光手持着两个盾牌，小心地护在他的身前，时不时为刘秀挡住射来的羽箭。离开刘縯的身边，刘秀这个少主就是他最需要守护的对象。

"放滚木！泼滚油！"

见到敌军已经渐渐架起了不少云梯，正沿着梯级向上爬来，刘秀大声吼了起来。

一根根粗大的原木自城头扔下，沿着梯子滚下。将刀剑叼在嘴里，手脚并用地向上爬着的士兵被沉重的滚木砸中，一路被碾压到地面，变成一片血雨。更有一些滚木直接砸断了云梯，原本梯上的士兵们在半空中挥动着四肢惨叫着落下，想要抓住些东西，最终却只能重重摔落地面，再被横七竖八落下的滚木砸死。

城头上早已架好火堆，烧开了滚烫的油锅。油锅旁的士兵用厚布缠着双手，两两抬着油锅，将沸油自城头泼洒而下。如烈焰般的沸油触到肌肤半点，便是巨大的水泡与溃烂，而那些迎面向上正爬着梯子的士兵，往往却是迎面被滚油泼个正着，整张脸都被烫烂，发出的哀号宛如地狱中的恶鬼。

但也有悍不畏死的新军士兵拥有足够好的运气，躲过了一切攻击，自云梯冲上城墙。然而纵使能够顺利爬上城墙，结局也依旧是在攒刺的刀剑长矛之下摔落城头。

在付出了两千多条性命之后，新军的士气已衰，攻势无法再持续下去，只能撤回了部队。

"守住了……"刘秀看了看天上的太阳，已经到了正中。自清晨至今，已经杀了一整个上午。

"守住了一天……不，或许是半天。"李通站在他的身后，以长剑拄着身体，苦笑着道。尽管他的身份是智囊，但一手剑术还算过得去。此时此刻，自然也要上城头来参战。他的一身长衫已经换上了短衣劲装，披着铠甲，沾了一身的鲜血。

"下午还会有么？"刘秀也苦笑摇了摇头，"我还以为今天他们便打算放弃了。"

"人命足够多，自然不怕用来填啊……"李通自腰间取下水囊，咕嘟咕嘟地大口喝饱之后，丢给了刘秀。

刘秀接过水囊，同样学着李通仰着脖子大口灌着水。喝完之后，满足地长出了一口气："那就让他们填！填到他们的人命耗光为止！"

"只希望……不是我们先耗光啊。"李通小声嘀咕了一句。

围城已经十日了。然而这座小小的昆阳，却始终无法被攻陷。

王邑王寻两人，心中已经急不可耐。

明明城内的士兵人数并不多，小城的城墙也并不高大，但好像无论怎么努力，都无法让眼前这座看似微不足道的城池陷落。

但他们却又偏偏不能放弃昆阳，直接去救援宛城。

不仅仅是因为昆阳掌握着南下宛城的咽喉要道，更是因为城内有一个令他们不得不杀的人。

刘秀。

王邑叹了口气，心中依旧挂念着仍在宛城的儿子王睦。但临行前，陛下将他们二人召入宫中时所说的话，此刻却依旧历历在耳……

"记住，无论如何，也一定要杀了刘秀。睦儿是我的弟子，有韩卓在他身边护卫，哪怕宛城失陷，他也绝不会死。但刘秀……刘秀必须杀掉！"

王莽嘶哑着嗓子喘了两口气，双目死死盯着王邑王寻二人："这是命令，绝对不可以违背的命令！"

"陛下当时的样子，真是可怖……"王邑直到想起当时的场景，仍旧心有余悸。

已经年逾古稀的王莽，全身都已经瘦得几乎只剩下了皮包骨头，仿佛一具骷髅一般。宽大的冕服穿在他的身上，简直就像是挂在了衣架之上，空空荡荡，几乎吹来一阵风，都能将他吹走。

而他的双手，却死死抓着王邑王寻两人的手腕，如同铁箍一般。那是自何处爆发出的力气，他们至今也死活想不明白。

而王莽望着他们的目光，就如山中即将衰老至死之前的猛虎一般，依旧放射着凌厉的光芒。

"是啊……曾经那样的枭雄霸气，现在依旧未曾消退。但……"王寻也点了点头，轻轻叹了一口气，"陛下的身体，只怕已经……"

"就算身体无恙，这新朝的天下，只怕也……"王邑皱着眉头，"你我带着二十万兵，从河北撤出，便等于是将幽冀二州拱手让给赤眉军。长城的守军也被调来南阳，整个北方的防线，已经荡然无存。只有在长安和潼关，还留下两三万的兵力。我们若是不能赶紧镇压掉南阳的叛军，回到长安，只怕……"

王寻深深长叹一声，没有再说话，两人都已经陷入了深深的悲观之中。

刘秀望着城下再一次如潮水般退却的新军士兵，方才还充满了精力的身体像是一下被抽空，软软地向后倒去，被任光赶紧伸手扶住。

"终于……又退了。"刘秀虚弱地对任光笑了笑，"谢谢你。"

任光的左臂和左腿上都缠着绷带，那是此前战斗中所受的伤。在方才的激烈战斗中，伤口再一次崩裂，鲜血自绷带中不停渗出，殷红了一片。

刘秀的样子，比他也好不到哪儿去。除了腰间的一处枪伤之外，左边面颊上还有着一处箭伤，幸好羽箭飞上城头时力度已经减轻，只是个擦伤而已。否则那一箭便已经射穿了他的头颅。

"已经……二十天了。哥哥居然还没有攻下宛城……"刘秀擦了擦额头的汗水，轻叹一声。

"主上必定是在全力攻城。他若此时放弃宛城，前来昆阳援救，那么此前的一切，便都前功尽弃了。孰轻孰重，主上自然知道得很清楚。"任光沉声道，"何况，主上一定也是相信少主的能力，会在他抵达之前，守住昆阳的！"

"再这样下去，怕是便真的守不住了……"刘秀长叹一声，自城墙向下望去。经过了二十天的鏖战，城墙之下的敌军却依旧是无边无际，好像丝毫没有减少一般。

而现在城内的守军，已经只余下了不足六千人。即便是还活着的，也都是人人带伤。

"我们得增兵……"

刘秀望着城下的重重围困，喃喃自语着。

"增兵？从哪里增兵？"任光一愣，以为刘秀在说着胡话。

"突围，去找援军！"刘秀突然坐起来，双眼中放出了光芒，"没错！我们要突围找援军！"

"宛城现在一定也在每日攻城，只怕不会有多余兵力来援助昆阳。况且……"任光摇了摇头，"况且城外被团团围死，又该怎么突围？"

刘秀笑了起来："宛城自然没有余力援助昆阳，但你难道忘了，此去东南，在定陵和郾城还有数千兵力么？如果我没记错的话，那里驻扎的是平林兵。我和哥哥跟他们的关系还算不错，若是能带着他们回来，守城便又多了几分把握。"

"这……这简直是自杀！"任光骇然一把抓住了他的手，"少主，你清醒点！"

"我清醒得很，任光。"刘秀反手拍了拍任光，注视着他的目光清澈如水，"我是认真的。而且你知道，我决定一件事的时候，你拦不住我的。"

任光平静地看着刘秀，轻声道："那就……更糟了。"

"这不可能！你别做梦了！"

议事厅里，刘秀的陈述只换来了王凤的一声怒吼。

"城内的士兵已经不足原先的半数，而你现在居然还要分兵去突围求援？你援兵还没带回来，这城便早已破了！破了！"王凤狠狠盯着刘秀，"这城外的四十万大军，你打算怎么突围出去，又怎么带着援军突围回来？"

"我只是说要突围，并没有说要分兵。"刘秀平静地摇摇头，"我不带兵出城。"

"你说什么？"王凤眯缝着眼睛，望着刘秀。

"我说，我突围时，不带走城里的一兵一卒。"刘秀微笑了一下，"我哥哥麾下的游侠，在来昆阳之前全部交给了我作为护卫。直到今日，已经死得只剩下十个了。我只带着他们。我想，守城即便再怎么吃紧，也不差这区区十个人吧？"

"你……你想带着十个人，冲破外面的包围？冲破这四十万人的包围？"王凤像是看见一个白痴一样望着刘秀哈哈大笑了起来，"你要是说带上一两千人突围，我就算不信你能成功，总还当你是认真说出口的。但……十个人？十个人？刘秀，你是不是以为外面的那四十万人，都是纸糊的？"

"我只问你，行不行。"刘秀冷冷看着王凤。

"行！行！当然行！"王凤继续笑着，笑得上气不接下气，"我可以给你再翻一倍，二十个人都没关系！希望你一定要将援军带回来啊！我们昆阳城内的守军，可是一个个都期盼着呢！"

刘秀抬头看了看王凤依旧张狂大笑着的模样，冷笑一声，"谢成国上公。属下告退了。"

"去送死吧！白痴！"

在刘秀关上门的那一刻，他清楚地听见里面王凤得意而恶毒的大骂。

深夜，刘秀带着任光和李通两人，站到了城南的城头之上。在他们的身后，跟着的是仅存的十个宛城游侠。

尽管外面是黑沉沉的黑夜，但是城楼之下的远处，依然能够看见星星点点的火光，一路绵延向着无尽的远方。

那是四十万新军营地里的火把，如同落在地上的繁星，闪烁不定。

"走吧。"刘秀拉了拉垂在城墙之上的绳索，确定足够结实之后，当先拽着向城墙之下滑去。

刘秀从未认为在这样的包围之下，还能够硬闯出去。别说是一两千人，即便是将城内剩余的六千多士卒一起带出，也不可能突破四十万人的包围网。

相反，足够少的人数，才能够更方便地潜入。

南城之外偏西的位置有一片树林，尽管新军为了制作攻城的云梯与冲车之类，已经砍伐了不少，但依然还有足够广阔的面积。想要突破包围，这片树林便是唯一的通路。

问题便在于，那片树林距离城墙下，还有着一里多的距离。最危险的路程，也就是这一里多路。若是人数太多，即便再如何隐蔽也会被发现。但十几个人的小队，要隐藏起身形就容易多了。

绳索的位置选得很好，在脚下的位置，正是一辆日前被守军烧毁的冲车。刘秀轻轻落下地面，将身形藏在了冲车之后，冲着城楼之上招了招手。

冲车散发着一股焦木的味道，看样子被烧毁得并不太久。但比焦木的味道更令人作呕的，是城下无数尸体散发的尸臭。

此时已是五月，正是天气炎热的时候。此前半个多月以来反复的攻城，城外早就堆积了无数的新军尸体。

城下是两军交战之地，新军无法前来收殓，城内的绿林军自然更加不会冒险出城来收殓。腐烂尸体的臭味，混着新鲜的血腥气，直直地往刘秀的鼻孔里钻去。

"好臭！这样会染上瘟疫吧！"

下一个垂吊下来的李通，低声对着刘秀抱怨了一声。

"噤声！"刘秀在黑暗中瞪了一眼李通，"忍着。"

待到后面的任光与游侠们纷纷沿着绳子垂吊下来，刘秀才开始领着他们，小心翼翼地向着树林的方向前进。那是唯一的生路。树林的左右两侧，都有着连绵不绝的新军营寨，若是被营寨之中的新军发现，他们便插翅难飞。

靠近城墙的地方，还有着不少的尸体与破损的攻城器械，能够让他们作为掩护。但出了城墙上弓箭所能射到的距离之后，前方便是一片空空荡荡。

众人只能小心翼翼地趴在地上，一点一点地向前爬行。

没有人发出一丝声音，就连大一点的动作也不敢做出，只能让自己的身体紧贴着地面，缓缓蹭着向前爬去。

方才的尸臭，仅仅是闻到便令人作呕。而现在，刘秀却要匍匐在尸体之中，紧贴地面穿行。

在炎热的天气下腐烂的尸体所散发出来的味道，在近距离闻到时，变得更加恐怖。那种恶臭，即便是屏住了呼吸，也会自己主动地往鼻子里钻。

然而现在，他们却只能忍耐。

当穿过了尸体堆积的区域之后，前面终于是一片平坦，尸臭味也渐渐消去，身体上的痛苦虽然稍微减轻了一些，但刘秀的精神却更加紧张。

因为腐烂的尸体虽然令人作呕，却是最好的隐蔽。但下一段路，却是平坦而一览无余的空地。

有黄淳水一战作为前车之鉴，新军即便是以如此悬殊的数量差距，围攻着昆阳这么一座小城，却依旧提高了最大的警惕。

不仅营寨内夜夜火把通明，就连瞭望台也比通常的情况多了好几倍。巨大的人数差距，使得王邑王寻根本不必担心晚上调拨太多的士兵巡夜会影响白天的攻城。即便是深夜，军营之中也处处都有一队队的士卒在巡逻着。

甚至包括在那树林之前，也有着为数不少的哨兵。

刘秀众人的动作，比原先更慢，更小心。每向前挪出一尺，都要花上很久的时间。

许久之后，众人终于爬到了树林前方不远，连巡视哨兵的身形都已经依稀可以看得清楚。

在树林之前，每隔数十丈便有一个哨位。每个哨位都站着一小队士兵，约三五十人。不仅每个人都手持着火把，哨位上还有数个高高架起的火盆，将周围照得透亮。而刘秀等人此刻停下的位置，已经是火光的最边缘。

　　由此处开始，便不能再用潜行的方式偷偷绕过去了。

　　爬在最前面的刘秀伸出手，向着身后轻轻招了招。

　　没有回应。刘秀很清楚，在这样的距离下，为了避免被发现踪迹，谁都不可能再发出一丁点的动静来回应他。

　　但那是早已事先说好的信号，刘秀已不需要等待回应。

　　在比完了手势之后，刘秀自地上猛地纵身而起，拔出了腰间的长剑，向着正前方的那群哨兵冲去。

　　距离，二十丈。

　　随着刘秀的身形，身后的李通、任光，加上那十名游侠也一个不少地同时暴起，齐齐向着那群哨兵冲去。

　　"站住！什么人！"

　　眼前突然出现十多条向着自己冲来的身影，守卫的哨兵顿时纷纷呼喝了起来。在看到对方丝毫没有停下的意思之后，他们也立刻纷纷丢开火把，握紧手中的武器。

　　刘秀冲在最前方，长剑一抖，便向着面前一名持着长枪的新军士兵刺去。剑锋猛地挑开枪杆，闪电般刺入那名士兵的胸前。

　　"敌袭！"

　　剩余的敌军也冲了上来，一边试图拦住眼前的敌人，一边放声高呼着，召集附近的同袍。

　　"冲！"伴随着刘秀的大喝，身后的众人也同时杀入敌群。这群哨兵所持的大半都是长矛，匆忙交战中又来不及结成阵型，被一群剑手贴近身之后，顿时变作一场屠杀。转瞬之间，刘秀众人便已经占尽了上风，五十多个新军士卒，已经倒下十余人，而刘秀等人却分毫未损。

　　余下的新军士兵在经历了最初的混乱之后，已经开始结成了阵势。只是最简单的圆阵，一圈持矛士兵在外，将余下的十余名手持刀剑的士兵围在了中间。

而不远处，其余几支小队也正在赶来。呼喝传信之声一直向着两侧的营地传递，刘秀已经听见马蹄声远远开始响起。

围剿马上便要开始。若是再在这里纠缠上片刻，这里的十三人便都要死无葬身之地！

然而此刻已经不再需要战斗了。刘秀等的就是对方放弃游斗纠缠的这一瞬间。就在对面圆阵结起的同时，刘秀等人已经齐齐向后一退，随后左右绕过稳稳守在原地的圆阵，扑向了身后的树林之中。

狂奔！狂奔！拼命地狂奔！

茂密的树林中，马匹别说奔驰，便是缓步行进也比不上人双腿奔跑的速度。只要能进了树林，便无须再担心被骑兵追上。而林中幽暗的环境，让追兵必须手持着火把搜寻，更是远远有利于逃跑的一方。

只要进了树林，那这突围的计划便几乎等于成功了！

然而当刘秀奔进树林之时，却心中猛地一惊。

那茂密树林中，本应该是一片幽暗，连月光都难以照射下来。然而当他冲入林中之时，却发现林中依旧有着点点火把的光芒传来，尽管并不算密集，却是举目皆是，一直深入到目力所及的尽头。

这王邑王寻两人，难道是疯了么！

刘秀在心中骇然骂了一声。纵使是防备围城部队突围，在树林之前安排岗哨也还算说得过去，但连林中都散落着如此之多的戍卫士兵，那根本没有任何的必要！

身后追兵的喊杀声依旧响个不停，越来越近。而前方林中那些持着火把的士兵，也开始向着这里围拢。

林中树木密集，中间的空隙最多也只能勉强容两人并肩而行。进入林中之后，刘秀等人向前狂奔的速度顿时降低了不少。若是仅有身后追兵，那倒也并无大碍，但前方正在围拢的敌人，却让他们几乎已经插翅难飞。

"围着少主，杀出去。"余下十名游侠中的领头者低吼一声，余者向前散开，成了一个松散的圆形将刘秀三人围在了中央，高速向前冲去。

林中的伏兵仅仅是知道前方有敌人闯入，却不清楚人数与方向，只能尽量分散开来，十余人一组，向着声音传来的方向谨慎地摸去。每两个小队之间的距离，都只隔着不足十丈，保证始终不放过任何一人。

第一个发现刘秀等人的小队刚刚发出示警的呼叫，便被高速推进的游侠闯入了队列中。在这样的狭窄环境下，让游侠将生死搏杀的剑术发挥到了极致。惯常于结阵对敌的士兵在如此近身的环境下，根本无法面对那些刁钻到可怕的剑术，更遑论另一只手上还要举着火把，来照亮周围，发现敌人。

最前方的三四名游侠刚刚冲入人群之中，立刻就掀起一阵腥风血雨。每一声惨叫，都伴随着一把火把的落地熄灭。而余下的游侠则继续围拢着刘秀，向着前方狂奔。那三四名游侠将新军士兵全部击杀，也不过只花了片刻的时间。重新归队之后，补上了圆环后方的缺口。

十三人就这么一路向南推进，一路上已经击杀了五个林中巡逻的小队。然而前方的密林却依旧广阔深远，看不见尽头，而林中手持火把的新军士兵却似乎永远也杀不完一般，不但没有任何减少，甚至还有着越来越多的迹象。

刘秀心中焦躁起来。看样子，两侧的营地已经得到了讯息，开始向着林中派出越来越多的士兵。有了总人数的保障，林中新军的小队也变得越来越大，自起初的十余人一队，变到了数十人一队，直至现在的近百人一队。

即便是剑术再精湛，人的体力终究也是有限的，更何况面对的还是如此悬殊的人数差距。当再一次被一支百人小队发现了踪迹时，尽管最终还是逃过了对方的追击，但付出的代价却是两名游侠的战死。

而其余人除了刘秀之外，也个个身上带伤。

一棵树后，刘秀用力按压着一名游侠的大腿，让李通帮忙包扎。在大腿内侧，一道深可见骨的伤口中，鲜血正在如泉水般涌出。刚刚包上的布条瞬息间便已经被浸满了鲜血。

尽管还有一队队的新军士兵在四处搜寻，但刘秀还是坚持找了一处相对隐蔽的地方，来为他包扎。

　　"请……少主先走。"那游侠低头看了看自己的伤口，望着周围远处星星点点的火把光芒正在四处游走，不知何时便要向着这里移来，面色凝重地摇了摇头："属下已没救了。"

　　若在平日，他的伤势算不得致命。但在这危机重重的环境下，自然没有给他细细治疗的时间。而失去了行动力之后，即便勉强带上他，也只能算是个负担而已。

　　刘秀深吸了一口气，不知该如何决断。

　　"少主！"

　　看见刘秀面上仍有着犹豫之色，那游侠面色一凛，自怀中摸出一把匕首来，对准了自己的胸口，"少主，你若现在便走，属下还能为您拦下些追兵。若是再拖延，属下的死便一点意义都没有了。"

　　刘秀心一横，知道此刻再没有时间留给他浪费，用力握住了那游侠的手紧紧一捏，随后咬着牙转过头去，一言不发地继续向着南方狂奔而去。余下的游侠与李通任光两人，也深深望了身后躺着的那名游侠一眼，随后紧紧跟着刘秀的背影而去。

　　那名受伤的游侠背靠着树干躺着，一直望向刘秀远去的方向，直到背影再也看不清楚，才欣慰一笑，随后深吸一口气，大声吼起来。

　　"国贼王莽！国贼王莽！天诛！天诛！天诛！"

　　高亢的叫声响彻云霄。周围的火把光亮如同闻见了血腥气的鲨鱼，循着声音向着这里飞快地聚集起来。

　　那游侠丢开匕首，握紧了身旁的长剑，艰难地扶着树干站起身来，面对着远处正在飞速靠近的火把光芒，脸上浮现了一丝解脱的微笑。

　　来吧，就算是死，也一定要让你们付出代价！

　　身后的喊杀声轰然响起，又短暂地沉寂。狂奔之中的刘秀心下一沉，知道那名受伤的游侠已经死了。

　　身边加上自己，只剩下了十人，而树林却依旧看不见丝毫尽头。

　　好在趁着方才那游侠吸引了周围一圈敌人的注意，让他们毫无阻碍地向前逃出了相当的一段距离，而此前紧紧咬住身后的追兵，此刻也失去了他们的踪迹。

接下来，必须小心再小心。

刘秀领着众人向前小心翼翼地前行着，时刻不敢发出太大的声音。只要稍稍看见了火把光芒，都立刻屏息静气，散开各自潜藏在树干之后，直到敌人彻底消失，才继续向前重新开始行进。

当附近出现的火把越来越少，直至许久也未曾再碰到一支巡逻的小队时，刘秀才终于放松地长出了一口气。

前方，总算到了树林的边缘。而此刻的天边，也已经浮现出一片鱼肚白。穿越这片密林，竟然花上他们整整一夜的时间。

搜捕的新军终于都被甩在了身后，接下来，只要能够在抵达定陵之前，不再被追击的新军咬住，这一次的突围便算是成功了。

转身看着身后一脸疲惫，身上处处挂彩的众人，刘秀的脸上终于露出了一丝微笑："走吧，去定陵。"

逆天录

"跑了？"

王邑重重一拳捶在身前的案上，厉声对着面前请罪的那名偏将吼了起来，"你不是跟我说，只有十几个人么！上万人去围追堵截十几个人，居然还能让他们给跑了！你这种废物还有脸活着来见我？！"

"大司空……"那偏将满头大汗，"敌人自密林中逃窜，又是深夜，我方实在是难以追踪……末将……末将已经尽力……"

"之前跟你说了多少回！不许放跑一个，不许放跑一个！你们是都当耳旁风么！既然知道那片树林容易留给城内士兵潜逃的机会，为何不全部砍光！啊！"王邑心中越想越怒，一把掀翻身前的几案，大步冲到那偏将面前重重一脚便踹到了他的身上。

"属下……属下有罪！"那偏将被一脚踹得向后一仰，在地上滚了好几圈，随后又立刻重新翻身而起，跪在了地上。

"兄长……也不必如此激动。"身后的王寻缓缓道，"纵使逃出了几个人，也未必便是我们要的那个人。城内上万守军，现在突围逃出的，也不过就十几个人而已。"

"也未必便不是！"王邑转过身吼了起来，"若是刘秀便在那十几个人之中怎么办！那可是陛下必杀之的人啊！"

"且静观其变吧。"王寻的声音里还是没有什么情感波动，"即便真是他，跑了也就跑了，总不成能跑到天边去？打下了昆阳之后，再继续南下。将绿林军全部剿灭之后，就不信拿不到他的首级。"

"哼……"王邑余怒未消地闷哼一声，又转头一脚踹在那偏将身上，"你最好现在就开始求老天保佑吧！若是跑出去的那人真是刘秀，或是再有城内的叛军突围……你的脑袋就得搬个地方了！滚！"

"是是是！"那偏将听见自己尚不用丢脑袋，连声答应，心中如蒙大赦。直到退出帐外时，才全身瘫软着倒在地上。

把那片树林全砍了！全砍了！

——他的心里只剩下这个念头。

当眼前远方终于出现了定陵的城墙时，刘秀的心情才终于稍稍放松下来。

在突围出城之后，刘秀命两名游侠星夜赶向宛城之外，向刘縯禀报这里的情形，随后带着余下的众人径直向着定陵赶去。他们没有马匹，只能徒步行进，始终提心吊胆担心着身后骑兵的追捕。但幸好定陵距离昆阳不过半日路程而已，一路加紧前行，日头尚未过午时，便已经抵达定陵的城下。

尽管突围算是顺利，但接下来的进展却远远出乎刘秀的预料。

城内的主将是平林兵出身的陈牧，现在已经身居大将军之位，比刘秀还高上几阶。此前未曾分兵时，刘秀与他有过数面之缘。虽然谈不上很熟悉，但大家也算有那么点交情。

但当刘秀入城求见之后，几人却等了好半天，才终于得到陈牧的接见。

而在县衙内见面之后，刘秀刚刚提出此行来求援的目的，陈牧却连考虑都没有考虑半分，便一口拒绝了刘秀的请求。

"这不可能！"

陈牧冷着脸，打断刘秀刚说了一半的言辞："此刻定陵城内不过只有六千余人，守城尚且捉襟见肘，哪有余力再去支援昆阳？"

"守城？此刻还谈什么守城！"刘秀一愣，随后皱起了眉头，"昆阳是南进门户，不得不守，而此刻伪朝四十万大军尽在昆阳城下，在定陵空留下兵力，又有何用！"

"四十万大军尽在昆阳城下，那也是现在的事！但若是定陵守军倾巢而出，怎知道对面不会分兵占据定陵？我们各路人马辛辛苦苦，好不容易才打下了南阳郡内的这些城池，若是一朝丢失，谁能付得起这个责任？刘秀，你不过是一个太常偏将军，你敢说自己来负责么！"陈牧冷哼一声，斜着眼望着刘秀。

"负责？！"刘秀没等陈牧说完，心中已然怒火中烧，"昆阳已经危如累卵！昆阳一旦失守，我们无论是在定陵、宛城，还是南阳任何一处城池，谁能幸免？人都死了，还谈什么负责！"

"既然已经守了二十日，那又何妨再守上二十日？"陈牧无情地摇了摇头，"太常偏将军远道而来，此刻想必累了。不如先去休息休息吧。"

说完，陈牧挥了挥手，竟是不愿与刘秀再多谈的态度。

"陈牧！"刘秀死死盯着陈牧，但他却连半点犹豫都没有，干脆地转身向着厅外走去。一名亲兵走上前来，赔了个笑脸："大人，由小的为您引路去歇息吧！"

刘秀纵然心中再如何愤怒，此刻却也不能显在脸上，深深吸了一口气，随着那亲兵引路而去。

那亲兵将刘秀等人带出县衙，拐过几个拐角，站在了一所院落之前："大人，便且先在此处休息吧。"

那院落看起来相当破败，应该是已经许久未曾有人居住了。院门倒了半边，大大敞开着，能看见里面的几间屋子。

"这……是什么意思？"刘秀指着身前的屋子，对那亲兵沉声道。

那亲兵脸上顿时做出了满脸抱歉的神色："这屋子用来招待大人，确实是慢待了。但定陵城小，我军又刚刚攻占不久，城内百姓尚需安抚，实在腾不出什么像样的地方来供大人居住了……不过容我家将军再过上两三天，到时哪怕是强征，也必定为大人找到一间像样的宅子。"

"我是说，为何不让我们住在军营之中！"刘秀见那亲兵避重就轻，明显此前便早已被陈牧交代过，寒着脸问道。

"这……小的便不清楚了。不过小的想来……我家将军怕是想到大人在昆阳城内每日浴血奋战，力保城池不失，已然很辛苦了。"那亲兵伶牙俐齿，满面堆笑，看起来必定是陈牧手边的得力亲信，"若是到了我们定陵，依旧住在军营之中，那也太委屈大人了。在营外住着，大人想必能歇息得更好些。"

那亲兵说到这里，抬眼看了看刘秀，赔笑道："大人若是没什么别的事，那小的这便告退了……"

"你去吧。"刘秀深深望着他片刻，面无表情地点了点头，转身走进院子。

院子里，有着五间屋子，但其中两间已经倒塌，余下那三间也已摇摇欲坠。院墙上好几个大大小小的洞，有的甚至连人都能钻得进去。任光试着推开一间屋门，伴随着尖锐的吱呀声，一股灰尘自屋内涌了出来。

"少主，这地方不能住了！"任光进屋转了一圈，阴着脸走回来，对刘秀道，"那个陈牧，这是在故意折辱我们！"

"那倒不是。"刘秀对任光摇了摇头，伸手拍了拍他的肩膀，"折辱我，对他而言能有什么好处？这只不过是为了不让我住在军营之中，不得已之下临时找来的地方而已。"

随后，他转过脸看着李通，苦笑了一下："这个陈牧，看来是个精明人啊。"

"是啊……"李通轻叹一声，走到角落里的井边，在井沿上坐了下来，"以前我也见过他一两面，但那时却当真看不出来。"

"少主，此话怎讲？"任光跟了过来皱着眉头追问道，"他不让我们住在军营之中，对他又能有什么好处？"

"任光啊任光……"刘秀伸出手，拍了拍任光的肩膀，"连这么简单的道理，你居然都想不通？陈牧那家伙……是不想昆阳被守住啊！"

"怕昆阳被守住？"任光皱眉不解，"他怎么会不想昆阳被守住？"

"陈牧是平林兵的首领之一，而平林兵即便已经归入了绿林军系统，却依旧保持着相对的独立性，只听陈牧廖湛二人的指挥。"

刘秀说着，在身旁捡了一根小树枝，在面前的泥土上画了一个大圆，又在大圆里画上了三个小圆："任光你看，外面的这个大圆，便是绿林军。

内部的这三个小圆，便是平林兵、下江兵以及我们舂陵军了。"

任光点点头，表示自己明白了。

"下江兵的想法，我不清楚。但以陈牧今日的表现来看，他们平林一系的想法，应该开始了对未来的担忧吧。此前我们仅仅是击败了王睦所率领的大军，连宛城都还未来得及攻下，他们便忙不迭地扶刘玄称帝，又将一切大权自己独揽……陈牧廖湛二人当然会担心，自己会被逐渐架空，失去在绿林军之中的话语权。而事实上，如果这样的局势继续下去，他们的担忧并不是不可能的。"

"而此刻，在昆阳被包围的人中，有王凤，我们新汉的大司空！若是昆阳被攻下，王凤被杀，那就意味着原本已经逐渐牢固的体系出现了裂痕。王匡一人，未必便能继续牢牢压制住余下的部队。到了那时，下江系便有了抬头之日了。"说到这里，刘秀伸出脚去，在地上将那大圆擦出了一个缺口，"昆阳被攻破，便意味着这个大圆上出现了缺口。能否跳出这个大圆，或是在大圆之内扩张自己，便只有看这个机会了！"

"可……平林下江两支部队，和我们完全不一样！"任光还是不解，皱着眉头摇了摇头，疑惑道，"我们当时，是被王睦的大军追击，不得已之下才只能选择依附王匡王凤的。但他们……却是后来主动加入这联盟，对抗王睦那十万大军的。当日能够主动选择联合，现在王邑王寻带着四十万大军压境，他们反而要破坏这战局？昆阳若是被攻陷，自此向南便一览无余，无险可守，可以任由他们长驱直入。到了那时，谁能幸免？"

"永远不要低估人的愚蠢啊……"刘秀伸出脚，将地下画出的图案全部擦去，冷笑了一声，"纵使当初曾经为了保护自己的利益而选择过联合，但当意识到那利益遭到了损害时……"

任光点了点头，又继续问道："我明白了。可……让我们住在军营里，和昆阳被守住，又有什么关系？"

"除了我们舂陵军，一直被王匡王凤视为眼中钉，竭力压制着之外，其他两路派系在黄淳水一战之后的扩张之中，得到了大量的新兵。"刘秀耐心地为任光解释着，"这定陵城中，怕是有一半以上都是后招募的兵员。他们加入的，都是'绿林军'，而不是'平林兵'。所以，陈牧自然会担心，若是我们能够将他们煽动起来的话……"

"我们？就靠我们？"任光瞪大了眼睛，不可置信地看着李通。

"看起来不太可能？但即便只是一丝一毫的可能，陈牧也要将它扼杀在萌芽之中，这才能叫万无一失。"刘秀语气中也露出了一丝苦涩。

"那么，以现在的情形，我们还有什么办法？"刘秀叹了口气，望向李通道，"陈牧不让我们进驻军营，我们连士兵都接触不到，又该怎么从定陵得到援兵？"

他们几人好不容易突围出城，若是得不到援军的话，昆阳便真的要沦陷了。

李通在刘秀任光两人交谈之时，一直将双手拢在衣袖之中，闭目不语。直到此时才抬起头来，看着刘秀，脸上露出了古怪的神色。

"李通？"刘秀见李通仍旧不说话，有些着急地催促了一声。

"我……不知道。"

李通将双手伸出了袖外，平摊在自己面前，低下头茫然地看着："我刚才一直在算，但出现的结果，却……"

"是什么？"刘秀还是第一次见到李通面上露出这样的神色。

"我们什么……都不用做……"李通抬起头，望着刘秀，仿佛见到鬼一般，"只要安心地待在定陵，三日之后，我们便能掌控定陵的军权，将援军带去昆阳。"

"什么……都不用做？"刘秀也瞪大了眼睛，"你是说，我们在这里等上三天，然后陈牧就会老老实实地将兵权交给我们，让我们带着他麾下的人马去救昆阳？！"

"听上去太不可思议了是么？但刚才不论我算多少次，得到的都是一样的结果……"李通苦笑着摇头，"这一次，即便连我自己，都怀疑我算出来的卦象了……"

"我……还是选择相信你。"刘秀想了想，轻轻拍了拍李通的肩膀，给了他一个坚定的笑容，"毕竟，在此之前，你的卦象从没出过错。即便我们攻打宛城失败的那一天，你也依然是对的。所以……"

"所以我们就安心地等待三天吧！"

陈牧很疑惑，非常的疑惑。

他的面前，站着一名亲兵，便是三天前，将刘秀等人送去那破院的那名亲兵。

"大人，依旧没有任何异状。属下每次前去送饭时，他们都显得很淡定，平日里也从来不会离开那院子，试图前往军营。"

那亲兵仔细地向陈牧汇报完了刘秀等人的动向，想了想，又补充了一句："但是……他们脸上似乎也从没有过什么焦急之色，只除了第一天，属下带他们去那个院子时以外。"

陈牧仔细拈着下巴上的胡须，眉头深深锁起，陷入了沉沉疑惑之中。

他想不通，刘秀等人到底是怎么想的。

自从他们抵达定陵之后，还未见面，陈牧便知道他们一定是来求援军的。在接见刘秀一行之前，陈牧便早早做好了布置吩咐，除了让亲兵将他们带往那破院之外，还暗中在周边安排了暗哨，每日从早到晚地监视，提防他们与城内的驻军有任何联系。

甚至陈牧已经在心底做好了准备，一旦发现刘秀有任何异动，他将会不惜软禁他们，甚至……将暗中杀掉这几人也作为最终的选项。

可现在，刘秀却仿佛真的认命了一般，没有丝毫的举动。每一次向着手下的亲兵询问时，得到的结果却永远只是"并无异状"这四个字。

但陈牧的心中，却实在不愿意相信刘秀会真的这么放弃。毕竟春陵系的人马，尽数留在昆阳城中。一旦昆阳城破，那么刘縯刘秀将瞬间失去所有的部下，再也没有能力角逐绿林军内的权力。

但……他们究竟想要做什么？

陈牧苦思冥想了三天，却始终得不到结论。

"你……"

陈牧伸出手，轻轻点着那亲兵，犹豫了良久，才重重下定决心："你去找刘秀他们来，便说，我请他们赴宴。"

待亲兵接令，走出房间之后，陈牧才缓缓摇着头，脸上露出了复杂的神色。

"刘秀，刘秀，你究竟要做什么？"

"太常偏将军大人，我家将军设宴相请，请万望拨冗光临。"

已是傍晚时分，那亲兵来到了院中，为刘秀一行带来了陈牧的邀请。

来了！

刘秀与李通互望一眼，眼神中透露出了同样的讯息。

三日已到，若是将有什么转机，那便是现在了！

再转过头望着眼前陈牧亲兵恭敬的表情，刘秀在里一阵荒谬地笑。

拨冗？自己这几日，每天都只是待在院落之中，连那棵大树上的叶子有几片都已数得清清楚楚。能有什么冗可拨？

但他自然不会将这腹诽说出来，只是微笑着点头："即使如此，那我们便走吧。"

那几名游侠留在了院中，跟着亲兵来到县衙的只有刘秀、李通与任光三人。陈牧早早便站在县衙门口，等着迎接刘秀三人。看见他们到来，陈牧远远便走下了台阶，满脸堆笑地向着刘秀伸出手去。

"太常偏将军大驾光临，实在让在下荣幸之至。虽然早就想设宴招待，但前些日子里实在是军务繁忙，怎么都抽不出空来。终于等到了今天，好不容易才找出点时间，万望刘将军不要见怪。"

说着，陈牧便转过身，引着刘秀等人向着县衙之内走去。一边走，一边还在絮絮叨叨个不停："我等毕竟现下是在行伍之中，菜肴只怕会略差上一些，但军情如此，还望诸位包涵……"

军情繁忙？此刻王邑王寻率领的四十万大军，尽在昆阳城下，这定陵之中，又能有什么繁忙的军情？

刘秀心中冷笑一声，但面上只淡淡笑着，偶尔答上两句，直到随着陈牧，走进县衙的后厅之内。

后厅之中，列着两排席位。东首已经坐着五人，看这装束服色，应该便是定陵城内陈牧的部下偏将。而西首的位置则空着，留给了刘秀等人。

陈牧自己，则自然是坐在上首的主位之上。

刘秀等人落座之后，亲兵便端上了酒菜来。确实如此前陈牧所言，菜肴并不算丰盛，甚至有些简陋。然而刘秀在意的自然不是这个，只淡淡笑着，等着看陈牧将要说些什么。

陈牧端起酒杯，向着刘秀遥遥举起："昆阳被四十万大军围困，据说此刻已是水泄不通。刘将军却能仅带着数人，杀出一条血路，突围而出。这等神勇，实在是令在下敬佩不已。来，我们定陵城中的义军众将，必须一起来敬一杯刘将军的英勇之举！让刘将军为我们说一说，这突围的过程究竟是何等九死一生！"

随着陈牧的话音，余下的平林兵众将也一同举起了酒杯，厅内一时间净是轰然的赞颂声。

刘秀与李通、任光一同举杯，一饮而尽，随后微笑道："突围的过程，也没什么好提的，不过是侥幸未被发现，偷偷潜逃出包围而已。真要说艰难，倒是守城的那些日子更艰难得多了。"

陈牧点点头，面上露出了一丝凝重："这也正是在下想要问的。昆阳已被围城近一月，不知……这昆阳城内，此刻究竟是何等局势？"

"昆阳的情形好得很，不过是内无粮草，外无援军，被四十万大军重重围困，城破在即而已。除此之外，倒也没什么值得担心的。"刘秀笑了笑，望着陈牧。

"昆阳此刻军情紧急，在下并非不知。"陈牧被刘秀讥讽了一句，虽然心头有些怒气，却还是强笑一下，"但定陵城小兵弱，又是新近被我军攻占，尚需时间安抚镇压，实在是没有什么余力再去援救昆阳了……"

"三日前，此言大将军早已对在下说过，在下自然清楚得很。"刘秀点了点头，淡然道，"所以，既然大将军也是心有余而力不足，在下自然不便强求。"

"多谢刘将军的理解了。那……不知刘将军现在有何打算？"陈牧终于开始了自己真正的试探，"自刘将军来到定陵之后，至此已有三日。既然昆阳城内已凶险至此，若是再带不回援军的话，岂不是……"

"若是实在守不住，那也就只能听天由命了。"刘秀淡淡一笑，"连大将军都已说了，此刻定陵城中，实在派不出援军。我又能有什么办法？等到明日一早，我便带着一众同袍，回昆阳便是。"

"回……回昆阳？"陈牧一愣，表情骇然，"那岂不是送死么！"

"自然便是送死，但那又如何？"刘秀为自己倒了一杯酒，一口吞下，面向着陈牧与定陵众将昂然道，"男儿重义轻生死，我自昆阳城中突围前，已对着城内所有奋战的将士言明，必定将援军带回，以解昆阳的城下之围！而现下，大将军既然无力援手，难道在下便能眼睁睁地看着昆阳城破，城内将士尽数战死，自己却苟且偷生么？"

说到此处，刘秀重重一拍面前的席案，自位子上站了起来，高抬头颅，语声慷慨激昂："带不回援军，的确是刘秀无能。然而纵使再如何无能，刘秀至少绝非贪生怕死之辈！虽然不能救得城内一同浴血奋战过的众位将士，但在下至少能与他们共死！"

说完，刘秀的目光自前方平平扫视过去。听完他那一席话，平林兵的众将都面带愧色地低下了头去，唯有陈牧，面色依旧不变，只重重点着头，做出一副同意的模样来。

"太常偏将军此言，着实令在下钦佩激赏！"陈牧表情如常地高高举起酒杯，对着刘秀高声道，"不成功，便成仁。这等舍生取义之举，绝非常人所能做到。在下此刻便借这杯酒，为刘将军壮行！"

听到刘秀当着众人的面，说出这等话来，陈牧顿时心花怒放。若不是还当着手下众部将的面，只怕此刻便要笑出声来了。

他若是真白痴到那个地步，已然好不容易自昆阳突围而出，却还要赶回去赴死的话，那么春陵一系，便只剩下刘縯一人了。而春陵军的那些士卒，自然也将随着昆阳的沦陷，而尽数被歼灭。

到了那时，春陵军便将彻底退出绿林军之中的派系斗争，消失无踪。而刘縯在此前黄淳水一战中获得的巨大声望，随着失去了麾下直属部队，也将再也没有任何意义。平林兵的竞争对手，将又少了一个。

而即便刘秀只不过是空口大话，那也没有什么关系。不论刘秀此言是否发自真心，但既然当着众人的面，说了出来，那么他明天也不得不离开定陵了。至于他离开定陵之后，究竟是回到昆阳，还是前去宛城，甚至就此隐姓埋名苟且偷生，那也与陈牧、与平林兵一系再无关系。只要定陵的部队能够牢牢攥在自己手中，昆阳便终将失守。而到了那时，自己的目的便也达到了。

陈牧心中思绪万千，不停欢呼雀跃着，面上却庄严凝重，双手捧着酒杯，一口抿下杯中之酒，随后却并不落座，而是继续站着，望着刘秀，等着他饮下。

刘秀微微一笑，端起了酒杯。

他方才说的，倒确实并非虚言。

若是真的不能将援兵带回，那就意味着昆阳必定陷落。而到了那时，宛城还未攻下，所有南阳郡内的义军，面对王邑王寻麾下的四十万大军，将会丝毫没有抵抗之力。

至今仍旧看不透这件事的，只有陈牧一人而已。就连厅内其余平林兵的部将，此刻面上也露出了不忍之色。

而到了那时，谁都无力回天，刘秀还不如便干脆地与昆阳城内的守军同死罢了。

除非，李通的预言真能成真。

今日，已是第三日了……

刘秀心中轻叹一声，将手中酒杯对着陈牧遥遥高举起来，随后送到了唇边。

然而酒还未入口，刘秀却突然听见一阵密集爆裂的马蹄声，自厅外传来，随后瞬息之间，便已经到了厅门口。

陈牧也瞬间愣住了。自攻下定陵城之后，这原本的县衙便成了他的居所，以及城内义军众将的指挥部。谁能有这么大胆子，敢纵马奔驰，直闯到县衙之内？！门口的守卫难道又全死光了？！

然而那马蹄声来得实在太快。陈牧脑中这念头只是刚刚闪过，还未来得及再思考，数骑黑影已经出现在了后厅的门口。

那几名骑士不但在县衙大门未曾下马，还一路穿过了前院后院，一直冲到后厅之中，自厅门径直闯入，才停在了诸席之间的空地上。

最当先的一人，一头长发束起直冲天际，在半尺之后又垂了下来，在身后如同马尾一般。他的面容凌厉刚毅，英俊得不似凡人。一脸肃杀之气在他的面上赤裸裸地散发出来，如同野原之上的烈火一般熊熊燃烧着，要燃尽世间的一切万物。

那双眼睛里，一览无余的霸气毫不压抑地向周围释放着。尽管陈牧与手下众部在他刚刚闯入后厅之时，都震惊愤怒地死死盯着他，但目光刚一对视，便都被那双眸子中的野性压逼得忍不住要挪开目光。

"刘縯？"

"哥哥！"

陈牧与刘秀两人，同时发出了惊呼。然而那惊呼之中所包含的情感，却是截然不同。

陈牧的心中，此刻已是一片惊涛骇浪。这个人，怎么会出现在这里？而且，还是以这样暴风一般席卷而来的姿态！

他分明此刻应该还在宛城，跟随在王匡身旁攻城才对！

刘秀更是呆在了当场。

即便明知哥哥就在南面的宛城，但为了以大局为重，在突破包围，离开昆阳之后，刘秀依旧只是送走了两名游侠，让他们向哥哥报讯而已。而且刘秀还特意再三地强调，让哥哥不要担心，留在宛城。

他没有想到，哥哥竟然会以这样完全意想不到的方式出现在自己的眼前。

他的身后跟着五个骑士，都依然骑在马上，手提缰绳，冷冷地望着厅内不发一语的众人。那五人中的两人，便是刘秀派回宛城的游侠，余下三人，则是最早跟随刘縯，在宛城中见证了奇迹的骑兵。

"阿秀……"刘縯依旧没有下马，在扫视了陈牧与平林兵众将一眼之后，便不再理会他们，将目光移到了刘秀的身上，"你不是对我说过，让我不用理你，你一定会得到援兵，守住昆阳的么？"

"对……"刘秀咬着牙点了点头，涩声道。

刘縯微微摇了摇头，冷峻的表情中露出了一股揶揄之色："已经三天了，你却还在这里。看起来，是失败了啊。"

"嗯……"刘秀愧疚地微微低了低头。

"果然，这一次是来对了。"刘縯面上露出一丝淡淡微笑。

"刘縯！"

一声暴喝打断了刘縯："你究竟来此何为！纵马驰入这县衙后厅，到底是将我置于何地！你眼中还有没有我这个大将军！"

见刘縯自始至终都完全无视自己，陈牧终于再也难以忍耐胸中的怒火，重重一拍面前的几案，站了起来，伸手指着刘縯厉声道。

刘縯这时才转过头来，目光望向了陈牧，如刀般上下打量着他。纵使陈牧此刻心头暴怒万分，但接触到刘縯那双眸子时，依旧心中微微生出了怯意。

陈牧此前并非没有见过刘縯。但彼时的刘縯，却从没有露出过如今天一般的暴烈杀气。仅仅是被他的目光笼罩着，陈牧都仿佛感觉到自己已经全身赤裸，站在如林般的刀剑丛中一般，而下一刻，便将身首异处。

过了许久，刘縯才发出一声轻轻的哼声，随后轻轻抖了抖缰绳，胯下坐骑向着陈牧迈步而去。

定陵这小城的县衙，本就不大，而后厅的两侧摆上了两排席位，更是将中间挤占得只剩下一条逼仄的通道。刘縯的坐骑缓缓前行，沿着那通道直走到陈牧面前。

坐在马上，刘縯居高临下地低头望着身前的陈牧。越是沉默，厅内那股无形的力量便越是庞大。在刘縯的气场笼罩之下，陈牧甚至连呼吸都有些困难。

"刘縯……你难道想犯上作乱么！"陈牧用尽全力再一次吼了出来，然而他颤抖的双腿，却出卖了他的色厉内荏。

他不明白，即便城门口的卫兵将刘縯放进了城，但这县衙……他又是如何闯进来的？门口那么多的卫士，难道都是死人不成？

而刘縯堂而皇之地闯进后厅之后，一路策马来到自己面前，坐在厅内的那些部将，此刻居然也一个个噤若寒蝉，别说阻拦，就连开口发声的也没有一个。

"犯上作乱？"直到此时，刘縯才冷哼一声开了口，脸上挂着讥讽的笑意，"陈牧，你难是忘了我的官职？"

陈牧一愣，这才想起，尽管舂陵军只有两千余人，而且此刻还尽数陷在了昆阳之中，面前这个男人手下几乎是没有一兵一卒直属，但他的官职，却是比自己更高的大司徒！

"你……我……"陈牧张口结舌，一时竟然不知道该说些什么。

若是单论更始帝封赏的官职而言，刘縯无论如何也谈不上"犯上作乱"这四个字。

"你……你自宛城来此，可有陛下旨意？若是没有，那便是临阵脱逃！况且你我并不统属，纵使你官职高过我，也……也……"陈牧竭力压抑着双腿的战栗，鼓足了勇气道。

"我只问一遍。"刘縯微微在马上前倾身子，望向身前的陈牧，"昆阳，你救是不救？"

他竟是压根不理会陈牧的质问！

陈牧的脑门上汗出如浆。

他怎么也想不到，自己竟然在这定陵城中，在这自己的县衙之内，被刘縯直闯进来，逼问着这样的问题。

要唤人来么？可门外本应有那么多卫兵，刘縯却能这般直冲进来，竟似没有一个人阻拦。现在便是张口大喊，又是否能有人进来？

要答应么？可自己此前一直等待着的，便是昆阳城破。王凤战死，己方的平林一系才能够得到机会。

踌躇了良久，陈牧才小心翼翼地斟酌起措辞，深吸一口气强装镇定，以尽可能平缓的声音道："刘縯，你可知道定陵城小兵弱，纵使去救昆阳，也是杯水车薪……何况若是敌军分兵占据了定陵……"

"咔！"

陈牧的一句话还没说完，厅内的所有人便都只看到刀光一闪，耀眼而过。

一颗头颅冲天飞起，再骨碌碌滚到了地上。

陈牧的脸上，甚至连一丝惊慌的表情都来不及变化，依旧停留在方才那张口待言的姿态。

而他的身体却还站在原地，未曾倒下，只是脖颈处一股股鲜血不停喷涌向外。

"我说过，我只问一遍的。"

刘縯收刀回鞘，低头望了望滚落在马前的陈牧头颅，淡淡道。

厅内，只剩下平静的喘息声，以及那几匹战马时不时的响鼻。

坐在东首的那五名平林军的将领，个个张大了嘴，却没有一人能开口说出半句话来。

一言不合，便拔刀斩首！

刘縯下手，竟然狠辣如斯？！

陈牧是平林兵的首领之一，更是这定陵目前的最高主将。纵使刘縯身为绿林军的首领之一，但这般擅入城池，亲斩同僚，不管怎样也绝说不出任何道理来。

但——偏生没有任何一个人，敢对刘縯有半句斥责之词！

刘縯轻轻拨转马头，向着那五名偏将行去。坐骑一路行过那五人的席前，缓缓而过，刘縯的目光也自那五人面上一一扫过。

每一个人，在与刘縯的目光接触之后，都难以自抑地低下头去，不敢与刘縯的视线相接。

直到此时，他们才回忆起眼前这个男人，在传闻中的那些骇人听闻的事迹。

以铁和血统治宛城的地下帝王……以两千残兵击溃十万大军的军神……

直到走到了最后一名偏将的面前，刘縯才勒住胯下坐骑。

"昆阳，你们救是不救？"

刘縯再一次重复了一遍那句话。

"救！"

"我等必将尽力，以大司徒马首是瞻！"

"昆阳乃南阳北面门户，如何可以不救？！"

这一次，再没有人敢反驳。

"很好。那么从今日起，你们便是我的人了。而他，便是你们的主将。"

刘縯伸出手，指着身后的刘秀。这一次他对平林兵将领的口气，已经不再是询问，而是命令。

将一片此起彼伏的遵命声留在身后，刘縯策马向着门外行去，只是轻轻对着身后的刘秀唤了一声："阿秀，你们随我来。"

刘秀匆忙站起身，紧紧追着刘縯离去。李通与任光对视一眼，也赶紧跟在了后面。

厅内，只剩下了平林兵的那五名将领。直到刘縯离开后厅，空气中的凝重压力才终于散去。五人大口大口地急促喘息着，让几乎快要窒息的肺部获得一丝放松。

他们互相左右望着彼此，都从对方的眼神中看到了无比的恐惧与险死还生的侥幸。

咚！

饭厅上首处一声轻响，陈牧僵硬的尸首直到此时才终于倒在了地上。而他的首级，依旧圆睁着双眼，双唇半开半闭，保持着发出最后一个字时的口型。

五名偏将的后背，已经完全被冷汗所打湿。毫无怀疑，若是刚才他们也同样拒绝的话，那么下一刻，自己的脑袋，也将得到与自己主将同样的下场。

走出了厅门，刘秀才看见后院中并非没有卫兵存在。院门处，以及庭院的两侧，都已站满了平林兵的士卒。

然而他们尽管人人手中都握着兵刃，却丝毫没有半点战斗的意愿。每个人的面上都是一副茫然的表情，似乎完全不知道手中握着的刀剑长矛，应该作为何用一般。

门口处，有着一名身首异处的卫兵。其余所有卫兵的目光都望着那名死去卫兵的尸首，那目光便像是牧场中羊群望着被屠宰的同类般的怜悯，无助。

很显然，在刘縯冲入县衙的过程之中，那满院的卫兵之中，便只有那一人曾鼓起勇气上前阻拦。而可惜的是，那勇气为他带来的只有杀身之祸。

即便是此刻，当刘縯的坐骑缓缓一步步自后厅内踏出时，所有卫兵依旧没有上前阻拦的动作，甚至就连这等意向都没有丝毫表露。

刘縯扫了一眼身前众人，伸手随意指了指其中一名卫兵："你，去给陈牧收尸吧。其余人，出去。"

这是平林兵的地盘，陈牧是平林兵的主将，院内站着的卫兵，尽是平林兵的人马。然而刘縯却轻描淡写地随意下令，让他们去给陈牧收尸！

而那名被刘縯伸手指着的卫兵，竟然只是迟疑了片刻，便真的低下头，快步小跑进了后厅。

其余的卫兵，也同样只是在片刻的犹豫之后，便散出了这后院。自始至终，也没有一丝的喧哗与混乱。就仿佛他们的主将并非刚刚被杀的陈牧，而是眼前的刘縯一般。

原本熙攘拥挤的后院，此刻已一瞬间变得空无一人，鸦雀无声。

"哥哥……"

纵使在以往的岁月里，刘秀曾数次见过哥哥在宛城里如何谈笑间挥刀杀人，慑服人心，但今日这般场面，也是平生第一次见到。

不……别说见到，即便仅仅是在脑海中想象，刘秀也想象不到这种事情的存在。

哥哥……真的是天生便要成为帝王的人啊！

刘縯此时才翻身下马，走到刘秀身前，双手紧紧捏住他的肩膀上下仔细打量了几眼，随后露出一个微笑："很好，在昆阳待了那么久，身上居然没缺了什么地方。"

"当然。"刘秀一笑，"我总要……能独当一面吧！"

"独当一面？"刘縯笑着轻哼一声，"我若不来定陵，你又打算怎么把援兵带回昆阳？"

"我……"刘秀顿了顿，摇头苦笑道，"我也不知道。只是李通说过，今日便必定会有转机的。我只是没想到，这转机竟会是哥哥你罢了。"

"臭神棍，果然又被你算中了。"刘縯揶揄地瞟了一眼李通，对着他点了点头，"真想看看你几时能犯错一次。"

"那恐怕是看不到了。"李通对着刘縯自负一笑。

"那么，哥哥你是要带着定陵的兵马，随我一起去救援昆阳么？"刘秀的心怦怦跳动着，问出了自己最关心的话。

"不。"刘縯摇头道，"我来定陵，只是预感到你这里会有些岔子而已。此间事既然已经办妥，我自然还是要回到宛城去的。你以为……王匡有那个胆子将我和你留在一处么？"

他说到这里，心中也微微有些讶异。

纵使此前知道朝廷的四十万大军自洛阳集结南下，直奔南阳而来，并将昆阳团团包围，猛攻不停，而阿秀却还在昆阳城中，但他却从没有过丝毫的担忧。

明明那是自己最亲近最疼爱的弟弟，明明昆阳已经危在旦夕，刘縯的心中却始终都是一片平静安宁，从没起意过，要前往昆阳去救援弟弟。

就好像……他早已清楚地知道，刘秀绝不会死在昆阳城中一般。虽然并没有任何根据，但刘縯却偏偏就是知道。

而恰恰相反，当刘縯接到那两名游侠的传信，得知刘秀自昆阳城中突围而出，前往定陵时，他的心中却开始了不安。

分明已经自城中突围而出，去到了安全的地点，但为什么自己的心绪却始终不得平静？

仅仅过了一个时辰，刘縯便做出了决定

——他要去救阿秀。

没有禀报那个有名无实的陛下刘玄，甚至连围攻宛城的军队主将王匡也没有知会一声，刘縯便仅仅带着几名随从，向着定陵星夜赶去。一日一夜，几乎片刻无休，才让他赶到了定陵城下。

自入城，到进入县衙，刘縯竟是几乎没有受到任何的阻拦。而当他终于斩杀了一名敢于上前喝问的卫兵之时，已经是在县衙之内了。

而定陵的情况，也真的正如他此前所预感的一样，陈牧为了平林兵的派系利益，竟然打算坐视不管，眼睁睁看着昆阳即将陷落，也不愿发出一兵一卒的援军。

"你……还要回去？"刘秀有些失落地抬起头，望着哥哥。

"总会再见面的。"刘縯笑了笑，"而且，相信我，只要阿秀有需要的时候，我就一定会再出现在你的面前。就像今天这样。"

"嗯……"刘秀点了点头，但目光中的失落已经转瞬换成了坚定，"但是，我绝对不会再依赖哥哥了！放心地回宛城去吧。昆阳，一定会成为宛城北面的门户，牢牢钉死朝廷的军队，直到……宛城被攻占！"

"很好。"刘縯握紧了拳头，重重捶在刘秀的肩头，"那么，在昆阳等着我。我相信阿秀绝不会死，所以，不要辜负我的信任啊！"

"绝不会。"

刘秀用力点着头，看着哥哥重新翻身上马，向着前院驰去。那两名游侠留了下来，只有三名骑兵跟着他远去。

刘秀转过头，看着身旁李通，浮现了一丝笑意："你果然……从来都不会算错呢！"

决战昆阳

定陵的六千多平林兵，便以这样一种诡异的方式，成为了刘秀刘縯二人的统属。

虽然不知道哥哥在没有任何命令的情况下私自斩杀陈牧，夺取了平林兵的兵权，等他回到宛城城下时，将会面对怎样的派系斗争……但刘秀此刻已经无暇去考虑这些事情了。

救援昆阳，挡住王邑王寻的四十万大军，那才是当下最重要的事情。

尽管只是惊鸿一现，便即离开，但刘縯的威压已经彻底将那五名偏将压服。在刘縯走后，他们依旧对刘秀宣誓了效忠，成为了春陵军一系的麾下。

而刘秀的第一个命令，便是全军开拔出城，将定陵完全放弃，向着昆阳开进。

道理很简单——若是守不住昆阳，整个南阳郡便都会门户大开，一览无余。届时无论是哪一座城，都将没有任何守住的可能。

既然是如此，那又何必再分兵留守定陵？

于是六千余人尽数离开定陵，只留下身后的一座空城。

现在的问题是，此刻刘秀率领着六千余人，势必不能再如此前突围时一般，自树林的方向偷偷潜入昆阳城内了。且不说这样的人数，根本无法在树林中快速行进并隐藏行踪，单是树林内现今的防卫，也必然比此前远多了无数倍。

第二天的下午，当部队行进到距离昆阳十里之处，已经能够看到远处漫无边际的营地。前方浩浩荡荡的四十万大军依旧将昆阳围得如同铁桶般水泄不通，营地自城下一直扎到了五里之外。

刘秀并没有在这里扎营，因为对方的斥候显然已经侦查到了自己这支援军的到来，他需要让麾下部队时刻保持足够的机动性。现有的六千余人，若是被新军黏住甚至陷入包围的话，在这丝毫无险可守的平原上甚至不用一个时辰，便会灰飞烟灭。

他只下令让部队停下脚步，一半人马原地警戒，另一半人原地生火做饭。

自定陵带出来的这支六千余人的部队中，骑兵数量倒是挺多，足有一千多骑，虽然装备并不算很精良，但至少拥有足够的机动性。刘秀将这一千多骑兵分出一半，远远撒开，侦察起前方新军的情报，并同时用作警戒。另一半人则集结起来，随时用以应对突发的情形。

安置好了之后，刘秀便拉着李通与任光两人，远远走到一处僻静的角落。

"接下来，你们有什么计划？"刘秀伸出手，指着远处一眼望不到头的新军营地，"该怎么样，才能把这六千多援兵带进城内去？"

"这，恐怕很难……"任光细细望着那连绵不绝的新军营地，想了半天，还是长叹了一声，"这样的人数，自然是没法潜行进去。但若是强攻，也更是不成。若是能被我们这六千多人冲出缺口，打到昆阳城下，那王莽费尽心思集结而来的四十万人，岂不都是纸糊的了？"

"何况……"任光想了想又道，"纵使我们能强行冲破营盘，杀到昆阳城下，这六千多人又能剩下几个？而到那时，昆阳城内的守军又敢不敢冒着被敌军趁乱冲进城内的风险，开门放我们进去，此刻也还是未知之数……"

"李通，你呢？"刘秀点了点头，知道任光所说的确是实情，又转向李通问道。

"我……同意任光的说法。"李通想了想，"此刻我们面前的封锁，确实是无法突破。但……"

"但什么？"刘秀看见李通脸上没有沮丧的神情，反倒是微微一笑，顿时眼睛一亮，追问道。

"但，我们也未必只有入城这一条路可走。"李通笑道，"我现在倒是觉得，我们留在城外，或许倒是对局势还更有利一些。"

"哦？"刘秀顿时来了兴趣，扒拉了两下地面，将碎石拨开，盘腿坐在地上，"来，详细说说看！"

李通拉着任光一同坐在了刘秀的面前，面带自信的微笑："新军在昆阳周围，包围了十层以上，建立了一百多座营盘，虽然我们想要突围入城并不可能，但同时，只要我们始终保持着在昆阳外线的游走，王邑王寻也很难灵活地捕捉到我们的踪迹。毕竟让这支庞然大物动起来，绝不是那么容易的事情。"

刘秀摸着自己的下巴，缓缓点头表示同意。

"所以，我们若是能保证自己的机动性，永远不给王邑王寻以调集大量兵力围歼我们的机会，那么我们就将始终成为外围的一个威胁，一把尖刀。"李通越说声音便越是高亢，"围攻昆阳这座小城二十余日，却依旧不能顺利攻占，敌人的士气本就已经大大低落了。而只要我们找寻到机会，击溃一两次敌人的小股部队，对面整个新军部队的士气也都必将受到大损！"

"而城内在我们突围之前，也还有着六千余兵马。若是能趁着新军败阵之际，一同杀出，那别说守住，就算是……将对方一举击溃，也并不是不可能的事情！"

刘秀连忙伸出手，拦在了说得越来越兴奋的李通面前，失笑道："这……也未免太夸张了些。王邑王寻二人带来的，都是身经百战的精兵。我们的目标，不过是守住昆阳，等待宛城被攻下而已。想要在宛城援兵抵达之前，便击溃这四十万大军……这样的想法还是算了吧。"

"谁知道呢……"李通低下头，微微一笑，却以难以察觉的音量偷偷自言自语道。

一名将领跑了过来，正是此前在定陵城内赴宴的五人之一："将军，我们在前方的斥候已经传回了消息，敌军出动了一个营寨，向着我们开拔而来，人数大约在五千上下。我们是战是退？"

"那当然……是先退了。"刘秀毫不犹豫地自地上站起了身，"引他们离开大营，缓缓观察一阵，然后……再寻机击溃！"

刘縯身后跟着三名随从的骑兵，自定陵一路向南，终于回到了宛城城下，自己的军营之外。

远远便能看见前方的宛城城墙下，己方的士兵正在如潮水般向上涌去，再一个个被射翻，自云梯与攻城车上摔落，偶尔有些登上城头的，也很快便身首异处。

喊杀声与战鼓声交杂着震天响起，催动着一排排的士兵向着城头登去，机械地将自己的鲜血洒在这宛城的城墙脚下。

只是远远望了一眼，刘縯便轻轻摇了摇头，叹了口气。

己方的士气已衰，而城头守军却没有丝毫疲惫的迹象。今日的攻城，注定又要失败了。

而十日之前便开始挖掘的地道，也不知如今是否已经掘通到了城内。

刘縯放慢速度，任坐骑缓缓向前自由行进，朝着己方围城的营寨门小跑而去。

他的身影刚刚出现在营门处的卫兵视线中时，那两名卫兵便齐齐发出一声惊呼，随后其中一人扭过头，向着后方的营寨中狂奔而去。

刘縯脸上浮现出了一个冷笑。这样的情形，他在此前离开宛城之时便早已预料到了。

当胯下坐骑来到营门口之时，那此前跑开的卫兵已经气喘吁吁地跑了回来，身后跟着一名低级将领，以及一大群士卒。

那将领刘縯虽然叫不上名字，却依稀见过几次，面孔有些熟悉。他跑到营门之前刘縯的马前，望着刘縯的面孔上交织着惊讶、犹豫、畏惧等种种混杂的表情。

营门已经被那将领与身后的士卒堵得严严实实，刘縯骑在马上，低头冷冷地望着身前那将领，等了良久，他才壮起胆子开口："请……大司徒随末将前去，面见定国上公。"

他身后的士卒，虽然还未一拥而上，但人人手中的兵刃都已握紧对着刘縯，表情紧张，散散地形成了一个包围之势。

"王匡要见我，难道不会亲自前来么？"刘縯闷哼一声，依旧没有下马。

"大司徒，请万勿为难末将……"那将领回头看了看身后那群士卒，转头苦着脸，"定国上公有令，末将实在不好违背……"

刘縯冷笑着："有令？你且说说看，是什么令？"

"这……"那将领犹豫片刻，"定国上公有言，刘……大司徒深夜潜逃投敌，一经发现，便即刻绑缚了去见他……"

"绑缚？"刘縯仰天长笑，笑声高亢，"我刘縯此刻便在你面前，你何不现在便来绑一绑试试？"

刘縯说完，依旧在马上不动，只双目如电，在身前一众士卒面前扫过。而身后三名随侍的骑兵，却齐齐自腰间拔出了长刀，杀气凸显。

那姿态已经清晰地表明，只要有人胆敢接近，便会立刻血溅五步。

"大司徒……"那将领面上的为难之色更重，伸出手搓了两下，望着刘縯，踟蹰不前。而他身后的那些绿林军士卒，更是没有一人敢擅自上前。尽管营地中涌出的士卒已经越来越多，在营门口堵成了巨大的一团，将中间的刘縯四人包围在了其中，但刘縯身周一丈之内，却始终无人踏进。

刘縯悠然坐在马上，看着周围越来越多的士兵，脸上的表情淡定自若。那将领的额头，倒是汗水不住地潺潺流下。

对峙了良久，后方终于出现一阵喧哗，刘縯向着那方向望去，看见紧紧围成一团的绿林军士卒劈波斩浪般分开，让出了一条通道。

自那通道中行来的，正是王匡。更始帝刘玄尚在新市，此刻宛城下手握最高权柄的，便是这位定国上公了。

他身旁跟着几十个精锐亲兵，人人手握盾牌，警惕地在王匡身旁围了一层又一层，走到距离刘縯三丈之处，便停下不再前进。

而在王匡身旁，则还紧跟着一辆改装了的木车，木车之上，竖直绑着一个壮汉，被绳子紧紧捆住了手脚，连嘴巴都用破布堵得严严实实。

除了身后两名推车的士卒之外，另有两名士兵横着钢刀，架在他的脖子上。

那壮汉正是刘稷。他看见前方的刘縯，顿时激烈地在木车上扭动了起来，口中不停发出唔唔的声音。

"刘縯，你叛变投敌，居然还有脸回来？"王匡面色阴沉，隔着三丈远对着刘縯大声叫道。

"叛变投敌？"刘縯冷笑，并未如何吸气用力，声音也并不大，但却远远传到了身周所有士兵的耳中，"你说我叛变，我便是叛变了？"

"你深夜偷偷离营，连对我都不曾禀报一声，不是叛变，还能是什么！"王匡声色俱厉，"营地中可是有士兵看到，你一路北上，岂不正是往昆阳的方向！"

他深吸一口气，继续大喝："王邑王寻带着四十万大军围攻昆阳，你必定是心中畏惧，妄图出卖我等义军，向着新莽换取荣华富贵！此刻你已被团团包围，还不快快下马受缚，安敢狡辩！"

"荣华富贵？"刘縯冷笑，"我若是要荣华富贵，此刻你王匡还能活着么？我若是叛变投敌，现下又回来做什么？王匡，即便是铲除异己，好歹也得找个像点样子的理由。说我投敌，你当这在场众人，双眼都是瞎了么？"

说罢，刘縯呛然一声，抽出腰间长刀，高高举在了身前半空中。顿时周边所有士卒连同王匡，都情不自禁地向后退了两步，将中央的圆形空地让得又大了几分。

这个杀神，若是在此刻一言不合，砍杀起来，就算最后终究也得寡不敌众，但最当先的那些士卒，必然是死定了的。

然而刘縯却没有策马前冲，也没有挥刀劈砍，而是就这么高高举着。阳光照在刀锋之上反射下来，将他整个人都映照得光辉夺目。

随后，刘縯重重地向下一掷，长刀竟深深钉在了地面，深入地下一尺有余，几乎连刀身的一半都没入了泥土之中。

人群中响起一阵倒吸凉气之音。刘縯那一掷之威，竟至如斯！

"此刻手中，我已无刀！你们之中，谁认为我刘縯叛变投敌的，现下便站出来！"

刘縯深吸一口气，爆发出一声大喝，目光如电般在身前的包围上扫视了一圈。

现下刘縯手中已无兵刃。然而他环视四周一圈，却始终没有一个人胆敢向前踏出哪怕一步。

纵使此时包围在刘縯身边的，尽是王匡王凤一系的新市兵，但没有人真的相信，刘縯会叛变义军，投靠王莽。

不是因为大司徒的官位，也不是因为刘縯的强悍，而单纯便只是因为，相信这个男人此刻身上所散发出的气魄。

拥有这样气魄的男人，怎么可能做出背叛的事情！

犹豫怀疑的气氛，在营地门口渐渐扩散着浓烈开来。

王匡的胸膛剧烈起伏着，却没有发出半点声音。他此刻不能说话，更不能下令让士兵一拥而上，杀死刘縯。此刻周围士卒心智已被刘縯所夺，他若是强行下令，一旦有人抗命，那便是士卒哗变的下场。

面前这个男人……太危险！纵使心中早已一清二楚，但王匡此刻又再一次确认了这一点。

他最强大的，不是他的武力，而是那天生便能让周围人自动慑服跪拜、统率人心的力量。

"没有么？"刘縯等了良久，也没有半个士卒踏步向前，嘴角浮现一丝冷笑，冲着王匡挑了挑眉毛，"定国上公大人，看起来，没有人信你呢。"

"刘縯……"王匡死死咬着牙，自喉间挤出一声低低的嘶吼。

"我去了定陵。"刘縯却不理会王匡的怒意，收起了方才的那股凛冽气势，淡淡道。

"定陵？"王匡本正在咬牙切齿，闻言也随即一愣，"你去定陵做什么？"

刘縯伸手遥遥指向北方："昆阳已危在旦夕，若再无援兵，随时都会落城。若是昆阳不能坚守到宛城被我们攻陷，我们在宛城之下所聚集的人马，加上整个南阳郡内各处城池的人马，超过十万之众，必将全军覆灭。定陵的六千多人，此刻已经被我说服，前往昆阳驰援。"

王匡深吸一口气，狠狠盯着刘縯："你……既然是去求援，为何不提前禀报于我？"

"定国上公……"刘縯在马背上探出前身，目光遥遥盯着王匡，只轻轻做出了一个口型，却没有发出声音，"你自己清楚。"

王匡死死捏住了拳头。面对着刘縯那挑衅的桀骜目光，好不容易才能控制住想要一刀砍掉他头颅的冲动。

"对了，陈牧不听从我的说服。所以他现在已经死了。你没意见吧？"刘縯低下头，摸着身下坐骑的鬃毛，像是刚刚才突然想起来一般轻描淡写道。

"你……杀了陈牧？！"王匡大惊。

"昆阳和陈牧，孰轻孰重，定国上公你应该清楚得很。陈牧拥兵自重，不愿救援昆阳。既然他不愿听我用嘴说，那我……便只有用刀说了。"刘縯露出一丝笑意，目光深深望向王匡，"我想，你一定没意见的。"

王匡的心脏怦怦直跳，心中又是愤怒，又是快慰，又是嫉妒，种种情绪混杂交织在一起，让他竟然不知道该说什么好。

刘玄虽然被他与王凤兄弟二人扶植登基，号更始帝，但那却不过是为了借助他的宗室身份罢了，实则只是个傀儡而已。这在南阳新近建立起的朝廷，实际上的掌控者还是他们兄弟二人。

当这一点变得越来越明显时，王匡王凤也逐渐感受到了平林下江两系人马的离心。而陈牧身为平林系的领袖之一，更是越来越不愿听从号令，阳奉阴违。

此际刘縯居然几乎单骑前往定陵，取了陈牧的首级，这必然使得王匡王凤对平林兵的掌控大大加强。

刘縯自然清楚这一点，所以方才，对着王匡的目光和语气，才会那般挑衅。

但——纵使此举对王匡有利，但陈牧身受义军大将军之号，便是王匡也不能擅杀。刘縯此去斩杀陈牧，哪怕是凭借着军情紧急的借口，也完全展现了他对王匡的毫无顾忌。

这个男人，王匡实在没有信心压制得住。

终究……要杀了你！杀了你！杀了你！

王匡望着刘縯，在心中一遍又一遍地疯狂嘶吼着。若是目光能够杀人，刘縯此刻早已不知死了多少回了。

但王匡却又实在没办法在现下杀掉刘縯。昆阳被围，刘縯前去定陵发动援兵，这自然是理所应当的事情。而陈牧拥兵自重，拒发援兵，被刘縯斩杀，也确实合情合理。

更不必说，此时昆阳城外还有数十万新莽大军盘踞。若是此刻杀了刘縯，损伤的军心士气更是无可弥补。

"既然如此，那是我错怪大司徒了……来人，给大司徒的部将松绑！"王匡重重喘息几口，大声道。

身后推着木车的两名士兵闻言立刻割断绳索，刘稷刚一脱绑，便重重挥动了两下拳头，将那两名士兵扫开到一旁，随后重重扯下口中的破布，满脸怒意地大踏步走到了刘縯的马前。

"老大！他们……"刘稷刚刚伸出手指着身后众兵卒，待要破口大骂，却被刘縯摆了摆手止住，只能压抑着怒意，狠狠向身后瞪视着。

"定国上公，早日攻下宛城吧。别忘了，你的弟弟，伟大的成国上公，也在那昆阳城中呢。"刘縯微微侧身，自地上毫不费力地拔起那已经插入地上一半的长刀，对着王匡抬了抬下巴。

随后，他轻轻一拍坐骑，向着自己的营帐缓缓行去。刘稷与那三名骑兵紧紧跟随在身后，不时怒视着身周的士兵。原本包围在周围的士兵不待王匡吩咐，便自动地让出了一条道路来，目送着刘縯乘在马上，一步步远去。

"刘……縯！"

王匡颤抖着身体，望着刘縯的背影，低低吼着，表情狰狞仿佛择人而噬的恶鬼。

但他却终究是无可奈何。

"胜了！胜了！胜了！"

　　士兵们高举着手中兵器，癫狂般地发出了声嘶力竭的大吼。在他们的脚下，是遍地的新军尸首，而远方，那些残军正在向着昆阳外围大营的方向逃窜。已方的骑兵正在衔尾追杀，最终能够回归大营的，十成之中不会超过一成。

　　这已经是他们打胜的第五场战斗了。

　　刘秀将军，果然是个神奇的人！

　　如果说最初，跟随着太常偏将军刘秀彻底放弃定陵，前往昆阳救援时，还有士卒心中抱有着疑虑，那么现在那些疑虑已经彻底被打消。

　　每个人心中，都将刘秀奉为天神一般的人物。

　　在抵达昆阳外围之后，刘秀没有带着他们向昆阳城内强行突入，而是远远地在围城兵马的周遭游走。四十万大军的庞然大物，自然不可能那么轻易地驱动起来，只能不停地被刘秀所袭扰，就像笨拙扑打苍蝇的巨汉一般。

　　王邑王寻自然也一直在派出一支又一支的部队，想要捉住这支来自定陵的援兵。然而这支援兵却滑溜得仿佛油中的泥鳅，怎么都无法捉住。

　　若是大股的部队，刘秀便会果断回避，远远逃开，依靠着速度让新军摸不着踪影。但一旦发现新军的某支部队兵力不足，却又会辗转腾挪，将视为目标的新军引诱到远离友军之处，然后突然猛扑回身，一口吃掉。

　　刘秀所选择吃掉的部队，人数尽在三千以下。尽管人数相差不多，但刘秀却必定身先士卒，战必用命。在昆阳城内历经了血与火的洗练之后，刘秀无论是胆略、身手还是作战的部署，都远比原先更上了一个台阶。

　　即便是以众凌寡，刘秀也绝不会选择硬碰硬。他会将骑兵先行分开，只留下步兵继续在前方吊着身后的新军。而骑兵则远远兜开圈子，在两支部队的追逐轨迹周边伺机而动。每当新军夜晚扎营时，刘秀麾下的骑兵便会开始无休止地骚扰与夜袭，却并不真正试图攻击。

　　而当拖到身后的新军已经远远离开周围的其余友军，并且因日夜无休疲惫不堪时，便是决战的时刻了。原本围绕着新军部队兜圈子的骑兵会在阵势后方突然出现，直冲新军后背。

　　而在正面，刘秀永远冲在队伍的最前端，手挥长剑，直冲向新军的阵营。而紧跟在他身旁的，是精选而出的数十名骑兵护卫，以及残存的那数名游侠剑士。他们如同一把锋锐的尖刀，直插对方的主将旗帜之下。

背后遭袭，主将被斩，无论那些新军还剩下多少人数，都只能在混乱之中溃散奔逃，试图躲过骑兵的衔尾追击。

如同上天眷顾一般，刘秀尽管亲冒矢石，但五战以来，身上却奇迹般没有受过半点伤。而他每一次，也都能如同摧枯拉朽般直取对方的主将。

这支平林兵部队，也在一次次的胜利之中逐渐变得更为强大。缴获的新军的衣甲辎重，让他们迅速得到了更好的武装，足够的粮草，以及更多的战马。

再加上丰富的战斗经验，尽管人数上略微减少到了五千多人，但他们的实力，却要比刚刚离开定陵时更为强大。此刻即便面对相同人数的新军，刘秀也有了将对方吃掉的足够自信。

而王邑与王寻，此刻却正在后怕与惊喜这两种情绪之中反复徘徊。

"你……你确定？你确定那便是刘秀？！快说！若是有半句虚言，我便灭了你满门！满门！"

在中军营帐之中，大司空王邑正满脸肌肉扭曲，大声吼叫着。在他的面前，跪着一名服色普通的士兵，神色惶恐，小心翼翼地低下头，不敢望向大司空的眼睛。

他所在的那一营部队，日前新败于定陵前来的那支叛军之手。而他此前从没想过，自己竟然会有机会亲眼面见当朝位极人臣的大司空，而且还是在如此深夜，将他突然召唤到这中军大营里。

并且方一见面，便如同厉鬼一般喝问着他。

那士兵战战兢兢，双手用力撑着地面，才能让自己不至于瘫倒在地，牙关打战，却怎么也说不出一句完整的话来。

"你吓到他了。"王寻轻轻拍了拍王邑的肩膀，走到那士兵面前，蹲下身来，"你不用怕，只要老老实实回答我们的问题就好。"

"是……是……谢大司马……"王寻的声音虽然并不温和，但至少比王邑要沉稳冷静得多。那士兵深吸一口气，镇定下来，磕磕巴巴地叙述起来。

"属下……属下便是南阳春陵人，与那刘秀乃是同乡，虽然并不相熟，但长相却是记得很清楚。前日我军血战不敌之时，正是那刘秀策马冲进我军本阵，将赵南将军斩杀的！属下当时便在将军身旁，所以看得仔仔细细，绝不会错，那人便是刘秀！"

王寻点了点头，又再反复问了几遍那士兵的细节，确定他所言无虚，这才长出一口气，挥退了那士兵。

"看来，确实是真的了。"王寻站起身来，望着兄长王邑，"那一日突围逃出的人中，便有刘秀。"

王邑紧紧捏着拳头，满头满脸尽是紧张的大汗，放声咆哮起来："该死！该死！那一日布防树林的是谁？我要诛了他！"

将他们死死钉在昆阳城下的，便是陛下的那条必杀刘秀的命令——而且，是一定要王邑王寻二人亲眼见证刘秀的死，绝对不许违抗。

而现在，他们居然刚刚知道，刘秀早在十余日之前，便自昆阳城中逃了出去！

念及于此，王邑心中一阵后怕惶恐。

即便陛下已经垂垂老矣，仿佛随时都可能会死去，但他的威严却从未在王邑王寻的心中消退过。

坐在期门郎张充的宅邸中谈笑着饮酒的他，身前满地尸首，韩卓随侍在身旁，剑锋上的鲜血还在缓缓滴下。那场景，犹如自血海中走出的恶魔……

将张充的首级奉上给太皇太后，索取传国玉玺时，他那睥睨天下的霸道之气……

无论年纪如何衰老，那些场景即便只是在脑海中回想出现，都会让王邑全身一阵寒意。

他绝不想要看见陛下的怒火，绝不想。

"至少现在还有补救的机会。"王寻走到王邑身旁，拍了拍他的肩膀，"刘秀纵使逃出了昆阳，但幸好他却不知道我们所要的，是他的首级，所以才会那么愚蠢地重新折返回昆阳。"

"没错，这个蠢货！"王邑渐渐自后怕之中恢复了过来，咧开嘴哈哈大笑，"居然还没有彻底跑掉，那么刘秀这白痴，就死定了！"

门响了。

侍从轻手轻脚地推开门，手中端着一个托盘，放到房间里的桌上。托盘上，只有一碗稀粥而已，还在冒着稀薄的热气。

王睦望着碗里的稀粥。粥很清，清得能数清碗底的米粒。

他抬起头，看见侍从的目光正投射向自己面前的粥碗，喉结不时上下移动，发出竭力压抑着的口水吞咽声。

"饿了吧？"王睦微微一笑，对着侍从道。

"属下不……不饿，大人。"侍从用力咽了一口口水，嗓音嘶哑虚弱。

"喝了吧，我现在没胃口。"王睦说完，将粥碗推到了那侍从面前，轻叹一声走到窗口。窗外的蝉叫个不停，让他的心越发烦躁。

宛城，几乎已经要断粮了。

被围城已经近三个月。在三个月之前，刚刚自昏迷中醒来时，他便预料到了今日，开始严格管制粮草的消耗。

但纵使如此，撑到了今日，还是终究撑不下去了。

军中粮尽，但民间倒也不是无粮。可王睦自一个月前，便下达了严令，绝不允许自民间强行征粮，违令者斩。

在砍掉了四十多个脑袋之后，再也没有人敢违抗。但到了目前这样的局势，只怕他也要渐渐压服不住麾下饥饿的军队了。

城墙之上，每日都要竭尽全力地厮杀、防守。而肚子里空空如也的士卒，又该如何打仗？

身后传来了小口的啜吸声，那侍从终于还是按捺不住腹中的饥饿，喝起了那碗粥。然而总共没有几粒米的稀粥，小小一碗又能起到多少的作用？

而下面的军队里，怕是连这样的稀粥也没几人能喝得上吧。

哗变……恐怕也就是这几天了。

"喝完了，就端出去吧。别对别人说。"王睦背对着身后那侍从，轻声说道。

"是……谢大人……"侍从自小口变作了大口，用力吞咽着，语声里带着哽咽的哭腔。

王睦静静站着，望着窗外风景，直到那侍从喝完粥，对着他跪下重重磕了两个头，退出了房间，他才轻叹一声："韩卓。"

"我在。"韩卓的声音在房间的角落里响起。

"陪我去城墙上看看吧。"

王睦说完，不等韩卓回应，便转过头，向着房门走去。那个黑色的身影不知何时，从哪个角落，已经出现在了房门一旁。

他的身躯依旧挺拔，没有丝毫的伛偻。尽管脸上毫无表情，却看不出半点虚弱的神色来。

"说起来，我好像还没见过你吃东西的样子。"王睦推开门，向着房外走去，淡淡笑了笑，"真怀疑你是不是不用吃东西，也能活得下来的。"

"我有我的法子。"韩卓的声音自身后传来，但王睦却只能听得到自己一个人的脚步声。

穿过走廊，走到院子门口时，两名卫兵连忙迎了上来。王睦没有让卫兵跟随，也没有要车马，只带着韩卓一人，步行着向城墙的方向走去。

城内的街道上空空荡荡，看不见什么平民百姓。城内外两军交战，谁都不想在这种时候碰上什么无妄之灾，只能家家大门紧闭，祈盼着自己家宅平安。

只有一小队的士兵，在兵长的带领下小跑着向城墙方向跑去，身上也几乎个个带伤，有气无力。而那小跑的速度，甚至还比不上王睦韩卓两人步行的速度。

那队士兵的脸上，已经满是饥乏疲劳之色，双目中半点生气也没有，只能机械地跟着小队长的口令，向前挪动着脚步。即便如此，他们也始终时不时发出剧烈的喘息。那些瘦骨嶙峋的脸与躯干，让王睦心头一阵凄凉。

待到走到了城墙脚下，王睦更是在心中发出一声长叹。沿着城墙之下，是一道深深的壕沟，壕沟之中，每隔几丈便站了一名士兵，满脸麻木地靠着沟沿。城墙上方，也有着一排排的士兵在巡逻不停，但那蹒跚的步伐如同灌了铅般沉重，仿佛要一旦倒下去之后，便再也无法站起。

城墙的阶梯上，一个身影飞快地跑了下来，跌跌撞撞地冲到王睦身前，正是城内此刻的守将岑彭。

"大人，您怎么来了！城墙处战火凶危，不可轻身犯险！"岑彭面带忧虑之色，皱眉对着王睦道。他的精神气色比那些普通的士卒自然好上不少，但气息依旧虚弱。看起来，他也许久没有吃上什么像样的东西了。

"哪有什么战火？敌军现下不是并没有攻城么？这壕沟是……"王睦自从被救回了宛城，自昏迷中醒来，将守城的一应指挥权下放给岑彭之后，自己便没有再过问城防事宜，这还是他数月以来，第一次来到城墙之下。

"回禀大人，敌军曾试图掘地道攻城，一度突入城内。属下命士卒沿着城墙开挖壕沟，便是为了阻绝地道。此后敌军又试过了两三次，但都是刚一露头，被壕沟中的士兵发现剿灭。至今为止，已有十日未曾再尝试，想必已经是放弃了。"岑彭解释道。

"敌军……多久没有再攻城了？"王睦仰头望了望城墙上的那些士兵。以他们此刻那几乎随时便要倒毙的模样，只怕再攻上一两次，这宛城便要陷落了吧。

"五日了。他们也清楚，城内已经无粮，不愿再空耗兵力。"岑彭叹了口气，面带着希冀望着王睦，"大人，朝中的援军，何日能到？"

王睦望着岑彭那满是期待的目光，苦笑了一下。

在宛城被围之前，老师传来的那封帛书上，写明了援军即刻便会到来。然而现在围城三月有余，却始终没有一兵一卒到来。

宛城被叛军围得水泄不通，压根没有半点外面的情报能送得进来。岑彭不知道的事情，他又如何能够知道？

一名士兵推着一辆小车，摇摇晃晃地自远处走了过来，车上装满了用来加固城墙的砖块，沉重地在地上碾出一道轮辙。然而他堪堪已经走到了城下，却身体晃了晃，向旁边一歪，倒在了地上。

随着那士兵倒下，小车失去了平衡，也轰然歪倒，车上的砖块哗啦啦滚了一地。

而那士兵，再也没有站起来。

"大人，民间应尚有些许存粮。属下心算过，若是能收缴上来的话，当可供我等吃上一月之数。此乃危急存亡之刻，变通一下也是……"

岑彭刚说到一半的话，被王睦摇着头打断："岑彭，你可知我等奋力守城，所为何物？"

"为了……守护这大新的天下啊！"岑彭茫然抬头，望着王睦。

"没错。可天下又是何物？"王睦转过头背对着城墙，伸手指着前方那一排排房屋，"所谓天下，还不都尽是这一个个黎民百姓所构成的么？岑彭，你好好看看眼前的一切，那便是我们要守护的东西！"

"可……若是我们军人连自己都守护不了，又拿什么来守护天下？"岑彭苦笑一声，身体摇晃了一下，退后两步轻轻靠在了城墙上，"况且……大人，真到了饿极了的那一刻，人可是什么都能干得出来的。"

王睦深深凝望着岑彭，同样苦笑起来。

岑彭说的自然也没有错。此刻城内的士兵，无非是靠着最后那一口气，死死撑着而已。

现下岑彭或许还能压制着士兵，用树皮草根来让他们勉强果腹。但当连树皮草根都吃完了，民众的家中却依旧还有粮食的时候……这城内，又将会变成怎样的修罗场？

"岑彭……"王睦咬了咬牙，张开嘴对着岑彭欲言又止，反复了数次，才艰难地道，"开城……投降吧。"

岑彭的脸上很平静，没有半点惊讶之色，只是双眼变得一片黯淡。

这本就已经是此刻唯一的结局了。

他轻轻点了点头，随后面上浮现出了一丝解脱的微笑："大人，谢谢你。"

"送我出城吧，韩卓。"王睦转过身，对着韩卓轻声道。

地皇五年，也就是更始元年的六月十三日，南阳治所宛城在被绿林军围困了三个月零二十五日之后，终于宣告开城投降。

城内在被围城前，共有守军一万两千五百二十三人。及开城时，自守将岑彭以下，只余下了三千六百八十一人。

但开城投降之日，绿林军无论在城内如何搜寻，也找不到朝廷在整个南阳郡的最高指挥者，侍中王睦。

他仿佛一缕青烟一般，消失在了这被围得如同铁桶般水泄不通的城池之中。

但王匡已经用不着将他再太过放在心上了。眼前最重要的目标宛城，已经被绿林军攥在了手上。

这也就意味着，整个南阳郡，除了最北部的昆阳一带，已经尽在绿林军手中，捏合成了一个完整的拳头。

其余城池的义军早在宛城落城之前，便已经源源不断地向着宛城集结过来。再加上这段时间内的招募征集，到了落城那一日，即便此前的攻城损耗甚大，但宛城之内的总兵力也已经达到了十万之众。

十万对四十万，尽管数目依旧相差悬殊，但也不再是无法一战的程度了。毕竟新军久攻昆阳不下，士气已经渐渐衰退，而义军方面却是新近攻占宛城，正是斗志高昂的时刻。

在占据了宛城之后，更始帝刘玄的行辕便被移到宛城，将原来的太守府改为了皇宫。然而他却迟迟未曾下令，发兵北上去救援岌岌可危的昆阳。

"刘稷，跟我走，找王匡去。"自宛城被攻陷之后，刘縯已经等待了三日。然而大军不但未曾北上，就连半点开拔的动向都没有。

刘縯终于无法再忍耐了。

昆阳苦苦坚守，便是为了守住南阳北面门户，为攻陷宛城争取时间。然而现在宛城已在手中，大军为何还不北上？

想到弟弟阿秀还在昆阳城外，带着区区六千人苦苦支撑，减轻城内的压力，刘縯便按捺不住地心急如焚。

"好！老大！"刘稷的火爆脾气，在这三日内已经不知抱怨了多少次，然而都被刘縯以大局为重的名义所压制下来。现下终于等到了刘縯的号令，顿时欣喜如狂，大声咆哮着跳了起来，扛起自己身上的斧子便要向帐外走去。

"放下！"刘缤皱着眉头，寒声对刘稷道，"我们名义上总归是去交涉，难不成你还想去砍人么？"

"可……可王匡那混蛋……"刘稷被刘缤一眼扫得垂下了头来，却还是不服地嘀咕着。

"再混蛋，我们现在也是寄人篱下。"刘缤摇了摇头，"即便是砍人，那也不是现在。"

刘稷只得悻悻然放下斧子，赤手空拳地跟着刘缤走出了营帐。

虽然晓月楼已经在半年前那一次的失败中被焚毁，只余下了一片废墟，但刘缤在宛城经营多年，家底自然远不止一个晓月楼。只要他想，那以宛城之大，有无数地方可以住宿。然而为了如今义军将领的身份，他也只能住在军营的简陋营帐之中。

以前的太守府，现在的皇宫西边，是一片军营，刘缤此刻便是带着刘稷住在这里。而王匡身为定国上公，又是绿林军此刻实际上唯一的掌权者，却并没有再住在军营之中，而是远远在城北征了一户大户人家的宅子，作为自己的府邸。

刘缤刘稷二人乘马来到王匡府前，看见门口原本的牌匾已被摘下，然而新的却还没挂上。只是门口守卫的士兵已经清楚标明了这里主人的身份。

"定国上公可在？"刘缤翻身下马，走上了台阶，冲着门前守卫士兵道。

"大司徒！"守卫的领头小校远远看见刘缤，便已经快步赶上了前来，赔笑，"定国上公此刻正在府中，只是……大司徒可否容末将先去通报一番？"

虽说是个问句，但那小校的态度却是明确坚定。

"去吧。"刘缤点点头，不愿为难那小校，便与刘稷两人站在门口等待着，直到良久之后，那小校才重新自门内匆匆跑了出来，脸上满是歉意，"大司徒久等了！定国上公有请！"

刘縯刘稷随着那小校，向着门内走去。穿过两进院子，小校才在一扇门前停下，抢着为刘縯将门打开："大司徒请。"

刘縯迈步进门，看见王匡已经坐在了屋内的坐榻上，正把玩着手中的一柄玉珊瑚。听见门开，抬眼似笑非笑地望着刘縯。屋内陈设富丽堂皇，雕梁画栋，看来原主人确实身家丰厚。只是不知被王匡征走了这宅子之后，他一家此刻又在何处。

"定国上公，叨扰了。"刘縯淡淡点了点头，大步走进屋内，坐在了榻上王匡的对面，"在下此来，有些问题想请教。"

"说吧。"王匡点了点头，又低下头去，细细摩挲着那柄如意，一脸爱不释手。

"昆阳已经坚守了近一月，此刻想必已经危在旦夕，陛下为何至今还不发兵北上，救援昆阳？"刘縯尽量让自己的声音平和，"定国上公每日都可面见陛下，想必应该知道陛下心中谋算吧。"

"昆阳啊……"王匡抬起眼皮，望了一眼刘縯，"嗯，或许是我忘了告诉大司徒了。昆阳外的新军，已经停止攻城了。"

"什么？"刘縯心下一跳，"停止攻城？怎会如此？这是何时得到的消息？"

"便是宛城落城的第二日，我军在昆阳外围的探马传来的消息。"王匡又低下了头去，手指轻轻抚摸着那柄如意，"大司徒毕竟军务繁忙，这等小事，也就没有呈送过去。"

"小事！什么狗屁小事！"刘縯还未发作，刘稷已经按捺不住地虎吼了起来，"王匡，你……"

刘稷还未说完，已经被刘縯重重一巴掌抽了上去，随后两道利刃般的目光刺在了他脸上。

"刘稷，你是不知道什么叫收敛么？"刘縯的一句话，便让刘稷噤若寒蝉，只能捂着脸低下头去。只是他尽管低着头，却依旧眼睛向上死死望着王匡，咬牙切齿。

"我管教无方，还望定国上公见谅。不知可否详细说明下局势？新军为何自昆阳撤军？撤军之后的动向又是如何？"刘縯转过头来，望着王匡一字一句地问道。

"撤军？我何时说过新军撤军了？"王匡抬起眼皮翻了翻，"我只是说，他们停止攻城了而已。昆阳依旧被包围着，只不过……"

刘縯心中突然浮现出一丝不祥的预感："只不过什么？"

"只不过……他们似乎是发现了更有价值的目标，所以暂时停止了对昆阳的进攻，而只是围困不出罢了。昆阳城内的存粮足够，暂时可保无虞，我们又何必急于一时？"王匡一笑，"毕竟现在宛城新定，部队需要休整，北上的粮草也得花上一段时间才能征集完毕，趁着这段时间，还可以再招募一些兵员。既然昆阳还能坚持，我们自然也应当将这来之不易的时间充分利用起来。"

"你说的更有价值的目标，是什么！"刘縯捏紧了拳头，死死瞪着王匡，只觉得自己全身的血都要沸腾了起来。

"就是定陵去的援兵啊。"王匡一脸漫不经心的表情，"虽然不知道新军到底得了什么失心疯，不抢先攻占昆阳，却反倒要追着那支援军不放，但……这对我军总是一件好事嘛。"

"王！匡！"

刘縯重重一拍身前的桌子，站起身来，双眼目眦欲裂。

阿秀……阿秀便在那支援军之中！

"怎么，刘縯？你想杀我？"王匡笑了笑，也自坐榻上站了起来，绕着刘縯的身周踱步打着转，"啧啧，不愧是黄泉之龙，发怒的样子确实很有几分威风。以你的身手，现在很轻松就能杀了我。只不过……你最好想想清楚，杀了我之后，你又能不能走出这宅子，走出这宛城？"

刘縯深深吸了一口气，竭力让自己从方才的愤怒中渐渐冷静下来。

王匡说得没有错，他确实是有恃无恐。否则也不会在面见自己时，身边连一个护卫都没有安排。

王匡很清楚，刘縯的身手在这样的距离下，若是想要击杀他，简直是轻而易举。但纵使自己现在能杀了王匡，终究也还是个必死之局。何况刘秀此时，还在昆阳城外，面对着新军的四十万大军。

"先回去吧，大司徒。"王匡脸上笑眯眯的，伸手拍了拍刘縯的肩膀，

"再过五日，我们便北上昆阳。在那之前，要——耐心。"

手掌按在刘縯的肩膀上，感受到了刘縯身体的颤抖，王匡再一次仰天得意地大笑了起来。

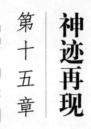

第十五章 **神迹再现**

　　昆阳南五十里处，一片不大的树林内，来自定陵的那支平林兵士卒们正在休息。

　　刘秀啃着干硬的面饼，背靠着树干，表情满是疲累。

　　他们已经连着两日两夜，未曾好好睡过一觉了。现在这短暂的休息，也最多不过持续一两个时辰，便又要重新上路。

　　即便这短暂的一两个时辰，这也是好不容易才争取来的机会。

　　辎重已经在昨天几乎全部被抛弃，只余下了每人随身携带的三日干粮。但干粮吃完了之后，又该怎么办？

　　即便是终日带着微笑的李通，此时脸上也挂上了一丝忧色。

　　十日之前，刘秀便察觉到了不对劲。原本紧紧围困着昆阳的守军，突然开始了大范围的活动。扎下的营寨被收起，外围的包围网一层层撤销，开始转换为了行军的状态。

　　随后，那原本如庞大怪物一般盘踞在昆阳城外，只能被动反应的大军，仿佛全部的身体都化作触手般，向外迅速地伸展了开来。

　　新军并没有着急着与刘秀交战，而是尽量将部队撒向刘秀麾下部队活动的方向，然后再渐渐地收紧。

　　新军的部队被分散开，在昆阳以南的大范围面积里四处搜寻刘秀的踪迹，却绝不会再如此前一般，一旦发现便试图接触交战，而是远远地吊着，同时呼唤友军前来接应。

若是刘秀放任不管，那么身后的部队便会如滚雪球一般越来越大，而四周其余方向的新军，也会渐渐向着自己的位置靠拢。

但若是刘秀主动回头，想要趁发现自己的部队规模达到一定程度之前便一举击溃时，对方却又绝不主动与之交战，而是立刻掉头回退。

现在，刘秀能够机动的范围已经越来越小，无论向着哪个方向行进，都会很快碰到游弋的新军小股部队，随后再一次重复上面的滚雪球过程。纵使偶尔的强行军，能够暂时拉开与敌军的距离，消失在对方视线内，但很快，自己又会被铺天盖地的新军所发现。

麾下士卒的疲累，已经到了极限。若是再这样下去，或许还等不到对方完全收拢这包围网，部队便已经先溃散了。

刘秀用力咽下一口干粮，长出了一口气："李通，你觉得现在情势如何？"

"若是在三天前，我们或许还有机会强行击溃新军一两支部队，然后南下向着宛城的方向靠拢。但现在……"李通苦笑着摇了摇头，"到目前为止，南向的敌军，是最多的。看样子王邑王寻两人，也最担心我们向着宛城突围。这条路，只怕是行不通了。"

李通说到这里，抬头看了看透过树荫落下的阳光，以及身周那些气喘吁吁、歪七扭八倒在树下的士兵："连续两天不眠不休，好不容易才甩掉身后那支追兵，士卒体力已经到了极限。现在即便前方没有堵截，恐怕光是跑赢身后追兵都是一件很困难的事情了。"

刘秀紧紧皱着眉头，望向南面宛城的方向。

在那里，攻城还在继续吧……主力究竟什么时候才能前来救援？

若是再没有援兵，不独昆阳，就连自己的生命，恐怕也快到终结的那一刻了。

"哥哥，你可知道，我已经快撑不住了？昆阳若是沦陷，你们……"

刘秀喃喃自语着，却全身突然一震，眼神亮了起来："等等，李通，我想到了！我们还有生路！"

"什么生路？"李通和任光同时表情一喜，齐声问道。

"既然新军害怕我们向宛城的方向逃离，南面是布防最严的方向，那么相对而言，北面便是最空虚的了。"刘秀想了想，"我们若是北向昆阳的方向，或许反倒可以冲破城外的包围，冲入昆阳城内！"

"这……这就是所谓的生路？"任光眼睛瞪得滚圆，"即便所谓空虚，那也只是相对于南面的方向而言！我们和昆阳城之间，至少还有着十万人以上的新军！这和送死有什么区别？！何况即便真能突破一路的包围，冲到昆阳城下，我们最终能够入城的，又能剩下几个？"

"区别么？就是……十成和九成九的区别吧。"刘秀笑了笑，"既然已经插翅难飞，那为何不选择一个还有一丝希望的方向？纵使这个方向上的敌军还有着十万人以上，但一来，他们不会想到我们会往北反攻，二来，这十万人也不可能全部都在我们的面前。既然已经拔营前进，那么这些新军每一支部队之间必然有着空隙。只要能趁着他们反应过来合拢之前，自缝隙中穿过去，那就……"

"看起来，这确实是唯一的办法了。趁着士兵的体力和士气都还没有消耗一空……"李通拍了拍手上的面饼碎屑，点头站起了身，"那么，就向北，突入昆阳吧！"

"将军，敌军咬上来了，还有十里。"一名偏将小跑着来到刘秀身旁，低声禀报道，"我们是战还是……继续撤退？"

刘秀深吸一口气，站起了身："全军，北上突击，目标便是昆阳！"

王邑与王寻两人的心情现在很不错。

那支刘秀率领的来自定陵的援军，终于被捉住了踪迹。巨大的包围网正在昆阳以南的平原上渐渐收拢，他们已没有任何退路。而收拢的那一天，也就是刘秀授首的那一天。

而当取得了刘秀的首级之后，只要再攻下昆阳城，大军一路南下，整个南阳郡的绿林军也都必将闻风而逃！

随后再班师回朝，牢牢扼守住潼关，北上扫荡河北的赤眉军，天下势力最大的两大叛军都清除了之后，余下的便都不过只是疥癣之疾而已。

所以在营帐之内，再一次接到部下的禀报，确认了刘秀已经无处可逃之后，王邑王寻二人终于忍不住喜笑颜开起来。

"最多到明日，便可痛饮庆功了。"王邑自箱中取出一个小小酒坛，笑着放在了帐中的桌上，"不过此时便是先喝上两口，想来也无妨。"

"还是等明日吧。"王寻摇了摇头。他一生谨慎寡言，虽然心中同样也清楚，刘秀已经插翅难飞，但终究还是不到最后一刻，不敢妄言成功。

"这有什么，毕竟刘秀他……"

"毕竟刘秀怎么了？"

王邑刚说到一半，便被帐外一个熟悉的声音所打断。

随后，一个身影掀开了门帘，走了进来。

"子和……睦儿！？"

王邑张大了嘴，张口结舌地望着出现在营帐门口的那张脸，几乎不敢相信。那是他已经半年未曾见到的儿子！

"你……你怎么会在这里？你怎么进来的！宛城呢？宛城怎么样了？"王邑在半晌的呆滞之后，便是一连串疾如风的追问。

"有韩卓陪着我，天下之间，还有哪里是我去不得的？"王睦走进帐内，身后跟着王邑王寻永远也忘不掉的那个黑色身影。

他走到王邑身前，深深一拜："父亲大人，叔父大人，宛城……已经丢了。"

"丢了？！"王邑大张嘴巴，倒抽一口凉气，"宛城丢了？"

"城内已无存粮，再守下去，也不过只是平白涂炭城内百姓而已，所以……三日之前，我让岑彭开城投降了。至于我自己……让韩卓护着我出城北上，到了昆阳，才看见了这连绵不断的军营。"王寻叹了口气，"我在城内，终日翘首以盼你们的援军，却没想到，你们竟然至今仍在昆阳停留着。"

"陛下在我们临行前说了，即便什么都丢了，也一定要拿到刘秀的首级……"王邑重重一叹，"我们也知道，韩卓在你的身边，纵使宛城城破，你也不会有什么危险，所以，便一直未曾南下。只是没想到，宛城竟然会丢得那么快。睦儿，别怪为父……"

"我明白。这也正是老师让韩卓跟在我身边的原因。"王睦点了点头，没有丝毫的怨恨，"那么，刘秀现在如何了？"

"他半个多月前，自昆阳城内突围而出，去定陵领来了援兵。但此刻已经在此处以南五十余里的位置被我军困在了当中，待到明日包围网收拢，刘秀便必然无处可逃。"说到这里，王邑脸上才稍微有了一些欣慰之色，自身后的架子上取下一幅地图，将各军位置指点给王睦。

"明日，便可收拢……"王睦低头仔细看着地图，听完父亲讲述的兵力部署之后，良久才突然猛地抬头，皱眉道，"为何要将主力尽数安置在南面！"

王邑摇头不解："宛城在南方，刘秀若是想突围，必然是试图向着南方与主力合流，在这个方向上受到攻击的可能自然最大，这样的部署有什么问题？"

"不……不……"王睦缓缓摇着头，凝眉飞快地思索着，"刘秀不会这么做。我……我了解他。他不会向南的。"

王邑哂笑一下："不会向南？叛军的主力尽在南方宛城集结，刘秀若是突围，除了南方，别无他处可去！睦儿，你毕竟不曾真正当过军队主将，还是……"

"但是我了解刘秀！"王睦用力一挥手，打断了父亲的话，"首先，刘秀还不清楚宛城已经陷落，所以绝不会放弃昆阳，一定要继续黏住昆阳周边的大军，才能继续保证守住昆阳！其次，刘秀也一定很清楚，南面是兵力最雄厚的方向，向着南面，绝不会有突围的可能。"

"那他能向哪儿去？难不成还能向北，往我们这昆阳城下突破？"王邑哈哈大笑起来。

然而王睦却目光平静地望着王邑，一言不发。大笑渐渐变成了干笑，最终渐渐尴尬地沉寂。

直到父亲的笑声嘶哑着停歇，表情扭曲起来，王睦才点点头，平静道："是的。他们会往昆阳城下突破。"

"他们是疯了！那样的话，他们需要突破包围在自己周围的我军，再穿过昆阳城下的包围！就算现在昆阳围城的兵力分出了大半，但也绝不是他们这几千人的兵力就能突破的！"

"但这已经是他们唯一的办法。"王睦笑了笑，"九死一生，总比十死无生强。叔父，你觉得呢？"

一直未曾开口的王寻低下头，细细想了想，终于点点头："子和……你说得没错。"

"那么，父亲大人。"王睦又望向王邑，声音自信而坚定，"加强北面的守备吧。"

王邑看了看王睦，又看了看王寻，思忖再三，终于还是沉沉点了点头。

决定了最终的突击方向之后，刘秀再没有，也不能有任何疑虑。区区五千多人的部队一路向着北方急速前进，目标直指昆阳。而在他们的前方，是横亘在昆阳城下的两层包围网。

经过了一天一夜的全速行进，到黎明时，身后的追兵已经被拼力甩开，失去了己方的踪迹。只要能够全力向前，突破这两层包围，冲到城下，那便成了。

"前方不远就是昆阳了。如果少主你的判断正确，新军的包围网必定……"任光策马向前奔驰，对着身旁的刘秀道，然而刚说到一半，眼前的地平线上已经出现了一片黑线。

浩浩荡荡，广阔漫无边际的黑线。

任光倒吸了一口凉气，转过眼来望着刘秀。

而刘秀的心中，此刻也瞬间一沉。

那前方的新军兵力，远远超过了自己此前的预计。

原本以为，北方的包围圈会是最薄弱的，纵使自己的兵力不多，但只要攻其不备，便有着突破的机会。但眼下这样的兵力，竟似新军已经将昆阳四周的军队都已集中到了自己的正面一般。

眼前的部队数量，何止十万人！

"这……这不可能！"刘秀用力捏着手中的缰绳，不可置信地望着前方的那一片人海。

一名偏将策马跑近，面上虽然强装镇定，却压抑不住心中的惶恐："将军，我们的左侧和右侧，也出现了敌军，正在向我们合拢！"

刘秀愕然望着那偏将，心怦怦直跳。

新军……居然准确地判断出了自己要向北方突围，进入昆阳！！！

看着前方与左右地平线上出现的黑潮，那是自己这五千多人无论如何也不可能突破的厚度。

该……该怎么办？

"少主，撤退么？"任光皱着眉头，低声向着刘秀问道。他也同样清楚，面对这样的人数，进入昆阳的计划已经意味着失败了。

刘秀低下头，脑海中飞速地转着。

撤退？

现在身后虽然还看不见新军，但若是此刻掉转头，又能逃到哪里去？原本尾随着的追兵还在向着北方行进，此时掉头向南，一样会被堵得严严实实。而现有的这三个方向的敌军，更不可能放过自己。

"不，不能掉头！"刘秀咬着牙，摇了摇头，"此时此刻，唯有向死而生！"

他猛地一打马，向前冲到了队列的最前方，随后拨转马头，面对着身后的士兵。

那是一张张疲惫至极的面孔。数日来几乎都没有得到好好的休息，一直在不停地奔波，已经消耗掉了他们太多的精力。而自人数远超的敌军手中一次次逃离，也让他们的士气一点点被消磨殆尽。

若是面对着薄弱的防线，或许一次成功的突破，还能带来些许挽回。但现在……

但现在，无论如何也不能放弃了！哪怕只是短暂的片刻，也一定要将士兵们的士气鼓动起来。

刘秀望着身前的一个个士兵，而士兵们也都停下了脚步，一个个望着他。

那些面孔上，写满了紧张、焦虑、茫然。因为每个人都清楚地辨识出了前方敌军的数量。而那，绝不是自己所能够抗衡的。

刘秀静静望着他们半晌，深吸一口气，伸手指着身后北方的方向，对着麾下的士兵们大声吼了起来："看着你们的前方，那座叫昆阳的城池！

"我们一路自定陵出发，历经一次又一次的血战，就是为了守住那座城池！我们成功地一次又一次击败了他们，让敌人的四十万大军疲于奔命，却永远也抓不住我们！

"而现在，我们已经来到了最后的那扇门之前！尽管敌人在昆阳前，布下了重重的包围，但那已是最后的垂死挣扎！

"宛城，已经被攻陷，十万大军即刻便要北上！三日之内，便会抵达昆阳！而我们要做的，就是在那之前，将昆阳牢牢守住！

"在今天以前，我们一直在逃跑，在回避，在寻找以多打少的机会！我们一直在多流汗，只是为了少流血！

"但是今天，我们已经避无可避，逃无可逃！

"这是我们流血的时刻！

"但，我们的血绝不会白流！因为我们流出的每一滴血，都注定会让敌军流下更多的血！十滴！二十滴！三十滴！

"我们要让他们知道，我们并不是只会逃窜，我们并不是只会靠着行军获得战机，来避免正面的交锋！我们要让他们知道，即便是面对面的搏杀，我们也一样会是比他们更强的战士！

"从现在起，我将永远冲在队列的最前方，而你们需要做的，就是看着我的背影，跟随着我冲锋！只要我还未曾倒下，你们就绝不允许倒下！而我——永远也不会倒下！"

当刘秀几乎是咆哮着吼出最后一句话的时候，他忽然感觉后颈三道印记处一阵发烫，紧接着他周围一丈之内的温度骤然提高，所有的士兵纷纷逃开。

此刻，刘秀整个人身体四周似是有赤光环绕，形似凤凰。

而他身前的士兵们脸上纷纷露出了惊骇的表情。

这是刘秀第一次在所有的士兵面前做这样的动员。但预先期待着的激动、鼓舞、兴奋，却统统没有出现。

而是惊骇、讶异、以及小声的窃窃私语，交头接耳。

他的心不由得一沉。

难道……自己真的注定没有哥哥那种仅靠个人的魅力，就能将全军都折服的力量么？

那果然是只有哥哥那样背负天命的人，才能做到的事情吧……

刘秀的气馁还未表现在脸上时，他却看见任光自前方的队列中拍马跑来，面上同样带着惊骇。

"少主，你看后面……"

任光策马奔到了刘秀身前，伸手指着后方，带着颤抖的声音。

刘秀讶然回头，却看见——

此刻正是朝阳初升之时，天色转亮，远方的新军士兵能够被看得更加清楚。此刻前方的敌军，距离自己还不到五里，尽管看不清衣甲兵器，但依旧能感受到那浩浩荡荡的人数所带来的压力。

前方新军并没有向前推进，而是静静留在原地，扎稳了防御的阵型。而左右两侧的新军却在缓缓向着中央挤压而来。

当两侧的新军接近之时，前方的部队才会向前推进合拢，将己方彻底包围在其中，这是为了保证绝不让一兵一卒逃离。刘秀与麾下的士兵若是来不及在合拢之前，冲破前方那厚厚的拦截，那便注定会在三面的夹击中全军覆没。但让任光以及所有己方士兵们惊骇的，却不是这一点。

前方的天空之中，一道细长的光芒正在自天际坠下。

流星！

那流星比平日里偶尔能看到的，远远大了许多。即便隔着这么远的距离，刘秀也能清楚地看见前方那巨大的陨石，以及外层包围着的火焰。

流星拖着长长的尾巴，在空中划出一道弧线，飞速地下坠着。炽热的光芒随着它的下落，不停闪烁着，越来越亮，越来越夺目刺眼。

而那流星下落的方向，正是这片战场！

"这是……谁的凶兆？"

刘秀抬起头，在心中喃喃自问。

流星出现，往往意味着凶兆，而这一次，到底将会把灾祸带给新莽的大军，还是自己？

两侧原本正向着中央夹击而来的新军也停下了脚步，仰起头看着头顶那正在落下的流星。

流星越是下落，便越是能让人感受到它惊人的巨大。即便已经临近了地面，却依旧没有消失，反倒是让人看得更加清晰。外围包裹着的炎气在不停纠缠打转，仿佛升腾的火焰一般越来越浓烈。

战场之上每个人的目光与心智，都已被那流星所捕获。

它……究竟将会落在何处？

"睦儿，你果然料中了。"

王邑站在高台之上，望着远方已经被三面包夹在其中的那支叛军，随后爬了下来，得意地对着王睦笑了笑。

这一次，他终于不用再担心忧虑了。口袋已经编制完毕，而目标也顺利地被驱赶进了口袋之中。

这也多亏了自己的儿子，能够那么精准地判断对了刘秀的目的，才能及时安置好这个口袋型的包围网。

现在，刘秀已经彻底成为了瓮中之鳖，插翅难飞。

东西两侧的部队作为口袋壁，正在向着中央合拢。南侧尾随的部队，也很快便会赶到战场，将口袋封口。

而北方自己所处的位置，则是兵力最雄厚，部署最严密的。为了防止刘秀自这个方向突围入城，王邑没有拆除营寨，反而再度加固了不少。只要刘秀胆敢向着这里突围，那便必然会撞得头破血流。

刘秀的叛军已经停下了脚步，不再前进，想必是已经发现了他们的困局。然而即便发现，到了此时此刻，又能管上什么用？

"刘秀死了，陛下也终于该放心了。"王邑重重拍了拍儿子的肩膀，大笑着，"这新朝天下，终于还是会稳如泰山。陛下如此喜欢你，或许将来……"

王睦脸上却没有半点喜色，而是抬起头望着天空。

"你在看什么？"王邑顺着儿子的目光向上看去，发现了天空中的那一道亮光，"啊，是流星啊……白天能够看到的流星，真是少见。这种灾祸之象，便是为刘秀送葬的哀乐吧！"

"父亲，你不觉得那流星，大得有些过分了么……"王睦紧紧皱着眉头，心中有了一丝忧虑。

此刻已是清晨，日光已将天空映得发白，而那流星却依旧清晰可见。这实在有些太不寻常。

王睦又想起了此前在宛城之中所遇到的那一幕，那从天而降的冰雹……

那个刘秀，似乎总是有着难以理解的好运气，就好像天命真的依附在他的身上一般。而今天……

王睦正想着，突然听到一阵急促的马蹄声，随后便只感觉到肩膀上一阵大力传来，随后整个人如同落进了云端之中一般，飘飘忽忽，天旋地转。

当他自混乱中清醒过来之时，发现自己已经到了马背之上，而身后传来的，是韩卓的声音。

"但愿你能活下来。"

韩卓把着缰绳，与王睦一前一后共骑在马上，向着西面疾驰而去。不顾身后的王邑大声呼唤，仿佛压根听不进耳中一般。

"韩卓，你这是干什么？"王睦晃了晃脑袋，想要挣脱，但韩卓握着缰绳的双臂却仿佛铁箍一般，怎么也挣扎不开。

"救你。"韩卓只简短地说了两个字，便再不答话，而是死命地抽着身下的马匹，瞬间便催动到了极速。

王睦的心头猛地一沉，他已经想到了韩卓为何会那么做。

他竭力扭过脖子，向着后方的天空望去。那流星的轨迹，此刻已经渐渐变得更加清晰。不仅未曾消失，反而随着下落的过程变得越来越大，而落下的方向，恰恰是——

中军营地！

"这……这不可能！"王睦嘶哑着嗓子狂吼了起来，然而发出的声音却干涩虚弱，几不可闻。

"我现在……也开始相信所谓天命了。"

韩卓策马狂奔个不停，永远波澜不惊的脸上也第一次露出了一丝恐惧的表情。尽管细微，但毕竟是破天荒的第一遭。

流星越是接近地面，下落的速度也便越来越快。刚刚还远在天空之上，此刻便已落到了新军大营的头顶。而直到此刻，一个个士兵们才意识到了即将发生的事情，开始了慌乱。

然而现在不论再做些什么，都已来不及了。

能够在第一时间做出反应的，唯有韩卓。然而这片刻之间，马匹也不过只能跑出不到一里的距离而已。

韩卓猛地一咬牙，随后重重勒住了马，以雷霆闪电般的速度自腰间抽出长剑，人还未下马，便一剑斩掉了胯下的马头。

战马被勒住时的一声长嘶刚刚响起，便戛然而止，鲜血自颈腔内狂喷而出，随后抽搐了一下，轰然倒地。而在战马倒地的那一瞬间，韩卓已经抱着王睦跳下了马背。

"韩卓，你这是干……"王睦话还未说完，韩卓已经一把将他推开，随后长剑一闪，倒在地上的马腹已经被斩开了一道狭长的口子，自前胸直到下腹。

腥臭的内脏自马腹中哗啦啦流出，韩卓猛地一扯，掀开被切开的马腹，随后便粗暴地拉住王睦的脖子，将他塞进了马腹之中。

王睦终于意识到了，韩卓究竟是在做什么。然而韩卓的动作快如电光火石，根本没有让他反应开口的余地。

血腥味与内脏的臭味，充满了王睦的鼻腔，随后他便只感觉到身后的韩卓用力按住马腹，将他紧紧包裹在了战马的腹腔之中。

就在马腹刚刚合拢之时，一阵巨大的冲击也随之而来。伴随着一声震耳欲聋的巨响，王睦只感觉自己仿佛暴雨巨浪中的小舟一般，天旋地转。

然后，便是如永恒般漫长的黑暗与昏迷。

刘秀与麾下的数千士卒，望着前方天空中的流星，全身的血液都涌到了头顶。

直到即将落在地面上，它依旧没有在空中燃烧殆尽！

而那流星落下的位置，正在前方，新军最集中的中军大营！

　　"全部趴下！双手抱头！闭上眼睛！不许抬头！"

　　在流星触地的最后一刻，刘秀骇然转过头，向着身后的士兵们用尽全身力气吼了起来。

　　他也同时翻身下马，按照方才自己喊出的那样双手抱着头趴在了地上。

　　然而下马的过程，却依旧耗费了他些许的时间。刚刚趴下闭眼，还未来得及低下头去，流星便已经触及了地面。

　　即便已经闭上了眼睛，然而前方瞬间爆发出的强光，依旧穿过眼皮，照在刘秀的眼睛上。仿佛直视着太阳一般的刺眼，刘秀几乎以为自己的双目已经被闪盲。

　　然后，轰然巨响远比千万个炸雷加在一起更加恐怖，在耳中不停地回荡，仿佛要将他整个人都撕裂一般。与巨响同时袭来的狂风，夹杂着地面上的大小土块，无论是速度和力量都不逊色于强弓硬弩。

　　刘秀死死咬着牙，将自己按在地上，但依旧感觉随时可能被那狂风所吹走。幸而那狂风不过只持续了短暂的片刻，便停息下来。若是再持续上数个呼吸，刘秀只怕自己便真要被卷走了。

　　他确认了已经再无狂风，这才小心翼翼地抬起头，缓缓张开了双眼。被强光所刺激到的双目不停地流泪，泪水模糊了视线。刘秀知道自己的眼睛此刻必定已经红肿不堪。

　　耳中的感受也是同样，那巨响早已消失，却仿佛依旧留在耳边，嗡嗡地响个不停，让整个人都像是活在一个不真实的世界中。

　　任光挣扎着自地上爬起，从不远处冲来，扶起刘秀，在他的耳边大声说着什么，但刘秀只能看见任光的嘴一张一合，却连一个字都听不见。

　　任光看见刘秀茫然的神情，用力捏了捏刘秀的手掌，随后伸出手指向前方。

　　刘秀擦了擦模糊视线的眼泪，望向了北面昆阳的方向，而一望之下，他的思维便已全部停滞。

　　原本在北面，最雄厚，人数最多，漫无边际的新军大营，此刻已经荡然无存，仿佛从来没有存在过这世界上一般。

而他们原本所处的位置，已经只剩下了一个巨大的凹坑。

　　那凹坑方圆足有半里，仿佛一张自地上长出的巨口一般。在凹坑的周围，没有任何草木石块，只有翻卷出来的泥土自中央向着四周堆积。

　　然而最多的，便是尸体。

　　无边无际的尸体。

　　在坑洞的附近，根本看不到任何尸体，因为在流星坠地的近距离冲击之下，没有任何一个肉体还能够保持完整。只有稍远一些的位置，才有可能还保留着可以辨认的人形。那强烈的冲击暴风将稍远一些的新军士兵卷起，重重抛向空中，然后远远落向四周。此刻甚至在刘秀身前数丈之处，便是一具已经只剩下半个身子的新军士兵，脸上还留着临死前那不敢置信的表情，面孔因恐惧而极度扭曲。

　　刘秀连忙回头，看见身后的己方士兵也刚刚自地上缓缓挣扎着爬起，每一个人脸上都带着不可置信的表情，仿佛都已失去了魂魄般，死死望着前方那只有在地狱中才可能看见的景象。

　　但幸好，刘秀扫视了一眼，大家都幸存了下来，不过只是有不多的一些士卒，被暴风卷起的石块土块打出了些皮外伤而已。

　　但所有人的神情，都还在恍惚之中。

　　“少主，此刻正是天赐良机！”李通匆匆跑到刘秀身边，低声提醒了一句，已经激动得全身颤抖。

　　“对！”刘秀一凛，这才反应过来，自腰间拔出了长剑，遥遥高举，大吼一声，吸引了身前士兵所有的注意力。

　　“王莽无道，天怒人怨，此乃天罚！”

　　士兵们齐齐哗然。

　　在短暂的震惊，失去思考能力的时候，刘秀完美地抓住这最好的时机，将他们的意志完全引导在了自己的手中。

　　“天降陨石，扫平贼军，正是天命在我军之中！眼前只剩残兵败将，不能再当我军一击！众儿郎随我奋勇击贼！击贼！击贼！张褚，孙同，随我来！”

　　刘秀翻身上马，再不犹豫，唤了两名偏将，率领着半数的部队向着西侧的新军驰去，而李通与任光也随后跟上，引着余下部队往东杀去。

东西两侧的新军，虽然并未正面受到陨石的冲击，但早已肝胆俱裂。中央大营的兵力最为雄厚，足有十余万人，却在顷刻间灰飞烟灭，而面前的叛军，原本已经被包围在了其中，插翅难飞，现下不但丝毫无损，反而斗志高涨，如狼似虎地向着自己冲来。

他们……真的有上天的庇佑！那绝不是人力能够打败的敌人！

这个念头，同时出现在了所有还幸存着的新军士兵心中。

当第一声叫喊响起，第一个士兵开始丢下武器，掉头向后逃窜时，再也没有什么力量能够将他们聚拢在一起了。每个人都只想着逃跑，跑得快一些。即便跑不过身后的敌军，至少也要跑赢身边的同伴。

尽管死去的还不足半数，但原本的四十万大军，在这一刻，便再也不复存在。尚活着的，不过只是任人宰割的羔羊而已。

王睦在剧烈的呛咳之中醒来，然而即便睁开眼，眼前依旧是一片黑暗，以及浓烈的血腥恶臭。

口鼻中，满是黏稠的液体，几乎让王睦不得呼吸。他竭尽全力地呛咳着，好不容易才恢复了喘息

这是……死后的黄泉地狱么？

王睦试着挣扎了一下，发觉触手之处，尽是柔软黏腻。他用力推动，才惊喜地看见了一丝亮光在眼前。

再一次用尽全身微弱的力气，向着那亮光伸手推去，王睦才好不容易滚出那片黑暗，滚到了地面之上。转过头看去，他才发现身后是一匹早已死去的马。而他自己方才，正是在那马腹之中。

来不及思考，王睦胸口一阵剧烈的恶心，随后双手扶着地面，大口大口地呕吐了起来。吐出来的东西里除了早上的食物，还混杂着马腹中的鲜血与体液。

强烈的呕吐几乎让王睦快要窒息，好不容易才将腹中的东西吐尽，王睦感觉自己已经快要虚脱。

直到这时，他才开始渐渐回忆起此前发生了什么。

布置包围网围歼刘秀……天空中的流星划过……韩卓将自己抓上马背逃跑……将自己塞进马腹中……

王睦全身突然一震，绷紧了身子，几乎被巨大的恐惧所吞噬。

许久，他才鼓起全身的勇气，缓缓抬起头来，扫视着四周。

当那巨大的坑洞，以及身周无数残缺尸体落入眼中时，王睦才终于意识到并相信，之前发生了什么。

那匹马的全身，也都布满了冲击的伤痕。若不是靠着它缓冲，现在的王睦只怕也成为了身周那些尸体的一员吧。

可……

韩卓呢？

韩卓呢！

在最后那一刻，韩卓划开马腹，将自己塞了进去，但他自己却还留在外面！

韩卓他该不会……

王睦用力站起身，慌乱地大声喊着韩卓的名字，然而却没有任何回应。

他开始疯狂地一具具搜寻起身边的尸体来，但无论他怎么找，都找不到那个一身黑衣的男人。

正当王睦即将绝望的那一刻，他听到了自己的名字。

那声音低微沉闷，若不是此刻周围一片寂静无声，几乎难以辨别。但王睦耳中刚刚听到时，全身便已经激动得颤抖起来。

数十丈外，一个黑色的身影正艰难地撑起身子。

"韩卓！你果然没死！"王睦尽管依旧虚弱不堪，却还是跌跌撞撞地向着韩卓跑去，"我就知道，你这家伙是不会死的！"

可当他跑到韩卓的面前时，却刹住了脚步，死死盯着韩卓的身体。

一根尖利的长枪，竖直穿过了韩卓的身体，自右肩斜插进去，再从左腰间穿出。鲜血已经凝结，显出瘆人的紫黑色来。

"韩卓，你……"王睦张大着嘴，不敢置信地看着韩卓。他从没见过韩卓受伤，甚至哪怕连想象都未曾想象过他受伤的模样。

　　这个男人，就应该是永远一袭黑衣，握着他的长剑，沉默地取下一个又一个人头，在暗影中守护着老师的样子。没有任何人，任何力量能把他打倒，他也永远不会被打倒，甚至……永远都不会死。

　　"我快死了。"

　　在说出这句话的时候，韩卓的脸上也没有丝毫的表情。没有恐惧，没有担心，甚至也没有对自己生命的眷恋，而只在陈述一个简单的事实一般。

　　他伸出手，指了指自己身上的那根长矛："流星落地时卷起的，我闪不开。肺和肝都被刺穿，没有救了。"

　　王睦颤抖着一步步走近，伸手轻轻扶住长矛，不知道该怎么做。

　　"别拔，拔出来，死得更快。"韩卓轻声道。

　　"对……对不起……"王睦的嘴唇翕动着，脸色惨白，"若不是……若不是为了救我，你便可以活下来了……都是因为我……应该是你活下去才对！"

　　"应该活下去的是你。"韩卓想到那些年非常人能忍受，似乎不属于这个时代的训练，摇头道，"你是主上的继承者，而我，只不过是主上从小训练培养的一个护卫而已。虽然主上教你的那些事情，我一句都听不懂，但我知道，你对他来说，更重要。"

　　"继承者？"王睦惨笑一声，"你看看周围吧，韩卓。现在的我，还有什么能够继承？"

　　"你们常说的那个词，是……理想吧？"韩卓声音淡然，"我没有理想，不知道那究竟是什么。但我想，它对你们有着特殊的意义吧。至少，那是你能够继承的东西了。"

　　"理想……"王睦紧紧握着拳头，还待要说什么，却被韩卓打断，"回去吧，回长安，回到主上的身边去。没有我的保护，也一定要活下去。"

　　远处，一名正在战场上扫荡追击的骑兵注意到了王睦与韩卓两人，拨动了一下马头的方向，向着两人处跑来。

　　说完，韩卓扶着插在身体内的那柄长矛，自地上艰难地站起："至少，让我最后送你一份礼物吧。"

那骑兵越冲越近，手中的马刀高高举起，信心十足。眼前的两人，一个手无寸铁，另一个已经重伤濒死，干掉他们，只需要两个冲锋而已。

　　王睦退到了韩卓的身后，看着韩卓的背影。虽然眼前的骑兵来势汹汹，虽然那柄长矛已经贯穿了韩卓的整个身体，但他对韩卓的信任却丝毫没有半点减退。

　　只要韩卓还活着，站在自己的面前，王睦便相信自己绝不会受到半点伤害。

　　当那骑兵冲到韩卓面前时，面上已经露出了兴奋的微笑，随后马刀划出一个弧线重重劈下。然而仅仅劈到了一半，手却骤然一松，随后喉间一阵凉意传来，眼前的画面定格在了最后的一瞬间，再转为黑暗。

　　骑兵的无头尸体摇晃着落地，战马前冲了几步之后，缓缓停下。韩卓将夺来的弯刀抛到了王睦面前，发出了几声喘息："拿刀，上马，走吧。"

　　"那你呢？"王睦面色凝重。

　　"将死之人，死在哪里都是一样。"韩卓摇了摇头，"王睦，你以前不是优柔寡断之人，现在也不要做。"

　　"好。"王睦咬了咬牙，捡起地上的马刀，翻身骑上战马，最后深深凝望了一眼韩卓，"谢谢你，韩卓。"

　　随后，王睦重重抽了一鞭，策马奔驰远去，再也没有回头。他害怕自己若是再回头看上韩卓哪怕一眼，泪水便再也忍耐不住。

　　"再见了，朋友。"

　　韩卓望着王睦远去的背影，脸上再一次露出了一丝难得的笑意。

　　然后他像是全身的力气都被掏空了一般，缓缓软倒在地上。

　　"还有，谢谢你的酒。"

自从上次面见王匡之后，已经五日了。

宛城内的兵马，已经集中到了超过十万，而无论是征集粮草，还是士兵的休整，此刻也都已完毕。

可王匡依旧没有半点发兵北上的意思，甚至连再见刘缤的意愿都没有。每次刘缤上门，却都只被卫兵恭敬却坚定地挡在了门外。

"刘稷。"刘缤在营帐中仔细整了整身上的衣衫，随后将长刀挂在了腰间，对着刘稷道，"带上你的斧子。"

"真的么！"刘稷顿时原地跳了起来，满脸喜色，"今天终于能砍了王匡那个混蛋么！"

"若是他再不发兵，或是让我知道阿秀已经战死……"刘缤满面森寒，调整了一下腰间刀鞘的位置，"那就——斩了他！"

刘稷一声欢快地吼叫，握紧了自己的斧头，紧跟在刘缤的身后。

两人一路向着城北，王匡的宅邸行去。然而一路上却与平日不同，连半个人影都看不见，无论是士卒还是百姓，都仿佛消失了一般。

甚至就连王匡府邸的门口，也同样大门紧闭，没有一个卫兵在把守。

刘缤皱起了眉头。王匡即便是不想见自己，也应该是和前几日一般，只让卫兵挡驾，而不至于做出这等把戏来。

"老大，我来吧？"刘稷握着手中的斧头，对着大门舔了舔嘴唇，跃跃欲试。

"暂时别动。"刘縯想了想,摇了摇头。虽然今日已经做好了在不得已的情况下与王匡撕破脸的准备,但连人都还没见到,还是不该现在便砸门闯入。

"王匡!藏头缩尾做什么!给我出来!"刘縯深吸一口气,向着那宅邸放声大叫,但院子里却依旧没有丝毫的回应。

然而长街的两头,却突然传来了密集的脚步声。

刘縯心下一凛,向着左右望去。长街两端,整齐的士兵不知从何处突然出现,排成密集的队形,向着中央处缓缓推进过来。

最前方的士兵手持刀盾,后方的士兵举着长枪,最后排则是满满的弓弩手。而他们手中武器对准的方向,正是刘縯刘稷两人。

"王……匡……"

刘縯咬着牙,在喉中低低吼着,知道今日自己已落入了陷阱中。

"大司徒刘縯,你身怀利刃,冲到我的宅子门口,是想做什么?"

王匡自层层叠叠的士兵中露出了一个头,面上挂着奸诈的笑意。

"王匡……是你设伏想杀我?"刘縯自腰间拔出长刀,站在原地不动,死死瞪着远处的王匡。

此刻长街的两头都已被堵死,前后的军队足有近千人。不仅阵型严整,而且装备精良,显然不是仓促调集来,而是早经过了精心策划。

而被埋伏的,此刻却只有自己和刘稷二人,手中只有一柄长刀,一把巨斧。想要自这千人中杀出重围,根本已是毫无可能。

王匡既然已经谋划良久,那么自己今日,已是必死之局了。

但刘縯却绝不相信自己会死。

因为他知道,天命在自己的身上!既然上一次在宛城,王睦没能杀掉他,那么今天,王匡也同样杀不了他!

"我?设伏?不不不!"王匡用力摇着头大笑,"想杀你的,可不是我啊!"

说完,他向着旁边一让,亮出了身后的一个身影。

"廖湛?"刘縯看见那人的面容,闷哼一声。

平林兵的另一个首领,与陈牧共同起兵的廖湛。

"陈牧死在你的手上，此事可真？"

廖湛推开身前的士兵，走到最前方，满面寒霜死死盯着刘缜。

"是我杀的。"刘缜冷笑一声，将长刀扛在了肩膀之上，"你有什么不满意？"

"你为何要杀陈牧？给我一个理由。"廖湛没想到刘缜竟然如此坦诚，面上杀气更甚。只要刘缜的答案不能令他满意，他便会立刻下令动手。

此刻长街上的士卒，尽是廖湛手下的平林兵核心精锐。在接到王匡的书信，听闻好友陈牧死在刘缜手中之后，他便星夜领着自己部下，向着宛城赶来。

"杀陈牧？"刘缜望了望廖湛那张扭曲的脸，哂然一笑，"我看不顺眼之人，杀便杀了，还要什么理由。"

事已至此，刘缜根本懒得向廖湛多费口舌。无论自己说些什么，难道还能逃得过接下来的这一战？

"刘缜，这可是你自找的！"廖湛脸色铁青，单手举起，重重向下一挥。

长街两头，无数的箭雨向着刘缜刘稷二人射出，铺天盖地，避无可避。

就在箭雨射出的那一刹那，刘缜与刘稷动了！

刘缜全身几乎平平地贴着地面，向前飞奔着，手中的长刀握紧，与背上不停掠过的羽箭擦身而过。

而刘稷则是将手中门板一般的大斧横栏在面前，当作盾牌挡住要害，大步虎吼着向前奔去。

杀了王匡和廖湛，今日便还有一线生机！纵使对面的敌人再多，但自己……自己可是身背天命的人啊！

第一波羽箭落空，只在刘稷的大腿侧边擦出了几道血痕。而第二波羽箭尽管已在弦上，却已来不及发射。

因为刘缜已经冲到了面前！

长刀猛地贴地扫出，最前面的几名刀盾士兵惨叫着在地上翻滚起来，抱着光秃秃的小腿，而地上剩有几只断脚。

后排士兵的长枪向前刺出，却被刘縯贴着肉躲过，随后左臂夹住几根枪杆，猛地横扫，再一次打开了一大片空当。

而手握着巨斧的刘稷，已经化作一团旋风，沿着刘縯打开的通道杀了进去。

王匡与廖湛的面色顿时一变，慌忙向后退去。他们虽然早知道刘縯的身手强横，但却没有想到竟然能可怕到这个地步！精心谋划的伏击，身经百战的精锐士兵，竟然也能被他突破进来！

"王匡！站住！"

刘縯的眼中，此刻只剩下了王匡，奋力挥动着长刀向前不停冲击。然而狭窄的长街上，士兵实在太过密集，他一边砍杀一边前进的速度尽管已经够快，却还是与王匡的距离越来越远。

顷刻之间，地上已经横倒了数十具尸体，然而刘縯和刘稷的身上也多了好几道伤痕。长街另一端的士兵，还正在向着这头赶来。当两面合围之时，刘縯便再也没有机会抓住王匡了。

刘縯没有穿着盔甲，身上的衣衫已经破破烂烂，露出了背上那条血色赤龙。在如此血潮涌动的时候，那赤龙也变得更为鲜艳，随着刘縯的砍杀而游动不休，仿佛随时都会飞上天际。

"王匡！王匡！王匡！"

刘縯狂吼着一刀砍倒一名手握长枪的士兵，但左臂上却被另一柄长枪刺中。带着倒钩的枪尖死死陷在肌肉之中，竟然挣脱不开。刘縯怒目一刀劈下，斩断了左臂上的枪杆，下一刀便刺入了那士兵的小腹之中。

然而王匡……却依旧越来越远。直至消失不见。

刘縯已经心急如焚，可眼前的士兵却仿佛怎么也杀不尽一般。背后又是一把长刀砍来，躲闪不及，在大腿上划出了一道深可见骨的伤痕。

"老大！"

身后的刘稷满身是血地冲过来，双腿一软，几乎跪在地上，他的身上已经布满了大大小小的伤痕，只有右手握着斧头，左臂已经只剩下了半截。

"对不起，老大……你说过……你只需要我用斧头，不需要用头脑的……可现在，我的斧头……好像也没有用了……"

刘稷面上的惨笑，依旧透着一股傻气，随后三柄长枪齐齐自他胸口透入。

"对不起，老大……"刘稷嘿嘿挤出一个笑容，随着说话，口中不停流出大股大股的鲜血来。

"刘稷！！！"

纵使平日里动辄张口闭口骂着他是个白痴，但跟随了刘缜多年，忠心耿耿的刘稷，在他心中已经是仅次于阿秀的存在了。

可现在，刘稷竟然就这么死在自己的眼前。

"天命呢……我背负的天命呢……"

刘缜如疯癫一般，仰头向天，疯狂地嘶吼着，然而天空中却依旧只有太阳高悬着，什么异象都未曾发生。

宛城的冰雹、断流的黄淳水，那些奇迹在这一刻，并没有再一次重现。

然后，十余把刀剑长枪，齐齐刺入了刘缜的身体。

就在这一刻，刘缜那血红的双眼，突然现出了一刻的清明。

"我……明白了。我一直都想错了……那个人……原来是你啊，阿秀……

"如果是这样的话，那我就……放心了……"

随着他最后的喃喃自语，刘缜一生都高昂着的头，终于颓然垂了下去。

"死了么？"

王匡远远看着前方的士兵发出一声欢呼，心头终于松了下去。

那个黄泉之龙，背负着天命的男人，终于死了……

死了……

一直笼罩在自己心头的阴霾，总算在今日彻底散去，有如这晴朗的天气。

王匡惊慌的脸上，终于露出了放心的笑意。

昆阳之围已解。

靠着那颗陨石，新军的士气已经被彻底打崩，再也没有任何战意。在刘秀率领着麾下的部队开始了追击之后，狼狈地向着北方逃窜而去。而昆阳城内的守军，也分出了一部分加入了追击的阵营。

灰飞烟灭，土崩瓦解。王莽最后抽调出的四十万人，也已断送在此处。整个新朝手中，已经再无能够抽调出的兵力。

刘秀骑在马上，自城门中穿过，沿着街道前进，心潮澎湃起伏。

而城内的所有守军，哪怕受了再重的伤，也强忍着让同袍搀扶着，走上街道两旁，只为了看一眼太常偏将军的面容。

看一眼那个带着十三人突围出城，搬来援军，将城外的四十万大军一战歼灭的男人。

此刻，在城内绿林军的眼中，刘秀就是天，就是神！

刘秀的心中，也已被狂喜充满，但却不是为了眼前顶礼膜拜的众人，而是还远在宛城的哥哥。

"哥哥，这一次，终于由我来守护你了呢！"

刘秀在心中默念着，看见了自前方迎来的王凤。

"嗯……做得很好。"

全城的士兵都在欢呼，但唯有王凤，却只能在脸上挤出一丝笑脸，然而却掩饰不住自己眼中的嫉恨。

这刘氏兄弟两人……简直一个比一个更可恨！

"我已派人传书宛城给陛下了，封赏不日便到。这些日子来，你血战辛苦，还是早点休息吧。"王凤简单地对刘秀点了点头，便算作了勉励。

刘秀自然也不愿跟王凤多打什么交道，领着已经彻底归为了他部下的那五千多平林军，向着军营开去。

走进自己的营帐之中，刘秀才重重倒在榻上，全身放松下来，缓缓闭上了眼睛。这连日来，他已不知多久没有睡过一个好觉了。

不知道睡了多久，刘秀被轻轻摇醒。他有些迷糊地揉了揉眼睛，才看见了身前站着的李通和任光。

李通的神色是从未有过的严肃与悲痛，而任光的脸上，眼泪还没有擦干，依旧不停自双眼中涌出。

"怎么了？"刘秀一惊，看到这两人的表情，心中知道必定是出了什么大事，瞬间自睡意中清醒了过来。

"少主，主上他……主上……"任光哽咽着嗓子，要开口，却始终说不出一个完整的句子，便已泣不成声。

李通伸出手，扶住刘秀的双肩："少主，你千万不要激动……"

"哥哥怎么了！是哥哥么？"刘秀心头一阵恐慌浮现，"哥哥到底怎么了！"

"朝廷发下文告……说主上骄横跋扈，目无军纪，无故袭杀友军将领，罪不容诛，已于三日前……三日前……明正典刑……"李通紧咬着牙，才勉强说完整句话。

"你胡说！"刘秀先是一愣，随后发疯般地跳了起来，紧紧抓住李通的衣襟，表情狰狞欲狂，"李通，你再敢胡说，信不信我杀了你！"

"少主……"任光自身后捏住了刘秀的手，低声道，"是……是真的……我们留在宛城的部属也传来了消息……"

"你闭嘴！"刘秀狂叫着转过身，重重一拳砸在了任光的脸上，将他打得后退了几步，坐在了地上。

任光自地上缓缓站起，手捂着脸上被刘秀拳头打中的地方，没有再开口，但望向刘秀的目光中满是悲哀。

刘秀喘着粗气，死死盯着任光，紧捏着的拳头再一次高高举起，却没有再打下去。

良久，那拳头才逐渐一点点放低，直至垂下。他的眼神也自愤怒，渐渐变作了无尽的哀痛。

刘秀知道，他们说的是真的。

"少主……"任光看到刘秀缓缓蹲下，将头抱在了怀中，忍不住便要上前再开口，却被李通摇了摇头拉住。

刘秀将头埋在怀里，发出了如同受伤野兽一般的嘶哑痛哭声。

然而痛苦声只持续了短暂的片刻，便已渐渐低沉下去，再抬起脸来时，刘秀的目光已然化作刻骨的仇恨。

"是王匡干的么？"刘秀死死望着李通。

"是。"李通点了点头，"王匡和廖湛两人筹划的伏击，主上和刘稷两人力战不屈，一同遇难。"

"王匡……廖湛……还有王凤也不能放过……"刘秀的嘴唇已经被咬出了血，"他们一定要付出代价，一定！"

"少主，切勿感情用事。现在我们手头能掌握的军队，除了城内最后的几百春陵人马，便只有定陵带出来的平林兵了……而他们原本就是陈牧的部下，若是此刻便……"李通看着刘秀那可怖的表情，连忙低声劝阻道。

"我不会感情用事的。"刘秀深深吸了一口气，语声突然变得平静下来，望着李通，"我没有那么蠢，你说的，我很清楚。"

"那……少主你的意思是……"李通轻声道。

"我会很顺服的，远比哥哥要顺服。我不会对他们有半点违逆，更不会现在便起兵反抗。我不但要向他们谢罪，而且还是亲自去宛城谢罪。我会告诉他们，哥哥罪大恶极，确实死有余辜。我会告诉他们，我要与哥哥彻底划清界限，永远向他们效忠……没错，我会成为他们的忠犬，直到……我获得了足够的力量！"

刘秀低下头，无意中露出了颈部上那三条杠状的记。

一旁的李通见状，瞬间惊得连退三步，跌跌撞撞，差点摔倒在地。

"天印！"

"少主是天选者！"李通大惊失色。

见李通如此变化，刘秀伸出自己的双手，突然笑起来，继续道："到那时，我会让他们所有人，都后悔自己曾经对哥哥做过的一切，一切！"

他虽然在笑着，但那笑容里却满是冷冽的寒意。

然而，此刻李通的内心早已翻起了惊涛骇浪。

或许整个世界，只有他李氏一族通过世代的传承才知道，刘秀后颈上那三条杠状的印记意味着什么。

李氏的典籍中有一段神秘的记述：天地初开，有两大创世神族，他们互相敌对，征战不休。而后，两个阵营的神族俱飞升太虚，离开了这个世界。但传说他们在人间留下了各自的遗族和像李家这样的记录者，两大遗族其中一个就是这身负三道杠的天选者，非大智、大德、大能之人无法接受他们的遴选。

天选者的记述比较多，故而李通一下就看出，而对另外一个称为"朔望"的遗族，他就只在书中见过只言片语，只知道这族的传承之人行事更加神秘和叵测。

李通小时候喜欢窝在家族的藏书阁看书，相比族人，他的涉猎更广，明白朔望一族始终以天选者为敌。

这场波及整个汉帝国的争斗中，自己的主公已经被天选者选中，那么朔望呢？

一个念头忽然从李通脑中划过，他被自己的想法惊得脸色又白了一层。

"长安……"李通喃喃地说。

那个长安的新人，那个倒行逆施惹得天下大乱的君主！

不过，这和世间的凡人又有什么关系呢？即便自己勘破世情，一身玄术通神，也难以和这些神选之民相提并论。

是夜，郁闷的李通跑到营帐外看了半晚上的月亮，才将这些繁杂的思绪抛到脑后。毕竟，此生能追随真正的天选者而没有站错队，好歹是一幸事。

"老师，敌军进城了。"

建章宫中，太液池上，有一座高二十余丈的高台，名为渐台。

此刻，王莽正坐在渐台之上，听着远方的杀伐之声一点点向着建章宫传来。

他刚刚沐浴过，此刻穿着全套的冕服，头戴平天冠，身上飘散出熏香的气味。渐台之上的风很大，但王莽却始终端坐着纹丝不动，稳如泰山。

生命的最后一刻来临时，必须要有尊严地面对。

最后的军队在昆阳城下都被击溃之后，自洛阳到潼关，再到长安，已经几乎完全处于不设防的状态。绿林军几乎是一路长驱直入，不过两个月的时间，便已经攻到了长安城外。

纵使是天下第一大城，但长安城内，根本没有守备的军力。不过只勉强坚持了区区三天，绿林军已经攻破城墙，正向着皇宫的方向攻来。

听完刚从宫外回来的王睦的禀报，王莽点了点头，整理了一下自己的冕服，又正了正头上的平天冠："刘秀在其中么？"

"不，没有看见刘秀的旗号。"王睦摇了摇头，"是绿林军的其他将领。"

"真是可惜。自从六年前长安一别之后，总还是希望能够再见他一面的。"王莽微微叹息一声，面上有些惋惜，"看来，是没有机会了。"

"不见，便不见了吧。"王睦淡淡笑了笑，"相比于不能建立起的那个新世界，不能见到刘秀，实在是没什么好值得可惜的。"

王莽轻叹一声，点了点头。宫外的喊杀声更加接近，混杂着宫女们的凄厉哭喊。

"老师，我来帮您吧……"王睦自腰间缓缓抽出了长剑，侧着跪在了王莽面前，"我的身手不算好，比不上韩卓，但至少，不用老师您自己……"

"不，不必了。"王莽微笑着摇了摇头，"都一样的。"

"是。"王睦轻轻点了点头，收起了长剑，却没有起身。

"睦儿，你可曾后悔过跟随我？"王莽沉默片刻，突然开口问道。

"后悔？为何要后悔？"王睦讶然道。

"因为，我失败了啊……"王莽淡淡一笑，"我曾经说过，要带着你一同建立起一个新世界，却自始至终，也未曾让你真正地见到。你难道不曾有过哪怕半分的怀疑，我不过只是一个说梦的痴人而已？"

"弟子直至今日，也未曾对老师有过半分怀疑。"王睦坚定地摇头，"老师的理想，自始至终都被弟子坚信着。只不过，天下之事，人力有时而穷。当弟子在昆阳城下，见到那流星陨落的那一刻时，弟子便清楚，老师您从未错过，只是……天命真的不在老师身上而已。"

"天命……天命……嘿嘿。"王莽苍凉地笑了起来，"这个世界上，原来真的是有天命的……"

他突然转头望向王睦："睦儿，你可愿答应我最后一件事？"

"转眼便是死期，又还有什么事，是弟子能做的？"王睦苦笑一下，"不过老师但有所命，弟子绝对不敢违。"

"很好。"王莽点了点头，"最后的这件事就是……活下去！"

"什么？"王睦一愣，骇然望着老师，"老师！您不是答应过弟子，让弟子与您同死么！"

"我改主意了。"王莽摇了摇头，"老人……总是会经常想要改主意的，不是么？"

"那么活下去……做什么呢？"王睦轻轻叹了口气，"没有了您的世界，那该会多无趣啊。"

"活下去，代替我，去看看刘秀身上所背负的天命，看到他取得天下。"王莽微微一笑，"既然我已没有办法看见……那么你，就做我的眼睛吧。"

说完，王莽自怀中掏出一柄匕首，自身上的冕服上割下一块帛，随后咬破手指，在布上书写起来。

外面的喊杀声，已经越来越近。

"快点，否则便真的来不及了。"王莽写完了布上的内容，将布折叠起来，轻声对着尚在犹豫的王睦道。

"弟子……弟子明白了。"王睦一咬牙，点了点头，"只可惜，弟子不能在黄泉路上陪伴老师了。"

"那有什么打紧？"王莽哈哈一笑，摇了摇头，随后将手中帛书交到了王睦手中，面色庄严肃穆。

他将匕首对准了自己的心房，张口轻声念出了两句诗，随后，匕首重重插入了心房。

王睦重重对着老师的尸体磕了三个头，再抬起头来时，早已泪流满面。

"放心吧，老师，我一定会替你活下去的！"

十月，河阴孟津渡前，刘秀手持着节杖，面对着身前的滔滔黄河与渐渐靠过来的小小一蓬渡船。

黄河对岸，便是河北。赤眉军拥兵三十万之众，盘踞于河北，更有各地豪强，自建坞堡，盘踞一方。在新朝覆灭之前，整个河北的动荡直至今日，也未曾恢复。

而更始帝刘玄下令，让刘秀北上，"抚慰"河北州郡时，却没有给他一兵一卒。他的手中，只有一根节杖而已。

"主公，此去河北，就靠我们三人……"任光望着刘秀手中的那根代表着朝廷的节杖，苦笑了一下，"还有这根东西……只怕渡船刚过了河，我们就要被杀了吧。"

自从刘縯死后，他和李通对刘秀的称呼，已经从少主变成了主公。

"在为哥哥报仇之前，我不会死的。"刘秀摇了摇头，伸足踏上了岸边的渡船，眼神坚定，"王匡王凤以为这样便可以借机除掉我，但当我收复了整个河北，挥师南下时，他们才会明白今天的错误有多大。"

"等等。"

身后一个声音传来，刘秀转头望去，看见一个身影正远远向着河岸走来。

"王睦？"刘秀眯缝起了眼睛，不敢相信自己竟然会在这里看到他，"你……没有死在长安？"

"没有。"王睦缓缓走近，一直走到了岸边，与船上的刘秀两两相望，"我逃出来了。"

"你现在……还没有放弃杀我的念头？"刘秀笑了笑问道。

"不。老师已经死了，新世界也已经死了。理想既然已经被埋葬，我杀你又还有什么用处？"王睦涩然一笑。

"那你是……"刘秀挑了挑眉毛。

王睦抬起一只脚，踏上船板。任光警惕地拔出了腰间的长刀，却被刘秀挥挥手止住。

"我是来……投奔于你的。"王睦踏上了船，竟然出乎所有人意料地向着刘秀跪拜了下去。

"投奔……我？"刘秀讶然望着身前跪伏在下的王睦，"你为何要……投奔我？"

"可以么？"王睦抬起头，望着刘秀，没有回答刘秀的问题。

刘秀望着王睦，试图从他的眼神中得到答案，但王睦的眼神中，除了清澈，什么都没有。

"可以。"刘秀沉默了片刻，点头。

渡船载着四个人，向着黄河北岸慢悠悠地驶去。

"喝，喝，今日不醉无归！"

军帐之中，喧闹欢呼声不绝于耳，几乎要将整个营地掀翻。

更始三年，四月。距离刘秀北渡河北，已经过去了一年半。

到了河北之后，刘秀便得到上谷、渔阳两郡的支持，收上谷太守耿况与其子耿弇，发两郡突骑攻破了邯郸，击杀盘踞在邯郸的王朗。至此，刘秀已是河北举足轻重的一支力量。

当刘秀在河北日益壮大时，王匡王凤才感觉到了不安，他们以更始帝刘玄的名义遣使至河北，封刘秀为萧王，令其交出兵马，回长安领受封赏。

手中握有了自己的力量，足以分庭抗礼之时，刘秀已经不需要再听从更始绿林军的号令了。他先是斩杀更始帝派出的使者，又攻破了更始帝派到河北的幽州牧苗曾，以及与上谷等地的太守韦顺、蔡允。

即便这意味着刘秀与绿林军的决裂，但长安方面却只能无可奈何，任由刘秀一天天在河北坐大。

在三日前，刘秀尽发幽州十郡突骑，与铜马、尤来两支河北最大的割据势力交战。激战三日，终于攻破铜马尤来的数十万士卒，迫使其投降，整编成为自己的部下。

到了今日，刘秀一部已经成了河北最大的势力。即便是相对于已经移都长安，占据了整个关中与豫州荆州的绿林军，也早已不遑多让。

而今晚，便是为了击破铜马尤来的庆功宴。

刘秀望着营帐之中，人人欢呼饮宴的热烈气氛，方才的酒意上头，已经也有了些醺然之意。

但他的目光却在不经意中扫到角落里的一个身影。

尽管手中同样握着一个酒杯，却始终只是独自小口啜饮，脸上没有丝毫的笑容。他的目光望着营帐的白布，却仿佛穿过了白布，望向不知何方。

刘秀站起身，端着酒杯向着王睦走去，在他身旁轻轻坐下，轻轻碰了碰他手中的酒杯，"为何一人独饮？"

"主公。"王睦转过头看见刘秀，淡淡地露出一个微笑，也与刘秀手中的酒杯碰了一碰，随后将杯中酒一饮而尽，"只是，想起一些以前的事情而已。"

"以前何事？说说看。"刘秀笑了笑，"这里除了李通与任光，便是你追随我最久了。"

"今日……恰好是二十年前，老师收我为徒的日子。"王睦淡淡的微笑中露出一丝怀念。

"啊！是在长安酒肆中，唤我上去喝酒的那老人！"刘秀想起了那段往事，点了点头，"说起来，他确实是个博学之士！"

"没错。"王睦缅怀地微笑着。

刘秀站起身，自身后一席上取来一壶酒，给两人倒上，对王睦问道："王睦，你觉得……我可算得上是英雄？"

王睦端起酒杯饮下，点头道："主公昆阳一战，以五千兵马击破我父子四十万人，此刻又将河北纳入掌中，自然是天下英雄。"

刘秀哈哈一笑："那一战，我也不过只是侥幸得上天相助而已。现在想来，依旧后怕得很。那么……"

他突然望向王睦："你此前身为侍中之职，应该见过王莽吧。以你观之，我相比于王莽何如？"

王睦突然出神凝视着刘秀，良久，才轻声叹了一口气："主公你……确乃天下英雄。但王莽，却已不能以世俗标准衡量了。若论才能，他胜主公十倍。"

"十倍？"刘秀哑然失笑，"若是如此，为何王莽还会丢了那天下？"

"因为……"王睦轻轻苦笑，眼神无奈，"因为天命在主公你的身上，而不在他。"

"天命……在我的身上？"刘秀望着王睦，心下怦然一动。

那是哥哥常说的一句话，可哥哥……却终究还是死在了宛城。而此前宛城的那些冰雹、断流的黄淳水，以及……昆阳城外落下的陨石……

"难道……那真的不是哥哥？"

刘秀以最低微的声音，喃喃自语着，手心已经沁出了汗。

"那么……昔日我北上河北之时，你为何前来投我？当时天下群英济济，你为何认定了我便是身负天命之人？"刘秀深吸一口气，继续问道。

"是老师在临终之前，让我这么做的。他说，要我一定要看到主公你取得天下的那一天。"王睦轻轻微笑，脑中又再次浮现起了老师的面庞。

"你的老师，究竟是谁？"刘秀终于按捺不住好奇心，追问道。

"主公你难道直到今日，还未曾猜到么？"王睦笑了笑，抬起头望向刘秀，"他……就是王莽啊。"

刘秀面容一愣，手中酒杯一时把持不住，滑落在腿上，打湿了一片酒渍。

他低下头，望着那酒渍，良久才抬起头，看着帐内仍在欢呼饮宴，酩酊大醉，无暇顾及这个角落的众将，轻声向着王睦道："那么……我就称帝吧。"

……

更始三年六月，鄗城。

登基大典已经结束，忙碌了一天的刘秀回到自己的卧房之中，全身的骨头像是都要断了。

一套又一套繁杂的礼仪，竟似比战场杀敌更让人疲累。

可正当刘秀要就寝时，门外的一名侍女轻轻敲了敲门："陛下，郎中令有要事求见。"

"郎中令？"刘秀一愣，随后才想起那是自己今日刚刚封给王睦的官位。他原本已经疲累欲死，正要让侍女传话不见，心中却猛地一跳，想了想："让他……去书房等我吧。"

刘秀匆匆套上衣服，向着书房走去。当他走进书房时，看见王睦已经坐在了书房内等待，面上带着一丝古怪的微笑。

"什么事不能明天再说？你真有拿朕当作皇帝么？"刘秀低低抱怨了一句，在王睦的对面坐下。以王睦与他多年来亦敌亦友，牵扯不断的关系，自然不会真心不满，只不过是发泄一下今日的疲累罢了。

"要听实话么？"王睦淡淡一笑，"我心中所效忠的人，我心中的那个陛下，自始至终，都只有老师一个啊！"

刘秀面上那抱怨的不满神色渐渐收起，抬起眼望向王睦，表情凝重起来。

他不知道王睦此刻对他说出这一番话，是为了什么。

"你难道……是要刺杀我……朕……算了，还是我吧。真的很不习惯。"刘秀被自己弄得笑了起来，随意地摆了摆手。

"当然不是。我早就说了，我已放弃杀你的打算了。今日，只是给你送一封信而已。"王睦笑着从怀中掏出一方帛巾，递到了刘秀面前。

"这是……"刘秀打开那帛巾，扫了两眼，脸上的表情顿时变得古怪异常。

他低下头去，仔仔细细地将那帛巾上的内容看了数遍，才抬起头，脸上已经冒出了汗珠："这是……你的老师写的？"

"是，在他临终之前，渐台之上。"王睦点了点头，"当时他是临时起意，手头也无笔墨，便只能以指尖鲜血书就。"

"这帛巾上的内容，你可曾看过？"刘秀的面色凝重无比。

"自然没有。"王睦微笑摇头，"老师既然命我交给你，我自然不会偷看。"

"嗯……"刘秀低下头去，半晌才抬起头来，"那么……你今晚要做的事情，已经做完了？"

"做完了。"王睦点点头，又重复了一遍，"所有的事情，都做完了。"

"好，我知道了。"刘秀沉默片刻，"那么，我便不送你了。"

"还是派人送一下吧。我怕是……没什么可能自己离开了。"王睦笑了笑，随后嘴角流出一股黑血。

"你……你什么意思？"刘秀望着王睦嘴角缓缓流下的黑血，满脸震惊，"你服了毒？！"

"是的，在来找你之前。"王睦点了点头，眼神已经开始涣散，"一杯很醇厚的毒酒。我算的时间还挺准，现在正要发作了。"

"为什么！"刘秀激动地一把抓住了王睦的衣襟，"你为什么要服毒！"

"记得一开始我对你说的话么？我所效忠的人，自始至终都只有老师一个。"王睦脸上挂着淡淡的笑意，"我追随你，只是为了遵照老师的遗愿而已。如今，他要我做的事情，已经做完了，而我也不再有活下去的意义了。"

"意义？"刘秀瞪大了眼睛，"你活着的意义，难道只为了他一人？你心里，没想过这个天下？"

王睦微笑着摇头，口中流出的黑血越来越多，"我想看到的那个天下，是老师曾致力建立的那个天下。然而，老师已死，我的有生之年，都不可能再有机会看见了。既然如此，又何必眷恋？"

"对了……"王睦看着刘秀呆滞的目光，艰涩道，"老师在临死之前，念了两句诗，豪气干云。直至今日，仍令我心折。现在，我将与老师一起，去践行那两句诗了。"

王睦的声音越来越低，然而脸上的笑容却越来越浓。

"此去……泉台……招旧部，旌旗十万……斩阎罗！"

王睦口中，大股大股的黑血开始不停涌出，双眼也终于合了起来。然而他面上的微笑，却始终未曾消失。

"王莽……王莽……"

刘秀轻轻松开抓紧了王睦胸口的手，看着他的身体渐渐软倒在地上，心脏几乎要跳出胸腔。

"你究竟……是个怎样的人啊……"

此时，刘秀只感觉自己后颈印记处突然又发烫起来，他伸手摸了摸印记，想起以往种种经历。

这一切似乎皆与后颈处的印记有关……

思索间，刘秀意识变得模糊，他仿佛看到那印记变作了一团赤光，随后又幻化成凤凰。

冥冥之中，刘秀似乎听见一道古老的声音在耳边回响，渐行渐远……

"天选者，受命于天！"

后记

选天录

门缓缓地打开，跪在大殿正中的黑衣人转过头，他的脸上有着几道深可见骨的伤痕，视之让人惊心。

见到来人，黑衣人脸上露出一丝诧异，恭敬地叫了声："大统领！"

同样也是隐没在一身黑袍中的老者微微一笑，声音有些嘶哑："轩月，这几日的责罚，想来你也受了，心中可有悔过？"

原来此人名轩月，他闻言垂头，半晌不语，继而才抬头道："轩月不悔。"

老者皱眉道："当日我们的计划是强行登陆秦始纪，借此逆冲本源世界，是你以一己之力反对，拍了胸口保证说用这种不显山不露水的方法能骗过天选者，整个组织为此争了三天，才同意抽取秦始纪后两千年一个愤怒青年的意识，用你的意识投放术，影响王莽，让他能改变历史走向，从而产生时空逆流。可到底功败垂成，难道你竟然没有一丝悔过之心么？"

轩月不语，又过一会儿儿才轻轻道："我们的世界被乾放逐，这么多年来一直想要回归本源世界，强行登陆，比平凡世界的改朝换代更加残酷，上亿计的生灵会因此失去生命，轩月从小修的心法是清静，实不忍见到这一情景出现。即便是逆冲成功，那么主世界的生民们也是我们的同胞，他们的牺牲与我们失去生命又有什么分别呢？而意识投射是相比之下较为稳妥和平和的方法，若让轩月再选一次，我还是会这样做。

只是，我没想到，这一次的天选者事事布置在我之前，且不惜破坏时空规则，用外力保护天选者。"

老者叹道："你从小就没有什么争斗之心，也不喜欢杀戮，这次的任务本就不该派你，你的仁慈终没抵过天选者。你想想，他们破坏时空规则，自身所受的反噬也是相当严重的。"

轩月俯身，对老者叩头道："轩月办事不力，这就去了，大统领保重。"话毕，他浑身亮起紫光，照得四壁一片紫色。

老者哼了一声，只一抬手，轩月身上的紫光一闪而没，本人更是被一股大力击得飞出几十米，重重摔在地上。

"大统领！"轩月艰难地从地上爬起来，面露悲戚。

老者转身朝外而行，淡淡道："母皇和乾的争斗从来没停止，我们朔望与天选者的战斗也不在一朝一夕，你这点本事还是留着下次用在正道上吧！"

大门重重地关上，轩月抱着膝盖在黑暗中慢慢地坐了下来。良久，一阵低低的哭声从他的口中传出。

"朔望、天选者、母皇、乾……为什么非要不死不休呢？"

"望古神话"缘起

就算什么都会毁灭，人类，星球，未来，乃至空间。

就算什么都会消失，生命，星系，历史，乃至时间。

人类会为了种族的延续，生命的传递，做出无数努力，也为了享乐，为了喜好。为此，我们有了以下的小说构思。

每一个人都认为自己是独立的个体，有自己的想法，做自己想要去做的事情，但是他们并不知道，整个人类在浩瀚的历史长河中，不知道什么时候，什么情况下，一个独立于人类的意识体诞生了。

它是人类的整体意识聚合，它就是人类的本身，它诞生之后，一直都在庇佑人类，满足人类的愿望，却也发现了人类有自我毁灭的倾向，甚至会做出无数毁灭自身的举动。

为了延续人类，也为了延缓自己的崩灭，它对人类世界进行了种种的挽救。

在一次又一次的危机中，它终于发现，毁灭的倾向也是人类意识的一部分。作为人类意识的本身，它无法做出违背自身的事情，也不能抹杀人类的毁灭情绪。

所以，它作出了一个史无前例的决定，把所有会对人类造成毁灭的事件抽离出时间与空间的长流，化为独立存在的传说世界，借此维护人类的繁衍与生息。

所以人类知道盘古曾开天辟地，却没有人真正地相信曾经有那样的巨人。

　　所以人类知道洪水毁灭过世界，却只有传说，只有记载，找不到任何证据，无法证实其存在。

　　所以人类知道女娲造人，却更相信达尔文的进化论。

　　所以人类知道有黄帝和蚩尤的荒野之战，却无法从考古中知道一点点蛛丝马迹，只能当成是古代人创作的幻想。

　　人类甚至不知道自己的历史本该出现三次大洪水，七次流星撞击，六次核毁灭。也不知道人类会因为大气污染灭绝过十八次，因为进化出错导致基因变异毁灭了十九次，因为战争毁灭三十次，因为滥用科技被病毒毁灭了一百八十次。

　　也更不知道，曾有最先进的大洲因为愚蠢的政策，导致文明退化至蛮荒时代……

　　每一个会毁灭人类的大事件，包括它们存在的时空，所有出场的人物，所有的物品，所有的一切都被它抽离了人类的世界。

　　它为了保护人类，一直都在默默地做出努力，直到有一天它发现自己的力量也有穷尽，越来越多的神话和传说的世界，犹如一根根稻草，不断地增加它的负担，让它再也无法维持主世界的欣欣向荣。

　　那些被抽离的，毁灭世界危机形成的传说世界不断产生逆冲，神话和传说世界逆冲的蝴蝶效应对主世界的影响越来越大，会有无法想象的灾难出现，会导致很多人无缘无故地消失，会有难以计数的意外死亡，诞生几乎无法治愈的疾病，席卷全球的瘟疫，甚至会让主世界的时空坍塌……如果这种情况继续下去，会让人类……无可挽回地毁灭。

　　它必须要维护那些传说世界，使之无法逆冲主世界，而它自己又无法违背自身，所以它只有一个选择……

　　它决定在人类中挑选拯救世界的英雄。

　　那些因传说世界的崩灭会被牵连到，会有厄运，会死亡的人们被它选中，为了拯救世界，为了拯救人类，也是为了拯救自己的命运，去执行一个个艰难的使命。绝大多数人并不相信这种事情，拒绝了它的征召，甚至只把它的征召当成一场梦境。

只有极少一部分人挺身而出，为了拯救世界而努力。这些勇敢者很多都失败了，但也有极少一部分获得了成功。

它给这些成功者的奖励，就是……宛如神明般的荣耀！

这个意识，它自称为乾！

乾就是天，就是世界，就是自然，就是人类意识的具现，就是维护世界的意识本源！

十二神话纪元和三千传说世界：

乾天——

《乾之本纪》

乾并不理解自己为何会诞生，也不理解自己是什么形式的存在，更无法理解自己诞生的意义，存在的理由，以及……和人类的关系。

浩瀚无垠的宇宙，亘古以来就存在着物质，物质永恒不灭，只会从一种形态转为另外一种形态，却并不是总能诞生意识。没有意识的存在，纵然物质永恒，也不会产生生命，更不会有文明的发生。

意识对宇宙来说，并无意义，却是生命和文明的根基，无可取代，必不可少。

乾就是一团庞大的意识，它是由无数的杂乱意识组成的，这些意识数以亿万计，每一刻都会诞生新的意识，每一刻也有意识消亡，每个意识包含的经历、情感记忆、知识、判断、好恶……也都在不断地改变。

乾在诞生后很久很久的一个漫长时光里，都无法控制构成自己的数以亿万计的人类意识。它被这些意识支配，每一个刹那都会诞生无数各不相同，又互相冲突的思想，这些思想有些撞击而灭，有些却产生了严重困惑，有些却似乎又能融合，产生全新的东西。

乾虽然是人类意识的集合体，几乎每一个人类的思想，一个极微小的念头都瞒不过它，但是它仍旧无法理解人类。

明明是最应该做的事情，却没有人去做，明明是最好的选择，却没有人去选择，明明轻易可以解决的问题，最后却化为了死结，明明会导致最悲惨的结果，却就是不肯避开……

乾始终都处于混沌的状态，直到有一天，无数的人类的人类意识中迸发了一个火花，这个意识叫作"规矩"，规矩能把来自不同源头，庞大到了无以复加的杂乱意识统一起来。

乾也是在规矩诞生之后，才懂得了思考，并且知道了组成自己的庞大意识是什么！

那些数以亿万计的庞大意识是人类的思想，每一团意识代表了一个独立的、有思想的人类，乾就是以亿万计的人类全部意识的合体，但又不完全从属于人类的意识。

万物有神，神而明之，规圆矩方，乾始乃成！

乾选择了"规矩"作为自我意识的核心，把人类意识中趋于规矩、符合规矩的意识统合起来，自我意识渐渐变得强大，甚至可以反过来干扰人类，引导人类的思想，向同一个方向转变。

但是乾也很快就发现了，虽然越来越多的人类认同规矩，但始终都有破坏规矩的念头产生，有些人就是不愿意遵守规矩，诞生各种荒谬绝伦却又异想天开的思想，这些思想破坏了规矩，有些造成了破坏，有些却引导人类走向美好和辉煌。

乾始终无法消灭那些不守规矩的思想，同时他也发现，如果人类始终遵守一个规矩，将没有未来，他为此陷入了苦恼……

直到有一天，另外一种意识——"逍遥"诞生！

没有规矩，不成方圆，逍遥自在，物竞天择。

乾天世界：

乾天是乾意识的具现，跟它不分彼此……如果用一个贴切的形容，那么乾天世界就是乾的躯体、乾的大脑、乾的具现化。

这个世界的存在是为了保护人类。

这个世界封印了人类有史以来，所有自然界的灭世危机。

包括流星撞击，泛滥的大洪水，数万年之久的冰川时代，因太阳的变异引发的全球干旱、大地洪荒……以及新的智慧生命诞生。

乾天是人类历史的映射，也是乾存在的本身，所有的神话纪元和传说世界都依附乾天而生，因为有乾天的承载，才能够存在。

乾天就是人类的另外一面，毁灭的一面，是人类真正的历史，真正的存在，不可取代。

它的诞生是因为人类第一次的毁灭危机！

在人类诞生之初，生息繁衍，智慧萌芽，一切都欣欣向荣，却有一颗巨大的流星从天外陨落。

这颗流星巨大无伦，当它接近地球的时候，比太阳还要耀眼，比最炽烈的太阳还要辉煌，它的火焰炙烤大地，让万物成灰，它的质量引发了大地崩塌，陆块分裂。

如果这颗流星砸在大地上，就会形成数以亿吨记核弹爆炸的威力，足以灭绝地球上包括人类在内的所有生命，会破坏掉地球的大气层，让地球的天空在数万年内都覆盖浓厚的云团，甚至再也无法诞生任何生命，成为一个死星球。

乾为了保护人类，化为身长千万里的巨人，手持巨斧，斩破了这颗流星。

虽然乾避免了地球被流星撞击，但是流星崩碎化为烟尘，让地球上空笼罩了无尽的灰尘和巨大的辐射，阻隔了阳光。

地球就如最残酷的炼狱，生灵在不断地死去。流星被斩碎之后，释放出巨大的能量和邪恶的生命种子，引发了奇诡的变异，诞生了数之不尽的邪灵，以人类为敌。

不管乾如何鼓励人类，如何帮助人类，始终无法把人类从毁灭中拯救出来，他看着人类一步步走向灭亡，作为人类的意识，自己也会随着人类的灭亡，一起消失。

乾第一次产生了冲动，消耗了自己大部分的力量，把人类足足三万年的时光抽取出来，化为乾天世界。

失去了这一段最困苦的历史，丢失掉了这段毁灭的时光，人类终于又恢复了平静和安详的生活。

乾在自己抽取的三万年时光所化的乾天世界，与残酷的天象和无穷无尽的邪灵做永无止歇的战斗，这场斗争持续了数十万年，仍旧没有胜利的曙光。

乾斩破流星抽走了三万年最困苦的时光，在人类的记忆中，甚至是历史长河中，都再没有痕迹，唯一流传下来的就只有"盘古开天辟地"的传说。

乾天诞生之后，乾不断地把人类的灾难和困苦抽离出时光洪流，让人类得以繁衍生息，安逸地生活，传播文明。

乾天神话纪封印了有史以来所有毁灭危机，所以这是一个灾难遍地的世界，洪水无时无刻都在泛滥，流星每过一段时间就会轰落大地，冰川和干旱交错，火焰和暴雨同行，凶兽横行，邪灵遍地，太阳犹如火炉炙烤大地……

这是一个无法用言语来形容的世界，乾独自背负了人类绝大多数的苦难。

玄商纪——

人类经历了一次次自然界赐予的大破灭，虽然有乾把灾难抽离，但并未彻底摆脱毁灭的命运，仍旧有一小部分残余留在了主世界。

在数千年内，大地发生了可怕的变化，山脉隆起，有陆地均沉，有河流开辟，甚至衍生了无数之流，大水泛滥，也有各种毒蛇猛兽威胁人类的生存。

偶尔还有从乾天世界逃出的邪灵肆虐，让人类的生活，仍旧充满了危机。

乾经过无数次努力，始终无法彻底根除这些灾难，他全力治理乾天世界，越来越无力再去帮助人类，他只能选择了七个人来拯救世界，这也是乾第一次从人类中挑选救世者。

这七个救世者是：黄帝、炎帝、尧、舜、鲧、禹、汤！

这七个救世者都在艰苦中迸发了拯救世界的念头，并且各自形成了自己的救世理想，按照正常的轨迹，他们都会先后死在世界逆冲之下，乾给了他们另外一个机会……

这一次乾不但抽取了三千的历史，还把大地也封印了数十万里，把最险峻的山峰，最泛滥的河流，生毒蛇猛兽出没的深山大泽，密林高山，所有不合适人类生活的地方全都封入了第二个传说世界。

抽取和封印世界，是一个漫长的过程，乾所做的一切，对主世界的人类来说，是不可察觉的事情，他们会遗忘曾经的世界，只有偶尔因为乾的疏漏，留下的某些上一个纪元的产物，才会让最具有智慧的那些人有所反思。

主世界是一个平静，祥和，虽然有战乱，但却从没有过灭绝性危机的世界，一如我们的现实世界。

七个被他挑选的人在这个世界中各自聚集了一批志同道合的人，建立了不同的部落，执行不同的理念，为了治理这个世界而奋力拼搏。

几乎所有人类最灿烂的神话都来自这个传说世界，在不同的文明中，有不同的形象，大洪水，太阳熄灭，永世的冰封，连绵数年的大旱，灼烧千万里的大火，巨兽屠城，食人的妖魔，残虐的邪灵……

这七名被乾挑选出来的救世者，有的是因为错误的理念，在这场战斗中陨落，有的是因为实在无法完成任务，放弃救世者的责任，有些是在跟其他人的战争中被杀死。

最后反而是一个不曾被乾选中的人，汤的族人，叫作商的少年，领悟了人类应该团结起来的道理，他没有办法说服汤，就脱离了汤的部落，在大地上游荡了十多年，观察每一个部落的情况，积蓄力量。

直到有一天，商认为自己能够扭转人类的未来，他说服了一支因为首领陨落变得群龙无首的部落，成为了这支部落的首领，率领这个小部落开始了艰苦卓绝的斗争。

他鼓励生育，传授知识，让自己的部落越来越强壮，吸收那些破灭的部落，庇护幼小的部族，把他们汇聚在自己身边，让人类的历史上第一次出现部落联盟。

他还集齐了部落联盟所有的力量，斩杀巨兽，挖掘河道，熄灭熊熊的大火，让生活的环境更美好……这一切让商的威望越来越高，让部落联盟从开始几个，逐渐发展到了八百多个。

商带领的八百部落在跟世界的不断战斗中学会了各种各样的奇异能力，这些能力让他们能够更好地征服世界。

随着商的力量越来越大，引起了救世者的不满。

七名被乾挑选出来的救世者，其中黄帝和炎帝在漫长的征战中老去，尧和舜也被敌人杀死，仅剩下的鲧、禹和汤都不满商的做法，开始了对他的讨伐。

商不断地退让，却被鲧和汤逼得非要战斗不可，他和两位救世者历经了数千年的艰苦卓绝的战斗，终于降服了这两个最大的部落，让自己的实力空前强大。

仅剩下最后的一个救世者大禹，在无数的战斗中也领悟到了人类只有团结起来才能征服灾难的道理，自愿放弃部落的权力，去整治泛滥大地的洪水。

在商和无数人的努力下，人类诛杀了所有危害人类的巨兽，大禹治理了危害人类的洪水，所有的灾难都被一一征服。

第一次有人类可以帮助乾分担世界毁灭的压力，第一次有神话世界没有灾难，第一次有人类能够掌握强大的力量，并且为了帮助人类自己而努力。

乾为了奖励商，让他成为了这个神话世界的众神之王，使这个传说世界晋升为神话纪元。

商成了玄商世界的主宰，也成了人类意识的一部分，他代表了权威，他代表了智慧，他代表了勇敢，他代表了坚毅，商几乎是人类一切美好的化身。

商也是从人类身份，踏足神祇领域的第一人。

玄商神话纪是人类的第一道屏障。

商带领他的族人，他的部众，不断地为了人类的命运去战斗，不断地进入其他的神话和传说世界去帮助那里的人们。

周土纪——

乾粉碎了要毁灭地球的流星，扛起了所有的天灾。

商征服了最恶劣的大地，让玄商神话纪成为了乐土，成为了人类的第一道屏障。

人类摆脱了这些灾难，渐渐强盛起来，拥有了独立文明的人类，开始为了私欲而战斗，争夺土地、财富、人口，一切可以争夺的东西。

人类不惜为了自己的喜好让战火烧尽一切。

商获得了强大的力量，却没有敝帚自珍，为了帮助人类，把自己这些力量传给了主世界的人类，希望他们能借助这些力量，让生活更为美好，但人类却让他失望了。他们把商传下来的力量用来争斗，用来厮杀，用来征服同类，用来满足自己的私欲，但就是不曾用来改造世界，让自己生活得更加美好。

人类的力量实在太过强大，甚至本身就成为了毁灭世界的根源，无穷无尽的邪恶智慧迸发，创造了数之不尽的强大法术，这是一个神仙与妖魔共存的世界。

随着越来越残酷的斗争，人类利用强大的力量不断大规模屠杀同类，一度让整个主世界的人口缩减至可怕的地步，人类的文明甚至都产生了倒退。

就连乾的力量都因为人类的自我毁灭在不断地减弱。

乾在忍无可忍的情况下，插手了主世界的战争，干扰了人类的自我毁灭，但是他完全没有想到，自己居然第一次遭遇了失败。

他是人类的意志集合，无法反抗同样诞生自人类本身的毁灭倾向。

甚至乾本身都被人类中具有邪恶智慧的人用了禁忌的手段控制，使之成为了毁灭的工具。

商在得知乾的困境之后，挑选了一批最具勇气，最具智慧的族人进入了主世界，掀起了一场残酷的战争。

乾代表了规矩，商代表了规矩之下的一切美好，但主世界的人们却诞生了另外一种思想，他们称之为"逍遥"，认为人活在世上，就该自由自在，随心所欲，满足自己的一切愿望，不应该接受任何束缚。

这场战争不但是乾和主世界的战争，也是两种不同人类思想的碰撞，"规矩"和"逍遥"都能最大限度地得到人类的认可，每一个人都喜欢在有规矩的世界中生活，但同时也渴盼打破规矩，拥有特权。

最终商所挑选的人把乾给释放了出来，却仍旧无法解决问题，人类仍旧热衷于战斗，热衷于奴役同族，渴求更强大的力量，对世界的毁灭毫不在意。

被商挑选出来进入主世界的人中，有一个叫作文王的人，他观摩规矩和逍遥两种不同的思想，发明了礼乐！

他把道理传播给整个世界，让所有人渐渐明白了是与非，对与错，什么事情应该做，什么事情不应该做。他也让人明白了礼仪和节制，懂得付出与回报，知道世界无法满足无休止的索求，明白了世界也会毁灭，人类会随着世界毁灭而消失，不断的贪欲会带来自身的灭亡。他也让人找到了更好的办法来获得快乐，摆脱贪婪和欲望，仍旧能够拥有幸福满足。

最后是礼乐战胜了蛮荒，智慧战胜了贪欲，人类不但懂得了力量，更懂得了驾驭力量的智慧。

礼乐在规矩和逍遥之间，找到了一个平衡的点，只是礼乐无法让所有人满足，虽然大多数人明白了该如何更好地生活，仍旧有人想要维持原来的征服和贪欲，礼乐可以战胜，却不能根治人类的黑暗人性。

这场战争被称作礼乐之战。

乾再一次把这段人与神与仙与妖魔同存的时光抽取，把所有掌握了强大力量的存在都封印起来，化为了第三个传说世界，这个世界就是周土纪。

周土世界拥有三千真神，八百万小神，繁衍至亿万的人口，具有广大神通之辈能驾驭妖兽，飞天遁地，呼风唤雨，制造妙用无穷的法宝。他们崇尚逍遥，一部分接受了礼乐的观念，约束了自己的欲望，一部分却仍旧希望能够自由自在，不受任何规矩的束缚。

这个世界的人类拥有最强大的力量，也拥有和乾天世界、玄商世界截然相反的理念，还拥有能够克制乾的力量，让乾和商都不想进入其中。

规矩可以让不同的人，统一在一个规矩之下，但逍遥却会诞生无数冲突，每个人都想要自由自在，不受拘束，每一个人也都会影响到其他人，并且被别人影响。

所以崇尚逍遥的周土世界，不断地进行着毁天灭地的战斗，每一个人都有战斗的理由，乾和商每隔几十年就会挑选一批最优秀的人类进入周土世界，维持这个世界不至于崩溃。

周土世界是一个最为混乱的世界，它彻底失去了控制，并没有主宰的神明。

发明了礼乐的文王被乾和商指定为这个神话纪元的管理者，只是他并不擅长争斗，只是以礼乐默默地教化周土神话纪的神与人，妖与魔，他任重而道远。

天庭纪——

周土世界虽然被抽出了主世界的时空，但仍旧留下了无数的痕迹。

周土世界还是会对主世界有各种影响，只是这些影响支离破碎，并不完整，让人类的神话传说有无数的矛盾，也有各种断层，以及不可理喻、无法解释的东西。

失控的周土世界经常会逆冲主世界，影响主世界的历史，冲溃主世界的时空，甚至造成时光的倒转……

虽然乾和商不断地努力维护，但仍旧无法杜绝所有的意外，因为周土神话纪实在太过强大，甚至拥有封印乾的禁忌法术。

商始终关注周土神话纪，他希望能把周土世界导向正轨，成为第二个乐土，像玄商神话纪一样成为人类的屏障。

所以他在争取到乾同意的情况下策划了一次事件，从不同的神话世界召唤了四个救世者进入周土世界，去协助文王建立天庭，这四个救世者拥有不同的异能。

来自第一机械文明的救世者拥有变化一切的机械产物能力，可以变化为宇宙飞船，激光大炮，巨型机器人，超级计算机，各种工具和武器，勇猛好战。

来自第二灵子文明的少年，拥有强大的心灵能力，可以操纵灵魂，但是他的性格无欲无求，甚至没有拯救世界的动力。

来自玄商神话纪的救世者是因为犯了重罪，本来要被处死，但商特意救免了他，让他进入了周土世界将功折罪，这个来自玄商纪的救世者拥有各种神通，只是性情懒惰，最爱逃避责任。

来自主世界的救世者只是一个平凡普通的少年，但是他却拥有最为坚毅的性格，最为坚持的努力，因为他知道，只有他没有退路，其他三位救世者，就算完不成任务，也可以离开周土世界，回到自己的世界，但他却不行，一旦他无法完成这一次任务，他的家人，他的朋友，他所有的祖先，他喜欢的女孩子，包括他自己……都会灰飞烟灭。

所以在这一次的任务里，来自主世界的救世者从没有任何一次后退，在三位同伴面对无法挽回危机，想退却的时候，他却死战不退，他的顽强和意志感动了三位同伴，最终让三位同伴倾尽全力跟他并肩战斗。

他们的敌人是周土神话纪几乎一半的神明，有三位真神想要建立属于他们的世界，他们说服那些崇尚逍遥的神明，这些神明集合了极其强大的力量，文王所代表的力量根本无法抗衡。

四位救世者的任务是阻止这些神明掌握周土神话纪，让文王成为周土神话纪的执掌者。一旦被那些崇尚逍遥的神明掌握了周土世界，人类的主世界就要不可避免地直面周土神话纪，随时都有可能被周土神话纪中走出来的神与人、妖与魔毁灭。

最终四个救世者战胜了来自周土神话纪最强大的三名真神，打碎了他们统治周土世界的计划，帮助文王成为了天庭的主人。

商的目的虽然没能实现，周土世界的神明实在太强大了，商的计划只是缓和了周土世界走向崩溃，并没有彻底解决问题，但成功地建造了一个全新的世界，天庭纪成为了人类世界的第二道屏障。

这四名救世者也获得了乾的奖励，他们成为了天庭的真神之一，让他们协助文王维持周土神话纪和主世界的平衡。

只是规矩和逍遥的冲突，始终无法弥合。

逍遥纪——

周土纪的一部分神明，始终无法认可规矩，也不认可礼乐的力量，但是他们在三位领导者失败后，无法抗拒天庭的碾压，就有人试图把目光投向历史长河，在未来寻找同盟。

他们很快就寻找到了被乾放逐的第三基因文明，并且派出了一名使者九鸾。

九鸾隐藏了身份，进入了第三基因文明的世界，并且学习到了基因科技，给自己进行了强大的改造。

九鸾得到了第三基因文明的科技，悄悄地建立了一个结合了周土世界和第三基因文明的强大势力，并且向周土纪寻求帮助，得到了无数的帮手。

逍遥自在，并不是无欲无求，而是贪婪和欲望越来越不受束缚，九鸾甚至不希望周土纪的逍遥派神明对自己指手画脚，她同时背叛了所有人，包括周土纪的诸神和第三基因文明。

绝对的自由等于没有自由。

九鸾为了最大限度地让自己自由自在，就只能选择最严酷的规矩来约束手下，她虽然知道这跟她的追求背道而驰，却没有办法。

最严酷的规矩，反而不是出现在奉行礼乐的天庭，而是出现在奉行逍遥的逍遥纪。

九鸾的部下很快就忍受不了九鸾这个统治者，他们因为背叛了所有人，所以没有办法像原本同一个阵营的周土纪诸神、第三基因文明求助，最后他们把目光放在了敌对阵营，他们向玄商纪和天庭纪发出了求援。

乾和商，以及文王，最终还是决定派遣一支救世者队伍，前去帮助这些背叛者。

这支救世者队伍来自不同的神话纪元，他们从不同的世界出发，互相之间也并不熟悉，所以他们做了一个约定，每一个救世者都有一个共同的符号，代表乾的"眼睛"，这个眼睛符号代表了乾的视线无所不在。

秦始纪——

乾抽离周土神话纪的时候，因为一个小疏忽，遗漏了一小部分关键的时光。

九鸾被救世者们逼迫，无法彻底地控制逍遥纪，所以就找到了这一小段时光，借助它做出了反扑。她让一个名叫曾的国家获得了来自第三基因文明的技术，曾并不知道是九鸾让他得到了这个技术，还以为是第三基因文明的馈赠，他想要打败所有的国家，完成统一的伟业。

乾正在维持乾天纪的安稳，无力抽手，只能把整个曾国从主世界抽离，形成了时空中又一碎片世界。

这一次抽离，第三基因文明的逆冲再次被阻止，而他们也意识到了与乾同样的问题，于是也开始在世界中寻找代言人。不久，一个名叫朔望的组织成立，正式接过了逆冲本源世界的重任。

在秦始皇的率领下，人类第一次完成了大一统，建立了史无前例的大帝国，形成了灿烂的文明。但没多久，朔望组织便以曾国为跳板，再次兴起逆冲本源世界的风浪。一个名叫徐福的海外方士得以进入秦国朝堂，伺机颠覆秦国。

这一次，得到乾感召的机械文明世界站到了反对第三基因文明世界的位置。一批得到乾感召的人自发地结成了名为"天选者"的组织。

这一次，机械文明世界的天选者韩羽乘坐飞船进入了秦始纪，同样得到了秦始皇的垂青，成为秦国的重臣。

徐福和韩羽在秦始纪的秦国一番大战，最终徐福败走，机械文明又一次捍卫了主世界的安全，秦始纪也得以顺利按照历史的规律向前继续发展。但经此一战，秦始纪也留下无数传说：比如可以征战神话世界的兵马俑，威力无穷的十二铜人，可以游走时空的阿房宫和骊山……

九鸾仍旧不死心，因为秦始纪和人类的历史最为相似，本身又是乾遗留下来的一小段关键的时光，能够作为跳板进入主世界。所以她让曾国制造了两头剧毒白蛇送入了秦始纪，想要干扰主世界的进程。

拥有救世者资质的刘邦斩杀了其中一条雄白蛇，并且将之镇压起来，雌白蛇却逃脱，并且不愿意执行本来的任务，居然跟一名人类相爱。

九鸾连续几次阴谋被破坏，让一直都关注秦始纪的第三基因文明也忍不住出手，他们借助秦始纪的一个时空断代，进入了两汉交界的时期。

他们派出了自己世界的特使，这位特使以为自己是救世者，是建立新朝的王莽，实际上刘秀才是救世者。

而刘缤和王睦是来自第一机械文明，他们明白只有保护主世界，才能让第一机械文明传承下去。

两个来自第一机械文明的人完成任务，因为他们无法回到自己的世界了，就甘愿壮烈牺牲，协助乾把这混乱的世界抽离并入了秦始纪。

南宋时期，被封印的雄白蛇复苏，制造了整座杭州城的破坏，它也想要利用时空断代，重新回归本来世界，却制造了一场大危机。

救世者许仙，在乾的引导下，发现若自己不拯救世界，他就会消失在历史中，只能奋起爆发，封印了时空断代，让这个小时空节点，回归了应该去的秦始世界。

第三基因文明的人不断地派出战士，想要重新回归主世界，重新执掌主世界，但都被乾派出的人破坏，他们就创造了一个类似仙侠的世界，并且创造了一头血魔，想要借此消灭救世者和来自第一机械文明的使者。

乾找到的救世者张羽和颜色，为了拯救自己的世界和爱人，先后进入了血魔世界。

他们得到了乾赐予的力量，再一次击败了第三基因文明的入侵。

最后两大文明以一个游戏为契机，在未来的世界进行最后一次决战。

道德纪——

乾在抽离周土神话纪之后，也曾想过如果用其他生命来代替人类，用没有自我毁灭倾向、品德完美的生命取代人类，是否就能够减少这些危机。

他甚至做好了当人类消失，自己也同归于尽的准备。

他挑选了四种最为纯净，最为善良，完全没有毁灭的野心和欲望的生灵，并且创造了一个世界，把这四种生灵投入了进去。

这四种生命分别是龙、凤凰、麒麟和独角兽，它们在新的世界里生活得非常安逸，一切美好，乾观察了几百年，认为自己的想法完全没问题，准备用这四种生命代替人类的生活，商阻止了他，并且建议他给这个世界投放一个新"物种"，观察这四种生命如何应对竞争者。

乾虽然觉得没有必要，但还是照着商的话做了。

龙代表的是正义，它对这个世界新出现的物种根本不加理会，只是偶尔觉得被侵犯了，才会去大肆杀戮一番，根本不问青红皂白，导致和乾投入的新物种结下了越来越深的仇恨。

凤凰代表的是善良，它不喜欢新物种，不断地缩减领地来避让新物种的侵入，在领地不断缩小的情况下，凤凰一族生活艰难，首领甚至下令减少生育来应对这种局面。

麒麟代表的是勇敢，领地观念极重，新物种没有办法在麒麟的领地内生活，就引诱完全没有领地观念的独角兽进入麒麟的领地。

在新物种的侵蚀下，乾所挑选的四种生灵都露出不适合物竞天择的特性，它们足够善良，没有野心和欲望，但也导致了它们无法在物种的竞争中脱颖而出，只能在新物种的竞争下一步一步走向灭亡。

乾终于明白只有人类才有最强大的竞争力，尽管人类有无数的缺点，但也只有人类能够在如此激烈的竞争中脱颖而出，成为世界的主宰。

他就是为了人类的繁衍而存在，而诞生，无法扭改这种局面。

乾封闭了这个世界，抽走了投入的新物种，让这四种生灵在没有竞争的环境下，安逸地继续生活下去，他已经对这些生灵完全失去了希望。

道德是规矩的至高体现，最高标准，但完全的道德世界，没有办法存续。

地府纪——

乾从时光中抽出周土世界之前，人类的寿命是无限的，并没有人会因为衰老而死去，也不会有人生病，就算再严重的伤势都可以被法术治好。

当时的乾认为人类混乱的根源，就是拥有强大的力量。

他封印所有拥有强大力量的存在，还把商所传承的力量也从人类中抽走，失去了这些强大的力量，人类的寿命变得短促，开始受到了疾病、伤患、衰老、残障等痛苦。

人类中的智者无法从传承和历史中得到解决这些困苦的办法，因为传承已经断绝，历史变得支离破碎，再不完整，只能自己苦苦思索。

在不同的地方，不同的国度，不同的种族中，先后诞生了各种传承信仰的智者，他们都认为自己的办法可以让人类的灵魂升华，忘记那些痛苦，甚至可以再次获得永生。

随着这些信仰的传播，人类重新掌握了永生的力量，只不过人类的智者无法解决根本的问题，人类也只能以灵魂的状态获得永生，无法让肉身也保持不朽。

没有肉体承载的永生灵魂有无数的问题，他们没有了肉体，也就没有了礼乐带来的欢愉，无法享受肉体带来的快乐，也没有了人类的亲情和情感，只能堕入无穷的痛苦，承受漫长的没有极限的孤寂。

永生的灵魂堕落为邪神，他们肆无忌惮地操纵凡人的命运，改变世界的走向，制造混乱与杀戮、瘟疫和战争。

那些传播信仰的智者完全没有想到，自己本想解决人类的痛苦，却制造了最大的混乱，他们也只能聚集信徒对抗这些掌握了灵魂永生的邪神，这场战斗绵延了数百年，几乎摧毁了人类的信念。

乾终于改善了乾天世界的状况，抽身出来关注了主世界，发现主世界更加混乱了。

他也并没有更多的办法，只能把这些永生的灵魂，传播信仰的智慧者，还有堕落的邪神，以及这一段混乱的历史和时光，再一次抽离出来化为了第五个传说世界——地府。

地府容纳的只有永生的灵魂，这些永生的灵魂按照信仰的不同，建立了不同的国度，有些永生国度之间互不干扰，有些永生国度却进行着永世的战争。

这些永生灵魂建立的国度，有冥土，有地狱，有天堂，有极乐世界，有轮回，有黄泉，有阴间，有炼狱……

虽然还会因为逆冲而造成对主世界的影响，却已经把这种威胁降到了最低。

乾创造了地府之后，人类终于走向了另外一个方向，再也不挖掘肉身的秘密，灵魂的玄妙，开始创立科学，借助工具，从而诞生了无数的知识。

在短短数百年中，人类就发展到了另外一种文明的巅峰。

第一机械文明——

人类在短短的几百年中，就从冷兵器时代进化到了核时代，甚至能够利用来自太阳的无尽能源，让人类再也没有了束缚和限制。

他们把所有的矿产都挖掘出来，把所有的资源都用来制造东西，人类甚至能够制造比自己还更聪明的人工智能，能够把自己改造成媲美神明的生物，拥有半机械半生物的身躯，可以瞬间学习一切知识，拥有神话纪元才有的悠长生命。

人类还创造了无数工具，发明了最强大的武器，制造能够横渡星空的飞船，甚至把整座城市发射到太空，在宇宙中建立可供数百万人生活的基地，就如星星般耀眼。

同时人类也制造了数不尽的科技废物，把大气污染得再也无法供人类呼吸，大地再也没法生长粮食，河流干枯，没有了可供饮用的水源，人类成千上万死亡，大地上一座城市接着一座城市陷入死亡，太空中一座接一座城市消灭。

在一次战争中，有位战争狂人把足以毁灭所有人类的核武器都发射了出去，这一次毁灭的不仅仅只有人类，甚至还有人类生存的地球，以及整个太阳系。

乾只能再一次把数百年时光抽取，并且将之抛弃到了时光的洪流中，任其自生自灭。

这个被乾放逐的科技世界，被后世称作第一机械纪元，人类在主世界里偶尔还会发现这个纪元的造物，并且叹为奇观。

第二灵质文明——

在乾的控制和引导下，人类没有发展出来任何机械，却找到了一种灵子能量，并且利用这种能量发展出跟机械文明截然不同的文明。

灵子能量几乎无所不能，它能够被人类的灵魂操纵，不需要制造工具，对地球没有伤害，也不会污染大气和环境，更没有战争的倾向。

乾一度认为人类已经找到了正确的道路，放心沉浸在乾天世界，解决无穷无尽的天灾。

几千年后，乾再度回归，却发现辉煌的人类文明已经走到了尽头，灵子能量近乎无所不能，人类凭着意念就能操纵灵子能量遨游宇宙，可以做任何想要做的事情，操纵灵子能量的人类甚至拥有足以媲美周土神话纪那些神明的力量。

无穷无尽，近乎无所不能的力量，让人类再也没有进取心，因为他们已经无可进步，甚至连最基本的生活需求都放弃了，人类再不需要爱情，不需要繁衍，不需要学习，甚至不需要交流，因为只要一个瞬息，人类就能阅读完一个同类的数千年记忆。

人类已经厌倦了一切。

乾不得不把人类的历史截断，也放逐了第二科技世界，让人类重新发展文明。

第三基因文明——

这一次人类找到了生命的秘密，制造了数之不尽的病毒和物种，同时对自身进行了无穷无尽的改造，让人类的生命形态发生了巨大的变化。

甚至有人可以拥有肉身横渡星空的力量，化为参天巨人，超过人类想象力的极限，近乎永生不死。

但这些生命的科技最终失去了控制，反噬了自诩为万物之灵长的人类，被无数次操纵过的基因，开始毁灭性的崩坏，绝大多数人类失去了繁衍的能力，再先进的科技也无法阻止整个人类的基因走向毁灭。

乾几乎对人类绝望，甚至不想再干扰人类，就让人类因为自己的野心而自我灭亡，自己也同归于尽。

但是来自第一科技世界的信号，让乾重新恢复了信心，第一科技世界在被乾放逐之后，痛定思痛，重新寻找回了礼乐，控制了野心和欲望，使科技走上了正轨，在人类的控制下造福人类。

乾再一次把第三科技世界放逐，并且给了他们机会反思。

空想纪——

乾在三次干扰科技的进程之后，觉得无法放任人类，就创造了一个没有任何力量，没有科技的世界，甚至没有时间的世界，把所有妄想改造世界的人都放逐到这里。

这些人没有力量，无法永生，没有知识，却创造了无数社会的模型，仅仅凭着空想，凭借思想的力量，就让这个乾创造出来的世界无数次毁灭，无数次重生。

乾通过对空想世界的观察，终于发现了自己的错误，他决定逆转时光，让人类回归原点，重新发展文明。

三千传说世界：

这一次乾放缓了人类的脚步，在每一个危险的征兆出现之前，都会谨慎地对待。

乾再也不会等危机到了几乎无法挽回的地步才抽取时空，而是在危险的征兆出现之前，就会将之化为一个传说世界，数不清的传说世界，构成了人类世界的一道道防线。

这些传说世界依附在主世界和十二神话纪之上，它们的改变会影响到依附的世界，让这些世界变得更加稳定，更加美好，又或者变得更加糟糕。

乾再也不会亲自插手人类的命运，他会向那些随时可能因为传说世界逆冲，导致消失在主世界的人类发出邀请……

如果你的父母，或者祖父母，或者几十代之前的祖先不曾存在，你会在哪里？

当时空出现震荡，传说世界逆冲的时候，你的父母，祖父母，几十代之前祖先将会死亡，或者消失，你根本就不会出生，会从这个世界消失。

为了拯救自己，也拯救世界，勇敢的人啊，来到传说里，为了自己和人类的命运努力战斗吧！

"望古烁今 一世界"

"望古神话"是由封神文化打造的基于中国历史、神话传说虚拟的庞大世界观。

是以小说为载体建立的，将中国古代神话传说和历史融汇一体的虚拟架空世界。

它打通了过去与未来的时空界限，有着自成逻辑体系的结构和设定。

它由流浪的蛤蟆担任世界观首席架构师，并汇集了马伯庸、跳舞、月关、天使奥斯卡等国内原创知名大神共同担纲打造。

全平台用户总搜索量 1.2 亿 +

各大阅读平台总阅读量突破 10 亿

微博话题阅读 8000 万

全线作品雄霸百度风云榜 TOP10

十二神话纪

乾

乾天世界

阳土纪

秦始纪

地府纪

三千传说世界

10亿阅读，圈粉无数

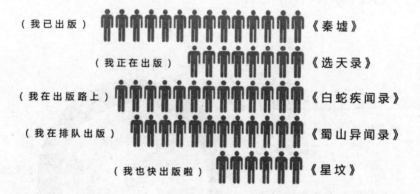

（我已出版）　　　　　　　　　　《秦墟》

（我正在出版）　　　　　　　　《选天录》

（我在出版路上）　　　　　　　《白蛇疾闻录》

（我在排队出版）　　　　　　　《蜀山异闻录》

（我也快出版啦）　　　　　　《星坟》

  "秦始纪"五部作品已经开启"全平台阅读模式"，短短数月多部作品单本阅读已超3亿。当前，"望古神话"系列作品出版也已开始，炎炎夏日，伴着墨香，品着清茶，人物、场景鲜活跃然于纸上，让思绪沉浸在磅礴的故事中……

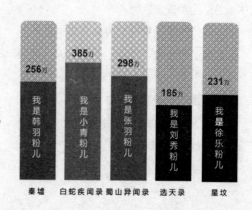

20 亿全链条开发计划，打造"漫威"帝国

《秦墟》已与国内巨型影视集团正式合作，联袂推出同名电视剧，由著名作家月关亲自担纲编剧，总投资2.5亿，一台融合古代历史和"十二金人"传说的秦国大戏即将在2018年底拉开帷幕。

"马亲王"的《白蛇疾闻录》将以超级网剧的形式在2018年呈现给观众，全新的故事场景，超大脑洞的故事情节，让你从头儿笑到尾。

"蜀山"的传奇很多，但此"蜀"非彼"蜀"，且看流浪的蛤蟆如何用另类的笔法再上蜀山！

精彩花絮之大神互评

对于这部小说的构想，实际上一直有很多作者都在纠结，但只有跳舞将它们真正形成了文字，这需要的不仅仅是写作上的才华，还要有敢于争先的勇气。

——月关

《秦墟》这部小说最让我惊艳的地方，在于跳舞真正把握住了那个时代的精神特质，让那个时代的那些血性张扬的中国人在书里活了起来。

——马伯庸

两汉从来就让人心驰神往，但我没有想到跳舞能让这段历史辉映出更加瑰丽的光芒。也没想到，跳舞能在这段历史里融进如此大的脑洞，只能说：叹为观止。

——流浪的蛤蟆

《选天录》是两个王者之间的天命之争、两大顶级文明之间的观念之争，也是现实中芸芸众生在最普通生活中的所思所想的投射。所以有句话没有说错——人民创造历史。

——天使奥斯卡

可爱的读者，

晒出你的点评后，知道作者们的心理阴影面积有多大吗？

精彩弹幕之读者奇葩说

一直想问问你：你脑袋的窟窿到底有多大？！

法海还是这么死脑筋，愣愣的，不过挺可爱，果然只有小青这种知书

大军在此！祥瑞御免！ 马亲王大军在此！祥瑞御免！ 马亲

祥瑞御免！ 马亲王大军在此！祥瑞御免！ 马亲王大军在此！祥瑞

马亲王大军在此！祥瑞御免！ 马亲王大军在此！祥瑞御免！

前面的等等我！祥瑞御免！ 马亲王大军在此！祥瑞

瑞御免！ 马亲王大军在此！祥瑞御免！ 马亲王大军在此！祥瑞御

哈哈哈，限行这个挺逗的，话说妖怪飞天还要限飞，是怕撞上飞机吗？敢情还得有飞行轨迹和路线的限制才行啊，不然一群妖怪在天上随意乱飞，撞上了怎么办？

——淘气的小妖精

法海还是这么死脑筋，愣愣的，不过挺可爱。还有那个小青，也只有这种知书达理，但是带点刁蛮劲的性格才能 Hold 住他吧。

——我是法海我怕谁

我就想问问你，马亲王，看了一半，我一直想问问你：你脑袋的窟窿到底有多大？

——满天飞

就你能，就你能，大马脖，你给我飞一个，你倒是给我飞一个啊！我要是白素贞，你就是猪头许官人！

——马小二

法海总那么傲娇，不是缺爱就是欠揍，配上小青，八成要虐惨的节奏啊！其实更期待将来王俊凯剃个光头来演法海，哈哈哈，邪恶如我！

——小白兔白又白

心有猛虎，细嗅蔷薇，主人公真的有那么牛？面对一个体型比自己大两倍的对手一点都不害怕，然后还能对朱菲默默关怀，心细如丝，这样的男朋友你给我来一打！

——我爱大魔王

什么在天上，什么要办牌照？什么生气就喜欢暴飞！讲真，大夏天的我是真的需要一条大白蟒放屋子里当空调。

——一套煎饼果子

兄弟齐心，其利断金，刘氏兄弟已经齐力灭国了，话说刘秀，灭塔好不好玩，去你的塔里耍耍怎么样，放心吧，我保证不是王莽派来的！

——一百只小老鼠

作者大大你让张羽当个老司机开了一路挂，我怕他累着，好好的一个有为好花朵嫩是让你摧残得身残志坚，你的良心不受累吗？

——黔驴技穷

秦墟：其实我一直有一个担心，这样子的楚狸，这么妖娆的角色，我怕你拍电视剧的时候，找不到对镜的演员。

——不居人间客

什么叫"芳心暗许"？什么叫"郎情妾意"？关叔的笔下的女人永远是娇艳无方的尤物，男儿永远是铁骨铮铮的汉子，令人五体拜服！

——矫情成魔

　　这杨瑾和那个狐狸精的戏让人意犹未尽啊，关叔你得加把劲儿啊，是不是"功课"没做好啊，导致在关键的时候总是掉链子？大伙需要什么你懂滴！

——霸天虎

　　杨瑾啊，说你什么好，说你是情商低还是心智弱呢？替你着急啊，找媳妇儿这么难，你这情商，若不是楚狸真爱你，估计你要单身一万年！

——花木兰

　　细思极恐，某天醒来全世界都不记得你了？曾经充满爱包围的世界就这样不复存在，若真的发生，心智强大如我，也是要找麻麻滴！！

——爱喝牛栏山

　　我天！开眼啦！天天刷老美的什么权力游戏，没想到也有咱自己的史诗巨作啦！这下我就可以和我美国的同学吹牛皮啦！我大中华也有融合魔幻、科幻、历史、仙侠等的旷世巨作，卑微的小人物，侠义的大英雄，妖娆的俏娘子，全都跃然纸上，简直激动得不要不要哒！这样的世界观够我忙活半辈子啦！说了这么多，只想跪求收下我的膝盖吧！

——追书狂人

突然想起忘了在哪儿看过的一句话：最强大的爱，不是儿女私情，亦不是父子情深，而是对这个世界的大爱，看完《蜀山异闻录》，无比心疼张羽，为了蜀山，舍弃了太多……

——爱哭的小黄怪

刘縯对刘秀是真爱啦，江山都可以拱手送上，还为救弟弟舍命而死，突然看看坐在我旁边的哥哥，小时候抢我吃的，长大了抢我书看，都是哥哥，差别咋就那么大呢！

——一口吃掉大怪物

对未来充满想象，脑洞巨无霸的迷哥迷美们，这是一个课题：假如人类消失，地球会怎样？不知道的小伙伴们请猛戳《星坟》。

——小钻风